DAMEN TANGO

CW01660931

romane cu dragoste

De același autor la Editura Nemira:

Soția plantatorului de ceai

Fiica negustorului de mătase

Dinah Jefferies s-a născut în Malaysia, dar s-a mutat în Anglia când avea nouă ani. De-a lungul timpului, a călătorit mult și a rămas foarte atașată de Asia de Sud. Pe vremuri, a trăit într-o comunitate mică, alături de o trupă rock și a lucrat ca artist. În 2014 i-a apărut la Penguin primul roman, *The Separation*. *Soția plantatorului de ceai* este al doilea volum pe care l-a publicat, urmat de *Fiica negustorului de mătase*. În prezent locuiește în Gloucestershire împreună cu soțul.

Dinah Jefferies

Înainte de ploi

Traducere din limba engleză
Monica Șerban

NEMIRA

Coperta: Cristian FLORESCU, Ana NICOLAU

Descrierea CIP a Bibliotecii Naționale a României
JEFFERIES, DINAH
Înainte de ploi / Dinah Jefferies; trad. din lb. engleză: Monica Șerban - București : Nemira Publishing House, 2018
ISBN 978-606-43-0369-1

I. Șerban, Monica (trad.)

821.111

Dinah Jefferies
BEFORE THE RAINS
Text copyrigh © Dinah Jefferies, 2017
The author has asserted her moral rights. All rights reserved.

© Nemira, 2018

Redactor: Monica ANDRONESCU
Tehnoredactor: Magda BITAY
Lector: Dușa UDREA-BOBOREL

Tiparul executat de ART PRINT S.A.
Tel: 0723.13.05.02, e-mail: office@artprint.ro

Orice reproducere, totală sau parțială, a acestei lucrări,
fără acordul scris al editorului, este strict interzisă
și se pedepsește conform Legii dreptului de autor.

ISBN 978-606-43-0369-1

Pentru Richard

Delhi, India – 23 decembrie 1912

Anna Fraser aștepta în balconul împodobit al uneia dintre vilele *haveli*[1] ce se înșirau de-a lungul rutei. La unsprezece dimineața, străzile fuseseră spălate și stropite apoi cu ulei, dar praful ridicat în vârtejuri de vânt tot irita ochii celor din mulțime. Coroanele bogate ale neemilor și pipalilor[2] din centrul străvechii Chandni Chowk[3] se agitau sălbatic în toate direcțiile, parcă sfidătoare, în timp ce ciorile își făceau auzite glasurile, croncănind deasupra aleilor înguste ce porneau în evantai din piața principală.

Anna își săltă cât mai sus umbrelușa și privi emoționată în jos, spre negustorii care vindeau de toate, de la șerbet proaspăt până la pește prăjit cu chili. Se zăreau fructe cu aspect ciudat, sariuri din șifon, cărți, bijuterii și, în spatele ferestrelor cu gratii subțiri, femei care brodau șaluri delicate, din mătase până își pierdeau vederea. Acolo unde aerul era îmbibat de aroma lemnului de santal, spițeriile făceau averi de pe urma uleiurilor și a poțiunilor în culori bizare. David le spunea tuturor

---

[1] Casă tradițională în India, caracterizată prin elemente arhitecturale exterioare bogate și complexe (n. tr.).

[2] Copaci specifici subcontinentului indian (n. tr.).

[3] Una dintre cele mai vechi piețe din Delhi (n. tr.).

„ulei de șarpe", deși Anna aflase că unele se obțineau din șopârle zdrobite, iar nuanțele diverse, din rodii. Umbla vorba că aici, în inima orașului, găseai orice îți doreai.

Orice îți doreai! Ce ironie, îi trecu ei prin minte.

Se întoarse spre locul unde urma să apară curând viceregele, cocoțat pe un elefant, alături de soția lui. Cu pieptul umflat de mândrie, David, soțul Annei, subofițer districtual, o informase că și el va merge pe un elefant, unul dintre cei cincizeci și trei aleși să îl urmeze pe vicerege în fruntea procesiunii. Delhi avea să devină centrul guvernării britanice, în locul Calcuttei, iar aceasta era ziua în care viceregele, lordul Hardinge, va pecetlui schimbarea printr-o intrare ceremonială în vechiul oraș înconjurat de ziduri. Alaiul pornea de la gara centrală din Delhi și continua pe Șoseaua Reginei.

Anna recunoscu trilul canarilor și al privighetorilor închise în zecile de colivii ce înfrumusețau fațadele prăvăliilor de dedesubt. În depărtare, se auzea și zgomotul aspru scos de cele câteva tramvaie care mai funcționau. Privi din nou în jos, spre marea de culori orientale, exact când lumea începu să se strângă. O strigă pe fiica ei, Eliza.

– Vino, draga mea! Vor ajunge aici în câteva minute.

Eliza stătuse liniștită până atunci, citind ca să mai treacă timpul, dar se repezi afară când auzi vocea mamei:

– Unde, unde?

– N-ai astâmpăr? Încă o dată, răbdare! spuse Anna și își verifică atentă ceasul.

Era 11:30.

Eliza clătină din cap. Aștepta de prea mult timp și, copleșită de o asemenea agitație intensă și nemaiîntâlnită, îi venea greu să-și strunească entuziasmul. Avea doar zece ani, la urma urmei.

– Se apropie clipa când o să-l vedem pe tati, rosti ea.

Anna oftă.

– Uită-te la tine! Ți-ai șifonat deja rochița.

Eliza privi în jos, la rochia albă, cu volănașe, croită special pentru această ocazie. Încercase din răsputeri să nu o mototolească, dar, cumva, nu se împăcase prea bine cu ea. Nu era vorba că nu se străduia să își păstreze hainele curate, dar întotdeauna apăreau lucruri interesante de făcut. Din fericire, tatei puțin îi păsa când aspectul ei lăsa de dorit. Îl iubea cu pasiune. Chipeș și amuzant, o îmbrățișa mereu călduros, oferindu-i o bomboană în staniol, ascunsă în fundul buzunarului de la cămașă.

În spatele localnicilor, britanicii, purtând haine pastelate din pânză de bumbac și șezând în tribunele aranjate de-o parte și de alta a străzii, păreau lipsiți de culoare. Deși era o zi frumoasă, Anna nu se putu abține să-și spună în sinea ei că indienii arătau apatici, deși poate era de vină vântul rece și aspru ce bătea dinspre Himalaya. Dar cel puțin britanicii își dădeau silința să afișeze un entuziasm potrivit ocaziei. Anna strâmbă din nas la mirosul de ghimbir și de ghee[1] din aer. Continuă să aștepte, bătând darabana cu degetele pe balustradă. David îi promisese atât de multe când îi propusese să vină cu el în India, dar, cu fiecare an care trecea, magia își pierdea din tărie. Dedesubt, copiii neastâmpărați începeau să se foiască. Unul dintre ei, foarte mic, ieșise în afara liniei trasate și înaintase spre mijlocul străzii, exact pe unde procesiunea urma să treacă în drum spre fort.

Anna încercă să ghicească unde ar putea fi mama lui. *Ce neglijență să-și lase odrasla nesupravegheată!* gândi ea. Zări o femeie cu fustă verde ca smaraldul și șal asortat. Părea pierdută în gânduri, cu privirea fixată pe balcon. Îi trecu prin minte că ar putea fi mama copilului. Avu senzația clară că necunoscuta se uită direct la ea și, când privirile li se întâlniră, Anna ridică mâna să-i atragă atenția la cel mic. Chiar atunci femeia plecă fruntea și ieși din mulțime ca să-și recupereze băiatul neascultător, aducându-l la loc în siguranță.

[1] Tip de unt limpede, specific bucătăriei indiene (n. tr.).

În timp ce urmărea gloata care curgea într-un val neîntrerupt dedesubt, Anna se bucură că e separată de amestecul pestriț de babe știrbe, cu capul și fața acoperite, de cerșetori singuratici în zdrențe, de negustori și copiii lor, dar și de localnicii înfășurați în șaluri, care parcă țipau unii la alții. Când pisicile porniră în căutarea prăzii pe stradă, toate capetele se ridicară ca să vadă porumbeii înghesuindu-se pe ramurile copacilor. Bărbații de vârstă mijlocie se dădeau importanți, aruncând priviri discrete când și când așa-numitelor „tinere dansatoare", iar de undeva, din spate, răsunară brusc glasuri cristaline de copii, iar Annei îi tresăltă inima.

N-avea cum să nu fie conștientă de trecutul ce impregna fiecare centimetru al pieței istorice, pătrunzând până și în oasele clădirilor. Toată lumea știa că pe aici trecuseră procesiunile împăraților, iar prinții moguli își cabraseră caii în dansuri amețitoare. Acum britanicii veniseră cu planuri mărețe să construiască un Delhi imperial nou și puternic. De la sosirea regelui în Delhi cu un an înainte, pacea triumfase și crimele politice încetaseră. Drept urmare, luarea unor măsuri de precauție fusese considerată inutilă pentru ziua respectivă.

Auzi bubuitul asurzitor al armelor care anunțau sosirea iminentă a viceregelui. O salvă nouă cutremură aerul și, din mijlocul mulțimii, se ridică un vuiet. Oamenii ocupaseră toate ferestrele și balcoanele, cu capetele întoarse spre direcția zgomotului. Anna simți împunsătura unei senzații de nedescris, aproape ca o premoniție își va aminti ea mai târziu, dar acum se mulțumi doar să clatine din cap. Își privi ceasul din nou, apoi zări cel mai mare elefant cu putință, care căra o *howdah*[1] argintie splendidă, deschisă, de unde lordul Hardinge și soția lui urmăreau întreaga scenă. Elefantul gri-albăstrui era împodobit în stilul înzorzonat al localnicilor, pictat cu diverse modele colorate și acoperit de țesături din catifea brodată cu fir de aur. Procesiunea trecuse deja de Grădinile

[1] Scaun prevăzut cu baldachin, purtat de un elefant sau de o cămilă pentru transportul persoanelor de vază în Orient.

Reginei, unde publicului nu i se permisese să se adune. Când intră în Chandni Chowk, uralele se intensificară.

– Nu-l văd încă pe tati, încercă Eliza să acopere larma. E acolo, nu?

– Dumnezeule, ești cel mai nerăbdător copil din câți cunosc!

Eliza privi în jos, în stradă, unde zeci de copii căutau să se repeadă în față. Sprâncenele i se arcuiră.

– Nu cred. Uită-te la ei! Și tăticii lor nici măcar nu sunt în procesiune.

Se apleacă peste balustradă cât de mult îndrăzni, ținându-se bine cu o mână și sărind întruna când șirul lung de elefanți își făcu treptat apariția. Abia reuși să-și stăpânească bucuria.

– Ai grijă! o certă mama ei. Dacă o să mai țopăi în halul ăsta, o să cazi.

În spatele viceregelui se găseau doi ofițeri districtuali special aleși, apoi prinții de Rajputana și căpeteniile Punjabului, pe niște elefanți chiar și mai împodobiți. Erau înconjurați de soldați recrutați dintre localnici, care purtau săbii și lănci, precum și armura pentru ceremonii. Dincolo de ei, venea restul guvernului britanic pe elefanți obișnuiți. Eliza cunoștea ordinea pe de rost. Tatăl ei îi explicase fiecare moment al zilei și fetița insistase ca el să se oprească și să-i facă semn cu mâna când elefantul lui ajungea în dreptul balconului lor. Vântul se mai domolise, soarele ieșise din nou și dimineața se dovedea perfectă. Clipa cea mare venise în sfârșit.

Anna își privi ceasul din nou. 11:45. La fix. Pe partea cealaltă a străzii, femeia în verde ca smaraldul își ținea copilul în brațe ca să vadă și el, pesemne. *Mult mai bine,* cugetă Anna.

Britanicii izbucniră în urale vesele, strigând la răstimpuri „Ura!“ sau „Dumnezeu să-l binecuvânteze pe rege!“. Când lordul Hardinge salută mulțimea, Eliza își zări tatăl. Emoționată, dădu din mâini cu frenezie și, după ce elefantul viceregelui mai înaintă câțiva pași, David Fraser își opri animalul ca să împlinească dorința fiicei sale. Când își ridică privirea spre balcon ca să o salute, o explozie asurzitoare, ca salva unui tun, îi amuți pe toți cei prezenți. Clădirile se cutremurară și întreaga procesiune se opri brusc. Anna și Eliza se uitară șocate spre resturile ce zburau prin aer și spre norul gros de fum alb ce se revărsa spre ele. Zguduită de parcă ar fi primit un pumn în piept, Eliza își frecă ochii plini de lacrimi usturătoare și se îndepărtă de balustradă. Nu pricepea ce se întâmplase. Deși aerul încă vibra, fumul se împrăștie puțin și o zări pe mama ei icnind îngrozită.

– Mami, ce e? strigă Eliza. Ce se întâmplă?

Niciun răspuns.

– Mami!

Însă mama părea să nu o audă. Copila nu știa decât că zburase ceva prin aer, iar acum habar nu avea cum să se poarte. Se holbă la mulțimea încremenită și complet zăpăcită. De ce nu-i vorbea mama? Trase de mâneca Annei și băgă de seamă că mâinile femeii se albiseră nefiresc de cât de tare strângea balustrada.

Dedesubt, oamenii se repeziră înainte și prin norul de praf Eliza îi observă pe soldații care alergau spre vicerege din toate direcțiile. Un miros nesuferit de metal ars și substanțe chimice îi îngreună respirația. Începu să tușească și apucă mâneca mamei din nou.

– Mami! țipă Eliza.

Dar femeia continuă să stea neclintită, cu fața albă ca varul, cu ochii larg deschiși, o stană de piatră.

Cuprinsă de o stare ciudată, în care timpul parcă încremenise, Anna părea conștientă numai de faptul că indianca în verde leșinase. Eliza o văzu și ea, dar nu înțelese de ce mama tot arăta spre femeia cu pricina. Nu știa decât că senzația îngrozitoare din stomac o făcea să plângă.

– Tati e bine, nu-i așa, mami?

În sfârșit, Anna o observă.

– Nu știu, iubito.

Și, cu toate că părea să aibă ochi doar pentru femeia de pe partea cealaltă a străzii, Anna își văzuse soțul clătinându-se, apoi prăbușindu-se în față. Preț de o clipă, bărbatul dădu să se îndrepte de spate, ba chiar îi zâmbi Elizei, apoi însă căzu brusc și de data asta rămase nemișcat.

Servitorul care ținea umbrela pentru vicerege se prăbușise și el într-o parte și acum atârna nefiresc, încurcat în frânghiile palanchinului.

Eliza nu se gândea decât la tatăl ei. Sigur nu pățise nimic. Trebuia să fie bine. Brusc, știu ce să facă. Desprinzându-se de mama ei, se răsuci pe călcâie, coborî în goană scările și năvăli în stradă, unde se ciocni de un băiat indian, nu cu mult mai mare decât ea. Rămase holbându-se la el uluită, neputincioasă în încercarea de a-și găsi cuvintele.

– Tăticul meu, șopti ea.

Băiatul o luă de mână.

– Haide! Nu mai e nimic de făcut aici.

Dar Eliza trebuia să-și vadă tatăl. Își retrase mâna din a băiatului și își croi drum prin mulțime. Când ajunse în față, înghețǎ. Elefantul era atât de speriat, încât refuza să îngenuncheze și fata urmări consternată cum un alt ofițer englez lipește o scară de lada mare a unei prăvălii din apropiere, pentru ca tatăl ei să poată fi coborât. După ce reușiră să-l aducă jos, îl întinseră pe caldarâm. La început, trupul lui nu păru vătămat, deși avea fața translucidă ca gheața și ochii larg deschiși din pricina șocului. Eliza se împiedică și aproape căzu când alergă spre el. Îl privi oripilată, apoi îl luă în brațe. Rochia i se îmbibă de sângele singurei persoane pe care o iubea mai presus de orice.

– Mi-e teamă că n-a avut nicio șansă, bietul om, spuse cineva. Șuruburi, cuie, ace de gramofon, sticlă. Se pare că asta au folosit nenorociții pentru bombă. Ceva l-a lovit direct în piept. Aș zice un vârf de harpon. În orice caz, vom dărâma Chandni Chowk ca să punem mâna pe așa-zisul grup eliberator care a făcut-o.

Eliza continuă să-și îmbrățișeze tatăl, șoptindu-i la ureche „te iubesc, tati“. Din acest moment, își va spune mereu în sinea ei că a auzit-o.

Apoi, peste murmurele și gemetele mulțimii, băiatul îi vorbi blând:

– Vă rog, domnișoară, dați-mi voie să vă ajut. S-a dus.

Când fetița își ridică privirea spre el, totul deveni ireal.

PARTEA ÎNTÂI

„Departe de noi în vise și în timp, India aparține Orientului antic din sufletul nostru.“

ANDRÉ MALRAUX, *Antimemorii*, 1967

1

Statul princiar Juraipore, Rajputana, Imperiul Indian
Noiembrie 1930

Eliza zări fațada castelului o clipă. Felul în care strălucea o șocă – un miraj născut din negura deșertului, bizar și ușor înfricoșător. Vântul care amuțise câteva momente porni să sufle iar. Închise ochii ca să nu mai vadă prelungirea tremurândă a nisipului. Oricât de departe de casă se afla și fără cea mai vagă idee în privința viitorului, nu se mai putea întoarce. Simțea frica în capul pieptului. La vârsta de 29 de ani, aceasta avea să fie cea mai importantă comandă de când devenise fotograf profesionist, deși încă nu se lămurise pe deplin de ce Clifford Salter o alesese tocmai pe ea. Îi explicase că ea e cea mai potrivită să le fotografieze pe femeile din castel, fiindcă mulți încă se agitau la vederea străinilor, mai cu seamă bărbații. Pe deasupra, viceregele ceruse în mod special un fotograf britanic pentru evitarea oricăror conflicte politice. Urma să primească o sumă lunară și, dacă termina cu succes, beneficia și de o primă.

Deschise ochii în aerul greu, plin de nisip și de praf, însă castelul se ascunsese din nou. Deasupra, cerul perfect senin întețea căldura nemiloasă. Călăuza ei spre oraș se întoarse să-i spună să mărească pasul. Își plecă fruntea pentru a-și feri ochii și se urcă în căruța trasă de cămilă, strângând la piept geanta cu aparatul de fotografiat. Mai presus de orice, nu trebuia să-i permită nisipului să-i strice obiectul prețios.

Când se apropiară de destinația lor, își ridică privirea și văzu cetatea de vis care se întindea în vârf de munte. Sute de păsări traversară orizontul liliachiu, fuioarele rozalii ale norilor trasând modele delicate deasupra lor. Aproape drogată din cauza căldurii, se chinui să nu cadă pradă mirajului. Venise aici să lucreze, în definitiv. Dar nu vântul chema trecutul îndepărtat, chiar când se apleca de spate să se ferească de el, ci amintirile ei recente.

Când Anna Fraser îl contactase pe Clifford Salter, nașul bogat al soțului ei, crezuse că, datorită legăturilor lui, i-ar putea găsi fiicei ei o poziție de funcționar în biroul de avocatură din Cirencester sau undeva similar. Sperase că o va împiedica pe fată să continue cu aventura ei ca fotograf. În definitiv, spunea ea, cine vrea o femeie pe post de fotograf? Dar cineva dorise așa ceva și acesta fusese chiar Clifford, care a zis că tânăra e ideală pentru planurile lui. Anna nu s-a mai putut împotrivi. El reprezenta coroana britanică și răspundea numai în fața ofițerului-șef al Rajputanei pe probleme politice sau AGG, care își exercitase indirect conducerea celor peste douăzeci și două de state princiare. El, rezidenții[1] și ofițerii politici minori din statele mai mici aparțineau departamentului politic condus de vicerege.

În prezent, pe Eliza o aștepta un an pe care avea să-l petreacă într-un castel unde nu cunoștea pe nimeni. Primise comanda să fotografieze viața din statul princiar pentru o nouă arhivă care să marcheze mutarea definitivă a guvernului britanic de la Calcutta în Delhi. Construirea orașului New Delhi durase mai mult decât se așteptaseră și războiul întârziase totul, dar acum sosise vremea.

Auzise avertizările mamei în privința suferințelor oamenilor și observă că în afara zidurilor uriașe ale castelului copiii vagabonzi se jucau în praf și mizerie. Zări o cerșetoare ce stătea cu picioarele încrucișate

[1] Reședințele Indiei Britanice erau birouri politice, administrate de un rezident (n. tr.).

lângă o vacă adormită, privind înainte cu ochi goi. Lângă ea, adăpostul improvizat din bambus, ce se sprijinea de zidul înalt, se clătină periculos, două scânduri de lemn desprinzându-se din legături deasupra unui copil despuiat care stătea pe vine dedesubt.

– Oprește! strigă Eliza și, când căruța se opri brusc, sări din ea exact când una dintre scânduri începu să alunece.

Cu inima bubuindu-i nebunește în piept, ajunse lângă copil și îl trase din calea pericolului. Lemnul căzu pe pământ și se despică în mai multe bucăți. Copilul o luă la fugă și căruțașul ridică din umeri. *Oare nu le pasă deloc?* se întrebă ea în timp ce urcau rampa.

Câteva minute mai târziu, căruțașul se dădu jos și se luă la harță cu gărzile din fața castelului. Nu voiau să-i lase să treacă, în ciuda documentelor arătate de el. Eliza privi în sus, spre fațada amenințătoare. Intrarea cu grilaj enormă era suficient de lată cât să treacă o armată pe-acolo: cămile, cai, căruțe... Auzise că cel care domnea aici avea și mașini nenumărate. Automobilul în care călătorise ea se stricase și își continuase drumul cu căruța trasă de cămilă, așa că Eliza era obosită, însetată și acoperită cu praf. Îl simțea în ochii care o usturau și în scalpul iritat. Nu se putu abține să nu se scarpine, dar asta înrăutăți lucrurile.

Într-un târziu, la poartă apăru o femeie cu fața acoperită de o eșarfă lungă și fină, care-i lăsa la vedere doar ochii întunecați.

– Numele?

Eliza îi spuse cine e și își feri și ea ochii de soarele arzător de amiază.

– Urmează-mă!

Femeia dădu din cap spre gărzi, care, deși se enervaseră, le lăsaseră să treacă. Se împliniseră optsprezece ani de când Eliza și mama ei părăsiseră India, mutându-se în Anglia. Optsprezece ani de posibilități din ce în ce mai mici pentru Anna Fraser. Dar Eliza se hotărâse să fie liberă. Ei i se părea că se naște a doua oară, de parcă o mână ascunsă o adusese înapoi, deși Clifford Salter numai un om ascuns nu era. Putea fi mai atrăgător, dar cu greu găseai un om mai obișnuit decât el. Avea părul de culoarea nisipului, subțire și gras, iar ochii miopi, de un albastru-pal întăreau impresia de plictiseală. Totuși, ea îi rămânea îndatorată pentru că îi aranjase o slujbă în ținutul rajpuților, clanurile nobile de războinici ale acestui grup de state princiare din regiunea deșertică a Imperiului Indian.

Înainte de a trece pe sub o serie de arcade splendide, Eliza se scutură de praf cât putu de bine. Un eunuc o conduse printr-un labirint de camere și coridoare cu podea din mozaic, până într-un mic vestibul. Auzise de bărbații castrați, înveșmântați în haine feminine și se cutremură. Vestibulul era păzit de femei care o priviră fioros pe Eliza, barându-i drumul prin ușile late din lemn de santal, împodobite cu fildeș. După ce eunucul oferi câteva explicații, îi dădură voie să treacă, lăsând-o să aștepte singură. Se uită prin încăpere. Fiecare centimetru fusese pictat într-un albastru ca azurul, cu modele aurii ce ieșeau în relief. Florile, frunzele și elementele decorative filigranate se ridicau pe pereți și traversau tavanul. Până și podeaua de piatră avea covoare albastre. Deși culoarea îți ardea ochii, efectul general era de o frumusețe delicată. Înconjurată de atâtea tonuri senine, se simți o parte a cerului.

Oare se așteptau să-și anunțe sosirea în vreun fel? Să tușească politicos? Să strige? Își șterse palmele umezite de pantaloni și își așeză jos geanta cu echipamentul de fotograf, greu. După un moment de nesiguranță, o ridică din nou. Părul prins într-un coc la ceafă, pantalonii kaki-deschis și bluza albă, inițial apretată – acum mototolită – îi sporeau sentimentul că nu are ce să caute aici. Nu-și găsise niciodată locul în mijlocul decorurilor în culori vii. Își petrecuse cea mai mare parte a vieții prefăcându-se că se integrează în societate, că discută despre lucruri care nu contau, simulând că o interesează oameni care nu-i plăceau. Se străduise din răsputeri să fie ca alte fete, apoi ca alte femei, dar sentimentul că nu aparține niciunui loc o urmărise chiar și în timpul căsniciei cu Oliver.

Într-o cameră de un portocaliu-aprins, dincolo de vestibulul bleu, razele de soare ce pătrundeau printr-o ferestruică dreptunghiulară luminau particulele de praf plutind în aer. Și mai departe, întrezări colțul unei alte încăperi, roșie ca focul, de unde pereții sculptați ai *zenanei* începeau cu adevărat. Știa că *zenana* din palatele regale rajputane interzisese de multă vreme prezența bărbaților care nu aveau sânge albastru. Clifford îi explicase cum aceste încăperi ale femeilor – el le numea haremuri – se cufundau în mister și intrigă. Locuri ale uneltirilor, ale bârfelor și ale erotismului descătușat. Toate femeile fuseseră instruite în „cele șaisprezece arte feminine", spunea Clifford. Bogate în copulații multiple și degenerare morală, adăugase el, făcându-i cu ochiul. Chiar și cu preoții sau poate mai ales cu preoții, deși ofițerii britanici care îl precedaseră munciseră din greu să desființeze practicile sexuale întunecate ale *zenanei*.

Care o fi cele șaisprezece arte? se întrebă Eliza. Dacă le-ar fi știut, poate și căsnicia ei s-ar fi dovedit un succes, dar, amintindu-și solitudinea traiului ei alături de Oliver, pufni.

Un parfum oriental îmbătător, sigur conținând scorțișoară și posibil ghimbir, plus ceva dulce și amețitor, pluti dinspre încăperea roșie, confirmând tot ce auzise ea despre *zenana*. Din cauza lui, simți că se sufocă și tânji să se apropie de fereastră, să tragă draperiile albe și ondulate și să se aplece în afară ca să tragă în piept aer curat.

Brațele începură să o doară, așa că se îndoi de spate și lăsă bagajul greu pe covor, de data asta sprijinindu-l de perete, lângă o lampă în formă de păun, cocoțată pe o coloană de marmură. Cineva tuși grav și Eliza își ridică privirea. Se îndreptă iute de spate și își aranjă șuvițele de păr desprinse din agrafele puse cu grijă. Părul ei lung și gros, care se electriza adesea, îi dăduse de furcă toată viața și cu greu putea fi controlat. Încercă să-și ascundă roșeața din obraji la vederea unui bărbat foarte înalt care stătea în dreptul ferestrei.

– Ești britanică? se interesă el, iar ea se holbă, surprinsă de engleza lui impecabilă.

Când păși în față, lumina pică oblic pe chipul lui. Bărbatul era indian și părea incredibil de puternic. Un praf roșu-cărămiziu îi acoperea hainele, iar un soi de pasăre mare cu capul acoperit de o glugă se odihnea pe brațul lui drept.

– Ar trebui să fii aici? întrebă ea. Nu e aceasta intrarea în *zenana*?

Se uită fix în ochii lui adânci de culoarea chihlimbarului, mărginiți de gene imposibil de negre, și se miră că bărbatul nu purta turban. Nu toți bărbații din Rajput purtau turban? Pielea lui măslinie strălucea, iar părul castaniu bogat era dat pe spate, ondulându-se ușor.

– Cred că ar trebui să cauți intrarea pentru comercianți, adăugă ea, dorindu-și ca el să plece și gândindu-se că e probabil vreun negustor, deși, sincer vorbind, aducea mai degrabă cu un țigan sau cu un menestrel călător. Câteva picături de sudoare i se prelinseră la subsuori. Acum nu numai palmele și le simțea lipicioase.

În acel moment, o indiancă în vârstă intră în cameră, purtând veșmintele tradiționale: fusta lungă numită *ghagra*, o bluză albă curată și un voal lung, sau *dupatta*, care flutura la fiecare mișcare. Culorile alcătuiau o explozie de purpuriu, verde-smarald și stacojiu cu inserții aurii, dar cumva se asortau foarte frumos. Femeia afișa un calm regal, iar un nor de miros de santal plutea în jurul ei. Trase de o sfoară din spatele coloanei de marmură și lampa-păun se aprinse, răspândind o lumină verde-albăstruie peste sclipiciul de pe mâinile ei. Făcu câțiva pași spre Eliza, se aplecă ușor, cu palmele apropiate și degetele îndreptate în sus. Purta multe inele cu pietre prețioase, iar unghiile fuseseră date cu ojă argintie.

– *Namaskàr*, eu sunt Laxmi. Sunteți fotografa, domnișoara...

– Eu... Eu sunt Eliza Fraser.

Înclină la rândul ei capul, neștiind ce alte dovezi de curtoazie ar trebui să mai ofere. În definitiv, femeia aceasta era Maharani, regina, mama conducătorului din Juraipore. Clifford îi povestise despre frumusețea și inteligența ei legendare. Împreună cu soțul ei decedat, bătrânul maharajah, aveau meritul de a fi modernizat multe dintre obiceiurile statului. Părul împletit în coadă se răsucea într-o buclă la baza gâtului ei lung și elegant. Pomeții îi ieșeau în evidență, iar ochii negri sclipeau. Eliza văzu că reputația de femeie frumoasă se baza pe un adevăr, dar își dori atunci ca să-i fi explicat Clifford mai multe despre protocol. Nu-i spusese decât să aibă grijă la molii și la furnicile albe. Moliile mâncau hainele, iar furnicile, mobila.

Laxmi se întoarse spre bărbat.

– Și tu? Văd că ai adus iar pasărea aici.

Ridicând din umeri cu un gest familiar, bărbatul își arcui sprâncenele. Eliza băgă de seamă cât sunt de negre și de groase.

– Te referi la Godfrey, spuse el.

– Ce fel de nume e ăsta pentru un șoim? întrebă femeia.

Bărbatul izbucni în râs și îi făcu șmecherește cu ochiul Elizei.

– Profesorul meu de clasice de la Eton se numea Godfrey și era un om foarte bun.

– Eton? rosti Eliza surprinsă.

Laxmi oftă din toți rărunchii.

– Dați-mi voie să vi-l prezint pe al doilea fiu al meu și cel mai obraznic, Jayant Singh Ratore.

– Fiul dumneavoastră?

– Domnișoară Fraser, aveți un tic să repetați tot ce auziți? se interesă Laxmi cu o privire curioasă, apoi zâmbi. Aveți emoții, așa că e de înțeles. Dar sunt fericită că vă aflați aici ca să ne fotografiați viețile. Pentru o nouă arhivă în Delhi, din câte am auzit.

Când femeia pomeni de munca ei, Eliza reveni cu picioarele pe pământ și vorbi entuziasmată.

– Da, Clifford Salter dorește fotografii obișnuite care să prezinte viața așa cum e ea în realitate. Mulți oameni sunt fascinați de India și sper ca unele să fie publicate în cele mai bune reviste dedicate fotografiei. În *Photographic Time* sau în *Photographic Journal* ar fi perfect.

– Înțeleg.

– Un ghid complet al vieții într-un stat princiar pe parcursul unui an. Aștept cu nerăbdare să mă apuc de treabă. Vă mulțumesc pentru invitație! Promit să nu vă stau în cale, dar sunt atât de multe de văzut și lumina este nemaipomenită! Totul se reduce la lumini și la umbre. Știți și dumneavoastră, clarobscurul... Și mai sper să pot...

– Da, da, sunt sigură. În ceea ce îl privește pe fiul meu, veți descoperi că, imediat ce se va curăța de praful deșertului, nu e chiar atât de amenințător pe cât pare în prezent. Haide, recunoașteți! Ați crezut că e țigan?

Eliza simți cum roșește până în vârful urechilor, gândindu-se la propriile haine pline de praf, și o cuprinse fierbințeala, deși nu era cel mai cald anotimp.

– Nu vă faceți griji, după ce stă în deșert cu zilele, toată lumea crede la fel. Are treizeci de ani, e dependent de pericol și preferă natura sălbatică, în locul nostru, al oamenilor civilizați. Nici nu-i de mirare că nu s-a căsătorit încă.

– Mamă! exclamă el și Eliza remarcă de îndată o nuanță amenințătoare în tonul lui.

Jayant se duse să tragă draperia și se sprijini de fereastră, cu o expresie de dezinteres insolent pe chip.

Frustrarea provocată de fiul ei se văzu în tremurul bărbiei lui Laxmi, dar femeia își veni iute în fire și se răsuci spre Eliza.

– Acesta e echipamentul dumneavoastră?

– O parte din el. Restul vine cu o căruță.

Eliza gesticulă vag în direcția pe unde presupunea ea că ar fi căruța.

– O să dau poruncă să fie dus în camera dumneavoastră. Veți sta aici, unde vă putem supraveghea.

Descurajată brusc, Eliza își arătă nervozitatea din nou și femeia izbucni în râs.

– Vă necăjesc, draga mea. Sunteți liberă să plecați și să veniți în castel, după cum vă poftește inima. Am respectat cerințele rezidenților la sânge.

– Sunteți foarte amabilă.

– Nu are nicio legătură cu amabilitatea. E în interesul nostru să încercăm să satisfacem dorințele guvernului britanic ori de câte ori putem. Relațiile dintre noi au fost încordate în trecut, recunosc, dar mă străduiesc să-mi folosesc influența asupra anumitor facțiuni din castel.

În fine, destul despre noi. Aveți propria cameră obscură cu acces la apă, așa cum ați cerut, și veți descoperi cât de confortabile sunt odăile dumneavoastră. Au vedere spre curtea drăguță plină de palmieri pitici.

– Mulțumesc. Clifford mi-a spus că a aranjat cu dumneavoastră deja. Dar mă așteptam... ei bine, la un loc mic numai al meu.

– Nu se cuvine deloc. Și, în orice caz, casa noastră de oaspeți din oraș este în renovare. Pe deasupra, chiar dacă am eliminat *purda*-ul aici, în Juraipore, mulți cred în continuare că femeile ar trebui să rămână ascunse sub văl.

– Sunt convinsă că va fi bine, spuse Eliza, deși nu era deloc sigură.

– Nu, draga mea. Britanicii au senzația că sunt singurii răspunzători de emanciparea femeilor, dar, ca să fiu sinceră, am aprobat doar din buze acest obicei și, după moartea mamei lui, soțul meu m-a sprijinit numaidecât în cererea mea de a renunța la văl. Supunerea și ignoranța femeilor le convenea mai tuturor bărbaților. Din fericire, soțul meu nu s-a numărat printre ei.

– Și ce-o să fac atunci când sunt în afara zidurilor castelului?

– Veți fi însoțită tot timpul, firește. Și asta îmi aduce aminte de prima dumneavoastră misiune. Fiindcă am intrat bine în luna lui Kartik[1], Jayant s-a oferit cu amabilitate să vă însoțească la târgul de cămile din Chandrabhaga. Poimâine. O să aveți și câțiva servitori. Sunt sigură că fiul meu se va bucura că poate folosi engleza, iar dumneavoastră vă veți bucura de târg. Înțeleg că vor fi cămile de toate culorile și multe chipuri interesante ce pot fi fotografiate. Mâine veți merge cu domnul Salter la un meci de polo.

Eliza se enervă cumplit. N-avea chef nici de meciul de polo, nici de târgul de cămile. Nu voia decât să se așeze puțin, să-și tragă sufletul o vreme, în niciun caz să plece nu știu unde, mai ales însoțită de acest prinț, dacă ăsta era statutul lui real. Încercă să zâmbească, dar buzele refuzară să se arcuiască.

[1] Luna lui Kartik începe pe 23 octombrie și se termină pe 21 noiembrie (n. tr.).

– Sperasem că voi vedea castelul mai întâi, spuse ea, observând că prinţul o priveşte cu o expresie curioasă, cu şoimul încă aşezat pe braţ.

– Mamă, cred că ţi-ai găsit naşul.

Când bărbatul rosti cuvintele, Eliza crezu că aude ceva nou în vocea lui. O tachina pe ea sau pe mama lui?

Laxmi murmură ceva şi Eliza avu senzaţia că era puţin probabil ca femeia să creadă că-şi găsise naşul.

– Aveţi suficient timp să vedeţi castelul, dar târgul e de neratat. Veţi cunoaşte peisajul de ţară şi o veţi întâlni pe Indira acolo. O s-o rog pe Kiri, servitoarea, să vă conducă în camerele dumneavoastră.

– Ai lăsat-o pe Indira să se ducă înainte, mamă? Îmi sună a necazuri.

– Am trimis un bărbat de încredere şi o servitoare cu ea. În plus, fata se pricepe bine la cămile.

Soarele se mutase, pesemne, fiindcă acum razele lungi cădeau pieziş pe podea. Laxmi se dovedise deschisă şi amabilă, dar Eliza intui că nu trebuie s-o superi. Când ieşi din încăpere, cu atitudinea unei regine, bărbatul făcu o plecăciune formală. Acum Eliza îl analiză pe el, îi cercetă faţa puternică, cu pometi înalţi, asemănători cu ai mamei, dar mai masculini, sprâncenele ce-i dădeau un aer inteligent, ochii mari de culoarea chihlimbarului şi mustaţa. Apoi el o privi sever şi Eliza îşi plecă fruntea.

– Nu noi te-am invitat, rosti el calm. Ne-am supus unui ordin care ne cerea să-ţi oferim acces în castel şi să te escortăm în alte locuri. Primim adesea ordine similare de la britanici.

– De la Clifford Salter?

– Întocmai.

– Şi întotdeauna vă supuneţi ordinelor?

– Eu...

Se opri, apoi schimbă subiectul, dar ea putea să jure că el intenţionase să mai adauge ceva.

– Mama îşi doreşte o cămilă de culoarea ciocolatei.

– Există cămile precum ciocolata?

– Numai la Chandrabhaga. O să-ți placă. Puțini britanici se duc acolo. Și cu părul tău de nuanța părului de cămilă, o să te integrezi la fix.

El zâmbi, dar Eliza se încordă și-și trecu mâna prin păr.

– Prefer să cred că e ca mierea.

– Ei bine, aici e Rajputana.

– Și Indira. Pot să întreb cine e?

– Are doar nouăsprezece ani și își face de cap. Indira o să ți se pară foarte fotogenică.

– E sora ta?

Bărbatul se întoarse și se uită pe fereastră.

– Nu mi-e rudă. E o miniaturistă foarte talentată. O artistă. Locuiește aici sub protecția mamei.

Eliza auzi glasuri de copii care râdeau și țipau undeva dincolo de fereastră.

– Nepoatele mele, explică el, făcându-le cu mâna.

Se răsuci apoi s-o privească.

– Trei păpușele, dar niciun nepot, spre rușinea fratelui meu.

O tânără intră în cameră și îi ceru Elizei să o urmeze. Ea își ridică geanta, ușor iritată. Cum putea să spună el un asemenea lucru în fața ei? Chiar credea că e o rușine să ai doar fete?

– Lasă-l. Ți-l va aduce cineva.

– Poate sunt doar o femeie, dar prefer să-l duc eu.

El înclină din cap.

– După cum ți-e voia. Să fii gata poimâine, la șase! Nu e prea devreme pentru tine?

– Firește că nu.

Jayant păru că o cercetează cu atenție.

– Ai și ceva haine femeiești?

– Dacă te referi la rochii, da, dar când lucrez pantalonii mi se par mult mai potriviți.

– Păi, o să-mi facă plăcere să te cunosc, domnișoară Fraser.

Zâmbetul lui indulgent o enervă mai tare decât ar fi trebuit. Cine se credea bărbatul acesta arogant ca să-și permită să o judece? Leneș, răsfățat, fără nicio țintă, neîndoielnic, ca toți indienii de origine regală. Cu cât se gândea mai mult, cu atât devenea mai iritată.

Eliza se trezi devreme a doua zi. Perdelele subțiri și soarele strălucitor o siliră să-și acopere ochii când sări din pat și se duse să se uite pe fereastră. Se lăsă copleșită de senzația ciudată că, în pofida anilor scurși, ceva din țara asta orientală încă îi curgea prin vene și că rămăsese adânc înrădăcinat în ea. Mirosul simplu de pământ îi stârnea amintiri de demult și peste noapte se trezise de câteva ori, simțind chemarea unui lucru nedefinit. În văzduh plutea aroma nisipului din deșert, iar ea inspiră cu nesaț aerul răcoros al dimineții, deopotrivă entuziasmată și emoționată.

Priveliștea din curte se ridica la nivelul promisiunilor și zâmbi când zări maimuțele sărind dintr-un copac în altul și jucându-se în cele mai mari leagăne pe care le văzuse vreodată. Castelul – doar o parte a citadelei imense – se înălța în vârful unui deal abrupt din calcar, dominând orașul poleit cu aur. Panorama de dedesubt cu acoperișurile plate îi tăie răsuflarea, iar ea își cuprinse umerii cu brațele, în semn de încântare. Micile case pătrățoase, cuibărite una într-alta în apropierea zidurilor cetății, străluceau în nuanțe de ocru-aprins, dar clădirile mai îndepărtate păleau sub linia orizontului într-un val argintiu, acolo unde orașul se unea cu deșertul. Parcă avea în față cutia cu acuarele a unui copil, ce conținea toate nuanțele sublime ale auriului și ale caprifoiului mângâiat de soare. Presărați ici și colo, printre case, copacii prăfuiți se înălțau spre lumină și deasupra orașului stoluri uriașe de păsări coborau în picaj.

Domnea răcoarea, dar Eliza bănui că, până la amiază, temperatura va atinge 24 de grade, dacă nu și mai mult. Șansele de ploaie erau minime. Se întrebă ce să îmbrace pentru un meci de polo și se opri la o cămașă cu mâneci lungi și o fustă de gabardină grea. Alegerea hainelor îi dăduse bătăi de cap săptămâni la rând înainte de călătoria ei lungă pe vas spre India. Mama ei se dovedise neputincioasă, părea că își amintește numai de rochiile de seară pe care le purtase în perioada petrecută în India, înainte ca soțul ei, tatăl Elizei, să fie omorât. Eliza nu-și mai amintea decât foarte puține lucruri despre zilele acelea, dar chiar și acum i se punea un nod în gât când se gândea la el.

Viața nu fusese deloc ușoară și, după ce soțul ei, Oliver, murise, Eliza se întorsese să locuiască acasă, unde descoperise că Anna ascundea constant sticle de gin, de obicei, sub pat sau sub chiuveta de la bucătărie. Anna continua să-și nege viciul și, uneori, episoadele de beție crâncenă i se ștergeau complet din minte. În cele din urmă, Eliza renunțase să mai spere. Clifford Salter apăruse ca o mână întinsă de soartă. Prin venirea ei în India, tânăra căuta să se rupă de trecut și totuși trecutul, și nu doar mama ei, nu-i părăsea gândurile.

Se uită în jurul camerei. Spațioasă, cu patul ascuns în spatele unui paravan, cu un fel de spațiu de zi aranjat într-un colț, unde se aflau un fotoliu mare și o canapea confortabilă, iar dincolo de el arcada dădea într-o mică sală pentru cină. Nu existau semne de molii sau de furnici. O altă arcadă decorativă de pe peretele opus patului ei cu baldachin ducea spre o baie luxoasă. Ușa către camera obscură se afla în exterior, pe coridorul întunecat, și se bucurase când primise confirmarea că numai ea va avea cheia de acolo.

În timp ce își aranjă hainele, se gândi la sosirea ei cu o seară în urmă, exact când soarele strălucitor înroșise cerul. Clopotele de la templu bătuseră și două fete, care se plimbau în zigzag pe patine cu rotile, aproape că o dărâmaseră. Țipaseră chicotind și își ceruseră scuze în hindi. Eliza, mulțumită că le înțelesese cât de cât vorbele, îi era recunoscătoare bătrânei ayah care o învățase limba în copilărie. Lecțiile luate recent pentru împrospătarea cunoștințelor ajutaseră și ele.

Curând după aceea, un servitor cu mănuși imaculate, purtând o uniformă albă și un turban roșu, îi adusese castroane cu dahl, orez și fructe pe o tavă de argint și, după ce despachetase, se culcase devreme. Dacă zgomotele nu ar fi fost atât de multe, probabil că ar fi adormit imediat, obosită după lunga călătorie din Anglia, la care se adăugase drumul spre Delhi, apoi încă o zi până la Juraipore. Zarva își spusese cuvântul însă. Muzica, râsetele, trilurile păsărilor, orăcăitul broaștelor și strigătele copiilor până târziu în noapte: toate pătrundeau prin fereastra ei, alături de țipătul ascuțit al păunilor – un sunet mai degrabă ca al pisicilor în călduri –, tulburându-i liniștea.

Rămăsese întinsă în pat, fără să poată adormi, chinuită de noaptea tulburătoare din Juraipore. Tobele, instrumentele de suflat, fumul din aer, dar, mai mult decât orice, senzația omniprezentă a unei vieți trăite din plin în ciuda sărăciei și a lumii aspre din deșert.

Fără să-și poată opri vâltoarea gândurilor, se gândi la tatăl și la soțul ei. Oare va fi vreodată pregătită să se ierte pentru ce se întâmplase? Va trebui, dacă avea de gând să profite la maximum de această șansă unică. Nu putea risca să se întoarcă înfrântă la mama ei. Cu greu îndrăznea să admită că ajunsese să redescopere ceva dinlăuntrul ei, ceva ce pierduse în ziua în care plecaseră în Anglia.

2

Ziua devenise arzătoare și Eliza începu curând să asude, simțindu-se mult prea îmbrăcată. O zi mai degrabă potrivită rochiilor de vară din muselină, nu veșmintelor grele, deși Clifford purta un costum din olandă cu guler și cravată. Se așteptase să găsească mai multă lume, ca la o petrecere în grădină, dar, cum suporterii veseli se adunau de ambele părți, în aer plutea entuziasmul. Eliza nu mai participase niciodată la un meci de polo și terenul, înconjurat de copaci și de garduri metalice, cu dealul maiestuos în fundal, părea idilic.

– Bine măcar că e uscat aici, comentă Clifford. Spre deosebire de Anglia, unde terenurile noroioase chiar sunt o problemă.

Bărbatul îi spuse că echipa britanică era alcătuită din ofițeri ai armatei din Escadronul 15 Lăncieri și se părea că aduseseră cu ei o grămadă de suporteri extrem de gălăgioși, dintre care mulți băuseră deja pe săturate. Mai apăruseră și alți angajați ai armatei, alături de servitorii lor, precum și încă doi jucători pe post de rezervă, în caz că desfășurarea meciului ar fi impus ajutorul lor.

Eliza aștepta lângă Clifford, privind mica mulțime. Chiar lângă grupul principal de suporteri britanici, un bărbat și o femeie înaltă stăteau în picioare, braț la braț. Femeia se uită în direcția lor și zâmbi.

Clifford o observă și îi șopti Elizei că doamna respectivă e soția doctorului, Dottie Hopkins.

– Îi vei cunoaște mai târziu, adăugă el. Oameni cumsecade.

Femeia părea prietenoasă și Eliza se bucură la gândul că îi va fi prezentată. În partea opusă, prindea contur un grup mare și gălăgios de suporteri indieni, însoțiți și aceștia de un roi de servitori îmbrăcați formal. Nu-și putea desprinde ochii de la ei.

– Deși acesta e cunoscut ca un joc al regilor, Anish, conducătorul, rareori mai participă, spuse Clifford. Prințul Jayant e de urmărit. Are o îndemânare splendidă cu calul și e un excelent jucător de echipă. Dacă joacă astăzi, meciul va fi un regal.

– Meciurile acestea au loc adesea?

– Cele mari fac parte din turneul obișnuit, dar cel de-acum este doar un meci amical pentru propria noastră distracție. Jaipore are cea mai bună reputație. A câștigat campionatul indian anul ăsta, dar Juraipore vine tare din spate.

– Minunat!

– Încă mai visăm să triumfăm. Să fluturăm steagul și tot restul...

Curând sosiră și jucătorii, frumos îmbrăcați, care intrară pe teren pășind țanțoși. Apoi îngrijitorii, mândri nevoie-mare, aduseră caii speciali pentru polo și mulțimea începu să aplaude, deși Clifford îi explică rapid că la joc se foloseau cai obișnuiți.

– Este un sport incredibil de scump. Caii speciali pentru polo valorează mii de lire.

Eliza îi urmări pe jucători cum încalecă – toți arătau extrem de puternici – și, chiar când observă că prințul Jayant se afla printre ei, bărbatul se așeză în șaua unui cal negru magnific. Mulțimea, încântată, izbucni în urale, urmate de fluierături și de strigăte din partea suporterilor indieni.

Clifford se trase mai aproape de Eliza.

– Mereu cucerește mulțimea, iar calul lui are un temperament extraordinar. Întotdeauna trebuie să te bazezi pe animalul tău și ai grijă să nu ți se urce la cap entuziasmul. Îi vezi pe tipii ăia doi?

Eliza privi în direcția arătată.

– Arbitrii. Mai există și un mediator, în caz de neînțelegeri. Când spui polo, spui fair-play.

Până acum, atmosfera o încântase și Elizei îi plăcea că se află în aer liber, în mijlocul unor lucruri noi, în pofida rezervei ei anterioare. Urmări cum cele două echipe se aliniază față în față, cu crosele de polo pregătite și jocul începu imediat ce loviră mingea. Pe măsură ce lucrurile se încinseră, norii de praf se ridicau din pământul tare, lovit cu putere de copitele cailor. Printre iureșuri și atacuri, deveni iute vizibil că animalul prințului dă să se cabreze.

– Așa trebuie să se întâmple? întrebă ea.

Clifford se încruntă.

– Într-adevăr, pare cam agitat.

Eliza continuă să-i urmărească pe jucători, dar, uitându-se spre grupul de indieni, observă doi bărbați în veșminte protocolare, cu săbii curbate prinse la brâu, cum pășesc în față de parcă s-ar fi așteptat la necazuri. Își ținu răsuflarea, însă nu se întâmplă nimic și jocul continuă. Fascinată de ceea ce vedea, abia îl ascultă pe Clifford, care îi explica regulile și terminologia specifică.

Abia câteva minute mai târziu, ceva rău păru că se întâmplă cu calul special al prințului.

– Dumnezeule! exclamă Clifford când animalul începu să cabreze și să se miște haotic, lipsit de control, zvârlind din copite în toate părțile.

Eliza băgă de seamă expresia ciudată de pe chipul prințului Jayant – un amestec de iritare și de nedumerire. Atât britanicii, cât și indienii începură să murmure, apoi să strige de-a binelea când șaua lui Jayant alunecă într-o parte. În câteva secunde, căzu pe spate, iar calul o luă la goană lovit parcă de streche. Restul jucătorilor rămaseră nemișcați și toată lumea privi îngrozită cum doi îngrijitori alergară după animalul intrat în panică. Eliza nu îndrăzni să respire și îl apucă pe Clifford de braț când calul se repezi direct în mijlocul suporterilor indieni. Mulți dintre ei scoaseră urlete de groază, dând din mâini șocați, în timp ce alții fugiră care încotro să se adăpostească. Se auzi un țipăt ascuțit și o femeie se prăbuși lovindu-se cu spatele de grilaje. În timp ce calul se repezea nebunește în toate direcțiile, Eliza simți spaima din aer. Oamenii încă alergau să se ferească din calea lui, dar femeia, care zăcea pe pământ tăcută, nu se mai mișcă deloc.

Eliza îl zări pe doctorul pe care Clifford i-l arătase mai devreme aplecându-se grăbit deasupra femeii. Apoi bărbatul se lăsă pe vine lângă ea.

Mai târziu, îngrijitorii prinseră și liniștiră calul panicat și doi bărbați aduseră o targă de pânză, cu care o luară pe biata femeie, urmați îndeaproape de doctor. Între timp, prințul se ridică în picioare și se scutură de praf, aparent deloc rănit grav, dar livid la față. Părăsi terenul cu calul pășind în spatele lui. Cei doi bărbați cu săbii curbate la brâu porniră după el și Eliza presupuse că sunt gărzile lui personale.

Fotograful din ea era pregătit să observe detaliile unei scene și zări un indian, probabil un îngrijitor, care se furișă pe lângă grajduri, ajungând în spatele mulțimii alcătuite din indieni, unde se apropie de un alt bărbat. Acesta era înalt și avea o postură regală. Îl bătu pe îngrijitor pe spate prietenește și afișă un zâmbet răutăcios larg. Ei i se păru ciudat, având în vedere că prințul tocmai căzuse. În ciuda atmosferei tensionate, Eliza văzu și doi suporteri britanici chicotind, schimbând priviri amuzate și făcându-și cu ochiul.

– Ce idioți! Nu e nimic amuzant! exclamă ea. E foarte posibil ca femeia să fi murit!

– Voi afla vești curând de la Julian Hopkins, spuse Clifford.

Britanicii continuau să discute între ei netulburați, fără să pară deloc șocați așa cum s-ar fi cuvenit și fără să dea semne că ar dori să plece. Însă suporterii indieni dădeau din cap și bombăneau, câțiva dintre ei întorcându-se și îndepărtându-se de teren.

– Meciul va trebui să se oprească acum, rosti Eliza convinsă.

– Nu, răspunse Clifford. Un înlocuitor pentru prinț e deja pe drum. Este permis în cazul unei răni.

– Serios? Dar nu e mai degrabă un gest crud?

– Spectacolul trebuie să continue, draga mea.

Uitându-se în jur, Eliza simți cum anxietatea care cuprinsese lumea se mai risipește și speră din toată inima ca femeia să fi supraviețuit.

– Dar e o chestiune stranie, continuă Clifford. Foarte stranie. N-am mai văzut așa ceva. Deși acum, că prințul a plecat, mă aștept să învingem. Tot e ceva. Am dubii că va folosi un alt cal după tot ce s-a întâmplat.

3

În ziua următoare, Eliza și Jayant Singh ieșiră din holurile de marmură și pășiră în curtea cu pavele din gresie roz, sculptată, ce strălucea în lumina palidă a dimineții. Trecură printr-un șir de pavilioane legate între ele și ajunseră într-un loc unde bătea o adiere mai răcoroasă, aducând parfumul grădinilor. Deși Eliza încă se gândea la meciul de polo, ceva din grandoarea spațiului o făcu să se îndrepte de spate, să-și ridice capul și să pășească plină de mândrie. Își aruncă eșarfa peste umăr și aceasta se umflă de la vânt. După gestul simplu, feminin, se simți de parcă intrase în pielea unei regine indiene.

– Locul arată de parcă ar fi făcut din lemn de santal, și nu din gresie, spuse ea când ajunseră în grădina dichisită, mărginită de un zid, pe care se plimbau vinovații pentru tărăboiul din noaptea anterioară.

Păunii! Când unul dintre ei își luă zborul de pe zid și căzu greoi la pământ, izbucni în râs. Cine-ar fi zis că frumusețea poate fi atât de stângace?

– A fost plantată în secolul al XVIII-lea, explică prințul, arătând spre tufișurile de trandafiri, spre chiparoși, palmieri și portocali.

Ieșiră din castel pe o rampă care trecea prin șapte porți cu arcade. La un moment dat, Eliza observă cinci rânduri de mâini sculptate pe unul dintre zidurile laterale.

– Sunt palmele văduvelor *sati*[1], spuse prințul, fără să pară deloc afectat. În drum spre rugul lor funerar, femeile își vârau mâinile în pudră roșie și le lipeau de ziduri pentru a-și exprima devotamentul. Mai târziu, urmele au fost sculptate.

Eliza gemu.

– Oribil!

– Noi îi spunem femeii care moare *sati*, dar voi, britanicii, numiți actul în sine *suttee*. Este o practică ilegală în India Britanică încă din 1829. Au urmat statele princiare, pentru ca apoi să fie interzis în toată India de regina Victoria în 1861. Totuși...

Eliza cunoștea deja ritualul de sacrificiu al văduvelor prinților din Rajput, precum și al femeilor simple, dar tot i se făcu rău când se gândi la el. Oare chiar credeau că arderea văduvelor reprezintă un mod onorabil de a muri? I se părea imposibil să-și imagineze cum trebuie să se fi simțit femeile acelea.

Privi aleile nisipoase ale orașului medieval, înțesate de meșteșugari de tot felul, și se gândi la momentul când văzuse prima dată zidurile imense, cu toate turnurile și bastioanele lor. Se uită în spate, spre cetate. Înălțându-se invincibilă din dealul abrupt, se vedea clar că e cioplită în stâncile pe care stătea. Cine știe câte femei din interiorul zidurilor muriseră arse?

Se suiră într-o mașină și după o vreme lăsară în urmă orașul. Eliza admiră deșertul, unde vânturile spulberau nisipul fierbinte, îngroșând aerul. Kilometru după kilometru de câmpuri, printre care drumul șerpui printr-un peisaj albit de soare, presărat ici și colo cu salcâmi uscați, ciulini, dar și petice de un verde orbitor. Era un loc singuratic, gol, iar Jayant Singh păstră tăcerea, concentrându-se la condus pe șoseaua care abia se deslușea. Eliza îi iertă tăcerea. Totuși, un bărbat care ocupa atât

[1] *Sati* (sau *suttee*) este o practică în anumite comunități hinduse prin care o văduvă fie se oferă voluntar, fie este silită să se sinucidă, ca urmare a morții soțului. Cea mai cunoscută formă de sati este cea în care femeia arde pe rugul soțului ei (n. tr.)

de mult spațiu mental și fizic nu putea fi ignorat cu ușurință. Eliza intuia un soi de sălbăticie în el. O tulbura, se simțea tensionată și stânjenită totodată, dar încercă să lege o conversație. După ce primi mai multe răspunsuri taciturne, renunță și se cufundă în reverie, lăsând asaltul asupra simțurilor ei să o învăluie. Apoi, exact când alunecă într-un vis cu ochii deschiși, populat de palate, de grădini și de maimuțe ce se legănau și în momentul precis când chipul tatălui ei urma să i se înfiripe în minte, Jayant începu să vorbească.

– Cineva mi-a umblat la șa, spuse el și glasul lui cald și ușor răgușit o făcu să tresară. Te-am văzut la meci ieri și sunt sigur că aveai unele nedumeriri.

– Mi-a părut rău pentru cele întâmplate. De unde știi? Mă refer la sabotaj.

– Chinga fusese tăiată. O verificasem cu o zi înainte, dar ieri am ajuns prea târziu și n-am mai apucat să mă uit încă o dată la ea. Chinga e cea mai vulnerabilă parte a echipamentului de călărie. Ar fi trebuit s-o verific iar.

– Și din cauza asta s-a cabrat calul?

– Nu, din cauza unor crenguțe cu spini pe care un idiot le-a pus chiar sub șa.

– Dumnezeule! Ăsta a fost un sabotaj în toată regula.

Îi veni în minte imaginea celor doi indieni care i se păruseră dubioși.

– Te-ar fi putut omorî.

El zâmbi.

– Mai degrabă mi-ar fi rupt niște oase, dar sunt bine, după cum vezi. Totuși, calul meu ar fi putut muri. Și nu aș fi iertat așa ceva, cât despre biata femeie...

– Cum se simte?

– Are un traumatism la cap, cred. Din fericire, doar atât.

– Mă enervează cumplit fapta. E oribil când te gândești că un om a făcut asta dinadins.

Vocea lui deveni gravă.

– O copilărie. Calul meu e o frumusețe, are energie, agilitate și viteză. De el îmi pasă... Dumnezeu știe ce s-ar mai fi putut întâmpla cu mulțimea. Dă o reputație proastă jocului de polo.

– Și ce măsuri pot fi luate?

– M-am plâns lui Clifford Salter și autorităților jocului de polo, dar nu putem dovedi cine e făptașul. Am bănuielile mele, dar echipa adversă, o adunătură pestriță de oameni, venise doar în vizită și a plecat deja.

Eliza păstră pentru ea gândurile despre cei doi indieni care-și râdeau în barbă. Deși prințul păruse foarte furios la momentul respectiv, acum reacționa ușor filozofic.

– Așadar, domnișoară Fraser, ce anume te interesează în privința noastră?

– Știi foarte bine despre ce e vorba. Am o slujbă.

– Ciudat că domnul Salter a ales o necunoscută.

Se așternu tăcerea câteva momente, timp în care ea fierbea în suc propriu.

– Asta e o călătorie de câteva zile, continuă el, întrerupându-i nepăsător gândurile.

– Păi, ar fi fost bine să-mi fi spus și mie. Am luat cu mine doar un schimb de haine.

– La fel și eu.

– Nu te speli de obicei?

El izbucni în râs.

– Dacă aș fi primit o liră ori de câte ori un european m-a întrebat asta... În noaptea asta vom campa, și la fel mâine. Așa că nu.

– N-am vrut să sune așa.

Era sigură că bărbatul o înțelesese perfect, dar lăsă baltă subiectul.

– Și unde vom campa?

– În deșert. Dar nu te îngrijora, nu vei fi singură. Ai o servitoare cu tine. Ea și alții vin în urmă.

– Și corturile?

– Sunt deja ridicate. Câțiva bărbați au plecat înainte să se ocupe de ele. În fiecare an, târgul Chandrabhaga din Jhalwar are loc în luna hindusă Kartik. Este un stat puțin explorat de britanici și mama a considerat că îți va plăcea.

– Și cu benzina pentru mașină cum rămâne?

El își luă o mână de pe volan și arătă spre spațiile vaste de afară.

– De ici și de colo. Puncte de oprire. Am aranjat deja.

– Atât de departe veniți de obicei pentru cămile?

– O observație bună. Nu, de regulă, mergem la Pushkar sau la Nagaur.

– Și-atunci?

– Avem afaceri în zonă. În timpul târgului, pelerinii se adună pe malurile fluviului sacru Chandrabhaga. Vei vedea fortărețe, castele, viață sălbatică, dar și un lac liniștit unde avem un palat de vară moștenit de la un văr. Acolo vom sta în cele din urmă. Poate vrei să vizitezi și anticul oraș al clopotelor.

– Nu sunt turistă și vreau să fotografiez oameni, rosti ea ușor iritată. În orice caz, asta mi-a cerut viceregele. Nu poze de amator. Punem bazele arhivelor din New Delhi. Clifford spune că e vorba de o comparație între viața din statele princiare și viața din India Britanică.

– În detrimentul nostru, fără îndoială.

Eliza se zbârli.

– Nici pomeneală. În orice caz, sper să pot organiza o mică expoziție dacă găsesc un sponsor.

– Ai grijă. Chatur va crede fără îndoială că ești spioană, râse el. Ești?

Pe Eliza începea s-o mănânce pielea de enervare.

– Normal că nu sunt! Dar Chatur cine e?

– *Dewan*-ul. El conduce totul.

Tânăra rămase tăcută.

– Negustorii din ținuturile îndepărtate ale Rajputanei, din Madhya Pradesh și din Maharashtra se întâlnesc la acest târg. Vei cunoaște tot felul de oameni.

– O voi cunoaște și pe Indira?

– Sigur.

– Îmi dai mai multe detalii despre ea?

– Mai bine te lămurești singură. Apropo, îmi retrag cuvintele despre părul tău. În razele soarelui este roșcat sau poate auriu, nu are culoarea părului de cămilă.

– Ca mierea, murmură ea și nu se putu abține să nu zâmbească.

Trecură de câteva așezări cuibărite în interiorul zidurilor și, ici și colo, pe lângă sate micuțe unde țăranii creșteau porumb, linte și mei. După ce lăsară în urmă turmele de capre, de oi și chiar de cămile ce se hrăneau cu iarbă grasă, el vorbi din nou.

Îi arătă pământul pe fereastră.

– Acolo unde se văd câmpurile cu iarbă, *khimp* sau *akaro*, sigur există apă în adâncuri. Uneori, rezervoare mari de apă. Dar vorbim de cel puțin 90 de metri adâncime.

– Presupun că e scump să forezi.

El încuviință din cap.

– Unele femei merg zilnic pe jos kilometri întregi până la tancurile și rezervoarele cu apă. Mă interesează apa. Depindem de muson ca să umplem rezervoarele și anul acesta am avut puțină ploaie, iar anul trecut, mai deloc. Viața poate fi dură. Nu ai cum să cucerești deșertul, dar îți dai silința să-l protejezi cât mai bine.

– Am nevoie de apă ca să developez fotografiile.

– Și exact acest lucru îți poate fi fatal.

În noaptea aceea Eliza și prințul stătură cu picioarele încrucișate în jurul unui foc de tabără. Bărbații cu atitudine demnă purtau turbane în modele colorate. Aerul era răcoros și doar o ușoară adiere bătea, aducând cu ea miros de nisip și de praf ce se amesteca blând cu aroma condimentelor din oala de gătit, atârnată deasupra focului. Surprinsă să vadă cât de repede e acceptată de ceilalți, Eliza își dădu seama că totul se datorează prezenței lui Jayant. Când el îi oferi un pahar înalt plin cu lapte, observă cum pielea lui strălucește precum chihlimbarul în lumina flăcărilor tremurânde.

– Lapte de cămilă, spuse el. Foarte hrănitor, dar se acrește repede, așa că trebuie să îl bei rapid. Pe aici, nu se face niciodată brânză din el.

Tânăra sorbi din lapte și se bucură de gustul plăcut.

– Dar, orice-ar fi, să nu bei niciodată *asha*.

– Ce e asta?

El izbucni în râs.

– O băutură puternic fermentată. Îți dă dureri de cap cumplite. Vorbesc din experiență.

Unul dintre bărbați cânta la un fel de tobă, altul lovea încet niște clopoței de rugăciune. Cu tot fumul care se ridica în văzduh, Eliza se simți copleșită de scena ce părea suspendată în timp. Urma să împartă cortul cu servitoarea care stătea lângă ea, așa că, deși pe Eliza o tulbura gândul că se află în sălbăticie înconjurată de atâția bărbați, nu se simți nicio clipă amenințată.

A doua zi, după o noapte surprinzător de friguroasă, în care dormise pe un *charpoy*, un pat împletit tradițional, Eliza se trezi în zori, învăluită de sunetul glasurilor. Se întinse, intenționând să se bucure de moment, dar aroma mâncării se dovedi prea ațâțătoare și, cum i se făcuse o foame de lup, iar fata se trezise deja, își trase hainele pe ea, fără să-i mai pese de spălat, și ieși din cort. În doar câteva clipe, lumina se schimbase. O dimineață de o frumusețe orbitoare o întâmpină, cu un cer roz-aprins la orizont, ce se transforma încetul cu încetul în portocaliul piersicilor coapte. Nu se vedea niciun nor. Lumina delicată arunca o strălucire blândă peste pământul plat ce părea să se întindă kilometri întregi, umplându-i ființa cu o senzație de spațiu nesfârșit. Zări ceea ce presupuse a fi un adăpost de capre temporar, construit din stâlpi de lemn, peste care fusese aruncată o prelată ca să facă puțină umbră. În jurul adăpostului, zeci de capre mestecau din tufișurile rare și, deși viața nomadă trebuie să fi avut compensațiile ei, Eliza se gândi că aceasta, neîndoielnic, era și foarte singuratică.

O surprinse plăcut că e întâmpinată de un prinț Jayant zâmbitor, cu trăsăturile mândre ale chipului parcă ușor îmblânzite. El întinse mâna, arătându-i unde vor mânca.

Dar nu numai fața i se schimbase, ci toată ființa. Își dădu seama că această persoană nouă, relaxată e un bărbat născut parcă să stea în natură. Eliza purta pantaloni europeni de culoare închisă și un tricou larg, răscroit la gât, de un verde-aprins. Se gândi să îl întrebe mai târziu dacă îi permite să-l fotografieze.

După o masă îmbelșugată cu dahl și orez gătit deasupra focului de unul dintre bărbați, Jayant glumi și râse alături de ceilalți. Nu se purtă deloc ceremonios, făcându-se iubit de toată lumea. Eliza îi observă evantaiul de riduri ce i se forma la coada ochilor când râdea și smocul des de păr ce-i acoperea bărbia. Linia maxilarului îi îmblânzea expresia.

– Mergi adesea cu cortul? întrebă ea.

– Cât de des pot. Este felul meu de a evada.

– Simți nevoia să evadezi?

– Nu se întâmplă așa cu toată lumea?

Eliza își dădu seama că bărbatul are dreptate. Totuși, cât de diferit părea astăzi!

– Nu te-ai purtat deloc ceremonios, cum credeam, dar tu nu ești un prinț obișnuit, nu?

El își plecă fruntea.

– Poate că nu, dar nimeni nu uită cu adevărat de unde se trage.

– Cât se poate de corect. Nesuferit de corect.

– Cred că ar trebui să vezi Udaipore la începutul sezonului ploios. E cel mai bun loc să admiri norii întunecați cum se adună și se rostogolesc. E orașul lacurilor.

– Am auzit.

– Poate te voi însoți acolo să faci fotografii, adăugă el. Este unul dintre cele mai frumoase locuri din Rajputana.

Când ajunseră la poalele dealurilor din zona împădurită Aravalli, Eliza încremeni la vederea taurilor-albaștri care rătăceau nestingheriți în toate direcțiile.

Prințul izbucni în râs.

– Nu-ți face griji, domnișoară Fraser! Nu se vor apropia de noi. S-au acomodat cu caravanele de mărfuri și cu oamenii în trecere prin zonă încă din vremuri de demult. Facem parte din vechile rute comerciale care traversau acest deșert aducând bunuri de departe. În schimbul lor, ne vindeam lemnul de santal, cuprul, cămilele și pietrele prețioase.

– Mi-aș fi dorit să fi văzut și eu asta atunci.

– Erau vremuri primejdioase, când statele se războiau întruna între ele. Viața putea fi foarte dură aici.

Eliza zări un grup de vulturi pe un afloriment stâncos.

Bărbatul rânji.

– Înțelegi ce zic? Atunci n-ai fi avut nicio șansă pe vremuri dacă te îmbolnăveai.

– Serios? Ce norocoasă sunt că trăiesc acum!

– Fără îndoială. Dar uite cât de frumos e peisajul! Dealurile se întind pe kilometri întregi. Vegetația e alcătuită mai ales din arbuști cu spini, diverse foioase și tec uscat... Însă mă îngrijorează tare mult despăduririle viitoare.

– Crezi că vor deveni o realitate?

– Deja se întâmplă.

Vorbiră în continuare despre viața din Rajputana și prințul păru foarte relaxat. Era limpede că iubea ținutul în care se născuse și, în ciuda educației lui britanice, se vedea cât colo că aici îi este locul. Tensiunea resimțită de Eliza când plecaseră la drum cu o zi înainte se risipise complet și, până la sfârșitul celei de-a doua zile în compania lui, tânăra se simți relativ mulțumită.

Mergând spre târg, în ultima zi, trecură pe lângă un bărbat cu o mustață enormă în formă de ghidon și o privire bântuită. Mâna de la spate o cămilă pe care, așezată într-o parte, stătea o femeie cu o eșarfă roșie umflată de vânt, ce-i acoperea fața și părul. Brățările de la glezne scoteau un clinchet gingaș. Prins bine de trupul ei cu niște legături, se afla un bebeluș cu păr negru, bogat. Culorile aprinse ale veșmintelor lor contrastau puternic cu albastrul incredibil al cerului.

– Ne putem opri puțin? întrebă ea. Aș vrea să fac o fotografie.

Chiar dacă, din nefericire, culorile nu aveau să fie văzute niciodată în pozele ei alb-negru.

– Cere permisiunea bărbatului mai întâi, o sfătui Jayant și apăsă pedala frânei. Mi s-a spus că le vorbești limba. Deși habar n-am cum.

– Am locuit în Delhi în copilărie.

– Nu, așteaptă, spuse el, când Eliza deschise portiera. Mai bine să-l rog eu. Dialectul e diferit aici.

Prințul coborî și, după un dialog cu celălalt bărbat, în timpul căruia amândoi zâmbiră, îi întinse câteva monede și se întoarse la mașină.

– Am aranjat, îi confirmă el scurt.

Eliza făcu fotografia folosindu-și Rolleiflexul, sperând să surprindă expresia pierdută a bărbatului. Trecură apoi pe lângă un lac, deranjând un stol de păsări albe enorme, cu ciocuri imposibil de lungi. Când se desprinseră la unison de pe suprafața lacului, tânăra le admiră uluită aripile și penele negre splendide de la capătul acestora.

– Incredibile!

– Pelicani, îi spuse el. Nu ai mai văzut înainte?

– Nu în Cotswolds, răspunse ea și văzu cum el îi zâmbește.

– Nivelul apei e mai mic decât ar trebui, rosti el privind spre lac.

Apropiindu-se de târg, Eliza rămase cu gura căscată când zări sutele de cămile răspândite care încotro. Bărbații stăteau în grupuri mici în jurul focurilor fumegânde și, când prințul opri mașina și coborî, mirosul de fum și de bălegar o izbi imediat. Se așteptase să se simtă în mijlocul atenției, dar locul gemea de lume și nimeni n-o băgă în seamă.

– Nu sta în spatele cămilelor! i se adresă el zâmbind răutăcios și trăgând-o într-o parte. Dau multe vânturi. Și sunt morocănoase.

Pe partea cealaltă a potecii înguste zări vite, capre și cai.

– Nu știam că se face și negoț cu vite aici. Cum naiba găsește lumea ce vrea?

– Cămilele au calități diferite. Dacă știi cu precizie ce cauți, nu e dificil.

– Și tu ce cauți?

– Oh! spuse el, după care se opri zâmbind epuizat. Nu ți-ar ajunge o viață întreagă să înțelegi! Și probabil ai mai avea nevoie de încă una ca să-ți explic.

Eliza îl privi lung. Bărbatul acesta avea aer de filozof, ce să mai! Când se uită din nou spre animale, văzu că se diferențiau între ele prin mărime, dar și prin culoare. Îi zise și lui asta.

– Exact ca noi, nu? Sunt rase mai dure și animale mai delicate. Haide să o căutăm pe Indira!

Eliza nu se dezlipi de prinț, întrebându-se cum ar trebui să i se adreseze. Până acum el insistase să-i spună domnișoara Fraser și nu se simțise deloc bine. Ea evitase să-i spună cumva, așa că se hotărî să-l întrebe totuși.

– Spune-mi Jay, replică el. Așa mă strigă toată lumea.

Ea se încruntă.

– Mă rog, nu chiar toată lumea, dar tu ai voie.

– Dar nu e mai degrabă neprotocolar?

– Nu mă așteptam să ții la tradiție. Cel puțin nu dacă iau în calcul felul în care te îmbraci. De fapt, am senzația că n-ai nicio treabă cu veșmintele.

Jay îi aruncă o privire pătrunzătoare, iar Eliza înmărmuri copleșită de indignare. Cum naiba reușise să o citească atât de repede?

– E mai degrabă...

– Nu foarte britanic, vrei să spui, dar eu nu sunt britanic, în pofida încercărilor celor de la Eton de a mă transforma într-unul.

– Asta au făcut?

– Tu ce crezi?

Ea se uită în pământ înainte de a-și ridica privirea spre el, acceptând ideea că umbrele trecutului puteau fi prezente chiar și în cea mai însorită dintre zile.

– Apropo, doamna Cavendish. Dar îmi folosesc numele de fată, Fraser.

El îi cercetă inelarul.

Deși moartea lui Oliver o șocase, nu pierduse iubirea vieții ei. Date fiind împrejurările, cum ar fi putut sta lucrurile altfel? Dar tatăl ei... acela fusese un pumnal înfipt direct în inimă. Atât de adânc, încât ea nu mai putuse să funcționeze. Nu mai mâncase. Nu mai dormise. Și câteva luni nu mai vorbise deloc. Ideea propriei culpabilități o transformase în victima coșmarurilor îngrozitoare.

– Sunt văduvă, îi explică ea.

Prințul își arcui sprâncenele.

– N-am intenționat să ascund asta. S-a întâmplat pur și simplu.

– Mai bine să rămână între noi, cred. Oamenii consideră și acum că văduvele aduc ghinion și lucrurile au un fel al lor de-a o lua razna.

– Aș prefera să-i spun totuși lui Laxmi. A fost atât de amabilă cu mine și nu vreau să afle despre asta mai târziu și să creadă că am venit aici cu pretenții false.

El clătină din cap.

– Oamenii cred că, dacă supraviețuiești soțului, nu ai avut grijă cum trebuie de el și că de vină e karma ta rea.

– De parcă nu m-aș simți deja prost!

– Lumea așteaptă să faci penitență pentru păcatele tale, trebuie să mănânci numai orez simplu și să nu te mai recăsătorești niciodată, chiar dacă legea permite așa ceva acum. E un obicei antic, știu, dar ți-ar putea face viața foarte dificilă. De asemenea, oamenii se așteaptă să te îmbraci în alb și să te razi în cap.

Îi zâmbi răutăcios.

– Am crezut că obiceiurile acestea sunt pe cale de dispariție.

El plecă fruntea și dădu din umeri, de parcă ar fi vrut să respingă vorbele ei.

– Chiar dacă britanicii au declarat *suttee*-ul ilegal, încă se practică. Vechile obiceiuri mor greu, domnișoară... adică doamnă Cavendish.

– Cred că ar fi mai bine să-mi spui Eliza.

Prinţul încuviinţă exact când o tânără trecu razant pe lângă Eliza şi fugi spre Jay. Făcu o plecăciune exagerată în faţa lui, urmată de un hohot de râs sănătos. Era foarte zveltă şi, iniţial, Eliza crezu că e un copil, un fel de rudă, dar apoi îi zări chipul: mai deschis decât al lui Jay la culoare, te izbea cu frumuseţea lui ieşită din comun. Se holbă la ea fără să se poată controla. Părul lung şi prins aproape neglijent îi curgea în valuri până în talie, iar ochii verzi incredibili aveau ceva întunecat în ei, spre deosebire de ochii cenuşii ai Elizei. Totuşi, acolo unde ochii blânzi ai englezoaicei sclipeau precum culoarea lacurilor, tânăra indiancă avea smaralde. Străluceau în razele soarelui, în timp ce râdea şi trăncănea cu entuziasm. *Şi cu bucurie,* gândi Eliza. O bucurie efervescentă şi pură. Purta o bijuterie de nas şi era acoperită de brăţări şi de coliere. După câteva momente, Jay o apucă de mână şi, zâmbind larg, se apropie de Eliza.

– Indira, spuse el, ea este Eliza sau domnişoara Fraser pentru tine. Eliza, ea e Indira.

– *Namaskàr*, rosti fata şi îşi apropie palmele una de alta în dreptul pieptului.

– A fost educată la castel, o întrerupse Jay, şi vorbeşte foarte bine engleza, Eliza, aşa că nu te lăsa păcălită!

Când ziua se scurse spre amurg, Jay le duse cu maşina înapoi la palatul de vară de lângă lac. Acesta nu era deloc aşa cum se aşteptase Eliza. Avea un aspect jalnic, cu pereţi scorojiţi şi ziduri dărâmate. Jay îi spuse că mai are un palat într-o stare asemănătoare în statul Juraipore şi că intenţiona să îl restaureze pentru ziua în care îşi va întemeia o familie.

– Se numeşte Shubharambh Bagh.

Eliza ştia că *bagh* înseamnă o locuinţă cu grădină şi livadă, mai ales o livadă cu pomi fructiferi, iar *shunharambh,* începuturi de bun augur.

– Ar putea fi superb acolo, continuă el. Şi s-ar putea dovedi de folos pentru tine, dacă te hotărăşti să îl fotografiezi aşa cum e.

Tânăra încuviinţă din cap.

Cât el îi arătă holurile cu arcade prăfuite și predominant albastre, ea admiră cu uimire sinceră paravanele zăbrelite și minunat lucrate, cu un design ce reprezenta un frunziș răsărind dintr-o vază înaltă.

– *Jali*, spuse el. Aici erau încăperile femeilor. Paravanele cu lucrătura lor perforată le permitea femeilor să vadă afară, însă fără a fi văzute.

Primul gând al Elizei se dovedi a fi legat de Indira. Departe de a fi ținută în spatele unui paravan, fata părea hotărâtă să le deschidă drumul, la răstimpuri așezând o mână posesivă pe brațul lui Jay. Indira nu era deloc sfioasă. O prevenea oare că bărbatul îi aparține? Nu părea să se rușineze atunci când îl atingea ocazional și Eliza se întrebă dacă nu cumva cei doi erau iubiți ori dacă nu cumva Indira avea statutul unui fel de concubină. Sau poate se purtau de parcă ar fi fost frați? Își aminti atunci că Laxmi îi spusese că fata era o miniaturistă, o artistă de un mare talent.

– Rareori folosim locul acesta, rosti el. Mă întâlnesc cu un potențial cumpărător cât suntem aici să strângem fonduri. În numele fratelui meu. Lui nu-i place să călătorească.

– Se pare că ai palate pretutindeni.

– Familia mea are, eu am doar unul. Te vei îndrăgosti de logia cu arcadă de acolo. Sau poate exagerez și ar trebui să o numesc verandă. Podeaua e din marmură albă, dar, din păcate, acum e distrusă.

Bărbatul oftă.

– Întregul loc are nevoie de restaurare.

– Din descriere, pare foarte frumos.

– Am nevoie de lumină și de spațiu în camere ca să respir. Iar castelul nostru principal, cu labirintul lui de coridoare și de scări întunecate, nu mi-l oferă. Din acest punct de vedere, sunt total de acord cu britanicii.

Pe acoperișul-terasă cineva aranjase perne mari, înconjurate de torțe aprinse, iar, într-o parte, un paravan cu perdele diafane. Cei trei se așezară confortabil și două fetițe aduseră un festin alcătuit din fructe, dahl, orez și cărnuri. Sub puzderia de stele, parfumul nopții plutea pe deasupra, amestecându-se cu aromele mâncărurilor și ale trupurilor calde. Atinsă de o senzație tulburătoare de magie, care nu avea ce să caute în lumea reală, Eliza privi spre cer. Noaptea păru să strălucească mai puternic decât ziua, iar perdelele se unduiră sub adierea blândă a vântului. Deși ar fi dorit să zăbovească așa o veșnicie, trebui să-și amintească că nu se afla aici ca să se lase sedusă de frumusețea Indiei, ci mai degrabă ca să o surprindă în fotografiile ei. Totodată, vraja romantică a deșertului putea fi întunecată, fără să-ți dai seama, de asprele furtuni de nisip. Cât ai clipi, deșertul devenea un spațiu al morții. Și, deși pulsul vieții bătea puternic, dacă moartea pândea în pragul ușii tale, nici nu era de mirare că voiai să crezi, așa cum o făceau hindușii, că viața ta înseamnă doar o etapă a călătoriei către momentul unirii simbiotice cu universul. În acel moment, Indira începu să murmure un cântec liric foarte trist care o mișcă pe Eliza atât de profund, încât nu reuși să împiedice apariția unui sentiment de invidie față de talentele fetei.

4

– Îmi pare rău că nu am apucat să ne salutăm la meciul de polo, dar mă bucur să te cunosc, spuse femeia înaltă, brunetă, cu ochi albaștri strălucitori, în timp ce îi întinse mâna. În fine, eu sunt Dottie. Dottie Hopkins.

Eliza sosise la o petrecere cu cocktailuri, de fapt, o mică adunare de britanici organizată la vila lui Clifford, din partea mai modernă a orașului. Interiorul, după cum se așteptase, se dovedi elegant și scăldat în razele soarelui. Ferestrele glisante uriașe fuseseră larg deschise, iar în aer plutea aroma de iarbă proaspăt tunsă ce se îmbina cu fumul de trabuc. Semăna foarte bine cu o casă de țară britanică într-o zi de vară.

– Soțul tău a făcut o treabă bună cu biata femeie, rosti Eliza.

– Da, a fost îngrozitor, sinceră să fiu. A avut un noroc incredibil. Putea fi mult mai rău. Ai stat până la sfârșit?

– Da, dar, întrucât Clifford a trebuit să plece imediat ce s-a terminat, așa am făcut și eu.

– Trebuia să investigheze toată tevatura, îmi închipui. Soțul meu mi-a spus că ar fi fost ceva necurat la mijloc. Deși acum nu prea mai contează. Se crede că avea de-a face cu grupul acela de britanici. În fine, Clifford nu ar vrea să mai insiste, dacă ține de noi asta.

Eliza își aminti ceea ce credea că observase. Probabil că nu însemna nimic, dar cu siguranță avea să rămână cu ochii în patru la castel.

– Sper că vom fi prietene. Locuim în apropiere.

Dottie îi zâmbi ușor.

– Așa că știi unde să vii dacă...

– Într-adevăr, o întrerupse Eliza, întorcându-i zâmbetul cald.

Femeia avea în jur de 40 de ani, ochi blânzi și o strângere de mână foarte fermă.

– Clifford ne-a povestit atât de multe despre tine!

– Serios? întrebă Eliza surprinsă.

– Te admir. Aș fi îngrozită să plec de capul meu așa cum ai făcut tu. Nici măcar nu știam că femeile se pot ocupa cu fotografia. Cum te-ai apucat?

Eliza zâmbi.

– Ne aflam în luna de miere la Paris. Eu și răposatul meu soț, Oliver. Am vizitat două sau trei expoziții.

– Îmi pare rău pentru că l-ai pierdut.

– Mulțumesc... Una dintre expoziții era dedicată fotografiei. În capul meu s-a aprins un beculeț când am auzit-o pe femeia-fotograf vorbind despre munca ei. Oliver a văzut cât de încântată eram, așa că mi-a cumpărat primul aparat ca dar de nuntă. Lui îi datorez meseria mea, deși încă am multe de învățat. În orice caz, sper să mă descurc bine aici.

Dottie zâmbi:

– Sunt sigură.

Eliza nu comentă, dar încuviință ușor din cap.

– Ești foarte curajoasă. Se vede. Cum e? Mor de curiozitate să aflu.

– Te referi la castel?

– Nu trăim aici de foarte mult timp, dar am fost în vizită, de obicei când e un *durbar* sau ceva de genul ăsta. Trebuie să fie fascinant să locuiești acolo.

– Nu am văzut suficient ca să pot spune prea multe, dar oamenii s-au purtat amabil până acum.

– Ei bine, Clifford ar face orice pentru tine, știi doar. E atât de bun! Ne-a ajutat pe mine și pe Julian foarte mult când am sosit aici... Ne-a găsit servitori, lucruri de genul acesta...

Se opri și se strâmbă puțin.

– Ai întâlnit-o pe maharani deja?

– Pe soția prințului?

Dottie încuviință.

– Priya.

– Încă nu.

– Am auzit tot felul de bârfe despre ea și, dacă zvonurile sunt adevărate, ai face bine să fii atentă. Mai ales la un bărbat pe nume Chatur. Din câte am aflat, el conduce toate afacerile castelului.

– Da?

Eliza își aminti că Jayant pomenise și el numele bărbatului.

– Clifford face o treabă minunată, dacă mă întrebi pe mine, are o răbdare de sfânt, dar tipul ăsta, Chatur, i-a dat numai bătaie de cap. Își bagă nasul peste tot. Nu respectă ordinele. Știi genul. Îi urăște pe britanici.

Se mutară lângă fereastră, unde pe o masă fuseseră aranjate gustări și carafe pline cu punci din fructe. Dottie turnă băutura în două pahare, apoi ridică o farfurie cu gustări.

– Îți plac creveții?

Eliza se aplecă ușor să-i studieze.

– Sunt OK. La conservă, desigur. Suntem mult prea departe de mare. Când și când ți se va oferi miel, dar, de fapt, e carne de capră. Mulțumește-te cu mâncarea vegetariană de la castel. Acesta e sfatul meu. Soțul meu a trebuit să se lupte pe parcursul anilor cu multe stomacuri britanice chinuite, așa că știu bine cum stă treaba.

– Mulțumesc, dar, dacă nu te superi, cred că voi sări peste creveți, spuse Eliza și se întoarse să cerceteze încăperea.

Zări un bărbat voinic, cu o mustață îngrijită, care zâmbea spre ele.

Dottie bătu din palme.

– Uite, el e Julian. Trebuie neapărat să-l cunoști. El și Clifford sunt buni amici, iar Clifford te prețuiește enorm, asta e părerea mea, deci cred că o să te vedem de multe ori pe-aici.

Eliza se încruntă.

– Serios? Clifford mă știe de când eram mică, dar nu l-am văzut cu anii. Cel puțin nu până de curând.

Dottie zâmbi.

– Ei bine, acum, pentru că știi unde stăm, poți trece oricând pe la noi. Oricând.

– Ești foarte amabilă.

Eliza chiar simțea asta și cine știe? Poate uneori chiar va avea nevoie să evadeze într-o lume familiară pe care o înțelegea mai mult sau mai puțin.

– De multe ori, bărbații se așază să joace poker, adăugă Dottie, după care zâmbi parcă pentru a-și cere scuze. Duc o viață destul de plictisitoare, așa că prezența ta ar fi bine-venită. Sunt atât de puține englezoaice pe aici!

– Intenționez mai degrabă să mă cufund în lumea indiană.

– Va trebui să mai iei și pauze uneori. Sunt sigură de asta. Acum hai să-l cunoști pe Julian. Sunt convinsă că vă veți înțelege de minune.

În ziua de după petrecerea cu cocktailuri, Eliza developă primele fotografii și se arătă încântată de rezultate, mai ales de fotografia bărbatului cu privire pierdută și a copilului cu părul negru, țepos. Omul avea ceva etern în el, un amestec de demnitate și de tristețe. Iubea la nebunie felul în care o fotografie putea spune o poveste întreagă, concentrând-o într-un singur moment. Spera să mai facă asemenea fotografii inspirate de sufletul ei, și nu numai de creier. Dacă ar reuși să se plimbe mai mult și să surprindă ceva din calitatea misterioasă a oamenilor simpli, ar fi fericită.

Primise un mesaj scris de mână de la Chatur, pe care încă nu îl întâlnise, prin care o informa că primele fotografii trebuiau să fie cu familia regală, altfel ar fi dovedit o lipsă enormă de respect față de aceștia. Plănuise oricum să facă asta, așa că nu-i păsa. Ar fi o amintire clară a persoanei care fusese înainte să încerce să fotografieze firidele mai intime ale castelului. Și, deși pesemne pe Clifford îl interesa mai mult ca ea să surprindă imagini potrivite pentru arhive, tânăra era hotărâtă să-și folosească și creativitatea.

Un curtean cu turban roșu și veșminte albe o însoți până la o curte spațioasă, înconjurată pe trei laturi de balcoanele închise cu paravane ale *zenanei*. Cu toate că femeile din *zenana* nu mai erau restricționate de purtarea vălului, multe încă rămâneau în spatele paravanelor. Un fior îi străbătu corpul când își dădu seama că tot ceea ce făcea era urmărit.

Un bărbat înalt și drept, cu o mustață impresionantă, sprâncene stufoase și pungi groase sub ochi veni spre ea. Tânăra ar fi putut jura că este același bărbat înalt care izbucnise în râs la meciul de polo, după accidentul prințului. Se gândise să îi pomenească de asta lui Clifford, dar își făcuse griji că poate se înșela și nu voise să pară naivă în fața lui.

– Sunt Chatur, *dewan*-ul sau reprezentantul principal al Curții, începu el pe un ton arogant.

Nu îi așteptă replica și nici nu îi întinse mâna, ci continuă cu glas poruncitor.

– Am ultimul cuvânt în ceea ce privește ce se poate și ce nu se poate face în palat. Eu organizez totul. Înțelegeți? Orice doriți să faceți, eu trebuie să aflu.

Deși de origine simplă, bărbatul impresiona prin postura severă a unui rege și Eliza intui că Chatur avea o părere excelentă despre sine însuși. Ea îi susținu privirea, deși nu fără greutate, și se văzu nevoită să își controleze impulsul de a se strâmba din cauza căutăturii lui întunecate. Auzise deja de la Dottie că bărbatul are o reputație anume și atitudinea lui nu făcea decât să întărească bârfele. El o privi cercetător din cap până-n picioare, dar Eliza nu știu dacă din vreun motiv anume.

– Dacă îmi respectați instrucțiunile, veți descoperi că pot fi foarte înțelegător, domnișoară Fraser. Dacă nu, ei bine...

Ridică din umeri.

– Pricep, spuse ea, hotărând că a accepta tacit sfatul lui reprezenta cea mai bună politică, cel puțin pentru moment.

– Ne vom vedea de multe ori, adăugă el, oferindu-i un zâmbet strâmb. Mă aștept să depuneți toate eforturile pentru ca asocierea noastră să fie armonioasă. Nu ne plac străinii care își vâră nasul în treburile castelului.

– Vă asigur că nu o să-mi vâr niciun nas, cum ziceți dumneavoastră. Mă aflu aici doar ca să fac fotografii.

– Așa susțineți, domnișoară Fraser. Voi ține un ochi asupra activităților dumneavoastră.

Imediat, bărbatul se răsuci pe călcâie și plecă.

Schimbul scurt de replici nu o ajutase deloc pe Eliza să-și mai potolească nervozitatea, dar luă hotărârea să nu devină și mai deprimată.

Se gândise la multe locuri care i-ar fi oferit lumina potrivită, dar i se comunicase că acesta ar fi singurul moment și loc unde i se va permite să fotografieze și nu avea la dispoziție decât o jumătate de oră. Trebuia să ia în calcul și fundalul, preferând ceva simplu pentru a permite ochiului să se concentreze pe subiectul fotografiilor: oamenii. Rezultase că multe dintre ideile ei fuseseră considerate de Chatur drept „incredibil de nepotrivite". Astfel, fotografiile aveau să fie făcute în dreptul unui perete plin de ornamente. Trebuia să fie atentă.

Imediat ce identifică poziția optimă pentru aparatul foto, începu să asambleze echipamentul. Urma să folosească aparatul cu obiectiv mare, un Sanderson „Regular". Deși nu atât de masiv precum aparatele cu multe plăci, îl adusese cu ea fiind cel mai bun compromis între o greutate mai mică și calitatea specială a imaginii căutată de ea. Întotdeauna purtase cu ea vechiul Rolleiflex. Avea încredere în el pentru situații în care putea să fotografieze cu aparatul în mână. Din fericire, mișcarea de du-te-vino a aparatului Sanderson, când apleca plăcuța din față, îi dădea control asupra perspectivei și asupra focalizării de care avea nevoie pentru ca subiecții ei să poată ieși în evidență.

Îi luă ceva vreme să regleze aparatul, fiindcă necesita un trepied masiv din lemn de mahon și din alamă, dar posibil și folosirea unei pudre pentru a asigura o explozie de lumină. Își cocoță lampa Agfa pentru bliț pe un al doilea trepied și îi atașă declanșatorul de la distanță, alcătuit dintr-un tub lung de cauciuc și cu o pară de cauciuc în capăt pe care trebuia s-o strângă bine. Acea presiune mică urma să declanșeze mecanismul cu cremene, ce aprindea pudra pentru bliț. Se plimbă de colo până colo studiind spațiul ca să decidă cantitatea de pudră necesară. Posibil să aibă vreme numai pentru trei sau patru fotografii, nu mai mult de șase, așa că amestecă deja pudra ca să câștige timp, în loc să o amestece înaintea fiecărei fotografii în parte. Lucru nu lipsit de pericole, fiindcă, odată amestecată, putea exploda pe neașteptate. Combinația de praf de magneziu și de clorat de potasiu îi aprinsese părul nu doar o dată, dar, dacă își plasa subiecții la umbra unui copac, totul va fi cât se poate de bine.

Imediat ce termină, ca la un semnal – confirmându-i senzația că se află sub permanentă observație – apărură patru servitori cărând un obiect ce semăna cu un tron. Auzise de aceste scaune somptuoase cu perne. Era un *gaddi* opulent, roșu-auriu, deloc pe gustul Elizei, dar care reflecta personalitatea maharajahului. Se gândi atunci că Jayant și fratele lui, Anish, nici că puteau fi mai diferiți unul de altul. Arătă cu degetul spre locul de sub un copac și bărbații așezară tronul alături de alte câteva scaune. Un alt servitor veni să împrăștie petale de trandafir pretutindeni.

Auzi sunetul liric al unui fluier, urmat de bătaia gravă a unei tobe și își aminti că, în mitologia indiană, tobele și sunetele lor erau responsabile pentru crearea existenței în sine. Apoi surprinse foșnetul mătăsii și zări familia regală intrând în curte printr-o arcadă joasă, pe jumătate ascunsă. Eliza căscă gura, uimită de grandoarea lor solemnă, iar asta îi spori nervozitatea. Abia după ce se așeză, maharajahul observă prezența Elizei.

Anish, maharajahul, era un bărbat masiv care își vâra degetele grăsuțe într-o cutie cu rahat turcesc, pe care soția lui cu figură acră, Priya, o ținea desfăcută în poală, răspândind nori de pudră dulce în aer ori de câte ori băga o bucată în gură. Albul ochilor avea firișoare roșii și Eliza se întrebă dacă omul se deda băuturii cu aceeași lăcomie pe care o arăta față de mâncare. După părerea mamei Elizei, excesele prinților indieni erau cauzate de practica îngrozitoare a poligamiei. Mama ei disprețuia poligamia din adâncul inimii.

Atât Priya, cât și soțul ei purtau un număr mare de inele, precum și alte bijuterii prinse pe veșminte și Eliza se bucură, rar moment, că nu poate face fotografii color. Dacă *gaddiul* i se păruse ostentativ, cele două personaje se dovediră de sute de ori mai îngrozitoare. Priya, care avea în jur de 40 de ani, nu era o femeie frumoasă în sensul tradițional. Afișa o expresie rigidă, nu zâmbea deloc, dar Elizei i se păru fascinantă, cu ochii ei adânciți în orbite și nasul ușor coroiat. Purta o bluză, o fustă brodată roșu-auriu sau *ghagra*, cu un șal de mătase asortat ce îi acoperea părul. Un șirag de rubine îi strălucea la gât, iar în partea de sus a brațului se zăreau brățările masive din aur și argint, *ponchee.*

Eliza privi în stânga ei când Jayant intră în curte împreună cu un bărbat mai scund și lat în umeri, cu păr precum cerneala și cu sprâncene negre. Înveșmântat într-o haină lungă până la genunchi, făcută din satin negru cu broderie aurie fină, un guler înalt și țeapăn și pantaloni negri, Jay arăta foarte bine, chiar dacă aborda un stil mai reținut. Era pentru prima dată când îl vedea purtând un turban, dar cel mai mult o uimi cât de demn și de elegant arăta un bărbat obișnuit să stea mai mult în aer liber. Când îi zâmbi, ea își dădu seama că se holbase până atunci și, rușinată că fusese surprinsă, se întoarse să aranjeze aparatul de fotografiat. La auzul unor pași în spatele ei, se răsuci pe călcâie. Indira intrase printr-o altă arcadă aproape ascunsă vederii și acum venise să stea lângă Eliza.

– Am fost instruită să îți ofer asistență, dacă vei avea nevoie, zise ea. *Theek hai*[1]?

---

[1] „Bine?“ – în hindi în orig. (n. tr.).

– Da, bine, răspunse Eliza.

Însă avea de-a face cu o Indi diferită: entuziasmul ei debordant dispăruse, își ținea ochii plecați și se purta cu mai multă precauție. Din expresia de pe chipul lui maharani se vedea clar că femeia mai în vârstă era motivul. Priya ignorase sosirea fetei, mulțumindu-se să-i arunce o căutătură disprețuitoare, pentru ca apoi să-i întoarcă spatele dinadins. În timp ce Eliza se întrebă cine era celălalt bărbat, mama lui Jay, Laxmi, și cele trei fete ale maharajahului apărură și se alăturară grupului. Fratele mai tânăr al lui Jay se afla la școală în Anglia, prin urmare nu avea cum să vină.

Eliza îi grupă – apropiindu-i mai mult decât păreau că își doresc –, iar prietenul prințului rămase în afara cadrului. Priya oftă repetat și, după numai câteva minute, se și ridică în picioare. Cu spatele la Eliza, se întoarse spre Laxmi.

– Sigur englezoaica a terminat, nu? Trebuie să mă duc la rugăciune.

– O cheamă domnișoara Fraser, replică Laxmi blând. Înțelegerea este ca ea să aibă libertatea să facă tot ce dorește.

– Înțelegerea dintre tine și ea!

– Haide să nu stricăm o zi atât de frumoasă, spuse maharajahul. Cerul e senin, aerul, proaspăt, păsările ciripesc. Poate să facă ce dorește, dar evident că...

Zâmbi spre Priya.

– În limita bunului-simț, draga mea.

Priya îi aruncă iute soțului ei o privire agasată, țuguindu-și nemulțumită buzele.

– Și, desigur, tu întotdeauna faci tot ce dorește mama ta.

Anish se încruntă:

– Sunt sigur că domnișoara Fraser nu mai are mult.

Eliza își stăpâni iritarea. Oamenii ăștia o enervau cumplit.

– Încă puțin durează. Dacă nu vă supărați, v-aș ruga să luați loc din nou, prințesă, mă voi grăbi cât pot de tare.

Știa că în minutele anterioare Jayant ignorase complet discuția și își văzuse de gândurile lui. Bărbatul se ridică în picioare cu nonșalanță, în lumina soarelui, de parcă n-ar fi avut nicio grijă în viața lui. Însă discordia din sânul familiei și tensiunea acumulată deveneau tot mai vizibile. Eliza nu-și permitea să-și facă dușmani, nu acum când cumpărase atât de mult echipament. Progresa încet, fiindcă fiecare fotografie presupunea și schimbarea plăcii. Orbecăi mai mult decât de obicei, dar, copleșită de un sentiment imens de ușurare, termină treaba fără să strice nimic. O mică binecuvântare, fiindcă altfel ar fi trebuit să se retragă într-un întuneric perfect pentru a drege busuiocul, iar asta ar fi lungit și mai mult ședința de fotografiat. Prefera să-și folosească Rolleiflexul afară și avea să-l utilizeze pentru poze mai simple, dar ziua de azi fusese dedicată fotografiilor mai formale. Așa era obișnuită familia regală și nu voia să-i sperie încă de la început fotografiindu-i în poziții mai puțin oficiale, cum își dorea ea. În plus, asta i se ceruse în mod special. Clifford îi spusese din capul locului că voia instantanee cât mai naturale ale vieții din Rajputana, nu poze în care toată lumea e țeapănă, fără niciun zâmbet pe față, așa cum prefera familia regală.

Când familia se împrăștie, Jay îl luă pe Anish deoparte, iar Eliza îi auzi discutând aprins. Surprinse numele „Chatur" de câteva ori și, uitându-se cu coada ochiului în timp ce strângea echipamentul, văzu cât de rău se supărase Jay. La un moment dat își așeză mâna pe brațul fratelui său și păru să îl strângă cu putere. Anish se smulse din strânsoare și vorbi pe un ton ridicat.

– Nu te băga! Felul în care Chatur conducea treburile castelului depinde de mine, nu de tine.

– Dar îi dai prea multă putere.

În acel moment, Eliza mută trepiedul și bărbații o observară, așa că își coborâră glasurile, dar ei îi era limpede că Jay nu-l înghițea deloc pe Chatur.

Anish plecă și Jay rămase nemișcat preț de câteva clipe, înainte să se apropie de ea și să i se adreseze cu o voce normală:

– N-a fost rău. De fapt, aș zice chiar impresionant, remarcă el.

– Încă nu ai văzut fotografiile, se împotrivi ea, burzuluindu-se la auzul siguranței din vocea lui.

– Profesionistă.

– Te așteptai la altceva?

– Păi, când trimiți o femeie-fotograf...

Se opri și o cercetă, dar cu o expresie ceva mai blândă de data asta.

– E totuși ceva rar întâlnit, nu? Iar noi nu prea suntem obișnuiți să vedem o femeie din înalta societate care să muncească.

– O femeie din înalta societate? se interesă ea, clipind des.

El încuviință din cap.

– Sunt o ciudățenie și acasă, dar intenționez să îmi fac un nume, continuă Eliza, gândindu-se cât de mult aprecia eliberarea pe care i-o dădea munca. Și nimic nu mă va împiedica.

– Dorința ta de a fi recunoscută îți poate fi fatală.

– La fel și utilizarea unei cantități mari de apă, nu?

El îi zâmbi strâmb.

– Crezi că n-ar trebui să încerc?

– Trebuie să existe un echilibru. Ceva care să separe ceea ce merită de ceea ce nu merită.

– Și tu ai obținut asta?

Bărbatul își feri privirea.

– N-aș spune. Apropo, el e vechiul meu prieten Devdan. Dev, pe scurt. Ne-am întâlnit la un târg de cămile în copilărie. Îmi place să mă duc incognito ori de câte ori pot. Îmi dă o senzație mai mare de libertate.

– Ca să nu mai pomenim că, dacă negustorii nu știu cine e, obține și un preț mai bun. Habar n-aveam cine era când ne-am întâlnit, rosti bărbatul mai scund cu un zâmbet larg. În fine, eu sunt darul zeilor sau cel puțin așa se traduce numele meu.

– Ar trebui să ți se spună instigatorul.

Jay râse și îl bătu cu palma pe spate.

– Sunt aici să vânăm puțin cu șoimii, să prindem antilope și să particip la o cursă de cămile alături de prietenul meu din Rajput. Onoarea e mai presus de orice, așa spun rajputanii, Jay, corect?

Jay zâmbi, dar Eliza observă cum ochii lui chihlimbarii se întunecă ușor. Privirea lui meditativă ascundea ceva care îi dădu de înțeles că, în spatele încrederii afișate, exista mai puțină siguranță, de fapt. Așteptă ca el să vorbească din nou și nu-și luă ochii de la maimuțele gălăgioase din portocali.

– Într-adevăr. Ce zile grozave au fost acelea! Să te sinucizi mai degrabă decât să te lași învins, rosti el într-un târziu.

După o pauză oarecum stânjenitoare, adăugă:

– Înainte de a deveni atât de sfioși.

– Sfioși! Nu mi se pare deloc că ai fi sfios! se împotrivi Eliza.

– Ah, dar pe vremuri eram feroce, se băgă Dev în vorbă și, judecând după expresia de pe chipul lui, Eliza îl crezu pe cuvânt.

Deși mai scund decât Jay și, în ciuda comportamentului său frivol, bărbatul o intriga. Se dovedise suficient de prietenos, dar, la răstimpuri, îl surprinsese privind-o intens, făcând-o să nu se simtă prea bine din această cauză. Poate că era vorba doar despre curiozitate, dar indiferent de motiv, nu se putea hotărî să se uite în ochii lui adânci și aproape imposibil de citit. Nu părea deloc genul de bărbat pe care ea l-ar fi văzut prieten cu Jay.

– Vorbești de echilibru, spuse ea, mutându-și privirea de la Dev spre Jay. Cum rămâne cu munca? Dacă vechiul rol de războinic a dispărut, de ce nu găsești ceva folositor de făcut?

– Ce părere ai, Jay? Ea consideră cursele de cămile nefolositoare, izbucni Dev în râs la propriul comentariu.

Ușurată că atmosfera se destinsese, Eliza zâmbi.

– Posibil să aibă dreptate, răspunse Jay.

– Și cum ai devenit interesată de fotografie? o întrebă Dev.

– Soțul meu mi-a cumpărat un aparat de fotografiat când ne aflam în luna de miere.

Vorbise fără să se gândească și se uită iute la Jayant.

– Pesemne că ți-e tare dor de el, rosti el sec.

Sentimentul de vinovăție legat de Oliver îi aduse un nod în gât. Parcă nici nu mai putea să respire și aproape că izbucni prostește în lacrimi. Ca de obicei, izbuti imediat să-și înăbușe emoțiile și încuviință politicos din cap.

– Și ce anume mai exact te-a atras la fotografie?

– A fost captivant, zâmbi ea. Am văzut fotografiile lui Man Ray. Foarte experimentale. A lucrat cu artiștii suprarealiști precum Marcel Duchamp. Când am încercat la rândul meu, am descoperit că și eu văd lucrurile diferit prin propriul obiectiv. Am învățat cum să mă concentrez pe lucrurile neașteptate. Parcă găsisem o lume nouă. Desigur că soțului meu nici nu i-a trecut prin cap că asta va duce la o carieră de sine stătătoare.

Se lăsă o clipă scurtă de tăcere.

– Abia după ce a murit, am avut acces la fonduri cu care să îmi cumpăr mai mult echipament și să îmi achit lecțiile.

– Îmi pare rău, nu mi-am dat seama, zise Dev.

– Iar acum...

Eliza își plecă fruntea.

– E viața mea. Pentru mine, fotografia înseamnă nu doar ce văd, ci și ce simt.

Însă răspunsului ei îi lipsi forța pasiunii pe care o simțea în realitate. Nu-i mărturisi că numai cu ajutorul obiectivului se putea exprima cu adevărat și nici că fotografia devenise refugiul ei. Nu-i mai spuse că ea credea că o carieră de succes i-ar mai ușura din povara vinovăției. Voia să-și facă tatăl mândru de ea și considera că, dacă lucra din greu, putea să se ridice și deasupra suferinței. Însă adevărul era că ar fi renunțat mai degrabă la viață decât să sfârșească precum mama ei, chiar dacă asta ar fi însemnat să accepte ani grei de singurătate ca preț pentru îmbrățișarea unei cariere. Totodată, se bizuia pe un lucru sigur: niciodată nu va mai face compromisuri în privința propriei persoane doar ca să nu se mai simtă atât de singură și nici nu se va mai rușina din cauza îndrăznelii de a-și face vocea auzită.

– Pari diferit, i se adresă ea lui Jay, uitând de gânduri și arătând cu mâna spre haina lui.

– Ah, asta. Se numește *achkan*. Are origine mugală.

Eliza își ridică privirea spre paravanele dantelate *jali*, sculptate cu măiestrie din marmură, și avu din nou senzația că e urmărită.

Eliza își petrecu restul zilei ascunsă în camera obscură. În căldura din Rajputana, plăcile fotografice nedevelopate se deteriorau cu ușurință, așa că planul era să treacă la treabă imediat. Dar ceea ce nu luase ea în calcul nicio clipă fusese căldura intensă a soarelui de după-amiază care intensifica atmosfera apăsătoare a camerei obscure ce nu beneficia de niciun fel de ventilație, în condițiile în care ea purta mănuși de protecție și o mască pentru față. Fluidul pentru developare era un amestec de substanțe chimice, cele mai toxice fiind cristalele albe, lucioase, de acid piroglutamic, ele fiind și motivul pentru care insistase să nu existe decât o singură cheie. Doar o cantitate mică de acid ingerată sau lipită de piele ar fi putut avea efecte secundare îngrijorătoare. Însă ei îi plăcea să lucreze singură așa și, deși mirosul înțepător îi dădu dureri de cap, își continuă treaba până obținu o serie de negative bune. I le va arăta lui Clifford care, spera ea, va permite să fie trimise la Delhi împreună cu plăcile, pentru imprimarea finală, cu instrucțiunile și notele Elizei în ceea ce privește mărimea dorită.

5

Surprinsă de un ciocănit la ușă, Eliza îi strigă celui de afară să aștepte că nu mai are mult. Se gândise că probabil era un servitor care îi adusese ceva de băut, dar, când deschise ușa, dădu cu ochii de Indira care se sprijinea de peretele opus.

– Ai vrea să-mi vezi lucrarea? o întrebă fata, lăsându-și privirea să rătăcească în toate direcțiile, de parcă și-ar fi recăpătat entuziasmul. Suntem amândouă artiste, dacă fotografia poate fi considerată o artă.

Eliza încuviință din cap politicos.

– Dacă fotografiile îi fac pe oameni să le admire, atunci nimic nu mai contează.

Își dorea să vadă lucrările lui Indi, deși, dacă ar fi fost întrebată de ce, probabil că ar fi răspuns că se simțea mai degrabă curioasă în privința fetei. Indira emana ceva ciudat, ceva ce nu părea în regulă. Cine era ea? De unde apăruse această tânără care părea să se bucure de libertatea castelului, fără să fie limitată prea mult? În sinea ei, Eliza continuă să se întrebe care era natura relației dintre această femeie amabilă și Jayant.

Eșarfa diafană a lui Indi pluti în aer, iar mersul ei căpătă o frumusețe aproape lichidă prin labirintul de coridoare și încăperile înguste. Elizei, în schimb, îi veni greu să respire din adâncul plămânilor. Senzația de sufocare se accentuă în pasajele întunecate, claustrofobice, în cotloanele umbrite și pe scările nesfârșite și înguste. Paravanele *jali* se găseau pretutindeni și, pierzându-se de două ori, pricepu de ce britanicii descriseseră palatele ca fiind pline de intrigi și de bârfe.

Totuși, cu ce aspect magnific le întâmpinară stâlpii aurii când sosiră la un *durbar* opulent sau sala de bal! Când Eliza își ridică privirea spre ușile masive, înalte de șase metri, făcute din alamă, în spatele cărora tavanul împodobit cu oglinzi și cu bijuterii sclipi orbitor, rămase cu gura căscată. Rubine, safire, smaralde. O nebunie! Din glasul lui Indi răzbătu o notă de mândrie când îi arătă portretele membrilor familiei, ce atârnau pe pereți. Le pictase pe toate în stilul vechi mugal și Eliza se minună de talentul fetei.

– Tu ai pictat toate astea?

Indira încuviință și, adăugând cu și mai multă mândrie, spuse:

– Da.

– Nu prea înțelegi de ce e nevoie de un fotograf, nu?

Tânăra își mușcă buza, în vreme ce Eliza așteptă un răspuns.

– Pictura e *mera pyaar*, rosti ea într-un târziu.

– Dragostea ta. Înțeleg.

– Mă simt de parcă aș intra într-o lume secretă atunci când pictez.

– Așa simt și eu când fac fotografii. E vorba de felul în care văd lucrurile, adăugă Eliza.

Îi susținu, așadar, privirea Indirei, cântărind fiecare cuvânt pe care urma să îl spună.

– Eu nu voi rămâne aici pentru totdeauna. Promit să nu fiu o amenințare pentru tine.

– Adică numai acesta e motivul pentru care te afli aici? Să faci fotografii?

– Desigur. Pentru ce altceva?

Fata își îngustă privirea și o expresie bizară licări pe chipul ei câteva clipe. Totuși, nu adăugă nimic.

– Și sunt sigură că nu toată lumea aprobă prezența mea. Maharani, Priya, nu pare să mă placă prea mult.

Indi chicoti.

– Priya nu place pe nimeni. Dă vina mereu pentru felul în care e Jay, pe educația lui britanică. Și tu tot britanică ești.

– Felul lui Jay? Cum adică?

– Pe de-o parte, el evită să-și afișeze emoțiile, o atitudine tipic rajputană, și nu-și va recunoaște niciun fel de punct vulnerabil. Pe de altă parte, se bazează pe propriile forțe, e îndrăzneț și nu-și ascultă familia aproape niciodată! E un bărbat care refuză toate ocaziile de a se căsători cu o prințesă tânără și drăguță și are prieteni care susțin nesupunerea civilă, mai ales de când a fost impusă taxa pe sare și de când Gandhi a mărșăluit împotriva ei. După cum am spus, Priya nu e prietena britanicilor, dar în ultima vreme au apărut tot felul de frământări și teama ei față de o revoluție violentă e chiar mai mare decât furia împotriva britanicilor.

– Bănuiesc că e speriată, spuse Eliza, gândindu-se că în spatele trăsăturilor aspre ale Priyei se ascunde, de fapt, o mare fragilitate.

– Nu va recunoaște în veci așa ceva, dar probabil că da.

– Oamenii care au multe de pierdut sunt adesea speriați. Poate că se teme de ce se va întâmpla dacă India ar ajunge să se guverneze singură.

– Poate. Dar cred că Anish a aranjat deja să-și ascundă averea undeva într-unul dintre vechile tunele de sub fort.

– Averea e incredibilă.

Indi încuviință.

– Și cu Dev cum rămâne? Este un prieten de-al lui Jay care e în favoarea nesupunerii sociale?

– Posibil. Nu i s-a acordat licență să dețină propria mașină de scris. Asta ar trebui să spună ceva. El crede că oamenii simpli ar trebui educați ca să poată vorbi cu propria voce.

Indi ridică din umeri.

– Sau ceva de genul acesta. Niciodată nu știi de unde să-l iei pe Dev.

Eliza oftă din toți rărunchii și se hotărî să schimbe subiectul.

– Cum ai învățat să pictezi?

– M-a învățat un thakur din satul meu.

– Un nobil?

– Da.

– Nu te-ai născut într-o castă înaltă?

Indi clătină din cap și își plecă privirea.

– Nu.

Eliza speră ca fata să îi dezvăluie mai multe, dar fața ei se închise, așa că hotărî să nu-i mai scotocească trecutul. În schimb, o întrebă ce îi plăcea cel mai mult din viața de la castel.

Indi își ridică privirea, încântată de noua direcție a conversației.

– Îmi place totul aici, bineînțeles. Dar sunt mai interesată să aflu lucruri despre tine. N-ai vrut niciodată să te măriți?

Eliza zâmbi în sinea ei. Oare părea atât de bătrână? Se uită la frumoasele miniaturi ale lui Indi și se gândi la felul în care fotografia preluase controlul asupra vieții ei. Când fusese la Paris, întâlnise o femeie care urma să devină fotograf cu drepturi depline. Abia atunci Eiza își dăduse seama că așa ceva era posibil. Și, după ce una dintre primele ei fotografii de amator înfățișând un copil orfan zdrențăros ajunsese în paginile unei reviste ilustrate, știu că ar putea, la rândul ei, să devină un fotograf competent.

Șovăi, dar se hotărî să vorbească. Era posibil ca într-o bună zi să aibă nevoie de prietenia fetei.

– Am fost căsătorită, dar soțul meu a murit într-un accident de mașină.

Indira afișă o expresie șocată și deschise gura uluită.

– Ești văduvă?

Copleșită de o asemenea reacție, Eliza simți un gol în stomac. Încă nu se obișnuise cu ideea că era grav să povestească așa, oricui. Jay o sfătuise să-și țină gura, dar ea se repezise să bălmăjească despre Oliver mai întâi în fața lui Dev, iar acum, a lui Indi. Ce naiba avea în cap?

6

Într-o noapte, curând după întâlnirea ei cu Indi, Eliza se uită pe una dintre ferestrele coridorului, care nu era dublată de un *jali,* și descoperi o curte plină cu ustensile, boluri învăluite de lumina argintie a lunii, oale și tot felul de recipiente pentru gătit, ce zăceau pe pământ în fața bucătăriilor. Această expoziție nocturnă îi intensifică sentimentul că s-ar putea să nu înțeleagă niciodată această lume nouă sau ce însemna să fii un rajputan.

De dimineață, când auzi că a sosit Clifford la castel, nu reuși să evite gândul că bărbatul urma să îi tulbure și mai mult echilibrul fragil. După ce fusese condusă printr-un coridor ce separa camerele bărbaților de cele ale femeilor, ajunse într-o cameră mică, unde el apăru cărând o cutie plată și mare și, fără prea multe fasoane, se așeză comod, ca la el acasă, cu picioarele cocoțate pe un divan cu perne de catifea.

– Sunt aici să te ajut să te pregătești pentru *durbar*-ul de stat, spuse el cu felul lui direct de a vorbi, împingându-și ochelarii, care îi alunecaseră pe nas.

Se vedea de la o poștă că e un bărbat care transpiră mult, mai ales că acum purta un costum din pânză de in groasă. Fruntea îi strălucea deja îmbrobonată. Scoase o batistă albă și se șterse.

– Peste două zile, vei avea parte de un spectacol pompos. O chestie aiuritoare cu toate podoabele ceremoniale obișnuite și cu mulți oameni la un loc.

– Trebuie să particip și eu?

– Trăiam cu impresia că te va încânta ideea. Dottie va fi și ea acolo.

Eliza inspiră adânc și, simțindu-se curajoasă, hotărî să rămână fermă pe poziții.

– Ar fi frumos să o văd din nou, dar, de fapt, aș vrea să mă mut de la castel.

– În oraș?

Ea încuviință.

Bărbatul clătină din cap, deși parcă nu din prea mult regret.

– Îmi pare rău, dar nu se poate. Casa de oaspeți e închisă.

Ea oftă adânc. Nu avea să fie deloc ușor.

– Aici nu am intimitate. Mă simt de parcă aș fi urmărită tot timpul.

– Fiindcă așa și este. Întotdeauna e o bătălie adevărată cu oamenii de soiul ăsta.

Clifford făcu o pauză și ridică spre ea cutia. Cracul de la pantalon i se săltă pe picior și Eliza observă că are pielea ca laptele și părul roșcat. Era clar un bărbat care se ardea la soare cu ușurință.

– Dar trebuie să nu uiți că noi suntem constructorii de imperii!

Tăcu o clipă, de parcă ar fi vrut ca ea să îi absoarbă vorbele.

– În orice caz, ți-am adus ceva.

– Nu înțeleg. De la cine?

Bărbatul zâmbi, părând deosebit de încântat de gestul lui.

– Hai să-l numim un mic cadou de bun venit din partea mea.

Eliza luă cutia, o puse pe masă, desfăcu încet sfoara cu care fusese prinsă și săltă ușor capacul. Nu se putu abține să nu caște gura de uimire la vederea unei rochii în nuanțe splendide de bleu-verzui.

– Mama ta mi-a mărturisit că e culoarea ta preferată.

Ea se încruntă.

– De unde ai știut ce măsură port? Tot mama ți-a zis?

– E din mătase, adăugă el, ignorându-i întrebarea. Îți place?

– E foarte frumoasă.

– Dacă simți că e prea îndrăzneață, ai și un șal asortat, brodat de mână cu fir auriu, nu altceva. Îl poți purta pe umeri.

– Nu știu ce să zic.

Se lăsă un moment de tăcere când el se ridică în picioare și se apropie de fereastră ca să se uite afară. Dacă o făcuse ca să îi lase timp să gândească, atunci ea îi era recunoscătoare. Poate că se înșelase în privința lui, poate că el se dovedea un om mai sensibil decât crezuse ea. Dar nu putea accepta o asemenea rochie de la cineva pe care abia îl cunoștea. Ce-ar fi spus asta despre ea, dacă ar fi primit-o? Totuși, nu avusese niciodată ceva atât de șic și tentația era puternică.

– Povestește-mi despre acest *durbar*, rosti ea ca să mai câștige timp. Pentru ce e?

– A existat o vreme când statele princiare organizau două *durbare* importante, unul fiind un eveniment politic în care maharajahul și miniștrii lui strângeau Curtea ca să afle problemele statului, iar celălalt, cu aspect social, un spectacol care să distreze și să expună averea și splendoarea Curții prințului.

– Și acesta e din al doilea tip?

– Da. De vreme ce ne ocupăm de treburile administrative în cooperare cu prințul Anish, acum nu mai e nevoie decât de un *durbar* luxos care să le reamintească oamenilor de splendoarea Curții.

Chipul lui străluci de mândrie.

– Am reușit să separăm cu succes aspectele administrative de cele ceremoniale. Nu le putem permite acestor oameni să creeze haos.

Eliza tot nu înțelesese de ce prinții renunțaseră la atâta putere, semnând tot felul de tratate cu englezii, și tânjea să întrebe, dar avusese suficient parte de Clifford pentru o singură zi. Nu știa decât că India Britanică cuprindea trei cincimi din țară și că restul se compunea din 565 de state princiare aflate sub conducerea „indirectă“ britanică.

– Nu pot să accept un asemenea dar din partea ta, rosti ea pe un ton neutru.

– Cred că va trebui, totuși.

În loc să se certe, Eliza preferă să schimbe subiectul.

– Știi cumva de ce au scos zeci de vase de gătit afară noaptea trecută?

– Mă lasă rece obiceiurile lor ciudate și minunate. Dar probabil ca să fie mângâiate de razele lunii sau ceva siropos de genul ăsta.

Clifford se apropie de ușă.

– Apropo, cum ți s-a părut Laxmi?

– E foarte drăguță.

– Ar fi o idee bună să stai cu ochii în patru. Raportează-mi direct tot ce ți se pare suspect.

– Dumnezeule! Cum ar fi...?

El ridică din umeri.

– Nimic special. E doar o sugestie prietenească.

– Clifford, mă gândeam să folosesc cele mai bune fotografii pentru a organiza o mică expoziție. Crezi că e în regulă? Poate în octombrie, spre sfârșitul anului meu aici?

– Nu văd de ce nu. Te-ai gândit unde să aibă loc?

– Încă nu. Am crezut că m-ai putea sfătui în această privință.

– Păi, mai discutăm. Doar să ai grijă să-mi arăți mai întâi mie fotografiile pe care dorești să le expui. Nu am vrea să lași o impresie greșită despre imperiu. În fine, ne vedem diseară. Să nu mă dezamăgești.

– În niciun caz.

– Sincer să fiu, felul în care vei arăta în rochia asta este și un motiv pentru care *zenana* și *merdana* sunt separate.

– *Merdana*?

– Camerele bărbaților, draga mea. În ochii mei, ești deja suficient de frumoasă și așa, dar în chestia aia vei frânge multe inimi. Va trebui să te supraveghez cu atenție.

După ce Clifford îi oferise o oarecare idee despre lucrurile la care să se aștepte, acordă ceva mai mult timp înfățișării ei în seara *durbaru*-lui și, odată înveșmântată în rochia de mătase, fata în casă, Kiri, veni să-i perie părul. *O sută de perieri,* șopti Eliza. *Nici mai mult. Nici mai puțin.* Aproape că auzi în cap glasul poruncitor al mamei ei în timp ce Kiri îi împodobea părul cu cristale strălucitoare.

O amintire îi răsări iute în minte. O pieptăna pe Anna și, când o întrebase de ce pare atât de tristă, răspunsul fusese doar un moment lung de tăcere. Apoi lacrimile calde ale mamei ei picuraseră pe mâna Elizei. Nu știuse ce să facă sau cum s-o aline, dar încercase să o mângâie. Anna îi respinsese mâna și niciun cuvânt nu se mai rostise. Acel mic moment căpătase proporții în mintea Elizei și nu înțelesese niciodată cauza permanentă a melancoliei mamei ei, cu excepția morții soțului, desigur.

Când Eliza se privi în oglindă, își dădu seama că nu se așteptase la felul extraordinar în care culorile rochiei de mătase, parcă rupte din penajul unui păun, îi luminau ochii. Sclipeau precum cristalele din părul ei. Într-adevăr, căzându-i în valuri pe umeri, părul îi strălucea, cărămiziul lui contrastând puternic cu albeața tenului. Femeia i-l prinsese lejer, apoi îi făcuse un machiaj în stil indian, subtil, scoțându-i în evidență ochii cu fumuriu și aplicându-i puțină culoare în obraji și pe buze.

Exact când Eliza se pregătea să părăsească încăperea, intră Laxmi. Îi dădu un ordin scurt lui Kiri, care se furișă iute afară, apoi o privi pe Eliza și zâmbi.

– Cât ești de frumoasă! De ce îți ascunzi lumina, copila mea?

– Eu...

– Te-am stânjenit. Iartă-mă! Dar va trebui să-ți acoperi umerii.

– Ah! Și uitasem, spuse Eliza și se repezi spre dulapul cu haine unde atârna șalul.

Îl scoase și i-l arătă lui Laxmi.

Femeia mai în vârstă își trecu degetele peste el.

– Foarte fin! De unde îl ai?

– De la Clifford Salter.

– Este un bărbat respectabil. Nu așa ar spune britanicii?

– Bănuiesc că da.

– Poate nu cel mai arătos dintre bărbați.

Laxmi o privi cu superioritate.

– Dar se putea și mai rău.

– Nu sunt în căutarea unui soț.

– Oare nu orice femeie își caută un soț bun?

Eliza zâmbi.

– Credeți asta cu adevărat?

Laxmi oftă și Eliza îi simți melancolia.

– Eu am fost norocoasă. Am avut o căsnicie fericită cu un bărbat minunat. Mă considera egala lui. Un lucru mai rar pe la curțile regale. Dar acum să vorbim despre tine. Care îți sunt speranțele și așteptările? Chiar dacă nu îți cauți un soț, sunt multe alte feluri de iubire. Fără ea, inima ta va fi pustie.

– Deocamdată îmi iubesc munca.

Femeia surâse.

– Corect. Haide, lasă-mă să-ți arăt cel mai bun loc de unde să privești procesiunea. Noi, cele câteva femei cu gândire modernă, trebuie să rămânem împreună, mai ales zilele astea.

– Mulțumesc.

– Vei avea nevoie de toți prietenii posibili și nu uita ce ți-am spus despre Clifford Salter. O femeie albă măritată în India are mai multă libertate decât o femeie singură.

– Voi ține minte... Speram să îmi povestiți câte ceva despre clopotele pe care le aud în fiecare zi. Știu doar că sunt clopote de templu.

– Ne cheamă să ne facem rugăciunile sau *puja*, cum le spunem noi. Vei descoperi că aici, în Rajputana, tot ce facem devine un ritual sau un rit de un fel sau altul și că, într-un fel, zeii la care ne rugăm simbolizează diverse forțe din viața noastră. Nu trasăm o linie clară între sacru și viețile noastre obișnuite. Pentru noi, ele sunt unul și același lucru.

– Înțeleg. E foarte diferit.

– Da, îmi închipui. Ei bine, îți doresc o seară de care să te bucuri.

Femeia se întoarse să plece.

– De fapt..., rosti Eliza. Mi-ar plăcea să mă duc într-unul dintre sate să fotografiez localnicii, dacă îmi permiteți.

– Consideră că ai deja permisiunea mea.

Arcada cu coloane ce mărginea cea mai mare intrare în castel era iluminată de torțe aprinse, fixate în urnele de marmură, fiecare dintre ele păzită de un servitor în alb. Imediat ce Laxmi o lăsă singură, Eliza privi de la balcon scena și văzu un șir lung de *howda* argintii și aurii, împodobite cu bijuterii în vârf și elefanți pictați ce urcau greoi dealul pe lângă un zid acoperit din abundență cu flori. Când animalele se opriră, Eliza scoase un sunet de uimire, dar nu datorită spectacolului strălucitor ce se desfășura în fața ochilor ei. Preț de o clipă terifiantă, avea din nou zece ani și se apleca peste un balcon diferit; cel de unde încercase să-i facă cu mâna tatălui ei. Ochii i se umeziră și se luptă să-și controleze lacrimile; nu-și putea permite așa ceva acum. Ani la rând se oțelise înfrângându-și slăbiciunea, învățase disciplina interioară, se întărise atât în interior, cât și în exterior. Nu avea voie să cadă tocmai azi.

– Eliza?

Se răsuci pe călcâie și îl văzu pe Jayant purtând un *angharki* sau o tunică, răscroită adânc în față și împodobită cu fire aurii. Dinții lui păreau foarte albi în comparație cu buzele întunecate și pielea arămie strălucitoare, iar evantaiul de riduri fine de la colțul ochilor deveni și mai pronunțat când îi zâmbi. Stătea în picioare nemișcat și se uita fix spre ea. Rămaseră uitându-se unul în ochii celuilalt secunde lungi, mult prea lungi. Când bărbatul clipi, Eliza își dădu seama că el are ceva cu adevărat autentic. Acel ceva o afecta incredibil de mult. Deschise gura să vorbească, dar nu reuși să scoată niciun cuvânt. Apoi momentul intens se sfârși brusc. Rușinată că el îi simțise fragilitatea, Eliza își șterse iute lacrimile și făcu un pas în spate, încercând disperată să găsească o scuză pentru reacția ei sentimentală exagerată.

– E foarte frumoasă, rosti ea gâtuit. Procesiunea.

– La fel ca tine. Cine ar fi crezut? Îmi retrag toate cuvintele pe care le-am zis despre părul tău.

Eliza clipi des. Îl imploră în gând să nu fie prea amabil cu ea.

– Îmi permiți să te însoțesc până jos?

Ea încuviință, ușurată că rușinea stânjenitoare dispăruse și deopotrivă nesigură în privința consecințelor intrării ei îndrăznețe la brațul unui prinț chipeș.

Cât timp se îndreptară spre scara mare de marmură ce șerpuia în jos, spre sala *durbar*-ului, se calmă și încercă să se relaxeze. Se simți expusă și cu greu își stăpâni nervozitatea provocată de apropierea lui și de impresia pe care o va produce asupra lor. Presimțirile ei nu se dovediră false, căci, atunci când coborâră, surprinse privirea Indirei. Fata purta o costumație stacojie extraordinară, dar felul în care ochii i se îngustară din cauza invidiei neiertătoare o îngrijoră pe Eliza. Că Indira îl iubea pe Jay era cât se poate de limpede. Eliza îl privi cu coada ochiului să îi vadă reacția, dar bărbatul abia dacă o băgă în seamă pe Indi. Oare greșise față de ea? O păcălise intenționat pe fată? Sau adorația Indirei crescuse pe parcursul anilor de prietenie? Eliza speră că e vorba de cea de-a doua variantă.

Imediat ce elefanții fură eliberați de povara nobililor aristocratici cu ajutorul îngrijitorilor, toți oaspeții porniră spre sala *durbar*-ului, însoțiți de gărzile castelului ce purtau livrele formale. O orchestră cânta deja o partitură occidentală pe o scenă dintr-un capăt al sălii și, în timp ce toată lumea aștepta sosirea maharajahului și a soției sale, Eliza se lăsă învăluită de muzică. Când apăru Anish, purtând nenumărate bijuterii orbitoare peste o *kurta* din satin albastru-marin, se lăsă tăcerea și întreaga adunare păru că-și ține răsuflarea. Priya venea în urma lui, cu privirea plecată, îmbrăcată într-o fustă roz-pal, cu bluză și eșarfă asortate, cu brățări încrustate cu nestemate la glezne și pe brațe până sus.

Cuplul regal se așeză pe tronurile din abanos și argint decorate cu perne din satin. Podiumul se afla exact în partea opusă a orchestrei. După ce se aranjară comod, Laxmi, Jay și fiicele maharajahului li se alăturară. Un vuiet se ridică de pe buzele celor 200 de nobili și membri ai familiilor importante din întregul stat, dar și ale câtorva localnici, iar orchestra porni să interpreteze o melodie veselă.

Se eliberă un spațiu și distracția indiană începu cu o *dholan*, o femeie care cânta acompaniată de o tobă. Apoi veniră câteva dansatoare în haine de țigănci ce se învârtiră, săltând la răstimpuri cu o grație extraordinară. Eliza o căutase pe Dottie, dar ea și Julian încă nu apăruseră. În orice caz, în pofida tulburării ei de mai devreme, Eliza se distră de minune. Oamenii se purtau prietenos și nu se simți deloc nelalocul ei așa cum se așteptase. La un moment dat, îi zări pe Indira și pe Jayant discutând, cu capetele apropiate unul de altul și, când Indira se răsuci brusc, părăsind încăperea în goană, Elizei i se făcu milă de ea. Se hotărî să vadă dacă o găsește pe fată afară.

Sperase să dea de Indi într-unul dintre leagănele înalte făcute special pentru femei. Erau obiecte tipice pentru regiune și prezente peste tot în curțile castelului, dar partea aceea de grădină era pustie. Merse într-un colț slab luminat, unde plutea delicat aroma de iasomie. Aerul se răcorise, așa că se înfășură cu șalul și admiră stelele. Aceeași senzație de magie pe care o trăise pe acoperișul palatului de vară aduse o adiere blândă și Eliza își dori ceva ce nu putea defini. Își ferecase inima în fața oricărei posibilități a iubirii și își concentrase întreaga energie asupra exteriorului și a revelării esenței unei scene într-un singur moment efemer. Ceva divin, atunci când funcționa.

Când dădu să se întoarcă înăuntru, îl zări pe Clifford venind spre ea cu un mers ușor clătinat.

– Eliza! Eliza... rosti el. Draga mea, draga mea fată, ce cauți tu aici?

– Aș putea să te întreb același lucru, nu?

– Te căutam.

Bărbatul rămase nemișcat o clipă, apoi se apropie, îi aruncă o privire întrebătoare și îi vorbi cu un glas grav:

– Ai observat ceva interesant recent?

Ea scrută cu privirea pământul înainte de a-și ridica fruntea.

– La ce te referi?

– Chatur s-a purtat bine cu tine?

– Cred că da, deși pare ușor băgăreț.

Clifford izbucni în râs.

– Ăsta e Chatur al nostru... I-ai văzut adesea pe Anish și pe soția lui?

Ea se încruntă.

– Nu prea. Dar despre ce e vorba?

– Doar conversăm, draga mea. Vrei să facem o plimbare?

– Sigur.

În timp ce mergeau pe aleea îngustă, luminată de opaițe cu ulei, el păstră tăcerea, deși nu una confortabilă. Eliza se întreba ce să mai spună când el vorbi pe un ton mai grav decât înainte.

– Eliza, te știu de când erai o copilă în India.

– Da.

– Deși nu te-am văzut de prea multe ori cât ai crescut în Anglia.

– Ai venit acasă la noi o dată. Îmi amintesc asta.

– Ai idee cât de mult am ajuns să te îndrăgesc?

– Mă flatezi.

Eliza inspiră adânc și tăcu câteva clipe înainte să vorbească.

– Ai fost foarte bun cu mine, Clifford. Știu asta, dar nu te cunosc prea bine și nici tu nu mă cunoști sau cel puțin nu știi cine sunt eu acum.

– Eliza, nu discut despre bunătate! Aș vrea să ne cunoaștem mai bine. Înțelegi?

Asta era exact ce nu își dorise, dar câtă intuiție din partea lui Laxmi și ce prostie din partea ei să nu se aștepte la așa ceva.

El se aplecă spre ea, mirosind a whisky și a trabuc. Eliza se dădu un pas în spate, temându-se că el ar putea încerca să o sărute.

– Ești o femeie foarte atrăgătoare. Știu că n-a trecut mult de când ți-ai pierdut soțul, dar...

Ea îl întrerupse.

– Îmi pare rău, Clifford. Încă nu sunt pregătită.

Probabil că bărbatul băgase de seamă expresia de pe chipul ei, fiindcă se întinse ușor spre ea și o apucă blând de umeri.

– Nu te-aș grăbi niciodată. Dă-ți o șansă să mă cunoști mai bine. Atât îți cer.

– Desigur.

– Mă refuzi pentru că sunt mai bătrân decât tine? Ăsta e motivul? Fiindcă bărbații pot avea copii mult timp, iar eu nici măcar nu am împlinit 50 și...

Presată de nevoia de a pune capăt scenei, îl întrerupse din nou.

– Clifford, te plac foarte mult...

Făcu o pauză, gândindu-se la glezna lui albă și la părul roșu de pe picioare, dar apoi observă tristețea din ochii lui.

– Nu ar fi un start bun, atunci? Să mă placi, adică? o întrebă el.

Eliza nu voia să-l rănească și nici să-l jignească, dar preț de o clipă sau două nu reuși să zică nimic.

– Ei bine, am vrut să-ți mărturisesc sentimentele mele. Ar fi frumos din partea ta să iei în calcul tot ce ți-am spus. Îți pot oferi un cămin frumos și sunt un bărbat respectabil, nu ca...

El se opri brusc.

– Cine?

– Nu mai contează. Gândește-te la tot ce ți-am zis. Sunt absolut sincer în intențiile mele.

– După cum am menționat și înainte, mă simt flatată.

– Te rog să iei în calcul și faptul că nu sunt prea mulți britanici aici de unde să alegi. Te-ai gândit ce vei face după aceea? După ce termini proiectul?

– Încă nu.

– Poate ar trebui. În orice caz, sper să te pot convinge că sentimentele mele sunt sincere.

După plecarea lui, se duse la un bazin cu apă pătrățos, încercuit de lumânări. Un fel de corturi mici, cu trei laturi, din plasă îl înconjurau, având intrarea cu fața spre apă, fiecare dintre ele fiind suficient de mare ca să găzduiască două persoane. Pătrunse în cel mai îndepărtat și se lăsă greu pe una dintre pernele groase, de mătase. Urmă o explozie puternică și artificiile luminară cerul. La început, se încordă din cauza sunetului, apoi urmări spectacolul și, când se termină, lăcrimând a doua oară în noaptea aceea, de data asta fără să înțeleagă de ce, admiră reflexiile lumânărilor ce dansau pe apă și se simți copleșită de singurătate.

De partea cealaltă a bazinului îl zări pe Jay plimbându-se singur, cufundat în gânduri. Își ridică privirea în direcția ei și o surprinse uitându-se la el. Eliza simți iarăși aceeași legătură pe care o trăise mai devreme, când coborâseră scările împreună spre sala *durbar*-ului. El ocoli bazinul, venind spre ea, și, când ajunse la nici doi pași, zâmbi și o întrebă dacă se descurcă singură aici. Ea încuviință, iar prințul parcă șovăi înainte de a face o plecăciune și de a se îndepărta.

7

O săptămână și ceva lucrurile merseră bine și Eliza ajunse rapid să considere lacrimile pe care le vărsase în noaptea *durbar*-ului drept un moft. Nu era momentul ca emoțiile să-i stea în cale. Venise vremea să muncească din greu. Până acum personalul îi permisese acces necondiționat în cea mai mare parte a castelului, inclusiv în bucătării și în cămară și până și femeile din *zenana* se dovediră prietenoase. De fapt, când descoperi că Anish încă ținea concubine, Eliza se trezi apropiindu-se de ele. Multe dintre ele erau în vârstă și se găseau aici de pe vremea tatălui prințului. Unele îi spuseseră povești despre cum fuseseră aduse la castel de copile. Nu mai părăsiseră castelul de atunci. Dar ele râdeau, coseau și cântau când ea venea să le vadă și Eliza experimentă un soi de camaraderie complet nouă pentru ea.

Nu semăna deloc cu relațiile din perioada petrecută la pensionul pentru fete minore, mulțumită ajutorului financiar al unui bărbat pe care mama ei îl numea „unchiul". Îl chema James Langton și Eliza știa foarte bine că nu era nicio rudă de-a lor, deși ea și mama ei primiseră o cabană mică pe moșia lui și tot ce trebuia să facă Anna în schimb era să verifice personalul în timpul absențelor lui.

Până acum ușurința cu care alți oameni păreau să fie înrădăcinați atât de solid în lumea lor îi scăpase Elizei. În prezent, chiar dacă femeile *zenanei* bârfeau despre ea când nu se afla acolo, nu-i păsa. Îi făcea plăcere prezența lor. Fetele de la pension nu o amuzaseră deloc și nu se încrezuse în niciuna dintre ele. Dar nu le auzise pe femeile din *zenana* vorbind cu dușmănie decât în zilele în care Priya venise printre ele și Eliza vedea că ele nu au încredere în maharani a lor.

Exact când Eliza o fotografia pe una dintre concubinele mai tinere, Indira intră în cameră purtând o geantă și vorbi o engleză pe care celelalte să nu o înțeleagă.

– Vrei să vezi ceva? întrebă ea cu un zâmbet larg pe chip.

Părea foarte mulțumită de propria persoană și trase un scaun ca să se trântească pe el.

– Depinde.

– Un fel de înmormântare.

Când pricepu cuvintele, Eliza se încruntă. Avusese din plin parte de înmormântări.

– O să-ți placă. Îți promit!

Eliza șovăi. Nu se văzuse prea mult cu Indi din noaptea balului, când fata își arătase fățiș gelozia.

– Kiri vine și ea.

– Serios? Fata în casă?

Indi încuviință.

– Ne întâlnim cu ea în oraș.

Eliza se hotărî pe loc și începu să împacheteze.

– Am terminat aici, așa că de ce nu? Dar nu pot să stau mult, vreau să developez plăcile astea imediat ce mă întorc. E în regulă dacă îmi iau Rolleiflexul cu mine?

– Dacă poate fi dus într-o geantă pe care s-o pui pe umăr.

Indi sări în picioare și îi întinse ceva.

– Nu stăm mult, dar va trebui să te schimbi. Am adus haine indiene.

– De unde?

Indi își lăsă capul într-o parte și zâmbi misterios.

– Eu pot obține orice. Acum schimbă-te.

– În fața lor?

Indi izbucni în râs.

– Normal. Suntem numai femei aici. Au văzut de toate înainte. Îți poți lua hainele mai târziu.

Eliza nu era vreo pudibondă, dar, în timp ce se schimbă, obrajii îi ardeau de rușine, tot chinuindu-se să-și ascundă diverse părți ale corpului. Femeile chicotiră și pălăvrăgiră vesele, atât de repede încât Eliza nu izbuti să prindă sensul cuvintelor. Părea că nu spun nimic rău, deși entuziasmul provocat de imaginea unei femei albe pe jumătate goală roșind ca zmeura se dovedea a fi totuși ceva nou. Când termină de îmbrăcat o fustă lungă tipică și o bluză pe corp, Eliza se simți o persoană diferită.

Când ieșiră din *zenana*, Indi o împinse brusc pe Eliza într-o firidă de pe coridor. Se încruntă, dar Indira își lipi degetul de buzele ei. După un moment, îi vorbi.

– Chatur! *Dewan*-ul, administratorul oficial al Curții.

Eliza își aminti ochii cu cearcăne ai omului și sprâncenele lui stufoase.

– Și?

– Are un ochi la ceafă. M-a folosit, dar cu cât știe mai puține despre tine, cu atât mai bine. O să vrea să-și vâre nasul în tot ce faci dacă nu ești atentă. Haide! A plecat.

– Dar de ce să fiu atentă?

– Urăște schimbarea și nu-i suferă pe britanici. Mă îndoiesc că e de acord cu prezența ta aici. E foarte demodat. El și Priya sunt apropiați. Cel mai bine ar fi să-i eviți pe amândoi.

Indira continuă să flecărească. Indiferent de ce o necăjise la bal, părea că-i trecuse supărarea. Poate că Indi și Jay reușiseră să stea de vorbă? În orice caz, Eliza se simți ușurată că tensiunea se risipise. Încântată de aspectele vieții de la castel, se temuse că ranchiuna ar putea să tulbure apele. În ceea ce-l privea pe Clifford, refuza să se gândească la el.

Aceasta era prima vizită reală a Elizei în inima orașului medieval, unde se întâlniră cu Kiri ca să le însoțească. Entuziasmată de culorile vii din ghemul de străzi șerpuitoare, inima începu să-i bată mai tare. Bazarurile vechiului oraș păreau că se desprind ca niște funde înguste din turnul cu ceas. Cele trei femei trecură pe lângă tot felul de meșteri, de la vopsitorii de materiale până la păpușari. Elizei îi trecu prin minte că, dacă s-ar pierde aici, nu și-ar mai găsi drumul înapoi niciodată. Oare ar ajuta-o oamenii ăștia agitați, care-și vedeau de viețile lor mici, de bucuriile și temerile lor, care păreau atât de apropiați, și totuși foarte posibil străini unii de alții?

În piețele cu condimente, aroma de tămâie plutea în jur, alături de izul iute al cărnii de capră gătite pe cărbuni. Apoi, pe măsură ce înaintară tot mai departe prin bazarurile care vindeau de toate, de la dulciuri până la sariuri, sunetul ritmic al unei tobe deveni tot mai puternic, așa cum mirosurile puturoase ale canalizării se intensificară.

– E un festival? întrebă ea, cunoscând dragostea Indiei pentru festivități, indiferent că era vorba de celebrarea nașterii unui zeu sau de bucuria pentru o recoltă bogată, ca să nu mai pomenească de sărbătorile muzicale.

– Nu neapărat.

Eliza se opri în mijlocul străzii.

– Și-atunci?

Indi îi făcu iute semn cu mâna să o urmeze mai repede, văzându-și de drum.

– Familia lui Kiri se ocupă cu păpușile. Astăzi e o zi specială pentru ei. Haide, să nu dea vreo ricșă peste tine!

– Dar ai spus...

– Că e o înmormântare. Și chiar e. Într-un fel.

– Ești foarte misterioasă.

Indi izbucni în râs, apucându-le pe cele două femei de braț. Kiri zâmbi și ea larg.

– Vei vedea. Crezi în karma sau în destin?

– În destin? Nu sunt sigură că înțeleg ce înseamnă.

– Eu cred. Avem ceva care se numește *adit chukker*, roata nevăzută a sorții. Totul se rezumă la destin aici. Iar ziua de azi nu face excepție de la regulă.

În acel moment, Eliza auzi o voce de englezoaică strigându-i numele. Se întoarse și dădu cu ochii de Dottie care se înroșise la față, alergând spre ea.

– Am crezut bine că ești tu, spuse femeia. Iisuse, am rămas fără suflu! Regula numărul unu. Să nu alergi niciodată pe zăduf! Ce pui la cale îmbrăcată în ținuta asta?

– E o chestie ciudată. Mă duc să văd un fel de înmormântare.

– Doamne sfinte! Dar ești în siguranță?

Se uită în jur, de parcă i-ar fi căutat pe atacatorii ascunși pe aleile dosnice.

– Da, nu e nicio problemă, răspunse Eliza. În fine, ce mai faci, Dottie? Mi-a părut rău că nu te-am văzut la *durbar*.

– Am avut una dintre durerile mele de cap îngrozitoare. Mi-a dat Julian ceva care m-a doborât definitiv.

Dottie atinse brațul Elizei și se opri o clipă.

– Dar serios acum, să rătăcești așa singură...

– Sunt cu ele două.

Arătă spre Indi și Kiri.

– Mă refeream...

– Știu la ce te refereai, dar sunt bine. Serios.

– Și Clifford crezi că ar fi de acord?

– Probabil că nu. Ascultă, de ce nu vii cu noi?

– Știi, chiar mi-ar plăcea să vin cu voi, dar sunt cu Julian, zâmbi Dottie. Caută un joc de șah.

– Păcat!

Eliza făcu un pas într-o parte și aruncă o privire spre Indi.

– Poate altă dată?

Eliza încuviință din cap.

– Îmi pare rău că mă grăbesc, dar nu le mai pot ține pe loc.

– Desigur. Ne vedem curând?

Eliza sesiză o undă de melancolie în glasul femeii și își dădu seama că și Dottie se simțea puțin singură. Va face un efort să o sune cât de curând posibil.

Dottie se dădu într-o parte, lăsând-o să se apropie de cele două tinere care așteptau.

Când sosiră în sfârșit la marginea orașului, se opriră pe malul unui râu nu foarte lat și în niciun caz adânc. Aici părea să nu mai fie atâta praf ca în oraș și Eliza inspiră aerul proaspăt. Chiar atunci zări o mică mulțime care se strânsese să urmărească un spectacol cu păpuși.

– Pentru asta am venit?

– Cam așa ceva.

Imaginea impresionantă a marionetelor înalte de aproape un metru pe o scenă miniaturală, cu capetele lor sculptate din lemn și cu costumele lor elaborate, nu semăna cu nimic din ceea ce văzuse Eliza înainte. Păpușarul pe jumătate ascuns scotea sunetele prin ceea ce părea a fi bambus, pentru a-și modifica vocea lui normală, și mișca membrele păpușilor manipulând sforile atașate de ele. O femeie de lângă el cânta la toba pe care o auzise Eliza.

– E un *dholak*, o tobă, explică Indi. Sunt povești despre destin. Și despre iubire, război și onoare. Îl poți întreba pe Jay despre asta. El cunoaște totul despre onoare.

Eliza se întrebă dacă Indi tocmai încercase să facă o aluzie, dar se mulțumi să ridice din umeri. Cel mai probabil își închipuia.

– Oamenii aceștia sunt țărani din zona Nagaur, cunoscuți sub numele de *kathputliwala*. De obicei, dau spectacole seara târziu, dar azi e altceva.

Eliza ascultă fluierăturile și șuierăturile scoase de păpușar, în timp ce o a doua femeie spunea povestea. Prima continuă să cânte și să bată la tobă.

– Suntem aici pentru o înmormântare, adăugă Indi.

– A cui?

– Stă întins acolo.

Deși nu avea niciun chef să dea cu ochii de un cadavru, Eliza nu se putu abține să nu se întoarcă și să nu se uite. O văzu doar pe Kiri, stând pe jos lângă o altă păpușă de aproape un metru, așezată pe un pat de mătase.

– Păpușa aceea e bătrână și prea uzată ca să mai fie folosită.

Eliza continuă să privească și spectacolul se sfârși. Păpușarul se apropie de Kiri, o sărută pe creștet, ridică vechea marionetă și o cără cu dragoste până la marginea apei, unde începu să se roage. Eliza surprinse scena cu aparatul ei de fotografiat și apoi, pe măsură ce rugăciunile continuară, omul așeză păpușa în apă cu ajutorul lui Kiri.

– Cu cât plutește mai mult, cu atât mai încântați vor fi zeii, o lămuri Indi.

– Și Kiri de ce ajută?

– Păpușarul e tatăl ei.

– Dar nu locuiește cu familia ei?

– Nu poate. Ca să lucrezi la castel, trebuie să trăiești acolo.

După scena de la râu, cele trei femei rătăciră prin bazaruri, evitând bicicletele, vacile adormite și marfa pusă direct pe trotuare, oprindu-se doar ca să probeze eșarfe viu colorate și coliere, chicotind și pozând ca modelele.

– Ți se potrivește stilul indian, Eliza.

– Dar de ce a trebuit să mă îmbrac așa? Poate era suficient să-mi acopăr doar capul.

– Da. Dar am crezut că o să aibă haz și mai puțini oameni se vor holba la tine.

Eliza zâmbi. Se simțea bine, chiar dacă ușor stânjenită de pielea ei palidă. Cu inima neobișnuit de ușoară și plină de admirație față de cunoștințele lui Indi despre oraș, părea că descoperă o parte diferită a ei. Nimeni nu le dădea atenție și străzile erau pline de femei în *purda* sau cu capul descoperit. Cumpărară chifteluțe din făină prăjite, sau *golgappe* și clătite cu linte, cărora Indira le zicea *daalbaatichurma,* și se duseră într-un parc să le mănânce.

Când ajunseră din nou la poalele dealului, asfințise deja și Eliza ridică privirea uimită. Întreaga cetate era puternic luminată și părea acoperită cu aur. Fiecare fereastră strălucitoare le făcea cu ochiul și îi trecu prin minte că, dacă nu-și păstrează calmul, o să alunece într-un tărâm de basm și n-o să se mai întoarcă niciodată în lumea reală. Fusese o zi încântătoare, în care se bucura din nou de viață, ce poate fi atât de ușoară, când nu trebuie să încerci să te protejezi. Eliza speră ca ea și Indi să devină bune prietene. Trecuse prea mult de când nu mai avusese o prietenă adevărată.

8

Eliza îl visase pe Oliver peste noapte și, când se trezi, vechi sentimente și amintiri uitate se repeziră la suprafață desprinse tocmai din adâncul inimii. Ziua în care îl cunoscuse nu-i ieșea din cap. Oliver scăpase teancul de cărți pe care îl căra când, din greșeală, ea dăduse peste el într-o librărie sau mai degrabă când mersese cu spatele fără să fie atentă. Când se aplecase să-l ajute să le strângă, văzuse că toate erau despre artă, inclusiv cataloage cu expozițiile de la Londra și Paris. Se lăsase pe vine, admirând fotografiile și, foarte curând, el îi imitase gestul. Inițial, Eliza izbutise doar să dea din cap fără să scoată un cuvânt, dar, după câteva momente de analizat vremea, începuseră amândoi să râdă. Fusese foarte amuzant să stea pe podea împreună cu un străin. Apoi el o sprijinise ca să se ridice și o invitase să bea un ceai în ceainăria din apropiere.

Vremurile bune nu duraseră mult și se gândi la ziua în care se certaseră atât de violent. Ea nu spusese decât că vrea să devină fotograf. El se înfuriase așa de rău, încât ieșise, trântind ușa, direct în stradă, fără să-i înțeleagă motivele. Eliza se speriase îngrozitor, de parcă ar fi primit un pumn în stomac și pe bună dreptate: Oliver nu văzuse autobuzul care îl omorâse pe loc, iar ea învățase să trăiască astfel cu vina chinuitoare.

Un ciocănit îi întrerupse șirul amintirilor și rămase surprinsă când îl găsi pe *dewan* Chatur așteptând-o. Bărbatul nu zâmbea și, cu o expresie disprețuitoare, îi întinse o foaie de hârtie ținută cu vârful degetelor.

– Am adus o listă cu oamenii pe care ar trebui să-i fotografiați și ordinea în care o veți face. Veți vedea că am sugerat și locuri potrivite, de asemenea.

– Înțeleg.

Chatur zâmbi rece.

– Sunt sigur că timpul îmi va permite să fiu prezent la unele dintre aceste ocazii, dar, dacă nu sunt disponibil, una dintre gărzi vă va însoți.

Displăcându-i profund că se amesteca în treburile ei, Eliza se încruntă.

– Îmi place să-mi aleg singură subiecții și am crezut că voi avea acces neîngrădit.

– Până la un punct, domnișoară Fraser. Până la un punct. Am încredere că veți găsi lista de folos. Am câteva gărzi care așteaptă să fie fotografiate acum. Le veți găsi în cea mai apropiată curte.

După ce făcu o plecăciune scurtă și se întoarse să plece, Eliza se gândi la ceea ce spusese Laxmi. Sigur că i se va permite să facă tot ce dorește și nu trebuie să urmeze ordinele nimănui. Pur și simplu va ignora lista lui Chatur.

Afară, în curte, cele trei gărzi stăteau într-un șir formal țeapăn și nimic din ce-ar fi spus ea nu ar fi contat. Tocmai își storcea creierul, încercând să găsească o soluție pentru a face o fotografie mai puțin protocolară când Dev apăru, holbându-se la ea. Eliza îi cercetă părul, mai scurt decât al lui Jay, ochii, mai întunecați, iar fața mai aspră din cauza nasului mare. Îi dădea o senzație ciudată, de parcă bărbatul ar fi făcut echilibristică pe o sfoară subțire, deși zâmbetul lui fix nu trăda nicio agitație. El îi întoarse privirea, plictisit inițial, dar, după ce înțelese cum stă situația, își schimbă atitudinea.

– Ai nevoie de ajutor? o întrebă.

– Nu neapărat, deși parcă nu izbutesc deloc să-i conving să se relaxeze. Aș vrea să-i surprind într-un moment de neatenție.

Dev se uită la ei și căzu pe gânduri, apoi zâmbi.

– Am o soluție.

Scoase ceva din geanta pe care o avea cu el și un săculeț. Gărzile se îndreptară direct spre el. El le adresă câteva vorbe, iar ei încuviințară fără să le mai pese de Eliza.

– E un joc, îi explică el Elizei. Noi îi spunem *challa*.

Desfăcu o bucată de pânză mare pătrată ce părea acoperită cu mătase. Avea un desen complicat cu multe pătrățele. Apoi se așeză pe vine și bărbații i se alăturară. Goli săculețul de piese. Eliza admiră frumusețea tablei de joc.

– Ești tare descurcăreț, văd! exclamă ea.

Dev stătea cu spatele la ea, dar îl văzu când încuviință din cap, pentru ca mai apoi să uite complet de ea. O mișcare isteață din partea lui, fiindcă acum putea să facă fotografiile dorite. Nu îl înțelegea deloc pe Dev. Acum părea că o suspectează de toate relele, acum părea gata să o ajute. De ce?

În timpul unei pauze scurte a jocului, Dev se ridică în picioare și veni lângă ea.

– E un joc pe care îl jucăm de secole. Îl foloseam să îi învățăm pe tineri tactici și strategii de război.

– Și ești bun la asta? La tactici, mă refer.

El ridică din umeri.

– Și ce faci azi, aici?

– Am fost la vânătoare cu șoimii. Împreună cu Jay. Vă rog să nu-i faceți viața și mai grea, domnișoară Fraser. Oricum nu are deloc zile ușoare aici și mi-e teamă că, dacă își va petrece timpul cu dumneavoastră, relația lui cu Chatur, și-așa tulbure, nu se va îmbunătăți deloc.

– Chatur e chiar atât de puternic?

– Cu regret recunosc că da, răspunse Dev. În fine, în altă ordine de idei, Jay mi-a povestit că demult ați locuit în India.

– Doar în Delhi, în copilărie. După ce a murit tata, ne-am întors în Anglia.

Dev își lăsă privirea în pământ, vârându-și degetul mare sub niște pietre. Nu mai scoase nicio vorbă.

– Mulțumesc pentru ajutor, sparse tăcerea Eliza. Rămân recunoscătoare.

Se întoarse și își strânse lucrurile.

A doua zi, se trezi iarăși singură cu Jay. De data asta, tocmai se urca în atașul unei motociclete. Habar nu avea că Jay urma să o însoțească în satul indian, dar, aparent, el se oferise special, fapt care o surprinse și o încântă totodată. Astăzi, purta o cămașă în stil tunică, lungă, tipic indiană, și pantaloni europeni, de culoarea cărbunelui. Pielea lui avea un parfum slab de lemn de santal, exact ca a lui Laxmi, dar și cu o notă de cedru și poate de limete.

– Îmi place motocicleta, spuse ea.

– Aveam o Brough Superior 1925, dar mi-a fost furată anul ăsta, ceva mai devreme. Aceasta e o Harley-Davidson.

Când porniră la drum, un nor de praf se ridică de sub roțile motocicletei, dar ea se concentră pe drumul din față și, abia după ce-și reveni din senzația ciudată de sfială, se hotărî să profite de ocazie. Erau încă atât de multe lucruri despre Jay și lumea lui pe care nu le știa. Uneori, îl înconjura o aură întunecată, dar regăsea în el atât bucurie, cât și energie, chiar dacă, de multe ori, reținute. Clar reținute.

– Sper că n-ai de gând să-mi spui că e o altă călătorie de câteva zile? strigă spre el.

Jay izbucni în râs:

– Nu e chiar atât de departe. Mergem acolo și ne întoarcem până la ora ceaiului, dar avem multe de văzut. E un sat tipic și vei putea admira felul în care se trăiește acolo și sper că vei surprinde și câteva chipuri interesante. E locul de unde se trage Indi.

Cât călătoriră pe drumurile de țară din Rajput, aerul rămase surprinzător de umed. Eliza zări capre păscând în mijlocul drumului și trecură pe lângă cămile și bivoli. Își dădu seama cât de repede se obișnuia cu lumea aceasta nouă. Iubea mirosul nisipului din deșert și vântul ce-i flutura părul și o umplea de lucrul căruia îi dusese dorul atât de mult timp.

– Viața simplă de aici se desfășoară așa de multe secole! țipă Jay ca să acopere zgomotul motorului. Meșteșugarii țes carpete din păr de cămilă la fel ca întotdeauna sau fac vase pentru apă din lut local. Îmi place să vin în regiune pentru păsări.

– Îți place să urmărești păsările?

– Nu neapărat, dar ne aflăm pe ruta de migrație a multor specii. Dacă ții ochii deschiși bine, vei vedea peruși și păuni.

Cât timp îi vorbi, Eliza recunoscu un tip nou de entuziasm pentru viață, pe care nu îl mai resimțise înainte. De fiecare dată când se întâlneau, el o surprindea cu ceva nou.

– Dacă mergem la lacul Olvi, vom găsi acolo păsări de apă, bâtlani, pescăruși-albaștri, cufundari și păsări de baltă. Uneori, chiar și cocori mari.

– Oprește-te! spuse ea râzând. Am capul plin de nisip și mi-e foarte cald. Sunt prea multe deja și nu aud cum trebuie din cauza motocicletei.

În acel moment, observă un animal pe care nu îl mai văzuse, iar el opri motorul.

– E o chinkara, o gazelă asiatică, deși, pe aici, mai degrabă vei întâlni capre-negre.

Jay părea distrat și se opri, dus pe gânduri.

– Deși, într-adevăr, mare parte din viața obișnuită de aici nu s-a schimbat pentru noi, conducătorii, trebuie să înțelegi că britanicii ne-au lipsit de putere prin sistemul lor de conducere indirect.

Eliza se încruntă, dar se simți suficient de încurajată ca să îl descoasă mai departe.

– Dar eu nu pricep de ce prinții au semnat tratatele cu britanicii. De ce au renunțat la atât de multe lucruri?

– Rajputanii provin de dincolo de această regiune și au trebuit să cucerească pământuri care apoi au devenit ale lor. Totul se reducea la înrudiri, la clan și la dimensiunea teritoriului. Clanurile s-au luptat constant între el, în speranța câștigării mai multor ținuturi și a unei averi mai mari. Puterea noastră militară a crescut prin căsătorii de alianță, aranjate între diferite clanuri.

– Și acasă, aristocrații se căsătoresc tot între ei. Niște degenerați!

El izbucni în râs.

– Britanicii s-au oferit să-și asume responsabilitatea apărării teritoriilor, dar în schimb am fost nevoiți să ne subordonăm lor.

– Ciudat că ați acceptat așa ceva.

– Cred că ne săturaserăm de luptele dintre noi și de costurile conflictelor. Oamenii voștri se temeau de provocările din statele princiare, așa că ne țineau izolați unii de ceilalți. E puțin mai bine acum, când avem o relație de cooperare.

– Suntem foarte diferiți, nu-i așa? Britanicii și rajputanii adică.

– Categoric, deși britanicilor le place noțiunea de nobilime. Însă diferențele sunt greu de asimilat pentru unii dintre noi. Educați în Anglia, bărbații își pierd direcția când se întorc de acolo. N-au niciun țel și se apucă de băutură.

– Și tu?

Jay râse.

– Cu câte un picior în ambele lumi, dar fără niciun cămin real. Fratele meu e fericit că joacă rolul prințului înveșmântat în haine scumpe. Eu nu.

Se lăsă tăcerea preț de câteva secunde, timp în care Eliza răsuci problema pe toate părțile în mintea ei, iar Jay își aprinse o țigară. Ea se dădu jos să-și dezmorțească picioarele și îl urmări cum fumează cocoțat pe șaua înaltă. Părul i se ciufulise din cauza vântului și se murdărise de ulei pe mâna stângă. Și-o șterse nepăsător de pantaloni, apoi îi zâmbi. Era un bărbat complex, care îi vorbise cu sinceritate despre viața lui, dar ea nu credea că Jay poate trăi fericit fără un scop clar. Deși părea foarte relaxat și șarmant, bănuia că mai există multe mistere în viața lui.

– Dar nici tu nu ești fericită, rosti prințul, ca și cum i-ar fi citit gândurile.

– Nu înțeleg la ce te referi, se împotrivi Eliza, brusc iritată.

Se apropia prea mult de adevăr. De asemenea, umezeala dispăruse din aer și căldura tot mai intensă o scotea din minți.

– Ai ceva în tine care-mi sugerează detașare, dar încep să cred că e doar o mască.

– O părere cam directă, spuse ea, străduindu-se să nu pară supărată. Și în niciun caz nu e treaba ta.

Iarăși o pauză scurtă.

– Ți-am spus doar: nu sunt britanic.

– Se vede!

– Britanicii au senzația că ne-au reparat viciile, continuă el, dar unele dintre vechile obiceiuri s-au dat pur și simplu la fund.

– Cum adică?

– Mă gândesc la Indi, de exemplu. Și la ce i s-ar fi putut întâmpla atât de ușor.

Eliza se încruntă.

– A venit la castel fiindcă bunica ei mi-a salvat viața odată. Mama i-a dat bunicii ei o pictură în miniatură drept mulțumire și i-a zis că, dacă are vreodată nevoie de ajutor, să vină cu miniatura la castel și să întrebe de maharani.

– Și?

– Indi a învățat să o imite.

– Cu ajutorul unui thakur?

– Da.

– Dar ce i s-ar fi putut întâmpla?

– Îți povestesc mai târziu. Trebuie să mergem acum.

– Ascultă, spuse ea, înainte de a porni la drum din nou, mă întrebam dacă e cazul să-ți spun ceva. Devdan m-a sfătuit să nu-mi mai petrec atâta timp cu tine, fiindcă susține că ți-aș putea face probleme cu Chatur.

– Așa a spus?

– Ideea e că am văzut ceva la meciul de polo când ai fost rănit. Nu am mai pomenit de asta înainte, deoarece am crezut că e doar imaginația mea, dar l-am zărit pe Chatur cu un alt bărbat râzând de căzătura ta. Mă întrebam dacă...

El o întrerupse.

– Te-ai întrebat dacă nu cumva Chatur e în spatele incidentului. Asta ai crezut?

– Am crezut că e o glumă proastă, dar dacă ar fi fost ceva mai serios?

Ochii lui se întunecară și căzu pe gânduri.

– Bărbatul e o amenințare, dar fratele meu nu vede așa lucrurile. Pe Chatur nu-l oprește nimic. L-am prevenit pe Anish, murmură el.

– Nu-l oprește nimic să facă ce anume?

– Să păstreze controlul asupra fratelui meu și a puterii lui.

Eliza oftă. Clar nu era un aspect care să o privească pe ea.

Jay porni motocicleta din nou și își văzură de drum o vreme, fără să încerce să-și vorbească, până când el trase pe dreapta, unde un giulgiu de praf plutea peste un sat cu case din chirpici. Bucuroasă că-și poate dezmorți picioarele, Eliza coborî și privi în jur. Casele păreau că răsar din pământ precum copacii sau tufișurile și frumusețea simplă a liniilor blânde stârni fotograful din ea. De data asta avea să folosească numai Rolleiflexul.

– *Garh*-ul sau fortul este căminul ancestral al proprietarului zonei, spuse Jay. Mai întâi ne întâlnim cu el.

– Dar și cu localnicii, nu?

– Da, desigur, dar trebuie să ne prezentăm *thakur*-ului mai întâi. E interesat de artă și un artist de felul său. El este nobilul care a luat-o pe Indi sub aripa lui. Avem multe pentru care să-i fim recunoscători.

În timp ce se plimbară prin sat, Eliza zâmbi la vederea amestecului armonios de meșteșugari care-și vedeau de munca lor, de femei care pășeau ca niște regine în drum spre fântâna de unde luau apă, de copii care alergau și țipau pe străzi și de animale care pășteau. Câinii dormeau pretutindeni și toată lumea pe lângă care trecură se arătă deosebit de prietenoasă. În ciuda remarcilor personale ale lui Jay de mai devreme, Eliza simți un val de recunoștință fiindcă o adusese aici și îl urmă îndeaproape prin sat, încercând să țină pasul cu el.

– Familia aparține aceluiași clan ca a mea, explică Jay. Iar fratele meu Anish e șeful clanului. Uite, acolo e fortul.

Eliza văzu o construcție aurie, mică, dar foarte drăguță și, după ce trecură pe sub o arcadă de piatră, ajunseră la o grădină interioară, unde thakur-ul picta la un șevalet. Era un bărbat înalt, cu o atitudine demnă ce începuse să îi fie atât de familiară Elizei. Însă bărbatul acesta avea mustața sură și era mult mai în vârstă decât Jay. Se ridică de pe scaunul lui, își șterse mâinile pe o bucată de pânză și se apropie de ei, cu brațele larg deschise.

– Bine ați venit, bine ați venit! spuse el. Jayant! Mă bucur să te văd alături de o companie atât de încântătoare! Cu ce să vă servesc?

– O băutură rece pentru amândoi, zise Jay. Ești de acord, Eliza?

Ea încuviință, apropiindu-și palmele în semn de salut.

– Vă rog, luați loc!

Cât se așezară confortabil, el continuă să vorbească.

– Locul acesta a fost construit acum 200 de ani, dăruit de maharajah pentru bravura strămoșilor mei. În schimbul averii, el trebuia să întrețină opt cai pentru cavaleria maharajahului și să ia parte la orice bătălie. Din fericire, nimic nu se mai aplică în cazul meu.

Eliza zâmbi.

– Sper să pot face câteva fotografii cu sătenii. Nu se vor supăra, nu?

– Nicio problemă. Cred că fotografia va fi o nouă formă de artă.

– Eu sper că nu o să înlocuiască pictura, ci o să trăiască alături de ea.

– Într-adevăr. Jayant îmi zice că ne vorbiți limba.

– Puțin.

– E modestă.

– Și ce mai face Indira? îl întrebă *thakur*-ul pe Jay.

Zâmbea, dar privirea bărbatului era tensionată.

– Ne vizitează rareori.

– Știu că înțelegi de ce.

Expresia de pe chipul bărbatului se schimbă brusc.

– Așa e, dar mi-e dor de prezența ei luminoasă. Totuși, să nu ne lăsăm copleșiți de trecut.

Eliza tânjea să audă mai multe, dar ceva din expresia ambilor bărbați o opri să pună întrebări. Când se ridicară în picioare, Jay și *thakur*-ul se retraseră într-o parte pentru o clipă și Eliza nu mai auzi nimic din discuția lor.

Apoi *thakur*-ul îi conduse în afara fortului.

– Pe vremuri, ziduri de lut înconjurau locul. Bunicul meu a construit ziduri din piatră, dar mare parte din *garh* e tot ca pe vremuri. Poarta a fost lărgită astfel încât un om cocoțat într-o *howdah* pe spatele unui elefant să poată trece prin ea.

– E splendidă! exclamă Eliza.

– Înainte de a face fotografii v-ar plăcea s-o cunoașteți pe bunica Indirei?

– Foarte mult.

– Vă duc acolo și apoi vă las în pace.

Odată ajunși în sat, se opriră în dreptul unei colibe simple cu o curte micuță și un trandafir firav în ea. *Thakur*-ul strigă și o bătrână aprigă cu părul alb păși afară, de parcă i-ar fi așteptat. Își trase eșarfa pe cap, dar nu zâmbi deloc.

– Nu vorbește engleză. Crezi că vei înțelege? o întrebă Jay.

– Îți spun dacă nu pricep.

Eliza se concentră cât timp Jay și *thakur*-ul vorbiră cu femeia. Bătrâna nu voia să știe decât că Indira era bine și fericită. Păru mulțumită de răspunsuri, relaxându-se vizibil. Dar când Eliza își auzi numele pomenit, femeia o privi fix și îl rugă pe Jay să repete ce spusese.

– Eliza Fraser.

Femeia se întunecă la față și făcu iute câțiva pași în spate, apoi, pe cât de brusc apăruse, pe atât de repede dispăru și discuția se încheie. Jay și *thakur*-ul schimbară priviri între ei.

– Ce-a fost asta? întrebă ea, stânjenită și confuză totodată.

– Sunt sigur că nu ai de ce să-ți faci griji, o liniști Jay.

Pentru moment, acceptă explicația lui fără să mai comenteze, dar intui că mai e și altceva la mijloc. *Thakur*-ul interveni ca să potolească spiritele.

– Dați-mi voie să vă povestesc despre câștiguri. Ele vin din pământ, ca întotdeauna. Țăranii muncesc pe câmpurile mele și, în schimb, primesc o parte din recoltă. Oierii au voie să-și lase animalele să pască pe pământul meu, în schimbul unei părți din turmele lor.

– Prietenul meu Devdan sigur ar avea ceva de comentat, rosti Jay zâmbind.

Thakur-ul ridică mâinile alarmat.

– Adu-ți aminte că l-am cunoscut pe prietenul tău. E revoluționar, nu? Un tip foarte periculos. Un *badmash*[1].

– Nu e chiar atât de rău în realitate. Doar gura e de el.

– Ei bine, eu aș fi foarte atent cu el. Acum trebuie să plec. Mă bucur că v-am cunoscut, domnișoară Fraser.

Apoi îl luă iarăși deoparte Jay să-i mai spună câteva vorbe între patru ochi.

Mai târziu, Jay și Eliza se plimbară prin tot satul. Era mai liniște decât înainte și Eliza nu pricepu de ce. Nu reuși să alunge gândul că e din cauza ei și simți cum i se ridică părul pe ceafă. Pentru că avea atâtea de făcut – o rolă de film nu permitea decât șase fotografii, așa că trebuia să se ascundă prin unghere întunecate ca să schimbe rola sub o geantă închisă la culoare – nu întrebă ce se întâmplase mai exact. Apoi, pe măsură ce se adânciră pe străduțele înguste și văzu felul rudimentar în care trăiau oamenii în acest pustiu, simți un șoc profund din cauza sărăciei extreme. Cum de celor de la castel li se părea în regulă să devină atât de bogați în vreme ce oamenii de aici abia supraviețuiau într-o sărăcie lucie? Unii copii nu aveau niciun obiect de îmbrăcăminte și, când mergea, Eliza trebuia să ocolească mereu pârâiașul cu apă împuțită, care curgea printr-un șanț fix în mijlocul drumului. Aici, oamenii erau mai slabi, cu suferința întipărită în ridurile de pe chipurile

1 „Derbedeu" – în hindi în orig. (n. tr.).

lor, și, când observă diferența dintre această parte a satului și cealaltă, amuți uluită. Nu era nimic romantic, dar ea fotografie totul: pe cei săraci, pe cei pierduți și pe cei aproape uitați. Îi intră în cap ideea că, înregistrând necazurile sărmanilor va putea găsi o cale să vorbească în locul celor care nu aveau glas.

Când urcă în ataș, Jay o întrebă dacă i-ar plăcea să meargă la un bazar situat doar la câțiva kilometri, unde va putea cumpăra materiale imprimate cu blocuri de lemn sculptate manual. Avea și el câteva treburi acolo.

– E un loc izolat, rareori vizitat. Pentru o experiență autentică în Rajputana, nici că poți găsi un loc mai bun.

Era o sugestie prietenoasă, deși vocea lui Jay avea ceva grav în ea, o asprime pe care nu o mai observase înainte. De-a lungul drumului cu hârtoape din cele mai rele, Eliza se gândi la bunica Indirei și hotărî să-i ceară lui Jay să-i povestească mai multe despre Indi.

Jay opri motocicleta, de parcă s-ar fi hotărât încotro s-o ia.

– Ai pomenit ceva mai devreme despre faptul că vechiul stil de viață s-a dat la fund și ai zis și ceva de Indi. Care e legătura?

Eliza spera ca el să fie pregătit să-i dezvăluie mai multe acum.

Jay oftă din adâncul rărunchilor.

– Probabil că ai băgat de seamă că Indi e diferită. Are pielea ușor mai deschisă decât noi și nu știe cine e tatăl ei. Pe deasupra, mama ei a părăsit-o. Deși se trage dintr-o familie veche de războinici rajputani – din partea mamei ei –, suferă dizgrația părinților ei pierduți. Legăturile de sânge sunt totul pentru noi.

– Biata fată! rosti ea, știind cât e de rău să crești oricum fără tată.

Dar să își piardă ambii părinți trebuie să fi fost îngrozitor de dificil pentru Indi și sentimentul izolării trebuie să o fi marcat puternic. Nici nu era de mirare că fata se atașase emoțional de Jay.

Se lăsă tăcerea între ei și, când ridică privirea spre Jay, el întoarse capul repede.

– Ce e? o întrebă.

– Ești atât de orb, încât nu-ți dai seama că s-a îndrăgostit de tine?

Bărbatul se uită în gol, apoi se încruntă și vorbi de parcă ea nu ar fi fost acolo.

– Prostii! Îmi e ca o soră.

Eliza pufni încet.

Tăcerea se prelungi stânjenitoare.

– Interesul lui *thakur* a diferențiat-o de ceilalți săteni și, dacă nu s-ar fi aflat sub protecția lui și a bunicii, ar fi fost considerată o *dakan*.

– Asta ce mai e?

Jay o privi ca și cum i-ar fi judecat reacția:

– O femeie suspectată de vrăjitorie.

– În epoca noastră?

El dădu ușor din cap.

– Când altă femeie bănuită că ar fi o *dakan* a fost găsită moartă, cu un topor înfipt în spate, bunica lui Indi a acționat rapid și a trimis-o la castel, împreună cu miniatura originală și câteva tablouri ale ei. Indi i-a spus lui Laxmi că nu mai era în siguranță acasă și, din obligație față de bunica ei, mama a trebuit s-o primească. Așa scapă ei de vrăjitoare pe aici. Le înfig un topor în spate.

Eliza simți un fior pe șira spinării.

– Vrei să spui că ar fi omorât-o și pe ea? Asta ai vrut să spui când ai menționat că te îngrijora ce i s-ar fi putut întâmpla.

– Indi e talentată și foarte frumoasă. Alte femei ar fi devenit geloase pe ea.

Amintindu-și aspectul lui Indi, Eliza înțelese și de ce.

– Și ce s-a întâmplat când a venit la castel?

– A început ca fată în casă, dar, când talentul ei a devenit cunoscut pe deplin, mama i-a dat sarcina să-i picteze pe toți membrii casei regale. S-a transformat în ochii și urechile mamei. Pe vremea aceea, Laxmi era maharani. Nu știu exact cum, dar Indi continuă să știe toate intrigile, bârfele și urzelile de la castel.

– Îmi închipui că Laxmi a fost o regină puternică.

– A fost. Și o mamă extraordinară... deși uneori un pic prea grozavă.

Ultima parte a frazei fusese o remarcă rostită aproape în șoaptă și Eliza nu se putu abține să n-o compare pe Laxmi, care cu siguranță trăise doar pentru copiii ei, cu Anna și lipsa ei totală de interes. Până acum Eliza se gândise prea puțin la responsabilitățile unei mame și disprețuia ușor maternitatea.

Jay își pierdu concentrarea o clipă – privind nesigur spre cele două posibile drumuri din fața lui –, apoi reluă discuția de la ultimul comentariu al Elizei.

– Deși, desigur, britanicii au interzis folosirea cuvintelor rege și regină. Tata a fost nevoit să devină căpetenie. Nu ni s-a mai permis să purtăm nici coroane. Acestea erau exclusiv rezervate regalității britanice.

Eliza se strâmbă.

– Ca să fiu sinceră, mi se pare aproape amuzant, dar mă simt și ușor vinovată.

El îi dărui o privire candidă.

– Nu e cazul. Avem și noi suficiente rele. Dacă unul dintre fiii mamei n-ar fi urmat pe tron, ea, ca văduvă, nu s-ar mai fi bucurat deloc de statutul înalt pe care îl are acum.

– Înțeleg.

– Mai bine ne continuăm drumul.

Se urcă din nou pe motocicletă.

– În direcția asta, cred.

După câțiva kilometri, Jay opri motorul și făcură o pauză.

– Te rog să rămâi aproape de mine! spuse el, după ce propti motocicleta de un copac.

Dădea senzația că merge cât se poate de nonșalant, dar Eliza simți ceva diferit în umerii rigizi și expresia încordată de pe chipul lui. Găsi un localnic și începu să vorbească rapid cu el. Jay ridică tonul, dar omul se mulțumi să clatine din cap.

Ea auzi un behăit ciudat, gâtuit și, cercetând cu privirea un drumeag alăturat, zări o capră vie, spânzurată de picioarele din spate. Se cutremură când un sătean scoase o sabie și, cu o singură lovitură, îi tăie capul.

Jay se întoarse spre ea.

– Iute, înapoi la ataș!

– Dar tocmai am văzut o...

– Nu mai vorbi, trebuie să ne grăbim!

Îi puse mâna pe spate și aproape că o împinse.

– Dar ce se petrece?

Jay porni iute motocicleta și se răsuci spre ea cu o expresie de angoasă pe chip.

– Ți-am spus doar că vechile obiceiuri s-au dat la fund.

– Da.

– O să se întâmple ceva îngrozitor.

9

În timp ce Jay conducea înfuriat pe un drum tot mai bolovănos, Eliza se încordă pe locul ei. Teama i se localizase în spatele coastelor. Să nu știe făcea lucrurile și mai rele și până acum nu-l mai văzuse așa îngrijorat. Simțea că prințul trăiește într-o lume ascunsă vederii ei, un tărâm interior, bine protejat și, la fel ca regatul rajputan, era posibil să nu-l înțeleagă niciodată cu adevărat din cauza nenumăratelor straturi suprapuse care îi alcătuiau ființa. Bine tăinuit în spatele ritualurilor și al obiceiurilor vieții lui, se găsea ceva important, ceva care ținea totul la un loc. Se întrebă despre ce e vorba și hotărî să afle cât mai multe despre zeii hinduși. Poate asta ar fi ajutat-o să-i cunoască pe oamenii de aici mai bine, dar, pentru moment, nu se confrunta cu nimic mistic sau bizar, ci doar cu tulburările interioare ale unei alte ființe umane care o excludea din start.

– Spune-mi, te rog! strigă ea. Ce se petrece?

– Arderea unei văduve. *Thakur*-ul a aflat că umbla vorba despre o ardere ce ar urma să aibă loc mâine, dar bunica Indirei mi-a zis să vin în satul de unde tocmai am plecat și aici am descoperit că e, de fapt, astăzi.

– Doamne, Dumnezeule! Dar am crezut că *suttee*-ul e ilegal. Trebuie să-i oprim neapărat.

– Asta și intenționez. Este ilegal, dar asta nu înseamnă că nu se mai practică. Oamenii știu că britanicii se feresc să intervină dacă aleg locuri izolate.

Soarele, care le bătea direct în cap acum, ardea peisajul arid devenit amenințător în goliciunea lui. Pe punctul de a izbucni în lacrimi, Eliza își dori să fie oriunde, numai aici nu.

– Ascultă, Eliza, spuse Jay, te-am avertizat că vechile ritualuri s-au dat la fund. Cu asta ne luptăm.

– Dar să arzi o femeie de vie!

– Nimic nu se schimbă peste noapte.

Jay continuă să conducă în tăcere, iar Eliza se holbă la frumusețea aspră a deșertului, simțind că i se face rău. Puțin mai târziu, sunetul tobelor o alertă, anunțând-o că se apropiau de locul faptei.

Când Jay se dădu jos, Eliza dori să-l urmeze.

– Nu, stai! S-ar putea să fie deja prea târziu.

– Vin și eu.

Bărbatul ezită doar o fracțiune de secundă.

– Foarte bine, dar va trebui să fugim.

Deși decembrie era considerată lună de iarnă în Rajputana, încă putea fi mai fierbinte decât o lună de vară engleză. Ziua nu făcea excepție și fruntea Elizei se îmbrobonise de sudoare deja.

– Acoperă-ți capul și fața cu eșarfa cât poți de mult.

Când se apropiară de adunare, murmurul incantațiilor părea să copleșească sunetul tobelor.

– Ce se întâmplă acum?

El se opri și rămase nemișcat o clipă.

– Vezi acolo, în spatele acelei clădiri, lângă albia secată a râului?

Eliza se răsuci și văzu un grup mare de oameni, care îi bloca vederea.

– Trebuie să ocolesc, dar vreau ca tu să rămâi aici. Nu ai ce să faci, dar, dacă le spun cine sunt, am șanse să opresc nenorocirea.

Ea nu se mișcă și așteptă, cel puțin o vreme. Însă după câteva minute, când Jay ieșise din raza ei vizuală și incantațiile nu se opriseră, începu să tremure. Alergă după el și trecu de clădire, unde își dădu seama imediat că sunetul tobelor reprezenta invocarea morții.

Îl zări pe Jay clătinând din cap și certându-se cu mai mulți bărbați. Eliza nu o vedea pe femeie, dar, la vreo 20 de metri, în spatele unui rug funerar, un preot legăna un obiect masiv plin cu tămâie. Un altul lovea un clopoțel ce reușea să acopere chiar și tobele, în timp ce alți doi bărbați turnau ulei din urcioare de lut peste buștenii groși. Când un alt bărbat aprinse o torță, apoi atinse lemnul pregătit, flăcări mici se ridicară în aer imediat, pentru ca mai apoi să moară. Auzi un vaiet ascuțit îngrozitor și o văzu, în sfârșit, pe fata pe care o târau.

Eliza făcu un pas în față și țipă, dar nimeni n-o băgă în seamă. Toți ochii erau ațintiți asupra siluetei micuțe ce urma să urce pe rug. Totul părea că încremenise și Eliza înlemni de spaimă când fata, cu mâinile deja legate, păru un moment că-și acceptase soarta. Însă imediat totul se schimbă, fiindcă Jay întoarse spatele bărbaților și se repezi spre tânără. Dând coate în stânga și-n dreapta, reuși să rupă cordonul bărbaților.

Focul, mic la început, se transformase într-o ditamai văpaia. Inima Elizei aproape că se opri când Jay prinse mâinile fetei, trăgând-o departe de flăcări. Secundele trecură și Eliza simți teama fetei, simți teroarea din tremurul corpului ei. Jay se chinui s-o târască pe fată de acolo și, preț de o clipă, păru că și el va muri ars, dar trei bărbați îl apucară cu putere și-l smulseră de lângă victimă. Se luptă să se desprindă din strânsoarea lor și se avântă din nou, dar ei îl împiedicară. Flăcările ajunseseră la margine, prinzând-o în mijlocul lor pe fată, care încă încerca să scape. Urla neîncetat, dar un grup de bărbați și o femeie mai în vârstă înconjurară rugul, împingând-o înapoi, numai că de data asta cu niște bețe lungi, spre un trup nemișcat înveșmântat în alb.

Totuși, fata reuși să-l ocolească și să alerge într-o parte, unde flăcările erau mai slabe. Un bărbat își ridică sabia s-o lovească, așa că se văzu nevoită să revină în mijlocul focului. Dincolo de ea, o mulțime uriașă, nemișcată privea scena. Elizei îi venea să alerge spre foc și să o scape pe fată, dar tocmai atunci Jay se eliberă și încercă încă o dată să ajungă la ea. Prea târziu! Flăcările linseră picioarele fetei. I se aprinse fusta, apoi eșarfa și, la final, părul. Culorile aproape că te orbeau și Eliza abia reuși să se mai uite. Pe măsură ce infernul o cuprindea pe victimă, Eliza nu-l mai zări pe Jay, dar țipetele continuară, din ce în ce mai disperate.

Un nor nemilos de fum negru se ridică în aer și, odată cu el, un miros pe care Eliza știa că nu îl va uita cât va trăi. Vântul se înteți și văpaia se înălță tot mai sus, învârtindu-se și dansând, purtând urletele fetei spre cerul incredibil de albastru.

Eliza se dădu înapoi împiedicându-se, după care o luă la goană, îndepărtându-se de scena oribilă. Când țipetele încetară, nu mai auzIră decât pârâiturile focului. Șocată profund, se aplecă în față, aproape doborâtă și cu ochii arzându-i din cauza lacrimilor. Simți brațele lui Jay, care o trase tot mai departe de mirosul de carne arsă.

– N-ar fi trebuit să vezi asta, spuse el.

Eliza se răsuci și începu să-l bată cu pumnii în piept.

– De ce a trebuit să se întâmple? De ce?

El o prinse din nou în brațe, de data asta mai strâns, și Eliza îi observă arsura de la mână.

– Te-ai rănit.

– N-am nimic.

– Am văzut ce ai încercat să faci.

El clătină din cap.

– Am ajuns prea târziu. Sperasem că pot să-i conving să renunțe. Ascunseseră fata. Am crezut că am timp.

Jay îi înconjură umerii cu brațul și o ajută să se urce în ataș.

După ce se așeză pe locul ei, cu inima încă bătând să-i spargă pieptul în ritmul tobei care anunțase moartea femeii, începu să plângă cu lacrimi amare. Apoi, după o vreme, se uită la Jay, care își încrucișase brațele peste ghidon și își lipise fruntea de ele. În pieptul ei se adunase o durere atât de groaznică, încât știu că propria voce ar putea să continue în orice clipă urletul tinerei ce se stinsese între timp.

– Era atât de tânără! șopti el.

Eliza nu răspunse, dar trase aer în piept, chinuindu-se să respire.

– Nu ne ducem acasă. Cred că te voi duce la palatul meu. E doar la o oră distanță de castelul Juraipore, dar e mai intim. Vom putea sta de vorbă, așa cum nu am reușit la castel.

– Dar nu mai e nimic de discutat, izbuti ea să rostească printre suspinele înăbușite care începuseră s-o scuture din nou.

– Sunt multe de spus, dar mai întâi trebuie să înfrunți emoțiile celor văzute. Eu sunt obișnuit.

Nu-și mai adresară niciun cuvânt în timpul călătoriei și, după circa o oră, sosiră la un palat a cărei frumusețe pălise de mult. O conduse printr-o poartă mare prinsă într-un zid lung, apoi într-o zonă frumoasă, înconjurată de clădiri din piatră aurită, cu uși pe ambele laturi ce dădeau spre curte.

– Încăperile servitorilor, grajdurile și cămările, spuse el.

Pe partea opusă porții, o verandă cu coloane se întindea pe lungimea unei clădiri vechi cu două etaje. Era limpede că apa nu lipsea de aici, fiindcă, spre deosebire de celelalte locuri unde fuseseră, curtea era extraordinar de verde și petuniile roz și roșii se revărsau aranjate pe margini. Un copac înalt cu flori galbene și frunze lungi se ridica în mijloc, oferind suficientă umbră celor două bănci de dedesubt.

– E un *Senna siamea*, spuse el când îi observă privirea. Poate atinge o înălțime de 20 de metri. Ăsta încă nu a crescut așa de mult. Folosim acești copaci pentru mobilă și alte obiecte. Mai sunt mulți în grădinile din spate, adăugă el, arătând în direcția coloanelor.

Merseră prin clădire și de-a lungul unei galerii deschise și al unei terase cu scară exterioară. Eliza admiră grădinile mari și livada. Mirosul de iarbă pluti spre ea și inspiră adânc parfumul proaspăt al aerului. Deși încă habar nu avea cum va putea vreodată să scape de dezgustul și de teroarea din sufletul ei, admise că fusese o alegere atentă din partea lui Jay să vină în acest loc izolat și liniștit. Se opri o clipă să privească orizontul și observă panta din spate ce cobora blând.

Jay o conduse la un dormitor de la primul etaj.

– Când o să se mai răcorească și ești pregătită, te aștept pe terasa de dedesubt.

Bărbatul îi strânse mâna.

– Pe curând!

Eliza se așeză pe pat, care nu mai fusese folosit de mult timp. Adulmecă mirosul de naftalină, dar și un parfum care îi aminti de Laxmi. Poate că fusese camera mamei lui Jay la un moment dat? Lângă ea era un mic salon de pictură, căruia Jay îi spusese *dari khana*, cu un covor mare și câteva perne. Ea încercă să se gândească la alte lucruri, dar auzea întruna țipetele tinerei. O străină într-un ținut străin. Sperase că, venind aici, își va regăsi rădăcinile, dar, de fapt, se cufunda în mâl. Nu era o lume potrivită pentru ea. *Pentru nicio femeie,* de fapt, se gândi ea. Nu se putu abține să nu se îngrijoreze în privința propriei siguranțe. Și ea tot văduvă era. Oare cum te simțeai știind că vei avea parte de o moarte agonizantă? Suferința incredibilă, spaima, cruzimea brutală mai îngrozitoare decât orice ți-ai putea imagina?

Când strălucirea zilei se mai diminuă și cerul deveni liliachiu mai întâi, apoi roz-pal, se duse să-l caute pe Jay. Îl găsi învârtind între degete un pahar cu whisky, trântit pe un scaun din răchită pe terasa cu arcadă sau galeria din spatele clădirii, mai mică și mai intimă decât vestibulul cu coloane din față. Debusolat, bărbatul își duse mâna la cap să-și dea părul ciufulit de pe față. Când își frecă fruntea, Eliza văzu că încă e neagră din cauza fumului.

– Obișnuiam să locuim aici, cea mai mare parte a timpului, spuse el și îi arătă cu mâna spre zona din spate. Bei ceva?

Un majordom îi aduse o băutură și ea se așeză pe scaunul din fața lui Jay. Se lăsase întunericul și luna își arunca razele argintii peste grădină, de unde aromele nopții, alături de alte miresme se răspândeau în aer. Simți că ar putea să se lase învăluită de căldura lui blândă, dar atunci Jay întrerupse tăcerea.

– Cu două săptămâni înainte ca bunicul să moară, bunica a încetat să mănânce și să bea apă. Și-a îngrijit soțul, dar noaptea o auzeam incantând „ram-ram“ în mod repetat. Imediat ce el a murit, ne-a și anunțat că va comite *suttee*-ul a doua zi dimineață când va fi ars. Credea că e o dezonoare pentru o soție să trăiască mai mult decât soțul ei.

Jay vârî în buzunar o cutie de chibrituri care zăcea pe o masă, se ridică în picioare și luă o lumânare dintr-un suport metalic prinsă de perete. Scoase cutia cu chibrituri, scăpără unul și aprinse lumânarea. O folosi pentru cele două lămpi fixate de zidul exterior și mirosul de ulei ars umplu aerul. Lumina pâlpâi și Eliza urmări fumul preț de un minut sau două.

– Ai fost acolo?

– M-am dus cu mama, care știa că tatăl ei nu mai are mult. După ce a murit, bunica s-a spălat, și-a pus hainele de nuntă, apoi a stat întinsă peste trupul bunicului tot restul nopții, având companie doar urletul maidanezilor din oraș. Când soarele a răsărit, a sosit *devarul* ei, fratele soțului ei, care urma să îndeplinească ultimele ritualuri. Când o *sati* se duce la rug, e însoțită de o mulțime de oameni și aceștia deja începuseră să se strângă.

– Și ai văzut toate astea?

Jay se holbase la întuneric până atunci, dar acum se întoarse să se uite la ea, cu ochi sumbri din care dispăruse lumina și cu buzele strâmbate de un zâmbet trist.

– Trimisese după mine, dar mama a interceptat mesajul și a poruncit să fiu încuiat în camera mea. Mama nu era de acord, însă eu trebuia să văd, așa că am ieșit pe fereastră. Mi-am iubit bunicii.

Se opri și înghiți cu greu, înainte de a vorbi din nou.

– Uneori, femeile sunt legate. Dar nu și bunica. Când am ajuns acolo, flăcările urlau și nici măcar n-am reușit s-o zăresc. În schimb, am auzit-o. A incantat „ram-ram“ până când a murit. Oamenii o idolatrizează chiar și astăzi.

Eliza păstră tăcerea câteva momente. Îi urmări trăsăturile ascuțite ale feței, părând acum și mai umbrite în licărul lămpii. Observă că șocul și suferința încă zăboveau pe chipul lui. Cum de nu băgase de seamă mai devreme? Apoi coborî umerii și mai mult și se adânci într-o tăcere solitară, plecându-și capul și privindu-și mâinile. Mușchii fălcilor tresăriră ușor. Ce experiență îngrozitoare pentru un copil! Probabil că i-a frânt inima, așa cum moartea tatălui ei a sfâșiat-o pe ea.

– Câți ani aveai?

– Treisprezece ani. S-a întâmplat cu o săptămână înainte să împlinesc 14. În timpul vacanței școlare, altfel aș fi fost în Anglia.

Eliza îl privi intens și ochii i se umplură de lacrimi, emoționată la gândul copilului din el.

– Presupun că n-ai povestit nimănui când te-ai întors la școală, nu?

El clătină din cap și o privi direct în ochi. Eliza se simțea de parcă ar fi putut vedea prin el, iar el, prin ea. Apoi Jay își feri privirea.

– Deja credeau despre mine că sunt un sălbatic sau un animal de companie. Bunica și-a adorat soțul și a fost devastată de moartea lui, dar, cu excepția mamei, nimeni nu a încercat s-o oprească. Cumnatul ei își făcea griji că, dacă nu respectă tradiția, va aduce rușine familiei.

– De ce au permis femeile așa ceva?

El ridică din umeri.

– Unele încă văd obiceiul ca pe forma supremă de devotament și sacrificiu feminin. A vrut să fie cu soțul ei în viața următoare, așa că pentru ea a fost singura soluție.

– Dar e o crimă împotriva femeilor.

Jay o privi din nou, cu o asemenea tristețe în ochi, încât Eliza tânji să-l aline, dar se mulțumi să vorbească.

– Și dacă nu există altă viață, Jay?

El oftă adânc, dar îi susținu privirea.

– Femeile chiar nu au nicio valoare? spuse ea.

– Cele care doresc să devină *sati* vorbesc despre un gest voluntar de devotament. Noi am putea spune că sunt spălate pe creier. Cu siguranță vechile credințe sunt mai puternice decât instinctul de supraviețuire. Aveau de ales între arderea pe rug sau perspectiva de a fi considerate niște soții decăzute.

– Fără să fie obligate?

El pufni și își feri privirea. Eliza se simți o fracțiune de secundă de parcă ar fi rupt o vrajă.

– Ba da. Preoții care primesc ceva de valoare din averea femeilor le încurajează. Rudele ambelor familii care își doresc bijuteriile lor le încurajează și, în unele cazuri, femeile trebuie drogate cu *bhang*, marijuana, cum ai numi-o tu, sau opiu. Sau legate de cadavrul soțului cu frânghii. Oricum, chiar dacă viața de văduvă e dificilă, multe au încercat să fugă. Și, când au făcut-o, au adus dizgrația asupra întregii familii.

– Atracția vieții e mai puternică decât legăturile de familie sau promisiunea nemuririi, nu?

– Cam așa.

– Dar unele chiar cred în asta. Precum bunica ta?

– Bănuiesc că da. Pentru unele dintre ele este și era o alegere profund spirituală. Greu de înțeles, nu? Se întâmplă din multe motive, nu neapărat fiindcă sunt silite sau din motive religioase. Uneori o femeie deprimată sau disperată o folosește ca pe un mijloc de a se sinucide. Complet nepotrivit, desigur.

– Pare să aibă legătură cu versiunea asta idealizată a felului în care ar trebui să fie o femeie.

– Nu e cu mult diferită de cultura ta, deși noi o ducem la extrem, firește.

– Noi nu ardem femei.

În ciuda nefericirii de pe chipul lui, Eliza îi aruncă o privire aspră.

– Iar infanticidul feminin nu se întâmplă în Anglia.

– Poate nu acum, dar du-te înapoi în trecut. Știai că, după ce britanicii au scos aici în afara legii *suttee*-ul, au fost mai multe cazuri decât înainte?

Ea clătină din cap și între ei se lăsă o tăcere deloc confortabilă.

– Ce vei face?

– O să-i spun lui Anish, apoi lui Chatur și, bineînțeles, niciunul nu va face nimic. Voi discuta și cu Clifford Salter. S-ar putea ca britanicii să-i caute pe vinovați, dar nu vor avea șanse de reușită. Sătenii vor strânge rândurile.

– Dar tu i-ai putea identifica.

– Britanicii nu vor merge atât de departe. Știu și ei că povestea asta continuă.

– De ce oare în toată lumea femeile sunt și au fost prost tratate? întrebă ea, simțind o angoasă atât de puternică, încât nici nu știa cum să-i facă față.

El ridică din umeri.

– E o întrebare veche de când lumea. Și nu cunosc răspunsul.

Eliza deveni conștientă de cât de periculoasă putea deveni viața pentru ea aici, dar, în același timp, dacă tot avea să rămână, simți și o nevoie tot mai mare să nu judece India neapărat, ci mai degrabă să o înțeleagă mai bine.

Noaptea se așternu peste grădină ca o pătură. Nu se mai vedea nimic, dar se auzeau pocnetul ramurilor și animalele mișcându-se prin tufișuri. Eliza șovăi câteva minute bune înainte de a deschide gura, speriată că, dacă făcea o mișcare greșită sau spunea ceva aiurea, fundația vieții ei s-ar fi putut fisura. În ochii triști ai lui Jay se văzu pe ea însăși și, din cauza asta, dori să-i ofere ceva din ea însăși. Întotdeauna crezuse că, dacă nu vorbea despre tatăl ei, se proteja, dar trăise în spatele unui perete de sticlă care acum era pe punctul de a se crăpa.

Într-un târziu, sparse tăcerea și se uită în ochii lui.

– Tata a murit când aveam doar zece ani, spuse ea, cu inima bătându-i nebunește.

– Îmi pare rău.

Văzu în ochii lui că e sincer.

– Și eu am fost de față.

10

Eliza deschise ochii și dimineața poleită o întâmpină cu un aer atât de dulce și de proaspăt, încât aproape că-i veni să creadă că nimic nu fusese real, că totul fusese doar un coșmar dizolvat de lumină. Cu excepția mirosului. Se prăbușise în pat îmbrăcată seara trecută. Își smulse hainele care încă purtau izul sacrificiului uman și găsi un halat în șifonierul înalt și negru. Și-l strânse bine pe lângă corp și ieși pe terasă în căutarea lui Jay.

Afară, lumea părea că încremenise. Nicio frunză nu se mișca, dar mirosul ierburilor aromatice se răspândea dinspre locul în care creșteau. Parfumul iasomiei și al caprifoiului cuprinsese aerul. Eliza observă că arcada ce înfrumuseța terasa avea culoarea nisipului și strălucea în razele soarelui. Cu o seară în urmă, nu observase culoarea.

– De-ar fi întotdeauna așa! spuse ea, când îl văzu pe Jay în urma majordomului care ducea o tavă cu cafele.

– Cum anume?

– Liniștit.

Jay privi cerul ca și cum ar fi căutat un răspuns acolo, apoi se uită la ea.

– Aici e inima mea, șopti el, cu ochii strălucind și plini de emoție. Aici vin când lumea pare imposibilă. Și, întâmplător, tot aici m-am născut.

– Camera în care stau e a mamei tale?

El încuviință din cap și nu-și dezlipi privirea de a ei.

– Toți avem inimile rănite. Tu, eu, Indi. Asta ne unește.

Jay se cufundă în gânduri, iar Eliza alese să creadă vorbele lui. Era nebărbierit, purta încă hainele de ieri și mirosea a praf, a nisip și a fum. Deși se spălase pe față de petele de funingine, părea cumva pierdut.

– Ai nevoie de haine curate? întrebă el. Eu sigur da.

Ea încuviință din cap.

– Pot să rezolv asta.

– Trebuie să-mi spăl și părul.

Spre deosebire de Clifford, Eliza nu credea că britanicii din India se arătaseră sensibili față de obiceiurile băștinașilor. Dar până acum fusese convinsă că britanicii aveau dreptatea de partea lor. Dar, dacă aveau să întoarcă spatele unor asemenea orori, atunci deveneau și ei vinovați. Cu siguranță exageraseră cu înăbușirea revoltelor și, la urma urmei, cine le dădea dreptul să fie aici? Acest lucru îngrozitor îi îmbolnăvea sufletul. Misoginismul avea multe fețe în părți diferite ale lumii, dar nimeni nu merita să moară ars de viu, prăjit ca o bucată de carne. Nimeni.

Admiră grădina fermecătoare și se bucură de calmul și de liniștea ei. Era sălbatică, încântătoare, cu alei îngrijite și cu flori. Trandafiri cățărători, iasomie și cine mai știe ce, toate revărsându-se din abundență. Deși nu era greu de văzut cum ar fi putut deveni și mai frumoasă, dacă ar mai fi avut și câteva spații deschise din loc în loc. Undeva exista o sursă de apă și poate panta pe care o zărise în spate avea legătură cu asta.

Se hotărî să întrebe.

– Folosim apă de ploaie, pe care o colectăm în containere mici. Există și niște pârâiașe sau *nallah* care apar odată cu venirea ploilor și avem și fântâni aici. Dar trebuie să facem mai multe, să construim baraje, rezervoare și bazine. Practic, avem nevoie de lucrări de irigații, dar nu știu sigur ce-aș putea întreprinde eu în acest sens.

– Nu vrei să faci ceva care să conteze în viețile oamenilor?

Jay se încruntă, dar ultima ei remarcă o luă chiar și pe ea prin surprindere.

Continuă să se gândească la apă. Poate că nu avea nicio putere în privința felului în care femeile erau tratate, dar se simți mai bine când luă în calcul alte modalități prin care să-i ajute pe oameni.

– Trebuie să existe o cale prin care să ajuți oamenii.

– Fac tot ce-mi stă în putere, angajez numai localnici, le dau voie să vină la fântâna din curtea noastră, dar depinde de fratele meu să mai reducă din taxe și el nu e de acord cu asta.

– Dar ce părere ai de irigații?

– Ei bine, după cum am spus...

Ea îl întrerupse.

– Sigur ai putea construi un sistem, spuse ea.

– Am luat în calcul și asta.

– Dar aici. E locul perfect. Pe terenul tău, acolo unde se adâncește, ai putea face un lac. Ba chiar mai multe.

– Probabil ai senzația că sunt plin de bani, nu? Dețin această motocicletă, dar, Eliza, mașina e a mamei. Am un palat vechi frumos pe care abia îmi permit să-l restaurez și o pensie viageră relativ generoasă, însă nici pomeneală să poată acoperi proiectul unui sistem de irigații.

– Atunci strânge bani. Acolo unde e voință...

Se opri pentru o clipă, dar nu se putu abține.

– Tu chiar vezi sărăcia oamenilor?

– Bineînțeles.

– Nu, Jay, nu cred. Vezi ceea ce vrei să vezi. Voi developa fotografiile de ieri și te vei uita la ele cu ochii larg deschiși. Nu vei putea ignora lucrurile atât de ușor când le vei vedea în alb-negru. A venit momentul să acționezi. Fă ceva!

– Zici că ești prietenul meu Devdan.

– Păi, dacă scopul lui e să întreprindă ceva cu privire la inegalitățile de aici, atunci sunt de partea lui. Ai apă. Începe de aici.

– Și bani de unde?

– Strânge. Voi face și eu tot ce pot.

Eliza aprecie faptul că palatul lui Jay era un loc special în care să te retragi, să-ți împrospătezi mintea și sufletul. În ciuda grozăviei la care fusese martoră, se simțea de parcă pășise în ceva pierdut de mult și care o determina să gândească diferit. Nu putea să precizeze ce anume. O senzație de apartenență. Cu toate că părea ciudat să spună așa ceva după ce văzuse o întâmplare care o făcea să se simtă ca o străină.

După micul dejun – un fel de prăjitură cu cremă de lapte și miere –, se duse în camera ei, unde găsi un set de haine indiene. Pe micul lavoar descoperi un bol cu apă călduță și o cană mare. Își spălă părul ca să scape de ultimele rămășițe de miros, dar nu-și putu împiedica lacrimile când tânăra îi reveni în minte. Ea nu-și va mai spăla părul niciodată, nu va mai avea copii, nu va mai avea nicio viață. Își lăsă părul liber pe spate, încă umed, se îmbrăcă, apoi îl găsi pe Jay într-o cameră de jos, sărăcăcios mobilată, dar spațioasă și aerisită, cu pereți fini care străluceau precum niște coji de ou lustruite.

Bărbatul îi zâmbi și se ridică în picioare când o zări.

– Ai un păr foarte frumos.

– Așa cum e acum? întrebă ea, ridicând câteva șuvițe umede.

Jay izbucni în râs.

– Când e uscat. Are atât de multe culori în el. Uneori e auriu, alteori parcă e în flăcări.

– Așadar nu seamănă cu părul de cămilă.

– Am fost necioplit. Iartă-mă!

O privi în ochi și, preț de o clipă, Eliza simți că i-ar putea ierta orice.

– Am crezut că ești doar o altă britanică venită să se holbeze la băștinașii caraghioși.

– Nici pomeneală.

Plecară la plimbare și vorbiră tot timpul. Mai întâi, el o duse în galeria cu coloane pe care i-o descrisese odată. De fapt era o loggia sau o verandă mare, după cum spusese el, apoi o conduse de pe terasă într-o laterală a grădinii. Arcadele erau ascuțite și asizele, sculptate cu flori și frunze. Unele se spărseseră, dar piatra strălucea aurie.

– Avem din abundență gresie, plăcuțe de ardezie, marmură și alte materiale aici, în Rajputana. Carierele de piatră Makrana au asigurat multă marmură pentru palatul Taj din Agra. Dar avem și calcar de la Jaisalmer și piatră roșie, de asemenea, folosită la construirea Fortului Roșu din Delhi. L-ai văzut?

– Da, și mi-ar plăcea să mă întorc la Delhi. După cum știi, acolo am locuit. De fapt, va trebui să mă duc la un moment dat acolo să-mi ridic fotografiile finale.

– Să stai neapărat la Imperial. Toți britanicii se duc acolo.

Ea încuviință din cap și trecură printr-o poartă lată, intrând într-o încăpere uluitoare, dc două ori mai înaltă decât celelalte, unde lumina pătrundea prin ferestre pe care nici măcar nu le vedea.

– Sunt deasupra arcurilor de boltă, spuse el, când îi observă privirea.

Felul în care razele soarelui lumina jumătatea de sus a camerei dădea impresia că astrul solar fusese inventat exact cu acest scop, iar înălțimea sălii le modifica tonalitatea vocilor.

– E o sală de recepții. Uită-te la podea.

Își coborî privirea și observă că plăcile de marmură se crăpaseră pe alocuri.

Jay rămase nemișcat o clipă.

– Vrei să-mi povestești ce s-a întâmplat cu tatăl tău?

Eliza închise ochii câteva secunde. Când îi redeschise, el o privea cu atâta blândețe, încât clipi des de mai multe ori ca să scape de intensitatea fierbinte a ochilor lui.

– S-a întâmplat pe 23 decembrie 1912. Nu voi uita niciodată data, fiindcă stătea pe un elefant ce mergea imediat în spatele viceregelui, chiar în fruntea procesiunii. Eu și mama eram tare mândre. Delhi urma să preia de la Calcutta rolul de centru al guvernului britanic, iar în ziua aceea viceregele își făcea intrarea ceremonială în oraș.

Jay continuă să o privească intens și ochii lui se adumbriră.

– Continuă.

Eliza se pregăti să povestească mai departe.

– Cineva a aruncat o bombă. Eu și mama urmăream totul de pe balconul nostru. L-am văzut pe tata prăbușindu-se și, când am alergat în stradă, am aflat că bomba îl omorâse.

Se opri și Jay îi întinse mâna.

– A fost vina mea. Îl rugasem să se oprească și să-mi facă semn cu mâna. Dacă nu i-aș fi cerut asta... În fine, m-am dus la el și l-am îmbrățișat. I-am spus că-l iubesc. Mulți ani m-am prefăcut că el mă auzise. Cineva m-a ajutat să mă ridic, iar rochița mea nouă și albă se murdărise de sânge.

– Eliza, s-ar putea să ți se pară o întrebare ciudată, dar crezi în destin?

– Nu sunt sigură că știu ce înseamnă.

– Noi credem că îți poți modifica destinul, dar există anumite lucruri care sunt menite să se întâmple. Nu există altă cale, decât să se întâmple.

– Cum ar fi?

Jay o privi de parcă ar fi vrut să-i răspundă serios, dar se răzgândi. Zâmbi, apoi dădu din mână a lehamite.

– Înseamnă altceva pentru fiecare om, cred. Mă întrebam doar ce înseamnă pentru tine.

Puțin mai târziu, Jay o conduse prin grădină până la grajdurile de la capătul palatului. Eliza, curioasă, îl întrebă de ce nu plecau spre casă.

– Știi să călărești? o iscodi el, ridicându-și fața spre soare.

– Talentul meu la călărit a cam ruginit.

Jay își coborî privirea spre ea.

– Mă gândeam că am putea să deviem puțin de la călătoria noastră.

Un băiat de la grajduri îi salută și Jay îi răspunse cu afecțiune. Băiatul le aduse doi cai. Eliza încă își bătea capul cu semnificația destinului și cu motivul întrebării lui. Avea să rezolve mai târziu misterul.

– Cai de deșert, rosti Jay, fără să știe ce se petrece în mintea ei.

Eliza se minună de capetele magnifice ale animalelor și de gâtul lor gros și arcuit, de urechile frumos curbate și drepte, dar cel mai mult îi atrase atenția genele lor lungi și nările splendide.

– Calul de deșert se trage din caii arabi.

– Am putea face asta altă dată? Trebuie să mă întorc la castel să developez filmul înainte ca imaginile să dispară. Te superi?

– Doar o plimbare scurtă? Nu-ți face griji, al tău e foarte docil.

Se simți sfâșiată între dorința de a mai petrece timp cu el și angoasa provocată de îndemânarea ei la călărit.

– Te țin eu bine.

Când Jay îi zâmbi, pricepu că refuzul era inutil, așa că acceptă nervoasă. Ultima oară călărise pe vremea adolescenței, dar, începând să simtă că poate avea încredere în el, în această lume ciudată, nu rezistă ispitei de a mai petrece timp în compania lui.

– Încercăm fără șa? Dacă nu ai mai făcut-o înainte, vei vedea ce grozav e. Te va ajuta să treci peste amintirea oribilă a celor întâmplate ieri.

Ea nu scoase niciun cuvânt, dar știa că nimic nu va putea șterge o asemenea amintire.

– Stabilești o legătură mai strânsă cu animalul. Vrei să încerci? Dar nu vei putea călări într-o parte.

Eliza se uită la el fără să vorbească. El îi interpretă tăcerea ca acceptare și se apropie să o ajute să încalece. Inima îi bubuia în piept.

– Privește-mă, spuse el, sărind pe cal. Trebuie să stai puțin mai în față și să nu-ți lipești gleznele sau gambele prea strâns de cal atunci când încetinești sau te oprești. Nu fi nervoasă.

Însă Eliza nu voia să-și lase viața în seama unui animal.

– O să fie bine. Ai încredere în el. Altfel, îți va simți frica. Relaxează-te și bucură-te de plimbare!

Înainte de a se mișca, Eliza îi căută privirea.

– Ce ai vrut să spui cu destinul?

El ridică din umeri.

– Noi ne gândim adesea la destin.

Răspunsul lui nu o satisfăcu deloc și ceva din privirea lui ferită o determină să nu creadă că acesta e motivul pentru care adusese în discuție subiectul mai devreme. Evita să îi spună ceva.

Porniră încet și, chiar dacă ritmul nu era deloc rapid, simți cum i se umezesc palmele și scalpul de sudoare. Trecură pe lângă câteva sate lovite de sărăcie și Eliza observă nefericirea vieții din inima peisajului mohorât. Se gândi din nou cum apa ar putea schimba traiul oamenilor. Apoi, treptat, după ce lăsară satele în spate, vântul îi flutură părul și ea începu să se bucure de experiența călăritului pe terenul aspru, dar magic al Rajputanei. Ba chiar simți o legătură aparte cu calul.

Jay se ținu de cuvânt. Plimbarea nu dură mult și, cât ai clipi, se trezi din nou în ataș.

– Ți-a plăcut? o întrebă el înainte de a tura motocicleta.

– A fost o surpriză chiar și pentru mine.

Într-adevăr. Deși urletele femeii încă îi răsunau în cap, plimbarea o ajutase să se simtă mai puțin tulburată.

El râse și o privi.

– Ar fi trebuit să-ți vezi fața. Numai tonuri de roșu și de roz. Îmi venea să te iau în brațe și să te duc în regatul meu privat, unde să te țin prizonieră.

– Ai un regat privat? îngăimă ea, ferindu-și privirea.

Nu știa dacă din cauza stânjenelii sau pentru că inima îi bătu din nou nebunește.

11

Înapoi la castel, Eliza se întâlni mai întâi cu Indira. Lumina se revărsa prin ferestrele înalte ale holului, desenând modele pe podea. Le privi intens, copleșită de strălucirea neobișnuită.

– Ați stat mai mult decât ne-am așteptat, spuse Indi și zâmbi, deși păru ușor nervoasă când o însoți spre camerele de jos.

– Da.

Indi se opri, iar Eliza continuă să meargă.

– De ce? E doar o călătorie de o zi până în satul meu și înapoi.

Crezând că fata e pur și simplu curioasă, Eliza se întoarse să o privească.

– S-a întâmplat ceva.

– Cu Jay?

Eliza simți un ac în inimă. Sperase să poată vorbi cu Indi despre ce se petrecuse, dar, șocată de ochii ei reci, își dădu seama că e imposibil.

– Aș prefera să nu discut despre asta.

– Ai stat la palatul lui?

– Da, în vechea cameră a lui Laxmi, cred.

– Acela e dormitorul lui Jay acum.

– N-am știut.

– Și el unde-a dormit?

– Habar n-am. Ascultă, am de developat un film.

Eliza mai făcu doi pași, dar Indi veni iute din spate și o apucă de mânecă.

– Astea nu sunt hainele tale. Ce s-a întâmplat cu ele?

Indi își îngustase privirea și aceeași expresie de gelozie și de suspiciune pe care Eliza o observase în timpul balului apăru din nou pe chipul ei. Uluită de ostilitatea fățișă, îi răspunse cu un bâlbâit.

– Eu... Eu...

– Ți-a dat dormitorul lui. Ești privilegiată. Mie nu mi l-a oferit niciodată.

Eliza se posomorî la auzul tonului Indirei. Nu-i va permite fetei să-i vorbească în felul acesta.

– Îmi pare rău, dar nu e vina mea. Acum, te rog, chiar trebuie să plec.

Își trase mâna și reuși să plece, dar scurta interacțiune îi lăsase un gust amar. Nu voia ca Indira să îi fie dușmancă.

Oricât se chinui, Eliza nu izbuti să-și scoată din minte *suttee*-ul. Nu oroarea celor văzute îi prinsese inima ca într-un clește, ci mirosul oribil care i se strecurase în nări și rămăsese acolo. Trebuia neapărat să stea de vorbă cu cineva. Cu un englez care să înțeleagă pe deplin ce e în sufletul ei. Se strecură afară și, după ce chemă o ricșă, cincisprezece minute mai târziu se cuibări pe o canapea confortabilă din salonul lui Dottie, sorbind ceai dintr-o cești de porțelan.

– Ei bine, recunosc că e o plăcere, spuse Dottie. Mie îmi vine greu să-mi umplu orele, dar bănuiesc că tu nu ai această problemă.

Eliza clătină din cap, ascultând doar pe jumătate. Normalitatea lui Dottie și tot ce era englez o izbi: ghiveciul cu măzăriche de pe măsuța de cafea, pianul din colț, picturile cu câinii ciobănești și perdelele drăguțe înflorate. *Din pânză Liberty*, se gândi ea dând din cap iarăși, făcându-i-se brusc dor de casă.

– Am vrut să stau de vorbă cu tine, spuse ea. Am mintea agitată și abia mai știu ce gândesc și ce simt.

I se puse un nod în gât și trase adânc aer în piept. Oare putea să vorbească despre asta? Cuvintele nu păreau deloc potrivite să descrie realitatea unei asemenea morți.

– Desigur.

Eliza se uită la chipul amabil al lui Dottie.

– Dacă îți povestesc, nu știu sigur cine ar trebui să afle.

Dottie o privi nedumerită.

– Eu...

Eliza se opri.

– Am văzut ceva.

– Da?

– O femeie arsă de vie.

Dottie își mușcă buza.

– Îngrozitor! Un accident?

– Nu. Tu nu...

Trase iarăși adânc aer în piept.

– Au ars pe rug o văduvă.

Dottie își duse mâna la gură și se albi la față.

– Doamne, Dumnezeule! Chiar nu știu ce să zic. Probabil că ești foarte șocată.

– Probabil că sunt. Am crezut că mi-am revenit, dar nu reușesc să scap de mirosul de carne arsă. Dottie, nu am văzut niciodată ceva mai îngrozitor.

– Oh, draga de tine!

Eliza suspină.

Dottie se ridică și începu să se învârtă prin cameră cu pași mari.

– E împotriva legii, așa că trebuie să-i spunem lui Clifford și apoi...

– Nu! o întrerupse Eliza. Nu! Lasă-l pe Jay să o facă. Mi-a zis că lucrurile astea încă se întâmplă și că autoritățile nu fac nimic. Mă întreb dacă nu cumva dorește să rezolve lucrurile fără să-i amestece pe britanici.

Acum Dottie era cea șocată și se holbă la Eliza.

– Doar nu te-a dus chiar el să vezi așa ceva!

– Nu. Eram în drum spre un alt loc și el a încercat să-i oprească.

– Și?

– A fost foarte curajos, s-a ars și la mână, dar...

Un alt suspin îi scăpă de pe buze.

– Am ajuns prea târziu.

Dottie se apropie de vitrina cu băuturi și răsuci cheița.

– Cred că ai nevoie de ceva mai tare decât ceaiul. Știu sigur.

Ridică o sticlă.

– Un brandy?

Eliza încuviință și Dottie aduse două păhărele pline cu lichidul de culoarea chihlimbarului. Îl dădu pe gât pe al ei imediat ce se așeză pe canapea lângă Eliza.

– Iisuse, oamenii ăștia... Nu-mi pasă de sistemul lor de credințe. Iar chestia asta e o monstruozitate. O barbarie cumplită.

Dottie clătină din cap.

– Chiar când începi să te simți, în sfârșit, acasă, se întâmplă una ca asta.

– Nu pot să cred că există așa ceva... Nu știu ce să fac. A fost oribil ce-am văzut.

Eliza își plecă fruntea și simți arsura lacrimilor.

– Sunt sigură că așa a fost.

– Mi-e greață întruna.

Eliza se aplecă și mai tare și-și îngropă fața între palme.

Dottie o mângâie pe spate.

– Biata fată...

Eliza se răsuci și își ridică privirea spre Dottie.

– Jay spune că *suttee*-ul s-a desfășurat în mare secret și că, pentru o vreme, s-a întâmplat chiar mai des, după ce a fost scos în afara legii. Jay trebuie să raporteze. Mai bine să vină din partea lui.

– El ți-a spus să procedezi așa?

– Nu! Nici vorbă!

– Fiindcă e crimă, Eliza. Nu au voie să scape nepedepsiți.

– Au mai scăpat și scapă și azi. Ascultă, mai bine plec. Te rog să nu mai povestești nimănui. Nu vreau să știe Clifford că am fost acolo. Va da vina pe Jay sau va încerca să-mi impună anumite limite.

Dottie îi atinse mâna.

– Draga mea, nu te pot lăsa să pleci în halul ăsta. Tremuri din toate încheieturile. Rămâi și ia masa cu mine. Măcar un sendviș, da?

Mai târziu în după-amiaza aceea, Eliza se ascunse în întunericul camerei obscure. Când ieșea de acolo, cădea pe gânduri, amintindu-și ceea ce văzuse și ceea ce spusese Dottie. Când se gândea la Jay, trăia sentimente mai calde decât înainte. Dorise să-l întrebe din nou despre destin și nici asta nu-i ieșea din minte. Se referea la soartă, la ceva ce nu poți controla? Dacă așa stăteau lucrurile, ea nu avea să se împace niciodată cu o asemenea viziune fatalistă asupra vieții.

Gândurile i se îndreptară spre Indira. Trebuia să găsească o cale să încurajeze prietenia cu fata și în niciun caz competiția. După o vreme, se dezbrăcă și se întinse în pat, ascultând ciripitul păsărilor. La început, vocile trecutului nu o lăsară în pace. Mai întâi, tatăl ei care îi promisese că îi va face semn cu mâna, apoi Oliver chiar înainte să se repeadă afară, trântind ușa căsniciei lor și a propriei lui vieți. În cele din urmă, epuizată de amestecul de suferință și de șoc, adormi.

O trezi un ciocănit la ușă și, crezând că e Indi sau Kiri, se înfășură într-un halat subțire din mătase și se duse să deschidă, cu părul complet răvășit. Spre surpriza ei, dădu cu ochii de Jay. Se priviră intens și, simțind cum se îmbujorează, își strânse halatul mai tare peste sâni.

– Ce vrei? reuși ea să îngaime.

– Mama dorește să-ți vorbească.

– De ce-ai venit să-mi spui? Am greșit cu ceva?

– Nu. Pur și simplu, ea a sugerat.

În tot acest schimb de replici, ea îi susținu privirea. Jay și-o feri pe-a lui preț de o secundă, apoi se uită din nou la ea.

– Eliza, eu...

– Da?

Jay întinse mâna și îi mângâie părul.

– Ai un păr atât de frumos!

Ea zâmbi.

– Cred că mi-ai mai spus asta. Și nu doar o dată!

Ceva din expresia lui o făcu să simtă mai mult decât ar fi vrut. Oare se juca doar cu ea? Își mângâie lănțicul de argint pe care îl purta întotdeauna și mica piatră prețioasă ce stătea lipită la baza gâtului, apoi își atinse locul unde pulsul i se întețise. În acel moment, Anglia i se păru foarte departe. De fapt, ori de câte ori el se uita la ea, Anglia se îndepărta tot mai mult.

– Mă aștepți pe hol? Stai puțin. Uită-te la astea cât mă schimb.

Se dădu un pas în spate, ridică negativele și i le dădu cu mâini tremurânde. Nu trebuia să-i permită să o afecteze în halul ăsta.

Cât se îmbrăcă, auzi pe cineva vorbind în hindi, pe coridor, și se apropie de ușă ca să vadă ce se întâmplă.

Recunoscu vocea gravă a lui Jay, dar imediat un glas ascuțit de femeie preluă controlul. Deși nu înțelegea o iotă, știu că Indira e cu el. Eliza nu se considera frumoasă, dar mai cunoscuse gelozia feminină și înainte. Când se afla la pension, un grup de fete o ținuseră cu capul în jos și îi ciopârțiseră părul lung. Trăise în teroare după aceea și ultimul lucru de care avea nevoie acum, când nu se simțea deloc în largul ei, era să cadă victimă răutății altei femei.

În cele din urmă, se lăsă liniștea și Eliza ieși pe hol. Jay se plimba de colo până colo uitându-se la negative.

– Necazuri? întrebă ea.

– Îmi pare rău, nu am prea avut răgaz să mă uit la ele, dar înțeleg ce vrei să spui cu sărăcia. Am devenit imuni la ea. Pot să le păstrez o vreme?

Jay îi zâmbi strâmb, apoi dădu din cap.

– Aveai dreptate și în privința Indirei. Am fost orb.

– Întotdeauna e mult mai ușor pentru cineva din afară să observe asemenea lucruri.

El oftă.

– N-am încurajat-o niciodată. Nu am astfel de sentimente față de ea. Ar fi complet greșite, mai ales că mereu am considerat-o sora mea mai mică.

Bărbatul îi aruncă o privire, a cărei semnificație Eliza nu reuși s-o descifreze.

– Când mă voi căsători, va trebui să fie cu cineva din aceeași castă. Dacă i se întâmplă ceva fratelui meu, eu voi prelua frâiele.

Cât se poate de limpede, gândi Eliza.

– După cum am zis, dacă Anish moare, eu sunt succesorul la tron, deși Chatur se va da peste cap să prevină asta. Eu vreau să schimb multe lucruri și, în fruntea listei, rolul lui Chatur se va diminua considerabil. Dar, ca s-o fac, va trebui să mă conformez tradiției.

– Firește. Oricum n-are legătură cu mine.

Își adună puterile să nu arate nicio emoție provocată de tonul sau de cuvintele lui, dar ceea ce-i spusese el o surprinsese neplăcut și se întrebă dacă nu cumva fusese o avertizare și pentru ea.

– Acum să mergem să vorbim cu Laxmi. Apropo, am discutat cu Clifford Salter despre *sati*. A fost șocat, după cum era de așteptat, și mi-a promis că va cerceta situația.

El se opri.

– N-am pomenit că și tu ai fost martoră. Ar fi trebuit?

– Nu. Prefer ca el să nu știe. Nu vreau să mă protejeze exagerat.

– Ideea e că n-o să poată face mare lucru.

Jay o conduse prin încăperi și coridoare nesfârșite până în vestibulul albastru în care așteptase în ziua sosirii ei aici.

– Indi a pictat camera pentru mama.

Eliza se uită la florile, frunzele și filigranele albastre, îmbogățite cu fire aurii, care se ridicau pe pereți și traversau apoi tavanul.

– Este incredibil de talentată.

Laxmi apăru chiar atunci și îi întinse mâna.

– Mă bucur să te văd! Fiul meu mi-a povestit despre călătoria voastră.

Nesigură la care parte din călătorie se referea și ascultându-și ritmul haotic al inimii, Eliza încuviință din cap.

După ce intră în sala principală pentru recepții, văzu cât e de frumoasă. Ca un palat cu oglinzi strălucitoare sau *sheesh mahal*, toți pereții erau împodobiți cu mozaic de sticlă colorat, cu îngeri înaripați pictați pe tavan și cu tencuială poleită. Rămase mută de uimire. Nu mai văzuse niciodată așa ceva. Podeaua era acoperită cu perne din mătase, deși Laxmi îi arătase că aveau să stea pe scaune. Eliza se așeză pe marginea unui scaun tapițat cu catifea, iar Jay se întinse pe un șezlong.

– Înțeleg că ai niște idei cu privire la irigații, începu Laxmi.

– Era doar o idee.

– Și încă una bună, deși fiul meu mai mare, Anish, e posibil să nu fie de acord, dar, fiindcă Jayant mi-a vorbit despre asta de dimineață, mi-a trecut prin cap altceva. Se pare că, dacă vrem ca oamenii să fie de partea noastră, trebuie să le ușurăm viața. Altfel, britanicii sau rebelii îi vor întoarce foarte ușor împotriva noastră. După cum știi, deja se întâmplă în unele state și revoltele de acest fel se vor înmulți. Mi-e teamă pentru regatul nostru și am așteptat ca Anish să acționeze, dar, pentru că nu a făcut-o, simt că trebuie să iau eu taurul de coarne. Am întocmit un plan și aș vrea să scap de povara lui.

Jay își arcui sprâncenele.

– Pregătește-te să fii șocată.

– Ideea mea e următoarea. Avem un număr mare de bijuterii de familie în seifurile noastre. Dacă am izbuti să obținem și promisiunea fondurilor britanice, aș acoperi fericită costurile inițiale ale unui inginer care să dezvolte un proiect în acest sens.

– Ar trebui să fim sinceri, mamă.

Îndemnată de Jay, Laxmi ridică din umeri.

– Foarte bine.

– Eliza, ideea mamei e că, după ce inginerul întocmește planul, noi vom pune la bătaie bijuteriile familiei numai dacă batem palma ca împrumuturile de la britanici să se materializeze la o dată ulterioară.

– Dar asta va trebui să rămână între noi trei, adăugă Laxmi. Fiul meu mai mare nu trebuie să afle nimic. Jayant m-a asigurat că ne putem baza pe discreția ta.

– Bineînțeles.

Eliza cugetă câteva momente.

– Înainte de a începe, aveți nevoie să știți că proiectul va fi aprobat și vor exista și bani disponibili.

– Exact. Și iată unde intervii tu. Dacă poți să discuți proiectul cu domnul tău Salter și să-l convingi să organizeze obținerea acordurilor necesare, asta va conta enorm în obținerea împrumuturilor. E posibil să te ajute și cu găsirea de finanțatori care să sprijine proiectul.

Eliza nu se așteptase ca Jay să ia în serios remarcile ei obraznice, dar se simți foarte încântată că o ascultase.

– Nu știu câtă influență am, dar voi încerca.

Discutară ideea încă o jumătate de oră, când Jay plecă la un meci de polo și Eliza se ridică în picioare.

– Mai rămâi, Eliza. Acum, că ne cunoști puțin mai bine, mai ai întrebări fără răspuns? o descusu Laxmi, poftind-o să se așeze din nou. Ai mai vrea să știi ceva?

Eliza primi propunerea bucuroasă. După cele întâmplate, rămăsese îngrijorată cu privire la siguranța ei la castel, dar, în același timp, nu reușea să scape de gândul că trebuia să afle mai multe dacă voia să se simtă ca acasă aici.

– Aș vrea să aflu mai multe despre cultură, spuse ea, deși în mintea ei imaginea rugului în flăcări nu voia să pălească și pace.

– Cultura de la castel? Sau eticheta strictă care ne guvernează relațiile?

Eliza medită puțin și hotărî să nu spună nimic despre *sati*.

– Ei bine, ambele, dar mă refeream la ritualuri, la rugăciuni. La zei. La ce servesc? Par să fie atât de mulți!

– Suntem o societate bazată pe obiceiuri, dar rugăciunile noastre, *puja*, ne dau un rost într-o lume lipsită de sens. Suntem hinduși. Nu e o religie, deși unii așa consideră. Așa ne-am născut, e un mod de viață.

– Dar dacă toți acești zei nu există în realitate?

– Realitatea e doar o chestiune de interpretare. Ei există în mințile și în inimile noastre. Acestea sunt locurile unde ei contează. Ne structurează viața. Nu totul e bun, dar știm unde ne aflăm. Ne cunoaștem locul în lume. Poți susține același lucru?

Eliza se gândi la sate, unde ulițele înguste și prăfuite se răsfirau, având doar un singur canal săpat zilnic prin mijlocul lor. În ciuda sărăciei, îi plăcuseră colibele din chirpici, vacile și câinii adormiți și copiii cu ochii negri care o priviseră când rătăcise pe acolo. Admirase grația extraordinară a femeilor: înalte, cu spatele drept, cu capul și fața acoperite de cele mai ușoare șaluri din muselină. Erau atât de departe de Anglia, în timp și spațiu, dar, în schimb, adânc înrădăcinate în demnitate și tradiție.

– Nu m-am gândit, sinceră să fiu, îi răspunse lui Laxmi, deși vorbele ei nu reflectau întocmai adevărul.

Habar n-avea care îi e locul în lume și tânjea să-i mărturisească lui Laxmi cât de oribil fusese să o vadă pe văduvă arzând și cât de vulnerabilă se simțea, fiind văduvă la rândul ei. Voia din tot sufletul să fie onestă cu această femeie generoasă. Să recunoască tot ce are pe suflet.

– Ce-aș mai putea face pentru tine ca să te simți bine la noi? se interesă Laxmi. Încă observ o urmă de îngrijorare în ochii tăi și mai ai multe luni în față dacă vrei să prinzi un an întreg din viețile noastre aici, în Juraipore.

– Aș vrea să văd tot castelul. Și cetatea. Nu știu cum să ajung dintr-un loc în altul și nu vreau să mă bazez pe alții tot timpul.

PARTEA A DOUA

„Dacă plângi fiindcă soarele a dispărut din viața ta,
n-o să vezi stelele de lacrimi."

RABINDRANATH TAGORE

12

Eliza adormise în sunetul senzual al clopoțeilor de rugăciune și de dimineață se trezi cu un sentiment mai puternic de speranță decât ar fi îndrăznit să-și imagineze. Privi spre cerul albastru perfect senin, urmărind o duzină de papagali verzi care-și luară zborul dintr-un copac, fluturându-și aripile și dezvăluindu-și petele galbene de sub ele. Găsi o scară care ducea direct jos și se plimbă pe sub arcade și printre coloanele delicate ale curții.

Puțin mai târziu, Jay sosi să o ajute în procesul de familiarizare cu castelul.

– Nu mă așteptam să fii chiar tu ajutorul meu.

El făcu o plecăciune.

– Am cerut în mod special să mi se permită această plăcere.

Își păstră atitudinea protocolară și îi arătă tot: sălile *durbar*, camerele pentru arme, tot felul de camere de zi, aripa unde locuiau bărbații, sălile pentru banchet, birouri legate între ele, bibliotecile imense, atelierele de lucru nesfârșite, grajdurile, cămările, bucătăriile, grădinile înconjurate de ziduri și, nu în ultimul rând, *zenana*. Eliza încercă să rețină cât mai multe dintre explicațiile lui, deși, dată fiind imensitatea aproape monstruoasă a castelului, nu putea să spere că-și va aminti măcar o fracțiune. Dar, dacă putea merge acum neînsoțită și cu o idee vagă despre locul spre care se îndrepta, senzația de înstrăinare avea să se mai diminueze.

– Așadar... spuse el după ce terminară... Cum te mai simți acum? Sincer!

– Adică după ce am văzut...

– Da.

– Îmi trece încetul cu încetul, cred.

– Un lucru atât de oribil nu dispare ușor din minte. Nu ezita să mă cauți dacă simți nevoia să vorbești despre asta.

– Mulțumesc.

Jay zâmbi.

– Iar acum am plănuit o mică escapadă pe acoperiș pentru noi. Puțină distracție.

Ea se dădu un pas în spate.

– Serios? Unde?

El își lovi ușurel nasul.

– Urmează-mă!

Jay o conduse printr-o ușă și intrară în ceea ce părea a fi o parte întunecată, nefolosită a cetății. Eliza se cutremură când trecură pe lângă zidurile cu ipsosul crăpat și urcară pe scările înguste și prăfuite. Ferestrele erau mici și coridoarele de legătură, precum și încăperile umede te izbeau cu aerul lor de abandon. Până și atelierele păreau mai sufocante decât restul castelului.

– Aici e partea cea mai veche a cetății și a castelului și, după cum vezi, am abandonat-o. Ai grijă pe unde calci, podeaua e crăpată mai încolo.

După ce mai urcară un șir de scări șerpuitoare, Jay scoase o cheie din buzunar și descuie o ușă mare bătută în cuie. După minutele petrecute în penumbră, lumina o izbi pe Eliza cu forță și, surprinsă, aproape că se împiedică. El întinse mâna să o sprijine, apoi o duse pe acoperiș.

– Acesta e locul meu tainic în care evadez, îi spuse el. Nimeni nu vine aici.

Eliza privi în jurul ei, copleșită de opalescența cerului nemărginit. Trăi o senzație minunată, ca și cum ar fi fost în vârful lumii, cu vântul care-i flutura părul și cu aerul atât de proaspăt, încât ameți ușor.

– E foarte frumos!

Orașul de dedesubt strălucea auriu, iar câmpiile late cu aflorimentele lor păreau cenușii, învăluite într-o perdea de ceață. Între dealurile pitice și oraș, turme imense de oi rătăceau libere. Privi încă o dată cerul și urmări zborul unui uliu de pe o parte a meterezelor pe alta. Se găseau chiar la capătul castelului și, când se apropie de margine ca să cerceteze ce era jos, văzu conturul unei clădiri cu aleile și curțile interioare. Oamenii păreau atât de mici și abia atunci își dădu seama la ce înălțime urcase. Se dădu înapoi un pas, cuprinsă de un vertij.

– Ești bine? o întrebă el.

– Da. Doar aerul. Pare atât de pur!

– Precum cea mai bună șampanie.

– Mai bună chiar.

– Acum vreau să-ți arăt ceva.

Se apropie de o construcție mică, rotundă, din cărămidă și deschise ușa. Se întoarse cât ai clipi cu un zmeu uriaș în mână. Avea formă de diamant, cu bare simple încrucișate, iar mătasea întinsă peste cadru era de un roșu și un portocaliu strălucitor, pictată cu modele complicate. Zeci de panglici galbene și lungi fluturau la baza lui.

– Vrei să înveți cum să-l faci să zboare? E o zi perfectă pentru el, când vântul adie blând.

– Mai întâi o mă uit la tine.

– De ce nu mă ajuți să-l lansez? Le dăm drumul aproape tot anul, dar mai ales de la începutul lui decembrie până la festivalul de Sankrat, când nu numai că îți demonstrezi talentul la înălțat zmeie, ci și folosești sfoara ca să o agăți pe a altui concurent, astfel încât zmeul lui să se prăbușească, iar al tău să rămână pe cer.

– N-am de gând să concurez cu tine. Sper.

El izbucni în râs.

– Ei bine, în niciun caz la înălțatul zmeului.

Îl urmări atentă cum ține ghemul cu sfoară și el o rugă să nu dea drumul zmeului. Desfășură cam douăzeci de metri de sfoară și apoi așteptă, de parcă ar fi analizat direcția din care bate vântul. Atunci o rugă să se îndepărteze până când sfoara dintre ei se va întinde perfect și îi spuse să stea cu spatele la vânt și cu zmeul în fața ei.

– Eliberează-l! îi ceru el.

Se conformă și zmeul, după un ușor tremur indecis, țâșni spre cer.

– Când vântul îi atinge suprafața, creează doi curenți de aer. Unul se mișcă pe deasupra zmeului, iar celălalt pe dedesubt. Așa reușește să se înalțe.

Jay mai desfăcu puțină sfoară ca să împingă zmeul și mai sus. Eliza îl privi cum se învârte și se răsucește de parcă ar fi fost o ființă vie, panglicile lui desenând modele prin aer.

– Vino să-l ții și tu! o strigă el.

Se duse lângă el și Jay îi dădu ghemul. Nu se așteptase să simtă o vibrație atât de puternică și aproape că îl scăpă surprinsă. Jay se așeză în spatele ei și o cuprinse cu brațele. Îi acoperi mâinile cu ale lui ca să țină amândoi zmeul în aer. Cu el atât de aproape și simțind vibrația din palmele lor, gura i se uscă și-și dădu seama că abia poate să înghită. Admiră priveliștea presărată cu pete verzi și cu zone nisipoase, unde micile așezări și sate păreau doar niște puncte. Observă și o panglică subțire albastră. Poate era același râu unde păpușa fusese înmormântată. Inima îi bătea să-i spargă pieptul. Timpul nu numai că încremenise, ci părea suspendat, iar ea tremura, așteptând ca unul dintre ei să se miște.

O pală de vânt mai puternică îi lovi și Jay trase zmeul mai aproape, apoi îl eliberă din nou. Eliza încă stătea prinsă în brațele lui, aproape fără să respire.

– Preiau eu acum, zise el.

Ea făcu un pas în lateral.

– Mulțumesc.

– Am vrut să facem ceva ca să te simți mai bine.

– A mers.

– Ascultă, o să fiu plecat o vreme. Trebuie să iau legătura cu niște persoane, poate chiar să mă duc în Anglia să văd dacă pot găsi sponsori sau investitori pentru sistemul de irigații. O să te descurci?

– Sigur că da. În plus, o am pe Dottie.

Cu Jayant Singh în minte, Eliza porni spre Residency, vila lui Clifford Salter din oraș, însoțită de o gardă în livrea și de conducătorul unei ricșe, care urma să-i arate drumul și să o aducă înapoi. Voia să-i ducă negativele și plăcile, dar și să-l roage să-l ajute pe Jay să obțină permisele și împrumuturile pentru proiectul cu apa.

Încăperea în care îl aștepta arăta de parcă aparținea unei case englezești de la țară, având doar un aer slab oriental. Se așeză cu spatele la fereastră, ținând cu grijă plicul cu negative și pachetul cu plăci.

Când Clifford intră în cameră, îmbrăcat într-un costum din pânză deschisă la culoare, cu cămașă și cravată, Eliza se ridică de pe scaun și îi întinse mâna. El o ignoră și se apropie s-o sărute pe obraz. Ochii îi străluceau de plăcere și ea văzu cât de sincer încântat era de prezența ei.

– Ce plăcere! O să cer să ni se aducă un ceai.

Apoi, trăgându-și un scaun, se așeză în fața ei și sună din clopoțel. Își vârî degetul între guler și gât.

– Așadar? Dă-i drumul.

Eliza zâmbi.

– Nu prea sunt multe de spus. Am reușit să fac câteva fotografii mai puțin protocolare în ultima vreme.

– Minunat! Ne dorim parfumul adevărat al Rajputanei, nu doar seturi de fotografii reci pe care capetele astea regale le îndrăgesc atât de mult. Și ia zi-mi, Jayant Singh are mulți vizitatori?

– N-am idee.

– Dar trebuie să fi văzut câte ceva, nu? Poate cineva mai neobișnuit? Poate o față dubioasă? Nu știi niciodată cine îi influențează pe oamenii ăștia.

– Are un prieten, Devdan, care pare ușor diferit, dar asta e tot ce știu.

– Foarte bine. Și Laxmi?

– Laxmi? Nu i-am văzut niciodată vizitatorii, deși mă aștept să aibă.

– Și Chatur? El are vizitatori neobișnuiți?

– Tot ce știu despre Chatur e că îți vorbește de sus și e foarte arogant. De unde să știu ce vizitatori are? E un castel foarte mare, Clifford.

– Desigur, desigur... Dar nu mi-ai spus de ce ai venit. Doar dacă nu cumva...

Se opri.

– Pot spera?

Ea clătină din cap.

– Îmi pare rău.

– Atunci...?

– Jayant Singh a hotărât să angajeze un inginer care să schițeze planurile unui sistem de irigații pentru pământul lui și al satelor din apropiere. Vrea să aducă prosperitate în ținut și crede că apa este soluția.

– Înțeleg... apa. Da, aduce prosperitate. Și intenționează să foreze?

– Nu cred. E în perioada de început. Clifford, oamenii sunt săraci și a plouat foarte puțin. Când mă uit la chipurile lor răvășite, mă simt atât de vinovată! Ideea e că avem nevoie de ajutorul tău.

El își țuguie buzele și se strâmbă:

– Avem?

– În fine, nu eu, ci Laxmi și Jay, deși m-am oferit să îi ajut cât pot. Trebuie să vezi sărăcia ca să vrei să ajuți.

– Jay? Așa îi spui acum?

Se lăsă brusc o tăcere stânjenitoare. Bărbatul o cercetă atent înainte să continue.

– Sper că nu se întâmplă și alte lucruri între voi, nu?

– Bineînțeles că nu.

O privi cugetând puțin.

– Despre ce ajutor e vorba?

– Presupune strângerea de fonduri și permisele pentru demararea lucrărilor. Jay are nevoie de aprobarea britanică pentru a putea merge mai departe. Și are nevoie și de un permis pentru a construi un baraj pe un râu mic.

– Cu bani peșin britanici?

– Exact.

Clifford pufni.

– Au averile ascunse cine știe unde, dar vin ca întotdeauna să cerșească.

Se ridică în picioare și, cu mâinile vârâte în buzunare, păru că se gândește.

– Rămâi să iei prânzul cu mine, Eliza? O să am mai mult timp să analizez cererea și poate chiar să trimit mesaje la câteva persoane-cheie. Ce părere ai?

Eliza încuviință din cap.

– Aș fi încântată.

– Să mergem în grădină. E umbră acolo.

Se așezară pe o bancă, puțin prea aproape ca să se simtă în largul ei, dar Eliza îl consideră un preț mic pentru ajutorul lui Clifford și, în ciuda neplăcerii resimțite, nu se mută mai încolo. În schimb, rămase liniștită cu mâinile în poală și așteptă, așa cum ar fi făcut Laxmi. Zâmbi la gândul că e influențată în felul acesta și continuă să admire chioșcul drăguț, fântâna arteziană elegantă și plantele cățărătoare ce se revărsau peste zidurile grădinii.

– La ce te gândești? întrebă el.

– Ce grădină absolut încântătoare! zise ea, primind un zâmbet ca răsplată.

– Mândria și bucuria mea. Apropo, spuse el, aranjându-și cravata, am o scrisoare... Judecând după marca poștală, e de la mama ta. Ți-o dau înainte să pleci.

Eliza îi mulțumi, deși o scrisoare de la mama ei – probabil plină de văicăreli – nu era ceva ce își dorea neapărat.

– Și ce părere ai? întrebă el.

Un majordom îmbrăcat în alb veni cu câteva băuturi pe o tavă de argint și Eliza îl privi pe Clifford cum ridică paharul ca să soarbă din el. Era un bărbat spilcuit, fără îndoială, cu unghiile tăiate scurt și mereu la patru ace, indiferent de vreme.

– Ei bine, e ciudat, desigur, spuse ea.

– Ciudat? Atât?

Clifford se încruntă.

– Nu te deranjează poligamia? Concubinele? Ca femeie, aș fi crezut că le vei găsi abominabile.

– Încerc să nu mă gândesc la asta și concubinele sunt prietenoase.

– Și cu idolatria cum rămâne? continuă el, insistând.

– Laxmi mi-a explicat. Mi s-a părut rațional.

Eliza știa că nu i-ar putea povesti niciodată incidentul cu văduva arsă. Bărbatul își arcui sprâncenele neîncrezător.

– Sper că nu devii una de-a lor, nu? Ai avea o grămadă de probleme.

Dac-ar știi el cât de departe de asta era.

– Serios, Clifford, e imposibil, se mulțumi să răspundă.

El o privi iscoditor din spatele ochelarilor.

– Ai grijă, Eliza.

– După cum am zis, sunt bine.

Îi susținu privirea, nădăjduind că are dreptate.

– Ei bine, Anish nu e potrivit ca lider. Înăbușim constant nesupunerea civică și potențialele revolte, dar el abia dacă bagă de seamă. Coroana britanică e puterea supremă în India, dar el pare că uită uneori. Ne-ar plăcea să-l scoatem în față, dacă e să fiu sincer, și ai putea să ne ajuți.

– Cum?

– Încă nu sunt sigur. E doar o idee. Tatăl lui a fost un om bun, deschis la schimbările sugerate, dar Anish nu vrea decât să se îmbrace în veșmintele lui fine sau să joace polo, deși acum e prea gras ca să mai facă asta. Dacă nu putem ține statele princiare aproape de noi, rebelii vor înflori.

– Rebelii?

– Cei care sunt în favoarea unei Indii independente. Nu ne mai putem permite și alte revolte. Chiar și-așa, nesupunerea civică e în creștere.

Se lăsă o tăcere scurtă.

– Clifford, ești religios? Crezi în soartă?

– Soarta ca parcurs predeterminat de evenimente dincolo de controlul uman?

– Presupun că da.

El clătină din cap.

– Ăsta e fatalism. Dacă nu ne putem schimba destinul, atunci de ce să mai încercăm?

– Exact.

– În orice caz, nu sunt un om religios.

– Nu cred că hindușii văd destinul așa ca noi, spuse Eliza.

– Nu. Ar trebui să întrebi pe cineva dintre ei, dar cred că totul are legătură cu ideea de karma. Destinul, așa cum îl definim noi, înseamnă pur și simplu ceea ce e menit să se întâmple. Ei cred că poate fi afectat de trecut și de faptele din prezent. Uneori mă întreb dacă nu cumva neînțelegerile dintre culturile noastre se rezumă doar la interpretarea limbajului.

Întoarsă la castel, Eliza se duse direct în camera ei, unde văzu îngrozită că lacătul de la camera obscură nu era încuiat cum trebuie. Ar fi putut jura că îl încuiase după ce luase negativele și plăcile pentru Clifford, dar pesemne că, în graba ei, nu acordase suficientă atenție. Sună din clopoțel ca să i se aducă niște chai masala, apoi se așeză la birou să citească scrisoarea de la mama ei.

După ce o termină, o lăsă să cadă pe podea și își cuprinse capul între palme. Nu putea fi adevărat. Mama ei mințea. Sigur mințea. O amintire reprimată de mult timp îi reveni în minte. Avea 8 ani și era o zi însorită încântătoare. Eliza se bucurase că o însoțise pe ayah să cumpere niște dantelă din Chandni Chowk. În timp ce femeia plătea, Eliza aruncase o privire pe fereastră și-l zărise pe tatăl ei pe stradă, cu un buchet imens de flori în mână. Când ajunsese acasă, o întrebase nerăbdătoare pe mama ei unde sunt florile aduse de el. Însă nu era nicio floare în casă. Dimpotrivă, mama ei nu-și mai văzuse soțul de două zile. Eliza era micuță pe vremea aia, dar întâmplarea îi dăduse fiori pe șira spinării.

Ridică scrisoarea și o citi din nou, fiecare cuvânt făcându-i inima tot mai grea.

Draga mea Eliza,

Aceasta e o scrisoare pe care intenționam să o scriu de mulți ani. Am vrut să-ți povestesc când te-ai măritat cu Oliver, dar nu mi-au venit cuvintele și n-am putut niciodată să-ți vorbesc față în față despre purtarea execrabilă a tatălui tău. Știu că îl adorai, dar tot ce îți voi spune acum, mă jur, e adevărul gol-goluț. În prezent, sănătatea mea e tot mai jalnică, așa că trebuie să vorbesc cât încă mai pot. Nu-ți face griji, nu-ți cer să vii acasă, nu încă, cel puțin.

Totul a început când te purtam în pântece, cu câteva luni înainte de a te naște. N-am bănuit nimic până când una dintre prietenele mele mi-a mărturisit că l-a văzut pe David sărutând o tânără dansatoare într-una dintre grădinile din Delhi. Îl iubeam și am refuzat să o cred, apoi am uitat de asta. Am preferat să n-o mai consider prietenă. M-am încrezut în David. Eram fericiți și am presupus că era geloasă. Aveam un soț tânăr fermecător, în vreme ce ea era o fată bătrână care trăia pe spatele fratelui ei.

Însă răul fusese făcut și, treptat, am început să observ lucruri mărunte. Felul în care tatăl tău venea acasă mirosind vag a iasomie și cu gulerul mototolit. Nopțile târzii ocazionale și fără explicații s-au schimbat treptat în zile. Când am descoperit că avea datorii mari la jocurile de noroc, aproape că am răsuflat ușurată. Închipuie-ți. Cel puțin nu-și făcuse o amantă. Așa am crezut și asta mi-am spus întruna în sinea mea. Mi-e teamă că mă înșelam. Curând, aveam să înțeleg cât de mare era trădarea lui, nu numai față de mine, dar și față de tine.

Totul a ieșit la iveală înainte de moartea lui. Nu numai că ne ruinase financiar cu viciul lui de neoprit, dar amanetase aproape toate bunurile și acumulase alte datorii, fiindcă de ani întregi întreținea o dansatoare într-un mic apartament lângă Chandni Chowk. Datorii care, după moartea lui, au picat pe umerii mei să le rezolv. Sunt mai multe lucruri, mult mai multe, dar nu mă pot aduna să vorbesc despre ele.

Nu am vrut niciodată să-ți distrug imaginea ideală pe care o ai despre tatăl tău, dar simt că nu mai pot păstra aceste secrete. Îmi pare rău.

Sper ca scrisoarea mea să te găsească bine sănătoasă. Transmite-i salutările mele lui Clifford. Dacă îți arată vreun interes aparte, sper că îl vei accepta. După cum știi, niciun bărbat nu e perfect, nici măcar tatăl tău mult iubit.

Mama ta care te iubește.

Pământul se înclină, dar Eliza se ridică în picioare și se plimbă agitată prin cameră, copleșită de amărăciunea care se revărsase din paginile scrisorii. Ce scop avea mama ei să-i spună asemenea minciuni îngrozitoare? Anna îi dăduse o lovitură direct în adâncul ființei ei, acolo unde se afla credința în tatăl ei. Se gândi la îmbrățișările lui mărinimoase și la zâmbetul lui cald, apoi își aminti și de absențele lui. Dumnezeule! Dar dacă toate astea erau adevărate? Dar nu. Era doar una dintre încercările mamei ei de a-i distruge dragostea pe care i-o purta tatălui ei. Parcă îi și auzea tonul vocii când scrisese mârșăviile. Totuși, minciună sau nu, Eliza se simți devastată. Ideea că Anna așternuse pe hârtie toate acele lucruri îi sfâșia inima. Ca să nu mai pomenim că menționase că există *mai multe*. Mai mult de-atât ce-ar putea fi? Oare sănătatea mamei ei se deteriora atât de rău sau încerca subtil să o șantajeze emoțional?

Porni în căutarea lui Jay, dar i se spuse că plecase și că nu se va întoarce prea curând, fiindcă se întâlnea cu niște ingineri britanici. O uimi că el nu așteptase să audă cum decursese vizita la Clifford.

În drum spre camera ei, auzi pași care păreau să vină din spate. O trecu un fior pe șira spinării și se răsuci. Nimeni. Doar scârțâitul și geamătul vechiului castel. Se cutremură la gândul că era urmărită și ciuli urechile.

Își spuse în sinea ei că de vină e numai imaginația, dar ceva dădea târcoale pe coridoarele acestea, putea să jure. Poate o slujitoare mergând tiptil? Poate o gardă care se furișa? Fie asta, fie în castel sălășluiau fantome, fapt care n-ar fi mirat-o deloc. Prezența neidentificată și felul în care se simțea însoțită de umbre pe coridoarele pe jumătate luminate îi trezeau o senzație de teamă.

Se grăbi spre ușurarea dată de o curte însorită, unde Indi părea că începuse un tablou nou pe un șevalet mic. Mirosul de trandafir și de iasomie stăruia în aer și, tânjind să se simtă o parte integrantă a castelului, Eliza o privi câteva momente. Apoi, dorindu-și cu disperare o prietenă în clipe de deznădejde ca acestea, se hotărî să o mai abordeze o dată pe fată.

– E schița pentru un nou tablou? întrebă ea cu voce prietenoasă, înaintând.

Indi se întoarse, dar pe chipul ei nu se zări nicio umbră de zâmbet.

– Doar o schiță.

– E foarte bună.

Indi nu răspunse și Eliza simți că își pierde vremea.

– Mă întrebam dacă ți-ar plăcea să afli mai multe despre fotografie. Aș fi încântată să-ți arăt cum surprind un moment anume.

Indi se holbă la ea.

– *Nahin dhanyavaad.*

Apoi îi întoarse tacticos spatele, ignorând-o. Fusese un „nu, mulțumesc“ foarte hotărât.

13

Ianuarie 1931

Eliza se dedică singurului lucru pe care știa să-l facă atunci când o supăra viața. Adâncită în muncă, nu mai simți suferința provocată de acuzațiile mamei. Până în zori, când o ceață fină albăstruie se insinuă peste oraș și înainte să bată clopotele de la templu, exploră castelul, căutând instantanee neobișnuite ale arhitecturii externe, mici colțuri cu decoruri detaliate prețioase sau contraste puternice între lumini și umbre. Trăi momente sublime, ciudate, de solitudine plăcută. Se duse în oraș, însoțită, bineînțeles, și reuși să surprindă imagini ale meșteșugarilor la lucru, ba chiar dădu peste un muzician care cânta la un instrument ce părea să fie făcut din nucă de cocos.

Înapoi la castel, o aștepta un bilet scurt de la Clifford care îi confirma că pusese lucrurile în mișcare și că Jay putea să meargă înainte cu proiectul pentru sistemul de irigații. Îi fotografie pe servitori cu inima ceva mai ușurată. Toți păreau doritori și primi invitația să-și petreacă timpul cu concubinele, ale căror eșarfe roz și portocalii străluceau pe smaraldul orbitor al fustelor și al tunicilor. Începuseră să capete încredere în ea și, tot pălăvrăgind și chicotind, îi dădură voie să facă fotografiile în note mai relaxante, la care ea visa atât de mult. Când developă negativele mai târziu, femeile scoaseră exclamații entuziaste, arătând cu degetul spre imaginile lor și, drept răsplată, se oferiră să o inițieze în cele 16 arte ale femeii. Temându-se de ce-ar putea însemna asta, refuză inițial, dar cum ele insistară înfocate, se văzu nevoită să accepte.

Încăperea în care o conduseră se afla la parter și era enormă, cu pereți și podea din marmură roz-deschis. Ferestrele, acoperite cu paravane *jali* sculptate, prin care soarele desena modele geometrice aurii pe podea, păreau mai degrabă frumoase decât misterioase. Mai luminoase. Cu mai puține umbre. Slujitoarele aduseră boluri uriașe cu apă fierbinte pe care o turnară într-un *ghangal* din cupru adânc, un fel de vană. Eliza, fericită, abia aștepta urmarea.

Se așeză pe o bancă de lemn și concubinele îi spălară părul în apă de nucă de cocos, apoi o îmbăiară în apă cu parfum de iasomie. Dar, nespus de timidă să se dezbrace în fața lor și cu atâtea degete care îi atingeau pielea palidă, zâmbetele ei se transformară curând în rictusuri de stânjeneală. Femeile făcură comentarii despre sânii și coapsele ei, dar, treptat, se relaxă și se lăsă moale în voia lor. După ce o șterseră și o uscară, îi masară corpul cu uleiuri înmiresmate de trandafir, depănând povești despre viața lor. Una spuse că era a treia fiică a unei familii sărace, dintr-un ținut îndepărtat și sterp și că nu avea frați.

– Dar ai surori, nu? întrebă Eliza. Întotdeauna mi-am dorit o soră.

Fata clătină din cap și începu să-i frece tălpile cu ceva dur.

– Au fost luate de lupi și eu am ajuns aici.

– De mică?

– Părinții mei nu și-au permis să mă țină. La ce e bună o fată?

Îngânând un cântecel, fata continuă să-i frece picioarele cu un fel de unt.

O altă fată sublinie că Eliza ar trebui să poarte mai multe bijuterii, altfel lumea o să creadă că e văduvă. Se împotrivi, dar ele o sfătuiră să-l viziteze pe *sonar* sau pe aurar cât de repede posibil și să cumpere cât mai multe. Râse de ideea lor, dar luă aminte totuși. Cât timp stătu alături de femei, ghemuită și amuzându-se de glumele lor, un fel de reverie profundă îi cuprinse sufletul. Se bucură de senzație, de parcă ar fi înțeles mai multe despre acest ținut și tradițiile lui diverse.

Una dintre femei preparase ceea ce ea numea *kaajal*. Era amestecul negru cu care își accentuau ochii, iar femeia se oferi să-i arate Elizei cum să-l folosească. După ce termină, se uită într-o oglindă și rămase uluită de aspectul impresionant al ochilor. Păreau mai verzi, mai strălucitori și, când zâmbi văzând rezultatul, femeia îi dădu un borcănel pus într-o cutiuță argintie și un bețișor de lemn.

Venise la castel la mijlocul lui noiembrie și petrecuse un Crăciun liniștit acasă la Dottie. Acum nopțile erau tot mai reci, așa că trebui să ceară o pătură sau două în plus. Primise un *razai*, o plapumă umplută cu bumbac și mirosind puternic a mosc. Se credea că ajută la reținerea căldurii în corp. Și astfel, la fel ca toată lumea, Eliza se obișnui să se înfășoare cu un șal mare din cașmir dimineața devreme, scăpând de el doar când căldura cuprindea cu adevărat lumea. Încă simțea că e urmărită, deși nu văzuse pe nimeni atunci când se răsucise ca să verifice. Castelul părea învăluit în mister. Uneori, avea senzația că se va întâmpla ceva oribil și sentimentul deranjant că e sub observație o lăsa adesea sleită de puteri și încordată peste măsură. Alteori, punea totul pe seama sunetelor venind din alte părți.

O uimea cât de mult îi lipsea Jay și, dorindu-și ca ecoul pașilor pe care îl auzea pe coridoarele lungi să fie ai lui, nu reuși să scape de sentimentul că ceva nu era tocmai în regulă.

Într-o dimineață, devreme, auzi un ciocănit la ușă și, când deschise, dădu cu ochii de o servitoare care îi spuse să o urmeze. La început, nu i se păru nimic de rău augur, dar, pe măsură ce coborâră în măruntaiele clădirii, i se făcu pielea de găină. Nu numai că holurile acestea joase erau reci și simple spații fără ferestre, luminate doar de lămpile cu ulei, dar ceva ciudat se petrecea.

Fata se opri în fața unei uși din lemn negru și Eliza tresări surprinsă când *dewan*-ul, Chatur, o deschise și îi făcu semn să intre. Șovăi și se răsuci să se uite la servitoare, dar gărzile înarmate care apărură brusc pe hol îi blocară calea. Nu-i plăcea Chatur și nici n-avea încredere în el. Totul, de la poziția țeapănă până la buzele schimonosite, nu sugera dispreț, ci îl exprima fățiș.

Când intră în camera întunecată sufocantă, bărbatul zâmbi acru și fără cea mai mică urmă de căldură.

– Proiectul acesta cu fotografiile înseamnă mult pentru dumneavoastră? întrebă el.

– Da, replică pe un ton neutru și cât mai demn putu.

– Ce păcat!

Îi oferi un alt zâmbet de-al lui care nu i se citea și în ochi, dându-i impresia că își bate joc de ea.

– Poate ați auzit că o văduvă e considerată o femeie vinovată. Noi credem că e dezonorant ca o femeie să supraviețuiască soțului.

Se juca de-a șoarecele și pisica și Eliza înghiți în sec.

– O credință care e de-a dreptul ridicolă în opinia mea.

El îi ignoră comentariul.

– Mi-a ajuns la urechi că *dumneavoastră* sunteți văduvă, doamnă Cavendish. Zvonurile se răspândesc iute în lumea noastră micuță.

Eliza simți cum inima îi bate nebunește, dar, când deschise gura să vorbească, el o întrerupse.

– Cum de știu, nu e treaba dumneavoastră.

– Vă contrazic!

– Ei bine, indiferent de situație, problema e că o femeie ca dumneavoastră nu are voie să se miște liberă. Credem că prezența unei văduve aduce ghinion și puțini își doresc să fie în compania dumneavoastră. Acestea fiind zise, eu sau unul dintre oamenii mei vă va însoți peste tot și va supraveghea fotografiile pe care intenționați să le faceți și va verifica inclusiv negativele. Orice găsesc nepotrivit va fi distrus. E limpede?

Eliza se sufoca de indignare, dar rămase fermă pe poziții.

– Cât se poate de limpede, deși cred că rezidentul britanic ar putea avea ceva de spus în această privință.

– Cred că domnul Salter este la Calcutta în prezent și puțin probabil să se întoarcă în următoarele săptămâni.

– Ei bine, prințul Jay...

– Nu vă lăsați păcălită. Prințul nu va avea încotro și va trebui să facă tot ce spun eu. Este porunca maharajahului.

– Dumneavoastră i-ați spus că sunt văduvă.

– Îmi cunosc îndatoririle. Noi credem în datorie aici și prima datorie a unei soții este să-și țină soțul în viață. Râse cu amărăciune. Așa că băgați-vă mințile în cap!

Eliza dădu să plece, dar apoi se întoarse și, iritată la culme de bănuiala că el își închipuia tot felul de lucruri, nu mai rezistă și întrebă:

– De ce ați cerut să fiu urmărită?

El zâmbi.

– E doar imaginația dumneavoastră. Nu sunteți urmărită, dar, dacă ați fi, nu s-ar dovedi în interesul dumneavoastră să părăsiți castelul acum, înainte, să zicem, ca lucruri mai rele, neașteptate, să se întâmple? Dumneavoastră sau chiar altcuiva. Castelele astea pot fi niște locuri foarte periculoase.

Eliza aproape că se chirci auzindu-i tonul amenințător.

– Dar de ce să se întâmple așa ceva?

– E doar un fel de a spune, domnișoară Fraser. Dar ați văzut ce s-a întâmplat la meciul de polo.

Își întinse mâinile în lateral și, cu o privire de dezolare ironică, ridică din umeri.

Eliza pricepu îndată că Chatur se aflase în spatele căderii lui Jay și acum începu să-și facă griji nu numai pentru ea, ci și pentru el. Deși lipsită de apărare, nu-i putea oferi lui Chatur satisfacția de a vedea cât e de afectată, așa că se strădui din răsputeri să nu-și arate frica.

Amenințarea voalată o deranja oricum, dar acum și mișcările ei aveau să fie restricționate la minimum. Situația nici că putea fi mai proastă.

Își dori ca Jay să vină acasă și, dacă Chatur știa adevărul, sigur și Laxmi îl aflase. Jenată că-și ascunsese starea civilă, se luptă să-și controleze tulburarea. Ce-o să spună Laxmi? Și supravegheată la sânge de Chatur, cât de sigur va fi pentru ea să locuiască la castel? Își oțeli privirea, își ignoră palmele asudate și își spuse să nu fie caraghioasă. Nimic rău nu i se va întâmpla. Chatur era doar un om căruia îi plăcea să intimideze, nu?

14

Întrucât Jay tot nu se întorsese acasă, Eliza știu că rămăsese fără niciun aliat. Concubinele vorbărețe nu o mai chemară și i se restricționă accesul în multe părți ale castelului. Ocazional, le văzu pe fiicele lui Anish dându-se cu patinele cu rotile, dar, fiind însoțită în permanență de o gardă, nu îndrăzni să le strige. Era limpede că gărzile primiseră ordin să-i saboteze planurile și, simțindu-se prinsă în capcană și frustrată, timpul aproape că o dobori cu greutatea lui. Uneori avea senzația că se va îneca într-o tăcere atât de adâncă, încât scăpa înțelegerii ei.

Pe măsură ce instantaneele surprinse cu aparatul de fotografiat se împuținară și deveniră tot mai formale, se temu că proiectul ei era destinat eșecului. Coșmarurile reveniră și ele, numai că acum nu mai era vorba doar de zgomotul îngrozitor al bombei care explodase, ce-i răsuna întruna în cap, ci și de mirosul cărnii arse, lipit de fața și de părul ei. Se trezea frecându-se și scărpinându-se. Alteori, zărea chipul tatălui ei dezintegrându-se, iar în locul lui apărea imaginea rugului funerar. Se trezea apoi tremurând, cu cămașa de noapte lipită de corp și părul năclăit de transpirație.

Cea mai mare parte a timpului conștientiza că e urmărită și adesea se aștepta să dea peste cineva la pândă în vreun ungher. Oare o speria mai mult că e urmărită sau ce se petrecea în mintea ei, la gândul unor rele și mai mari? Trebuia să spere că era numai gura de Chatur și că nu era în nicio primejdie, dar i se părea omenesc să ia în calcul varianta de a-și face bagajul și de a părăsi castelul. Totuși, dacă pleca, ce-o aștepta în Anglia? Cheltuise mulți bani pe echipament, bazându-se că acest proiect va duce la lucruri extraordinare. Deși primea o sumă lunară, un proiect neterminat însemna că nu va primi alți bani la sfârșitul lui, iar reputația ei de fotograf va avea de suferit.

Mergea pe un coridor spre camera ei, plănuind următorul set de fotografii, când încremeni, brusc strecurându-se iute într-o firidă. Zărise un bărbat ieșind pe furiș din camera ei și închizând ușurel ușa. După ce se asigură că acesta dispăruse, alergă înăuntru cu mâinile tremurânde și trase zăvorul. Intrusul se străduise să nu-și lase amprenta, dar, deși în mare totul se afla la locul lui, văzu că lucrurile de pe măsuța de toaletă fuseseră mutate. Acum, având dovada că e supravegheată îndeaproape, o cuprinseră spaima și furia. Cum de îndrăzneau să intre aici fără permisiunea ei? Putea să bage mâna în foc că îl recunoscuse pe bărbat ca fiind una dintre gărzile lui Chatur, așa că sigur el era capul răutăților. Trase un scaun și-l propti de ușă. Un gest mai degrabă de intimidare.

De dimineață, după o noapte de nesomn și de spaime, garda o lăsă singură afară. Se așeză într-unul dintre leagănele imense, suficient de mare ca să susțină patru femei o dată și, în timp ce se dădea în el, atingând cu degetele de la picioare pământul, auzi o voce. Ridică privirea și o văzu pe Indi venind spre ea.

– Tu le-ai spus? o întrebă imediat.

O durea că Indi le împărtășise secretul și nu reuși să-și ascundă enervarea.

Indi se încruntă.

Eliza ridică tonul.

– Tu le-ai spus că sunt văduvă?

– Firește că nu.

– Atunci, cine? se răsti Eliza.

Aceasta era o societate închisă, colcăind de zvonuri și de bârfe, iar tainele aveau un fel al lor de a ieși la lumină. Știa.

– Habar n-am, rosti fata într-un târziu.

– Ei bine, s-a aflat adevărul și acum sunt supravegheată permanent. Nu știu ce cred ei că am de gând să fac.

Indi oftă.

– Că le bagi prostii în cap celorlalte femei, probabil. Ascultă, dă-mi voie să te ajut. Știu toate locurile tainice din castel mai bine decât gărzile. Te pot scoate de aici fără ca ei să știe.

– Vor să verifice toate negativele.

– Le pot scoate și pe acelea.

– Chiar m-ai ajuta?

Indi încuviință din cap și Eliza speră că fata era sinceră.

– Îți pot arăta și un pasaj secret între *zenana* și *mardana*, încăperile bărbaților. E grozav să afli tot ce se petrece.

– Și eu ce să-ți dau în schimb?

Indi zâmbi.

– M-am gândit la asta. Îmi pare rău că am fost rea. Mi-ai zis că îmi arăți cum funcționează fotografia. Nu doar detaliile tehnice, ci și arta ei. Mai vrei să-mi arăți?

Licărul de speranță o încântă pe Eliza și, convinsă că totul va fi bine, luă mâna fetei într-a ei.

– Aș fi fericită. Serios vorbesc. Putem învăța împreună să vedem lumea cu alți ochii. Hai să ne ajutăm reciproc.

În cele mai negre momente, un singur prieten e suficient, gândi Eliza, ridicându-se în picioare. Urcând scara îngustă spre camera ei, o întrebă pe Indi despre copilăria ei.

Fata se opri și rămase nemișcată.

– Mi-am iubit bunica.

– Am cunoscut-o. Știai?

– Da, am auzit.

– Jay mi-a povestit puțin ce s-a întâmplat. Bunica ta a crezut că ai putea fi în primejdie.

– Purtam un colier la gât tot timpul. Mai toți copiii purtau. Într-o zi, a dispărut. M-am jurat că nu-l pierdusem și, când o femeie bănuită că e vrăjitoare a fost găsită moartă cu un topor înfipt în spate, bunica a știut că cineva îmi furase colierul în timp ce dormeam și că eram și eu în primejdie. E un loc înapoiat satul ăla, iar oamenii sunt simpli țărani. Nu aveam nici mamă, nici tată, dar ideile mele îmi depășeau condiția.

Eliza își aminti liniile rotunjite și moi ale colibelor zugrăvite în ocru, dar și zidul înconjurător.

– Mi s-a părut liniștit.

– Suficient de liniștit, dar eu nu ascultam de nimeni și ei considerau că ar fi trebuit să fiu închisă într-un vas de lut.

– Poftim?

– Asta fac cu fetele nedorite când sunt doar bebeluși. Multe fetițe abia născute sunt puse în vase de lut și arse în deșert. Întreabă-ți locatarul. Britanicii au dezgropat câteva vase din astea.

Oripilată, Eliza căscă gura.

– Adică au fost îngropate de vii?

– Nu știu. Probabil da, ca să nu fie nevoiți să le omoare chiar ei. Într-un fel, e de înțeles. Oamenii sunt săraci și fetele, costisitoare. Părinții nu au niciun profit din investiția lor și apoi, când fetele trebuie să plece să locuiască împreună cu familia soțului, nu are cine să-i îngrijească la bătrânețe. Sunt părăsiți cu inimile frânte, fiindcă ajung să-și iubească fiicele. Se spune că o mamă plânge când se naște o fată și jelește când trebuie să plece. Băieții stau pe loc.

– Sper că nu mai continuă... La infanticid mă refer.

Indi ridică din umeri.

– Sunt suprinzător de multe copile despre care se zice că au fost luate de lupi.

15

Februarie

Pe Eliza o cuprinse spaima când dădu cu ochii de Chatur chiar a doua zi, dar știa că, oricât de înspăimântată era, trebuia să-l înfrunte. Îndreptându-se de spate, hotărî să dea glas mâniei și frustrării din ea.

– De ce ați pus să fiu urmărită? porunci ea, chinuindu-se să-și controleze tremurul din voce și înroșindu-se toată. Adevărul îl vreau. Știu că e una dintre gărzile dumneavoastră.

El se încruntă și parcă se sumeți puțin, apoi făcu un pas către ea.

– V-am avertizat că veți fi însoțită tot timpul.

– Oh, nu! Nu vă las să scăpați atât de ușor. De data asta a fost diferit. Pe furiș. Am văzut pe cineva ieșind din camera mea.

Chatur zâmbi rece.

– Poate una dintre femeile care fac curățenie. Fără îndoială.

Eliza îi susținu privirea.

– Era un bărbat.

– Aveți o imaginație bogată, domnișoară Fraser. Dacă aș fi în locul dumneavoastră, aș ține-o sub control. Nu uitați, orice ați crede despre mine, nu sunt idiot. Acuzațiile aberante nu prea au trecere la Anish și, dacă vă duceți cu fantezii la el, nu veți fi crezută. Am să mă asigur de asta.

– Fantezii!

– Nu mă prostiți! Știu că ați fost adusă aici ca să ne urmăriți. Pentru cine lucrați de fapt?

Eliza aproape că izbucni în râs.

– Sunteți de-a dreptul caraghios.

– Serios?

– Bineînțeles.

– Atunci întrebați-vă următoarele. Vă cere domnul Salter detalii despre viața dumneavoastră aici?

Ea își plecă privirea, dar nu răspunse.

Chatur ridică din sprâncene.

– Cred că asta îmi susține spusele. Nu e nevoie să mai adaug că nu ne plac deloc intrușii. Vă sfătuiesc să fiți atentă la orice pas. Să aveți o zi bună, domnișoară Fraser!

Eliza își dădea seama perfect că Chatur putea fi un pericol, dar considera afirmația lui că ea ar fi spioană un nonsens menit să o submineze. Să discute oare cu Laxmi despre asta? Poate, dar dacă nu o va crede? Dacă Chatur răspândea deja minciuni ca să îi strice reputația? Nu. Mai bine își păstrează calmul și nu împărtășește nimănui bănuielile ei până când va avea șansa să stea de vorbă cu Clifford. În orice caz, încă avea nevoie de el ca să-l convingă pe Anish să-i dea din nou acces deplin și, cum atât el, cât și Jay lipseau de ceva vreme, simțea că plutește în ape tulburi. Lucrul care o măcina acum era că, încă de la început, Clifford îi pusese întrebări amănunțite despre ceea ce văzuse la castel.

Din fericire, Jay se întoarse pe neașteptate mai târziu și vorbi mai întâi cu el. Ciocăni la ușa ei și, când deschise, îl găsi stând acolo cu un șal aruncat lejer peste umeri și o privire prietenoasă.

– Încântată să mă vezi? întrebă el, zâmbind radios.

Eliza răsuflă ușurată și trebui să se țină de tocul ușii, fiindcă îi tremurau picioarele.

– Habar n-ai.

– Nu stau mult. Facem o plimbare? Până în oraș, am vrut să spun.

– Mi-ar plăcea să ies, încuviință ea. Orice e de preferat decât să stau la castel acum. E în regulă dacă plecăm chiar acum?

– Firește, de ce nu? Ai grijă să-ți iei un șal totuși. Aerul e destul de rece.

Bărbatul izbucni în râs.

– Deși, în comparație cu Yorkshire, e nimic.

– Așadar, ai fost în Anglia?

El încuviință din cap și întinse mâna, poftind-o s-o ia înainte.

În oraș, iarna nu schimbase nimic. Tarabele erau puse direct pe trotuar și oamenii se înghesuiau ca de obicei, chiar dacă înveliți cu pături. Nimeni nu părea să poarte paltoane, în primul rând, presupuse ea, fiindcă nu ploua deloc în timpul acestei perioade reci, dar însorite.

– *Chai*? o îmbie el, aducând două căni cu băutura dulce și fierbinte. Întotdeauna are gust mai bun când e frig, cred.

Își băură ceaiul, apoi se opriră să admire câteva șaluri de mătase splendide, în nuanțe incredibile de roșu, albastru și auriu. Unul albastru-verzui precum penajul păunului îi atrase privirea și îi mângâie textura fină, mătăsoasă. Cu coada ochiului, îl văzu pe Jay apropiindu-se de vânzător și, după o negociere scurtă, veni cu șalul la ea.

– E al tău. Mătase și cașmir, spuse el.

– Serios, nu pot.

– Ba bine că nu. Ia-l ca pe un semn al prețuirii mele.

I-l înfășură cu blândețe în jurul capului, apoi o atinse pe obraz.

– Foarte frumos! Îți scoate în evidență culoarea ochilor.

Eliza simți cum se îmbujorează și îi zâmbi.

– Mulțumesc.

– Și ce-ai mai făcut?

Ea șovăi o clipă.

– Multe s-au întâmplat. Chatur l-a convins pe Anish să-mi îngrădească mișcările, dar lucrul care m-a îngrijorat cu adevărat este că am văzut un bărbat ieșind din camera mea. L-am înfruntat pe Chatur, dar el a negat și m-a acuzat că sunt spioană. Acum te întreb și eu, cât de prostească e o asemenea acuzație?

– De neacceptat. Dar ce a dus la aceste restricții?

– Chatur a aflat că sunt văduvă. Se pare că asta i-a dat mână liberă să facă tot ce vrea cu mine. Crede că le voi molipsi și pe celelalte femei.

Jay se întunecă la față și își feri privirea.

– Nu sună deloc bine. Voi discuta cu Anish.

– Ei bine, nu sunt sigură că va ajuta. Dacă vorbești cu Anish și el o să-l ia la rost, Chatur o să mă urască și mai tare. Mi-au urmărit orice mișcare. La început am crezut că e doar imaginația mea de vină, dar acum sunt sigură.

– O să aduc un lăcătuș să-ți schimbe încuietoarea de la cameră. Chatur nu trebuie să știe și numai tu vei avea cheia. Sau, dacă simți că nu e destul, ai putea sta acasă la prietena ta, Dottie.

Eliza se strâmbă.

– Dottie e nemaipomenită, dar nu sunt sigură că vreau să fiu atât de aproape de Clifford.

– Fă-te frate cu dracul, zice o vorbă.

– Ai și tu dreptate.

– Trebuie să te ținem în siguranță. Mă ocup eu de încuietori, dar plec din Jaipore mai târziu. Numai pentru câteva zile de data asta. Dacă te simți în pericol cât sunt eu plecat, du-te la prietena ta. Și vezi dacă poate Clifford să anuleze restricțiile. S-a întors acum.

În noaptea aceea, satisfăcută că încuietoarea nouă funcționa, Eliza o așteptă pe Indi. Când fata apăru cu haine indiene, Eliza se schimbă și o urmă de-a lungul coridoarelor de la nivelurile inferioare. Hotărâse să aibă încredere în Indi și spera că se va putea strecura cel puțin în anumite părți ale castelului fără să fie descoperită. În timp ce ea o va iniția pe fată în arta fotografiei, Indi se va asigura că ea poate ieși din castel, fie foarte devreme ca să facă fotografii, fie, ca acum, pe înserat, să ducă negativele.

Când auziră pe cineva tușind pe coridor, Eliza se trase înapoi, uitându-se în jur după o firidă. Totuși, Indi continuă să meargă. Dacă era Chatur sau una dintre gărzile lui loiale, nu va reuși niciodată să-i dea negativele lui Clifford. Chatur le va confisca și ăsta va fi sfârșitul. Bănui că, nu departe de cămări, cu aromele lor de nucșoară, chili și coriandru condimentând aerul, acest coridor lung, în pantă mergea paralel cu bucătăriile. Și mai era ceva. Chiar și aici jos, aroma dulceagă de tămâie de la rugăciunile de seară se insinua în spațiile întunecate și, împreună cu izul lămpilor cu ulei, îți îngreuna respirația.

Auzi un hohot de râs. Indi, crezu ea, și mai așteptă puțin înainte să riște vreo mișcare. Îndrăzni totuși și dădu peste Indi care o aștepta.

– Aproape am ajuns, îi șopti fata zâmbind. Nicio problemă.

– Se pare că mergem tot mai jos.

– Vreau să-ți arăt ceva înainte să ieșim din castel. Încă nu s-a întunecat și câteva minute în plus nu contează.

După o vreme, Indi se opri din nou. Nu mai exista nicio lampă cu ulei aici, dar în penumbră Eliza zări un tablou înrămat al castelului atârnând de un perete aspru din piatră. Indi îl ridică și îl așeză cu grijă pe podea. Apoi, cu ajutorul unei pile pe care o scoase din buzunar, desprinse o piatră mai mică și își lipi urechea de gaura din perete.

– E rândul tău. Ascultă.

Eliza ezită.

Un zâmbet larg apăru pe chipul lui Indi și Eliza nu se putu abține să nu adore entuziasmul tinerei, felul în care se bucura de tot ce îi oferea viața și în care trimitea la naiba orice autoritate.

– Haide!

Eliza se supuse. Când își lipi fața de piatra rece ca gheața, nu frigul o izbi, ci vocile care se auzeau. Părea să fie vorba de prietenul lui Jay, Devdan.

– Nu înțelegi că trebuie să luăm o hotărâre? întrebă el.

– Nu cred că e necesar, replică un alt bărbat, deși vocea *lui* nu se auzi nici tare, nici clară. De ce-ar trebui să schimbăm ceva în primul rând?

– Va trebui să alegem.

– Adică să-i aruncăm pe-ai noștri laolaltă cu niște rebeli?

Vocea era înăbușită, dar Eliza putea să jure că asta spusese și că era glasul lui Jay. Dar ea credea că prințul plecase deja din Juraipore.

– Fie asta, fie ne punem credința într-un imperiu pe cale de prăbușire. Tratatele voastre nu vor mai valora nimic când britanicii vor cădea.

– Dar oare vor cădea? Chiar crezi asta?

– Ai văzut cât de răspândită e nesupunerea civilă. Coroana britanică e terminată.

Se lăsă tăcerea, spartă apoi de sunetul unui scaun tras. Eliza clătină din cap și se întoarse spre Indira.

– Câți oameni știu despre asta?

– E un pasaj secret prin care poți asculta. Un tunel îngust sau cam așa ceva. L-am deblocat într-o zi când eram mai mică. E menționat într-o carte veche din arhivele castelului și mi-am dat singură seama cam pe unde ar fi.

– Și nimeni altcineva nu știe?

– Nu sunt sigură. E posibil să existe și alții. Aceste fortărețe erau foarte primejdioase pe vremuri. Pline de intrigi și de crime, fiindcă toată lumea voia să urce pe tron. În copilărie, a devenit pasiunea mea să aflu secretele castelului. Toată lumea mă ignora și mă puteam ascunde ușor, așa că n-a fost prea greu. Când Laxmi a aflat ce puneam la cale, m-a rugat să nu-l scap din ochi pe Chatur. Nu are încredere în el.

– Unde vorbea Devdan acum?

– Jay are un birou mic pe coridorul care duce spre aripa bărbaților.

– Probabil că i-ai spus despre asta.

– De ce să renunț la mica putere pe care o am?

– Dar îl placi, nu?

Indi pufni.

– Trebuie să am grijă de mine, nu?

Trecură pe sub o arcadă joasă ce ducea la unul dintre tunelele care făceau legătura cu o curte exterioară. Eliza putea să admită că o persoană cu trecutul lui Indi trebuia să găsească mijloace prin care să se protejeze, indiferent de situație și de cei pe care ar fi silită să-i trădeze. Poate doar sprijinul lui Laxmi nu fusese destul pentru Indi.

– Te-ai mai gândit cine i-ar fi putut spune lui Chatur că ești văduvă? întrebă fata.

– Puțin, dar încă nu știu.

– Posibil să fi fost Dev. Știa?

Eliza încuviință și răsuci ideea pe toate părțile. Poate chiar fusese Dev sau, și mai rău, Jay? Îi scăpase adevărul din greșeală? Aproape că îi veni să vomite când se gândi. Se încrezuse în el și nu pricepea ce-ar fi avut prințul de câștigat. Însă gândul nu-i dădu pace câtă vreme merse în urma lui Indi prin curte, unde apa, revărsându-se din fântânile în formă de păun, strălucea în lumina ferestrelor. Opaițele cu ulei de pe alei îi ghidau pașii.

– Atât de drăguț! exclamă Indi, dar totuși nimeni nu vine aici. Laxmi mereu a cerut să fie întreținută perfect. E locul în care i-a murit unica fiică.

– N-am știut.

– Nu vorbește despre asta, dar oamenii șoptesc pe la colțuri că Anish a împins-o când era mic. Și-a spart capul de una dintre fântâni și nu și-a mai revenit niciodată.

– Ce trist!

– Și-a dorit o fiică atât de mult și apoi, la destul timp după ce s-au născut băieții, a avut o fată. Uneori, cred că își dorește ca eu să fiu fiica pe care a pierdut-o.

Pe măsură ce noaptea se așternu, ieșiră din castel și se pierdură pe străzi, unde latura întunecată a vieții indiene continua complet neinfluențată de britanici. O lume în care ritmul misterios al tobelor răsuna lângă dughenele cu opiu, ascunse prin cotloane nu mai mari de câțiva metri. Când Eliza văzu viața nocturnă pe jumătate luminată din această parte a orașului, se temu pentru viața ei, dar își ținu capul plecat și o urmă pe Indi. Labirintul de străduțe era o scurtătură necesară care ducea la Rezidența britanică din capătul opus al orașului. Dacă l-ar fi evitat, le-ar fi luat prea mult să meargă pe jos.

Când se apropiară de Rezidență, o mașină parcă lângă ele și Eliza făcu un pas în spate când îl văzu pe Clifford coborând din ea. Dar el o văzuse deja pe fereastră și acum se încruntă. Deși trebuia să discute cu el, ar fi vrut să-i ciocăne la ușă, nu să fie descoperită rătăcind prin întuneric ca un hoț.

Altcineva coborî cât șoferul în livrea ținu portiera deschisă și Eliza văzu chipul unei britanice pe care o cunoștea. Pentru o secundă, nu reuși s-o identifice, dar apoi își dădu seama că e soția viceregelui actual. Era urmată de un bărbat cu părul argintiu și înfățișare impozantă. Desigur, Clifford avea legături la nivelul cel mai înalt și vorbea întotdeauna cu siguranța unui oficial bine situat. În viitor, vor mai fi asemenea petreceri și evenimente sociale ca acesta.

Vocea femeii era rece și ascuțită când vorbi cu Clifford. Un majordom ieși și îi conduse pe ea și pe bărbat înăuntru, în timp ce Clifford îi făcu semn Elizei.

Se apropie de el, dar bărbatul nu se lăsă deloc impresionat.

– Iisuse, Eliza! Ce naiba a fost în capul tău să ieși pe străzi, noaptea, îmbrăcată așa?

– Indira mă ajută să ies din castel. Ți-am adus niște negative și plăcile. Mi-au restricționat accesul, dacă nu știai.

– Serios? Ne vom ocupa și de asta. Fără îndoială că e lucrătura lui Anish sau mai degrabă a nevestei lui nesuferite. Care își spală mâinile după ce atinge un englez. Îți închipui? Blestemată insolență. Anish ar proceda la fel, dacă ar fi după ea.

Se opri o clipă.

– De fapt, acum, că am dat de tine așa, mi-a venit o idee. Însă nu pot vorbi deocamdată.

Arătă spre ușa prin care soția viceregelui tocmai dispăruse.

– Îți amintești că ți-am spus că ne-ai putea ajuta?

– Da.

– Ei bine, voi trece pe acolo să schimb o vorbă cu maharajahul și discutăm atunci.

16

A doua zi, curând după ce auzi clopotele templului, Eliza primi o invitație să meargă în biroul lui Jay. Prea nervoasă să încerce pasajul secret singură, își aruncă noul șal de cașmir pe umeri și o apucă pe coridoarele obișnuite. El îi zâmbi larg când deschise ușa și o văzu stând în prag, dar Eliza făcu un pas în spate.

– Ce e? întrebă el. S-a întâmplat ceva?

Îl privi fix, neștiind ce să simtă. Jay își frecă bărbia nerasă, dar ochii chihlimbarii îi sclipeau și pielea îi strălucea de sănătate și vitalitate. Temerile ei cu privire la cine i-ar fi spus lui Chatur o chinuiseră permanent și acum nu-i mai rămăsese decât să-l întrebe direct pe Jay.

– Eliza, intră. Hai să nu vorbim pe coridor.

Ea clătină din cap.

– Spune-mi ce s-a întâmplat?

Eliza deschise gura, dar vocea i se gâtui și nu reuși să se uite în ochii lui.

Jay se încruntă.

– Așadar?

Eliza șovăi, apoi cuvintele i se revărsară de pe buze.

– Trebuie să te întreb ceva.

– Dă-i drumul, spuse el zâmbind.

– Tu i-ai zis lui Chatur că sunt văduvă? întrebă ea, simțind cum o ia cu leșin, dar întorcându-i privirea.

– Normal că nu. De ce ai crede așa ceva?

– Indi a jurat că nu a fost ea. A sugerat că ar putea fi prietenul tău Dev. Știa despre mine, dar nu a fost aici, cel puțin nu până ieri.

Jay se încruntă.

– Devdan a fost aici ieri?

– Știi foarte bine că a fost.

– Foarte ciudat. Din câte știu eu, Dev nu a fost aici în absența mea.

– Când ai ajuns ieri?

– Pe la miezul nopții.

Eliza își coborî vocea.

– Am crezut că te-am auzit vorbind cu el.

– Când?

– Chiar înainte să se însereze.

El clătină din cap.

– Nu sunt vinovat.

Eliza cugetă iute. Dacă Devdan nu vorbise cu Jay, atunci cu cine? Vocea fusese puțin neclară, așa că poate se pripise să tragă concluzii greșite. Poate fusese Anish?

– Unde ai auzit asta?

– Nu putem vorbi aici. Mergem afară?

– Bine. Dar trebuie să recunoști că toată povestea asta e bizară.

În curte, se așezară pe o bancă, lângă o fântână. Eliza se uită la cerul senin și admiră papagalii care zburau dintr-un copac argintiu în altul. Penele lor galbene pe dedesubt o umpleau de bucurie de obicei. Dar astăzi, nu.

– Cât de curând va fi mai cald, aproape primăvară, spuse el. Și după aceea, incredibil de fierbinte.

Eliza nu simțea deloc căldura și devenea conștientă de propria persoană într-un mod cât mai acut, mai ales că acum se găseau chiar sub ferestrele *zenanei*.

– Poartă-te firesc, spuse, de parcă i-ar fi înțeles sfiala. Zâmbește și nu-ți frământa mâinile în poală.

Eliza se înroși până în vârful urechilor.

– Nu mi-am dat seama că asta fac.

El tăcu și se uită în pământ, înainte să se întoarcă spre ea.

– Dar recunosc că i-am spus mamei despre tine.

Eliza se răsuci spre el.

– Știai cât de mult contează pentru mine. Am avut încredere în tine.

– Îmi pare rău.

– M-am dus la Clifford pentru tine.

– Un lucru fantastic. Inginerul vine mâine cu primele schițe. Vei fi impresionată. Deși permisul pentru construirea barajului va trebui să mai aștepte.

– Nu vezi ce-ai făcut?

Jay se încruntă.

– Ascultă, pur și simplu mi-a scăpat. Mama te admiră mult și înțelege situația, Eliza. Serios. Nu te-a judecat și nici nu ar spune altcuiva. Iar eu cu siguranță nu am zis nimic.

Un val de furie o copleși. Cum de i se părea atât de acceptabil că-i spusese lui Laxmi? Ea își dorise nespus să fie sinceră cu mama lui, iar acum asta nu se va mai întâmpla niciodată. Laxmi o va considera necinstită, în cel mai bun caz, sau mincinoasă, în cel mai rău caz. Își plecă fruntea și-și acoperi fața cu mâinile.

– Ia-ți mâinile de pe față. Suntem urmăriți.

El se purta aparent normal, dar ea îi văzuse îngrijorarea din ochi. Se ridică în picioare, ignorând zâmbetul fix de pe chipul lui.

– Nu, tu poate ești în stare să te prefaci, dar eu nu pot.

– Te rog, rămâi!

Se întoarse cu spatele la el. Jay știuse că Chatur va obiecta dacă se va afla adevărul despre ea. Doar Jay spusese că lucrurile au un fel al lor să iasă la lumină. Acum stricase totul, așa că de ce l-ar mai ajuta spunându-i despre pasajul tainic? Merita să fie auzit.

Se îndreptă cu pași mari spre camera ei, unde se așeză pe pat, complet răvășită. Deși încă furioasă, o durea mai rău că se purtase suficient de prostește cât să aibă încredere în el. Se certă pentru că îi păsase de încă un bărbat care reușise să o dezamăgească, dar vocea lui nu-i părăsi mintea și nu se putu împiedica să nu fie obsedată de grija din ochii lui.

Singură și tensionată, Eliza privi auriul soarelui de dimineață pictând orașul într-un roz-pal. Apoi, puțin mai târziu, auzi sunetul unui claxon și se repezi în holul mare care dădea spre intrare, unde îl văzu pe Clifford coborând dintr-o mașină neagră. Un vehicul mai mic parcă în spatele lui. Un tânăr își coborî mai întâi picioarele cu grijă, apoi, când se îndreptă de spate, Eliza văzu că ducea sub braț un sul mare de hârtii. Era îmbrăcat în haine occidentale, dar părea să aibă sânge indian. Un anglo-indian? Eliza bănui că e inginerul angajat de Jay. Nu avea niciun chef să asculte vreun plan, dar, cu toate că un mesager venise să-i transmită că prezența ei e solicitată în biroul lui Jay, se ambiționă să nu se ducă. Încă meditând la trădarea lui nechibzuită, trimise răspuns că nu se simte bine, apoi străbătu camera în lung și-n lat, cu fălcile încleștate de indignare și fierbând de nervi. Abia când își aminti că planurile lui ar putea fi ascultate, înțelese că trebuia să acționeze. În pofida indiscreției lui, proiectul pentru sistemul de irigații avea să îmbunătățească viața atâtor oameni și nu putea să ruineze această posibilitate dacă planurile intrau pe mâna cui nu trebuie. După ce se hotărî să se ducă, își adună tot curajul și alergă de-a lungul pasajului secret pe care i-l arătase Indi, trecu de gărzile uluite și, sosind fără suflare, ciocăni la ușa lui Jay.

Inima îi bătea cu putere când el deschise și văzu câteva perechi de ochi ațintite spre ea.

– Am crezut că ești bolnavă, spuse el, abia schițând un zâmbet.

– Trebuie să vorbesc cu tine. Dar mai întâi spune-le să ducă planurile în camerele lui Laxmi. E foarte important.

– Foarte bine.

Jay se înapoie în cameră.

Eliza auzi murmurele, apoi el ieși din nou.

– Sunt toți de acord, deși fratele meu pare furios.

– E proiectul tău. Trebuie să-l protejezi. Biroul tău nu e sigur.

– Eliza...

Îl întrerupse până se depărtară cât să nu poată fi auziți și vorbi în șoaptă.

– Unde i-ai zis mamei tale că sunt văduvă? În ce încăpere?

– Unde? Dar ce importanță are?

– Spune-mi.

– A venit în biroul meu într-o după-amiază.

Eliza clătină din cap.

– Jay, mă jur că biroul tău nu e sigur.

– Dumnezeule! De-aia n-ai vrut să-mi prezint planurile acolo?

– Nu știam dacă planurile trebuie să fie confidențiale în faza inițială.

Se opri.

– Cu cine crezi că vorbea Devdan?

– Sigur era un bărbat?

Ea încuviință.

– Poate cu fratele meu?

– Părea că pun la cale ceva împotriva britanicilor.

– Pare să fi fost Dev. Am crezut că a renunțat să mai forțeze lucrurile.

– Să forțeze?

– Da, să găsească o cale prin care să schimbe mentalitatea poporului.

– Uneori, cred că ar fi mai bine dacă poporul s-ar revolta împotriva britanicilor.

– Măi, măi! Câtă lipsă de patriotism! zâmbi Jay.

Ea ridică din umeri.

– Nu-mi place cum vorbesc Clifford și cei ca el.

Eliza îl urmă pe Jay până în apartamentul lui Laxmi și, după ce trecură de ușile din lemn de santal și intrară în încăperea cu miros de iasomie, spațiul cu oglinzi ce sclipeau îi tăie răsuflarea, cum se mai întâmplase. Dădu cu ochii de Anish, Priya, Laxmi, Clifford și încă un bărbat, cel pe care îl zărise mai devreme cu sulul mare de hârtii. Se așezaseră la o masă mare.

Laxmi zâmbi.

– Sunt atât de bucuroasă că ai putut să ni te alături, Eliza!

Tânăra îi întoarse zâmbetul, deși nu-i plăcu deloc senzația de expunere, acum că Laxmi și ceilalți știau de ea, dar se mai liniști când observă că Chatur nu fusese invitat la întâlnire.

– De ce mutarea asta bruscă? se răsti Anish, iritat în mod vădit de schimbarea locului. Care e misterul?

– Niciun mister, răspunse Jay. Am observat că masa din biroul nostru nu era suficient de mare pentru toate schițele.

– Și englezoaica de ce e prezentă? întrebă Priya, cu obișnuita atitudine arogantă.

– A fost ideea ei, explică Laxmi, zâmbind cald către Eliza.

– Îi permiți unei văduve englezoaice să ne dicteze ce să facem? pufni Priya disprețuitor.

Urmă un șir de vorbe aruncate mult prea rapid pentru ca Eliza să le înțeleagă, însă reuși să surprindă dezaprobarea femeii mai în vârstă.

– Din câte îmi amintesc, și tu ești capabilă să dictezi altora, și încă din plin, replică Laxmi.

Eliza pricepu cuvintele mamei lui Jay.

Zâmbi în sinea ei, simțind că între cele două femei existau multe lucruri nerezolvate, dar că Laxmi avea întotdeauna câștig de cauză. Se întrebă de unde își trăgea forța.

– Mamă! Priya! interveni Anish. Haide să lăsăm arțagul și să vedem planurile.

Inginerul făcu un pas în lateral.

– Mă numesc Andrew Sharma. Am fost educat la Londra și am muncit la proiecte cu sisteme de irigații pe tot teritoriul imperiului.

– Rajputana nu seamănă cu alte locuri, rosti Anish pe un ton sec.

Tânărul făcu o plecăciune.

– Într-adevăr, nu seamănă, domnule, dar am luat totul în calcul.

Anish zâmbi indulgent.

– După cum știi, multe proiecte au dat greș. De ce-ar fi al tău diferit?

O adiere aduse cu ea parfumul grădinilor, dar și altceva, despre care Eliza crezu că este mirosul deșertului. Încercă să zâmbească spre Priya. Femeia își arcui sprâncenele și se strâmbă înainte de a-i întoarce spatele.

Tânărul se uită la Clifford, care îi făcu semn din cap să continue.

– Cu tot respectul, mulți au dat greș fiindcă au ignorat cunoștințele localnicilor. Discutând cu ei, am descoperit exact unde ar trebui să fie amplasate lacurile, ce adâncime să aibă și cum să profităm de panta de pe terenul prințului. În cele din urmă, vom putea trece la construcția barajului, dar, pentru moment, ne limităm la lucruri simple. Cei din partea locului știu multe despre punctele slabe ale pământului și unde trebuie să ridicăm zidurile ca să prevenim infiltrațiile. Planurile mele includ toate aceste aspecte.

– De ce să cheltuim timp și bani pentru câțiva țărani? întrebă Priya. Nu văd sensul.

Eliza strânse pumnii la spate când Anish se întoarse spre Jay.

– Ești pregătit să-ți asumi responsabilitatea totală pentru proiect?

– Da, sunt.

– Și dacă dă greș?

– Nu cred că va da greș.

– Și britanicii chiar vor să ne sprijine cu banii lor? îl întrebă Anish pe Clifford.

– Într-o oarecare măsură, da.

După ce examinară planurile detaliate, Clifford își exprimă dorința de a discuta cu maharajahul între patru ochi și Eliza speră că el va insista ca ordinele lui Anish în privința ei să fie anulate. Ceilalți plecară și numai ea și Jay rămaseră cu Laxmi. Jay îi spuse că Anish nu văzuse planurile până astăzi, dar că se bizuia pe acordul fratelui său.

– În prezent, folosesc vechi excavatoare cu aburi, grozave pentru scoaterea și mutarea pietrelor și a pământului. Dar sunt mașini grele, complexe, care necesită trei bărbați pentru manevrare, așa că intenționez să achiziționez altele mai ieftine, mai simple, diesel, imediat ce îmi voi permite. Cel puțin bărbații au sosit și săpăturile au început deja.

– Am încercat să-l conving să aștepte, spuse Laxmi, dar trebuie să termine primul lac înainte de venirea ploilor în iulie.

– E destul timp dacă nu apar probleme neprevăzute, adăugă Jay.

Laxmi întinse mâinile spre Eliza.

– Vino aici, draga mea!

Eliza făcu un pas în față, dar își plecă fruntea, îngrozitor de rușinată.

– Îmi pare rău...

– Nu trebuie să te scuzi. Înțeleg.

Eliza își ridică privirea și se chinui să zâmbească.

– Serios?

– Hai să nu mai vorbim despre asta. Voi face tot ce-mi stă în putință să îi conving pe oameni să te lase să-i fotografiezi. Mulți dintre ei, dincolo de aceste ziduri, sunt suflete simple, cu puțină educație sau deloc, dar, dacă le explic că e un lucru diferit să fii văduvă în cultura ta, e posibil să înțeleagă. Am auzit că ți-a făcut plăcere să le fotografiezi pe concubine.

– Așa e. Sunt atât de calde și de haioase!

– O să văd ce pot face.

Jay o privi apreciativ și nările îi fremătară ușor.

– Așadar sunt iertat?

– Bănuiesc că da. Deși încă nu știu cine i-a spus lui Chatur.

Jay întinse mâna.

– Posibil să fi auzit prin pasajul tainic. Acum a venit vremea să o lăsăm pe mama, fiindcă trebuie să se ducă la *puja*.

Plecară amândoi și aleseră una dintre scările principale până în sala mare unde fusese organizat *durbarul* impresionant. Eliza îl întrebă despre relația dintre Priya și Laxmi.

– Soacrele indiene pot fi foarte crude, spuse el.

– Dar Laxmi sigur nu e așa, nu?

– Nu, dar ea a fost tratată cu răutate de bunica, soacra ei. Bunica o încuia într-o cameră cu zilele, departe de tata.

– De ce?

– Pentru ca mama să nu-l influențeze pe tata. Mama a fost dintotdeauna o femeie cu mult înaintea vremurilor ei. Însă în cultura noastră, trebuie să te supui părinților orice-ar fi.

– Chiar și când greșesc?

– Întocmai, răspunse el serios.

– Și tatăl tău n-a putut face nimic?

– Eticheta noastră presupune ca un bărbat să rămână tăcut. Laxmi a încercat să-i facă pe plac soacrei ei, dar fără folos. Din fericire, hârca nesuferită a murit de tânără și mama a putut să înflorească astfel.

– Dar asta nu explică relația încordată dintre Laxmi și Priya.

– Nu, nu o explică. Cred că mama pur și simplu nu o place pe soția fratelui meu.

– Și poate nu are încredere în ea.

– Poate.

Se plimbară agale și Eliza nu mai știa ce să zică.

– Noua încuietoare merge bine, îngăimă ea într-un târziu.

Jay zâmbi.

– Sunt sigur că așa e... Ascultă, în semn de iertare, mă lași să te duc în a doua noapte de Holi în partea cea mai veche a orașului, la începutul lunii care vine?

Jay îi lansase invitația pe un ton obișnuit și Eliza rămase surprinsă.

– Ți se permite să te duci în oraș pentru asta? Am crezut că vei sărbători Holi aici, la castel.

– De obicei mă furișez de la festivitățile ținute aici deja machiat cu pudră colorată. E o deghizare grozavă. Dacă te îmbraci în haine indiene și ai niște culoare pe față și pe păr, nimeni nu va băga de seamă.

Eliza chibzui un moment.

– Pare amuzant.

– Îți promit că nu seamănă cu nimic din ce ai văzut vreodată. Îți va atinge inima... Un festival pentru a da uitării cele întâmplate.

Exact lucrul de care avea nevoie, gândi ea epuizată.

– Și nu te recunoaște nimeni?

– Nu contează dacă sunt recunoscut. Dar port haine vechi și nimeni nu se așteaptă să mă vadă, așa că nu. Adesea totul se rezumă la așteptări, nu ești de acord?

17

Eliza iubea zorile și până acum nu mai existaseră semne că umbrele se strecoară pe holuri, nu se mai temea de șoapte și nici de tăcerile amenințătoare. Nu mai era urmărită în niciun fel și se simțea plină de speranță. Când se trezi devreme ca să prindă cea mai bună lumină și se duse afară cu Rolleiflexul ei, se gândi la oferta lui Jay de a petrece împreună sărbătoarea Holi. Trebuia să admită că gândul o entuziasma. Inspiră aerul rece al zilei și începu să fotografieze leagănele uriașe din curte. Ceva o făcu să tresară. Se uită în jur și auzi niște pași ușori. *Nu din nou*, mormăi în sinea ei și lăsă aparatul jos. Se duse lângă arcada de unde păreau să se audă pașii, apoi continuă să meargă puțin de-a lungul pasajului. Tăcere. Dar sigur auzise pe cineva. Cineva cu pas ușor. Putea să jure. Poate una dintre concubine dorise să-i vorbească, dar se speriase? Liniștea parcă se intensifică și mai mult. Puțin panicată, căută să audă măcar niște șoapte. Tot nimic. Se răsuci pe călcâie și se întoarse în curte să-și termine sarcina, dar, când ridică aparatul, simți că-i fuge pământul de sub picioare. Obiectivul se crăpase, deși îl lăsase în perfectă stare. Îl pusese prea repede jos și îl spărsese? Ar fi observat totuși, așa că părea puțin probabil. Cine fusese în curte? Se duse înapoi în camera ei, bodogănind.

Era puțin mai cald acum, dar încă nu se atingeau temperaturile fierbinți din timpul verii. Știa că ieșirile în oraș vor fi aproape imposibile când avea să vină căldura extremă și, cum voia să afle ce se întâmplase cu aparatul ei, hotărî să profite la maximum de prânzul la care o invitase Clifford. O să-l întrebe și pe el unde l-ar putea repara.

Se îmbrăcă într-o fustă drăguță de vară roz-palid, făcută din crepdeșin mătăsos, și o bluză cu mâneci ușor umflate. Fusta strânsă pe talie și șolduri îi punea în evidență silueta mai mult decât orice alt obiect vestimentar al ei. O purta ori de câte ori voia să impresioneze. Își aranjă un șirag de perle în jurul gâtului și, în timp ce căuta o pereche de cercei asortați, hotărî, acum că încuietoarea fusese schimbată, să nu-i povestească lui Clifford de bărbatul care se furișase de la ea din cameră. Dacă ar afla, ar insista ca ea să se mute la Dottie.

În drum spre ieșirea din castel, chiar în locul unde un strop de soare desena modele pe podeaua de marmură, trecu pe lângă Jay.

– Ești fermecătoare astăzi! rosti el cu un zâmbet larg. Culoarea ți se potrivește de minune.

– Nu este decât un prânz cu mai multă lume, murmură ea, simțindu-se expusă.

– Tipic britanic.

Bărbatul făcu o plecăciune.

– Petrecere plăcută! Apropo, progresul cu proiectul pentru irigații este extraordinar, dar încă trebuie să finalizăm aspectul fondurilor, ca primul lac să poată fi terminat, altfel munca noastră de acum e zadarnică.

– O să reușești?

Își înclină capul în felul acela specific care nu te lămurea dacă voia să spună da sau nu.

– Trebuie să-l vezi înainte.

Eliza nu putu să-i mărturisească faptul că ar prefera să petreacă timpul cu el decât cu Clifford și că ar merge cu el chiar acum. Numai la acest gând și simți un val de roșeață arzându-i zona gâtului, dar îi trecu repede.

– Şi arăţi şi mai fermecătoare când te îmbujorezi, adăugă el.

– Oh, termină! Probabil că va fi o petrecere plictisitoare.

– Poate mai discuţi cu Clifford despre progresul lui cu investitorii şi cu permisul pentru barajul de pe râu? Negocierile mi s-au părut pozitive când am fost în Calcutta, dar nu am mai auzit nimic concret de când m-am întors.

Puţin mai târziu, privind pe geamul maşinii, sărăcia continuă s-o şocheze şi încă încerca să priceapă ce vede. Copii hoinari cu ochi mari şi negri se ţinură după maşină, sperând să obţină ceva atunci când ajungea la destinaţie. Judecând după barăcile de pe marginea drumului, era limpede că mulţi oameni nu aveau casă. Căută în poşetă câteva rupii şi le ţinu în mână. Mereu observa detaliile. Fusese modul ei de evadare, felul ei de a supravieţui după ce-i murise tatăl. Înregistra multe lucruri, apoi i le povestea în minte. Odată, mama ei dăduse peste ea în grădină ţinând o narcisă în mână şi vorbind cu glas tare cu tatăl ei. O pocnise peste mână şi floarea căzuse pe pământ. După aceea, Eliza îşi păstrase conversaţiile cu tatăl ei secrete.

Când maşina se apropie de locuinţa lui Clifford, Eliza încă îşi închipuia că va fi o petrecere, dar, după cum află imediat, erau doar ea şi Clifford. După o masă savuroasă cu pui prăjit, cartofi fierţi la abur şi legume, Eliza se lăsă pe spate sătulă. Deşi îi plăcea mâncarea indiană, începuse să se sature de orez şi de dahl.

– Aşadar... Mai ai loc şi pentru o plăcintă cu mere?

– Încerci să mă îngraşi?

– Deloc. Cred că eşti perfectă exact aşa.

Eliza izbucni în râs.

– Doar nu m-ai chemat aici ca să-mi spui asta.

Clifford zâmbi.

– Nu. Voiam să te anunţ că libertatea ta de mişcare a fost reinstaurată.

– Mulţumesc. Înseamnă mult pentru mine. Dar încă am nevoie de ajutorul tău cu altceva acum.

– Da?

– Mi s-a întâmplat ceva ciudat azi-dimineață. M-am întors cu spatele câteva minute și, când am revenit, mi-am găsit obiectivul de la aparat spart. Are o crăpătură chiar pe mijloc. Este cel de care am nevoie când sunt afară și cu care mă deplasez mai ușor.

– Probabil că l-ai lovit fără să-ți dai seama.

– Nu prea cred, dar mă rog... De unde aș putea obține un obiectiv nou? Și mă tem că și restul aparatului a fost stricat.

– Ai luat aparatul cu tine?

– L-am lăsat pe masa din hol.

– Îl voi trimite la Delhi, dar te avertizez de pe acum că nu va fi reparat repede.

Clifford se opri.

– Aș vrea să-ți explic ideea mea. Să-ți dai și tu cu părerea dacă vrei.

– Sigur.

El încuviință din cap.

– Ei bine, după cum știi, mă străduiesc să asigur fondurile proiectului cu irigații al prințului tău.

– Dar nu e prințul *meu*, Clifford.

– E doar o figură de stil. Vreau să spun că, dacă ai putea face ceva pentru mine în schimb, ar fi absolut minunat.

– Firește. Orice.

– Am vrea să fii numai ochi și urechi și să ne raportezi imediat ce observi că se întâmplă lucruri neobișnuite. Cred că ți-am zis deja că noi îl considerăm pe Anish un conducător slab, indulgent și nu ne-ar deranja să facem unele schimbări, dacă pricepi aluzia.

– Îmi ceri să spionez pentru tine? întrebă ea, neștiind cum să răspundă unei asemenea cereri uluitoare și îngrijorându-se că acuzațiile lui Chatur s-ar putea baza totuși pe adevăr.

– Normal că nu. Dar fii vigilentă. Dacă se întâmplă ceva și nu știi sigur ce sau ți se pare ciudat, informează-mă. Întotdeauna poți pretinde că trebuie să mă vezi ca să-mi aduci plăcile sau negativele.

18

Martie

Veni și a doua zi de Holi. Încântată, dar și nervoasă că ieșea în oraș cu Jay, Eliza își aminti prima călătorie cu el. O parte din ea tânjea să se afle în pădurile sălbatice de pe dealurile Aravalli, să privească bâtlanii în zborul lor jos pe deasupra deșertului și marii pelicani albi cum se avântă în văzduh de la marginea apei. Cererea lui Clifford o tulburase și Jay rămase singura persoană în care simțea că se poate încrede.

În seara aceea, când se alătură festivității ce avea loc în curte, îl căută cu privirea și-l zări curând împreună cu un băiat. Presupuse că e fratele lui mai mic, de care auzise, dar pe care nu-l văzuse niciodată. Cam după vreo o oră, Jay se apropie de ea, înfășurat într-o pătură de lână dungată. Îi șopti ceva la ureche și se strecurară afară din curte, printr-un alt pasaj nefamiliar. Ușurată peste măsură să lase în urmă atmosfera sufocantă a castelului, Eliza respiră liber.

– Era fratele tău? se interesă ea.

– Da. E la o școală cu internat în Anglia, dar a venit pentru o scurtă vizită. E important să nu devină prea englez, dar e o călătorie lungă până aici și înapoi, așa că nu vine pe cât de des ar trebui.

Făcu o pauză.

– Acum... Nimeni, cu excepția familiei, nu cunoaște această ieșire. Ia-mă de mână. Mi-e teamă că va trebui să te ții bine de mine. E întuneric beznă.

Ea izbucni în râs.

– Mă simt onorată.

Se deplasară încet și faptul că se afla în întuneric cu el îi dezlegă limba.

– M-ai întrebat odată dacă eu cred în destin. De ce?

– E o poveste lungă. O să ți-o spun într-o zi.

– Spune-mi acum. Te rog!

Când tunelul se îngustă atât de mult, încât nu permitea decât trecerea unei singure persoane, simți mirosul reavăn al pământului, al frunzelor și auzi susurul unui fir de apă.

– Un izvor subteran, o lămuri el.

Jay o apucă și de cealaltă mână, strângându-i degetele cu putere. Se opriră din mers.

– Mi-ai povestit despre tatăl tău și bomba aruncată în ziua aceea în Delhi.

– Da, confirmă ea, auzind bâzâitul unor insecte și întrebându-se ce avea să-i povestească Jay.

– Îți aduci aminte de un băiețel indian?

Eliza cugetă puțin.

– Cred că da. Adică era pe stradă, nu?

– Te-a ajutat când ai îngenuncheat lângă tatăl tău.

– Da.

– A fost o întâmplare oribilă, dar n-am uitat-o niciodată pe micuța englezoaică. Nu te-am uitat niciodată. Eu eram. Eu eram băiețelul indian.

Părea prea incredibil ca să fie adevărat, dar Eliza se bucură că el nu-i vede lacrimile ce-i ardeau ochii. Își încleștă pumnii cât putu de tare și ceva inexplicabil se petrecu între ei. Rămaseră așa câteva minute și o senzație extraordinară de pace pogorî asupra ei. Fiindcă el fusese acolo, fiindcă trăise momentul când ea își pierduse tatăl, înlăuntrul ei parcă se dezlănțui ceva. Nu reuși să-și explice ce anume, dar, pentru că nu fusese singură în acele momente terifiante, simți că, în sfârșit, are șansa să iasă din umbra morții tatălui ei. Își ținu răsuflarea și se lăsă copleșită de sentimentul nou. Nu voia să se mai miște niciodată, dar în tunel domnea frigul și, când ea se înfioră, purceseră din nou la drum.

– Mă aflam la procesiune, cu mama, într-o *howdah*, pe unul dintre elefanți, îi explică el. Am coborât când a avut loc explozia.

– Știai cine sunt când am ajuns aici?

– Inițial, nu, dar, când mi-ai spus că ai trăit în Delhi, mi-am amintit că numele unuia dintre bărbații uciși atunci era Fraser. După câteva întrebări în stânga și-n dreapta, m-am întrebat dacă ai putea fi fiica lui.

– De ce nu mi-ai spus atunci când ți-am povestit despre bombă? întrebă ea.

– Nu simțeam că te cunosc suficient de bine. Mă îngrijora reacția ta.

– Mă bucur că mi-ai zis. Înseamnă mult pentru mine și-ți sunt recunoscătoare.

Ieșirea din castel se ascundea în spatele unei uși masive de lemn care scârțâi când Jay o descuie.

– Ai grijă la plantele cu spini, o atenționă el când ieșiră.

Își croiră drum spre orașul vechi. Jay îi dădu pătura și o rugă să-și acopere capul și fața cât de mult, chiar dacă era deja atât de murdară pe față de pudră colorată, încât nimeni nu i-ar fi recunoscut. Nimic din sărbătoarea de la castel nu o pregătise pentru ce urma să se întâmple în oraș.

Era noaptea dinaintea celei cu lună plină: pretutindeni, frunzele uscate și rămurelele căzute erau arse și puzderie de oameni umpluseră străzile și piețele. Tobele îi făceau sângele să curgă mai repede, fascinând-o, în vreme ce ritmul lor se strecura printre oamenii care dansau și continuau să arunce cu pudră de diverse culori. Nori prăfoși luminau aerul: roșul, albastrul, verdele și galbenul se răsuceau și zburau, plutind peste toți. Aveai senzația că văzduhul își deschisese cutia pentru pictat și își revărsase acuarelele peste lumea de dedesubt. Zgomotul împiedica orice discuție, dar Jay îi ținu mâna strâns, iar ea nu-i dădu drumul.

Eliza își atinse fața și când își privi degetele văzu că sunt albastre. Avea pudră pe păr, pe gene și în gură. Se simți ușurată când oamenii de la balcoanele superioare ale caselor începură să stropească cu furtunurile. Însă apa doar strânse culoarea și nu o îndepărtă. Dacă Eliza nu ar fi fost cu Jay, noaptea exotică, nebună ar fi fost prea mult pentru ea. Așa, trăi doar câteva momente de anxietate, când haosul și gălăgia amenințară să-i rănească sensibilitatea ei de englezoaică. Întregul oraș părea scăpat de sub control, dar era totuși cea mai impresionantă sărbătoare a vieții la care participase și, în cele din urmă, se abandonă în brațele ei. Jay se simțea în largul lui, râzând când amesteca pudra cu apă. Eliza, neajutorată, își dădu capul pe spate și hohoti și ea.

Puțin mai târziu, Jay o prinse bine de mână și o trase pe o alee lăturalnică. Rămase șocată să vadă oamenii răspândindu-se în toate direcțiile când bărbați rajputani năvăliră pe cai prin norii roșii și roz și aruncând și mai multă pudră în mulțime. Era cât se poate de conștientă de apropierea lui Jay și, când el rămase nemișcat, inima începu să-i bată mai repede. Iar când el o luă în brațe nu se mai gândi la nimic și se cuibări la pieptul lui. Jay continuă s-o țină strâns și, învăluită de căldura lui dulce, își dori ca el să nu-i mai dea drumul niciodată. Însă el se retrase puțin, îi ridică bărbia și se uită fix în ochii ei.

– Eliza. Am așteptat să-ți dai seama ce simt.

Ea abia dacă răsufla, iar inima i se ridicase în gât. Când o sărută delicat, își pierdu mințile. Jay nu se opri și sărutul deveni tot mai pasional, mâna lui stângă strângându-i ceafa. Amețită de sărbătoare, crezu că lumea se răstoarnă. Încă puțin și avea să se prăbușească. Într-un târziu, își căută cuvintele, dar renunță. Nu mai conta. Cuvintele nu mai contau deloc. Noaptea asta îi vorbea numai despre senzații. În lumina unei lămpi, îi privi buzele arcuite și pielea arsă, apoi îi mângâie obrazul. Pielea se dovedi mai fină decât își închipuise, ca lemnul de santal sau de cedru lăcuit, însă contrastul dintre paloarea mâinii ei și tenul lui închis o zgudui.

Izbucniră urale și Eliza își dădu seama că în jurul lor se schimba ceva. Jay zâmbi și îi îndepărtă mâna de pe față.

– Trebuie să vezi asta.

Rămaseră cu spatele lipit de zidul unei clădiri când elefanții pictați, cu acoperăminte de cap brodate, se înghesuiră prin mijlocul străzii, clopoțeii prinși la picioarele lor scoțând clinchete ușoare cu fiecare pas. În spinările lor, îngrijitorii țineau umbrele mari, strălucitoare și stăteau pe covorașe brodate cu fir auriu.

– Așadar, spuse Jay după ce trecură, nu cred că e posibil să ai regrete, dar ești pregătită să-ți iei la revedere de la trecut?

Întinsă pe pat și așteptând apropierea zorilor, Eliza derulă în minte fiecare detaliu al nopții. Se concentră pe ochii luminoși ai lui Jay și pe felul în care exoticul Holi o amețise. Nu se simțise niciodată așa cu Oliver. De fapt, dacă se gândea mai bine, nici nu-și mai amintea foarte bine ce trăise cu soțul ei. În schimb, își imagină brațul lui Jay cuprinzând-o și senzații stranii îi înfiorară trupul, de parcă abia acum se trezea la viață. Se rostogoli pe burtă, râvnind să-i simtă mâinile pe piele și se lipi de saltea. Dorința aproape că o scoase din minți. Atunci se gândi la ce o întrebase el. Era pregătită să lase trecutul în urmă? O parte din ea dorea asta, dar își aminti ce-i spusese Jay despre ziua în care murise tatăl ei. Oare credea ea în destin ca o formulă deja stabilită pentru viață? Nu. Dar trebuia să admită că era extraordinară prezența lui în viața ei cu atât de mulți ani în urmă, în cel mai șocant moment al vieții ei, iar acum, că el revenise, încercă din răsputeri să nu se gândească la viitor. Totuși, prin minte i se perindau tot felul de imagini, sărind de la un scenariu la altul, neputându-se împiedica să se vadă într-un fel de viitor ideal. Cu el. Un lucru imposibil. Știa asta, dar nu se putu opri să nu cadă într-o stare de reverie plină de speranțe.

Încercă să-și domolească sentimentele, dând vina pe farmecul nopții și al sărbătorii de Holi. Însă el îi atinsese sufletul și niciun argument nu putea distruge legătura pe care simțea că o are cu el. Parcă s-ar fi întors acasă, numai că acasă nu era un loc, ci o persoană...

A doua zi, o servitoare veni cu un plic și, imediat ce îl deschise, Eliza găsi un bilet de la Jay. Îi spunea că se bucurase de compania ei foarte mult și că spera să o vadă curând. Mai adăugase că niciodată nu fusese mai frumoasă decât cu pudră colorată pe față. Când Laxmi o chemă la ea mai târziu, Eliza se îngrijoră că evenimentele nopții ajunseseră cumva la urechile ei. Poate Chatur îi spionase ori poate trimisese pe altcineva să îi supravegheze: cineva îi urmărise și văzuse tot. Cineva observase că părăsiseră castelul și venise după ei. Eliza urî gândul că fiecare mișcare îi era controlată și detesta senzația că nu are unde să se ascundă. Laxmi nu ar fi fost deloc fericită că ea ieșise în oraș cu Jay, cât despre sărutul lor ce să mai vorbim. Eliza știa că mama lui încercase să-i aranjeze o căsătorie în ultimii câțiva ani și că spera la o alianță puternică cu o altă familie regală. Nu una rajputană. Aparent, nu era permis. Trebuia să fie din altă parte a imperiului indian.

Eliza se îmbărbătă, apropiindu-se încet de camerele lui Laxmi. Ca să ajungă acolo, trebui să treacă prin patru coridoare, unde patrulau de obicei eunuci. Eliza știa că eunucii sunt păzitorii tradiționali ai castității femeilor și că ajutau la menținerea unei bariere în jurul reginei. Însă camerele interioare erau întotdeauna păzite de două femei. Eliza le salută pe cele două și ciocăni ușor la ușă. Laxmi deschise chiar ea și Eliza răsuflă ușurată să vadă că femeia îi zâmbește cu căldură. Poate că nu știa nimic, în definitiv.

– Dorești o băutură răcoritoare? o întrebă Laxmi.

Demnă, mândră și totuși generoasă și amabilă, Laxmi arăta aceeași grație dintotdeauna. Ochii calzi, prietenoși aveau pielea ușor ridată în jur, deși restul tenului impresiona prin finețe. Singurul semn al bătrâneții.

Eliza ceru apă.

Astăzi, Laxmi arăta ca o regină din cap până-n picioare, într-un amestec de nuanțe de albastru și verde, subliniate de franjuri argintii. Ori de câte ori se afla în prezența ei, Eliza se trezea ridicându-se în picioare cu spatele drept. Sau poate totul se datora grandorii pereților împodobiți cu mozaic colorat din sticlă și a îngerilor înaripați desenați pe tavan.

– Am auzit că ai fost în orașul vechi ca să sărbătorești Holi.

Eliza sorbi cu înghițituri mari apa și când puse paharul jos îl vărsă pe masa frumoasă, sidefată.

– Îmi pare rău, eu...

Laxmi îi ignoră cu un gest scuzele și sună dintr-un clopoțel de argint.

– Sahili, menajera, se va ocupa de ea. E foarte pricepută. Știi că a venit cu mine când eram mică?

– Serios?

– Făcea parte din zestrea mea. Ascultă, draga mea, nu am nicio obiecție să-ți petreci timpul cu fiul meu. Sper că înțelegi asta. Eu i-am sugerat să te ducă la târgul de cămile și în sat.

Adevărat. Laxmi fusese cea care îi adusese împreună, deși firește că nu-și dăduse seama pe deplin de ceea ce s-ar putea întâmpla. Încerca să-i despartă acum?

– A stat atât de mult timp la școală în Anglia. Părea plictisit și am presupus că se va bucura de puțină companie englezească.

Vorbise pe un ton blând, dar Eliza își ținu răsuflarea.

– Dar nu va putea să-ți ofere niciodată nimic în afara prieteniei lui. Înțelegi, Eliza?

Eliza inspiră adânc la auzul certitudinii din spatele cuvintelor blânde.

– Da, bineînțeles.

– Și nu are legătură cu faptul că ești englezoaică. Au existat multe căsătorii între capete regale indiene și aristocrate britanice și uneori nici măcar nu erau aristocrate. Erau considerate soții legitime, iar copiii lor, moștenitori legitimi. Apoi lordul Curzon a dat o lege care spunea că niciun copil al unui conducător indian căsătorit cu o europeană nu are dreptul la tron.

– N-am știut.

– Deși Jay nu e acum pe tron, va fi, dacă se întâmplă ceva cu Anish. Anish nu are băieți. Un regat fără moștenitori poate fi preluat de britanici oricând. Însă există o problemă chiar mai mare. Nici că ești englezoaică și nici că un copil ar vostru nu ar putea deveni succesor.

Eliza se încruntă.

– Nu sunt sigură că înțeleg la ce vă referiți.

– Nu se poate căsători cu o văduvă. Excepție face soția predecesorului său.

Deci asta era. Se chinui să deschidă gura și cu greu izbuti.

– Dar nu îmi caut un soț, Laxmi. Jur!

Încercă să scape de imaginea lui Jay.

– Atunci e bine. Nu vreau să-ți faci speranțe sau să suferi ori să ajungi ceva mai mult decât o concubină sau poate o a doua sau a treia soție, ascunsă de ochii lumii. Sper că înțelegi. Aici, căsătoria nu e o chestiune romantică. E un caz complicat de stabilire a unei strategii care va îmbunătăți averea și statutul ambelor familii.

Se lăsă o tăcere scurtă.

– Îndrăznesc să spun că ai fi fericită dacă ai pleca după toată tevatura cu Chatur. Da, știu despre asta... Așa că poate ar fi mai bine să pleci înainte de venirea ploilor și să nu stai tot anul, adăugă Laxmi.

Ultimul ei comentariu o izbi pe Eliza cu forță și încremeni când se gândi la implicațiile celor auzite. Se holbă la chipul inteligent al lui Laxmi și se întrebă ce punea la cale bătrâna. Eliza plănuise să fie aici la venirea ploilor și chiar și după. Nu numai că voia să fotografieze faza inițială a proiectului lui Jay, dar chiar dorea să surprindă și ploile în sine. Toată lumea vorbea de ele pe un asemenea ton de reverență, încât voia să se lămurească singură. Jay îi spusese că ar trebui să vadă norii care se rostogolesc peste Udaipore, orașul lacurilor.

Încuviință din cap, dar nu vorbi la început. Înainte de ploi era prea devreme, iar plecatul nu se regăsea în planurile ei. Clifford aranjase totul pentru un an.

– Recunosc că îmi place Jay, rosti ea după câteva momente, dar trebuie să fiu aici pentru venirea ploilor și apoi pentru începutul toamnei. Nu trebuie să vă temeți în privința așteptărilor mele.

– Oricum ar fi, dă-mi voie să-ți explic ca să înțelegi cu adevărat. Mă gândesc la tine, draga mea. Este stabilit din start că o maharani are un statut mai înalt decât o rani, o a doua soție. O maharani are un apartament superb, mănâncă din farfurii aurite, poartă haine frumoase și e acoperită cu bijuterii. O rani, indiferent că e a doua, a treia sau a patra, va avea numai o singură cameră și poate o curte mică. O concubină e puțin probabil să dețină propria cameră. Vezi tu, statutul e totul aici.

– După cum am spus, nu am nicio așteptare în privința fiului dumneavoastră, rosti iute Eliza.

Laxmi încuviință din cap.

– Femeile din culturile europene nu sunt niciodată acceptate cu adevărat de oamenii noștri. Relațiile noastre cu cei pe care îi guvernăm sunt specifice și speciale. Oamenii obișnuiți nu ar accepta niciodată o văduvă.

Se lăsă tăcerea. Eliza nu știa ce ar mai putea spune ca să o convingă pe Laxmi că Jay se afla în siguranță din punctul ei de vedere.

– În orice caz, sunt încântată să-ți spun că am consultat astrologi și mai mulți preoți și se pare că am găsit o pereche norocoasă pentru fiul meu. O fată minunată dintr-o familie regală care are o zestre importantă. Sper să se căsătorească foarte curând.

Laxmi vorbise înfierbântată și acum zâmbea larg, dar Eliza se chinui să-și ascundă șocul. Jay știa deja? Își dăduse acordul? Soarta parcă încremenise deasupra ei, hotărâtă să o pedepsească pentru acel sărut și îi veni să se târască într-un colț unde să-și lingă rănile.

– Cred că ne-am înțeles acum. În toate palatele și castele există o practică puternică a spionatului. Nimic nu trece neobservat, draga mea. Nimic. Aș fi spus ceva mai devreme, dar nu am vrut să mă amestec câtă vreme n-a apărut nimic care să mă îngrijoreze.

– Iar acum credeți că există, chiar dacă el urmează să se logodească?

– Îmi înțeleg fiul.

Laxmi se opri și o umbră de îngrijorare îi trecu pe chip.

Eliza își dori să fie oriunde, numai aici nu. Nu conta unde, cât timp putea găsi liniște și avea șansa să-și pună ordine în gândurile haotice.

– Poate fi greu pentru o femeie. Știi, în trecut, dacă o rani sau o concubină era prinsă că are o relație cu un alt bărbat primea pedeapsa cu moartea. Conduceam prin forță și spaimă. Nicio femeie din palat nu îndrăznea să-și arate fața unui alt bărbat decât soțul ei.

– Și sunteți de acord cu toate astea?

– N-aș pune problema așa. Dar cred în datoria soției de a-și sprijini soțul și de a-și ține familia unită.

– Chiar dacă soțul calcă strâmb?

– Soțul?

Laxmi izbucni în râs.

– Bărbații aveau mai multe soții și concubine. Tata a avut 300. *Să calci strâmb*, cum spui tu, făcea parte din sistem.

– Și nu credeți că o asemenea inegalitate era greșită?

– Eu cred doar că, dacă o femeie nu-și sprijină soțul și nu-și ține familia unită, cine altcineva s-o facă? Nu suntem bărbați. E altfel pentru noi.

– Am aflat recent că tata a avut o amantă. A distrus-o pe mama.

Era pentru prima dată când Eliza vorbea despre asta. De fapt, era prima dată când își permisese să ia în calcul varianta că acuzația mamei ei putea fi adevărată, iar ceva din atitudinea lui Laxmi te îndemna să i te destăinui.

– Bărbații, tot bărbați, draga mea, așa că mai bine găsești o cale de a-i integra în sistem, nu crezi? După aceea nu mai ai parte de șocuri oribile.

– Nu aveți o părere prea bună despre bărbați.

– Dimpotrivă.

– Și cum rămâne cu gelozia? Stă în firea umană.

– Multe dintre rani și concubine au fost geloase și sunt prietene bune. Gelozia a existat și încă există.

– Și ce se întâmplă atunci?

– Cel mai adesea se folosește otravă.

19

Starea de spirit a Elizei se schimbă drastic după discuția cu Laxmi. Ce prostie din partea ei să se lase copleșită de romantismul ăsta fără speranță! De aici înainte relația cu Jay trebuia să rămână strict formală și, când trecu pe lângă el la intrarea în clădirea ei, abia dacă îl salută politicos din cap și se grăbi să urce scara. Nu se oprise să-i vadă reacția și, odată ajunsă în camera ei, încuie ușa, cu inima bătând să-i spargă pieptul. I se tăie răsuflarea, chiar dacă nu alergase, dar, gândindu-se la cele întâmplate, își dădu seama că, sub aparența demnă a lui Laxmi, se găsea o voință de fier.

Poate Laxmi avea dreptate? Poate cel mai bun lucru ar fi să renunțe la proiect cât mai repede posibil. După șase luni în Juraipore să plece din nenorocitul ăsta de castel pentru totdeauna. Dottie avea să fie de acord cu siguranță. Urma să mai facă niște fotografii ale familiei regale și ale vechiului oraș, numai că acum o să-și folosească Sandersonul.

Clifford organiza un picnic lângă lacul din afara orașului și acolo îi va spune că vrea să grăbească lucrurile. Cât despre planurile lui Jay cu sistemul de irigații, va trebui să continue fără ajutorul ei.

Nimic bun nu durează cu adevărat, șopti ea, gândindu-se la felul în care părăsise India împreună cu mama ei ca să locuiască în casa lui James Langton din Gloucestershire. Crezuse că le voia acolo, că va întâmpina cu bucurie prezența unui copil, dar fusese trimisă la un pension de clasa a treia și întotdeauna bănuise că făcuse asta ca să scape de ea.

Gândul la picnicul lui Clifford îi aduse în minte altceva. Ce se întâmplase exact înainte să fie trimisă la școală.

Singura dată când James Langton le însoțise pe Anna și pe Eliza afară. Se plimbaseră pe câmpurile scăldate de soare, cărând un coș de picnic. Era începutul primăverii și Eliza se simțise atât de fericită că venise cu ele pe neașteptate. Dar lui nu-i plăcuse plăcinta cu pui făcută de mama ei și, când bărbatul se așezase din greșeală pe niște balegă, Eliza izbucnise în râs. O apucase de cot, o trăsese de pe covorașul pe care stătea și o lovise cu putere. Avea 13 ani și considerase întreaga scenă extrem de umilitoare. Fugise înapoi acasă, plângând tot drumul. Anna revenise și ea o oră mai târziu, cu părul ciufulit și cu nasturii de la rochie smulși. Exact când avea nevoie de dragostea și consolarea mamei, Anna rămăsese de partea lui Langton. O trădare foarte amară.

Eliza nu avea niciun chef de picnic, dar se îmbrăcase într-o fustă lungă de un verde-pal și își pusese și o pălărie de paie cu boruri largi. Urmau să vină mai multe cunoștințe de-ale lui Clifford și Eliza se pregăti sufletește pentru o după-amiază de flecăreli. Indiferent de aspectele rele de la palat, nu-i puteai acuza pe locuitorii lui de flecăreli.

Rămase surprinsă când lucrurile se desfășurară exact pe dos.

Locul picnicului nici că putea fi mai frumos. Servitorii aduseseră fotolii, o masă, ventilatoare și umbrele imense. Totul era aranjat cu fața spre lacul care strălucea în lumina soarelui de amiază. Bâtlanii, pelicanii și cocostârcii se adunaseră pe mal. Pe apă zări chiar și rațe, iar copacii din jur vibrau de trilul păsărilor. Dealurile înconjurătoare se ridicau spre orizontul albastru, iar Clifford nu precupețise niciun efort să fie totul perfect. Julian Hopkins, doctorul, și Dottie se purtară prietenos ca întotdeauna, deși Eliza simți puțină vină când o îmbrățișă pe femeie. Își promisese să o viziteze pe Dottie, dar nu se ținuse de cuvânt.

– Nu e prea cald pentru tine? întrebă Clifford, arătând spre un scaun la umbră. Am fi putut merge chiar lângă lac, dar aerul e mai proaspăt aici, sus. Sper că îți place, Eliza.

– E fermecător! răspunse ea și privi păsările adunându-se la marginea lacului. Vreau să fac câteva fotografii după prânz și după-amiază mai târziu, când soarele începe să apună. Îmi place să surprind lumina mai puțin intensă.

Ceilalți schimbară amabilități cât servitorii acoperiră masa cu o pânză apretată și aranjară tacâmurile. Existau chiar și două corturi din mătase, cu acoperișuri din muselină, fără perdea pe partea care dădea spre lac.

– Se numesc *kanat*, spuse Clifford văzându-i privirea. Perfecte pentru odihnă după un prânz lung.

Eliza se ridică în picioare și se apropie de unul ca să se uite înăuntru. Descoperi perne satinate. Lângă el, se instalaseră trei muzicieni. Aerul mirosea a proaspăt și era surprinzător de rece. Își dori foarte mult să se relaxeze, dar nu-și putea lua gândul de la Jay. Ce se întâmplase în noaptea de Holi o zguduise și o lăsase tensionată. Nu venise aici în căutarea iubirii și, desigur, nu fusese vorba despre iubire. Dar atunci ce? Poftă trupească? Totuși, parcă exista ceva mai profund care îi legase, nu? Rămase nemișcată, cu fața spre lac, holbându-se la el, dar nevăzând nimic. Nu spusese el odată că îi unise inimile lor frânte? Deși atunci o inclusese și pe Indi.

– Așadar, ce părere ai? îl auzi pe Clifford.

– Scuză-mă, ce anume?

– Nu ascultai?

– Iartă-mă, eram în altă lume.

Gesticulă spre orizont.

– Totul e atât de frumos!

– Ziceam că ar trebui să vizităm palatul de pe lac, de la Udaipore. Este cel mai romantic loc din lume, mai ales în anotimpul ploios.

– Un loc numai bun să te îndrăgostești, Clifford, nu? glumi unul dintre bărbați, dându-i un cot celui de lângă el.

Ceilalți doi bărbați făceau parte din armată, fiind staționați undeva în Sud, dar soția unuia dintre ei, care îi însoțea astăzi, îl cunoștea pe Clifford de mică, așa că veniseră să-l viziteze în drum spre nunta surorii ei, în Punjab.

– Trebuie să fie foarte plăcut să te afli din nou alături de ai tăi, domnișoară Fraser, rosti bărbatul mai tânăr.

Deranjată de afirmația lui, Eliza se mulțumi să încuviințeze din cap.

Femeia, Gloria Whitstable, vorbi și ea.

– Nu pricep cum de suporți. N-am reușit să dorm măcar o noapte într-unul dintre castelele astea fantomatice. Sunt sigură că aș fi ucisă chiar în patul meu.

– De fapt, contracară Eliza, simțind cum se enervează din ce în ce mai mult, mie îmi place. Și încă nu mi-am terminat anul.

– Desigur că e fascinant, interveni Dottie, iar Eliza îi aruncă un zâmbet.

– Am vești, spuse Clifford brusc.

– Da?

– Am fost rugat să te întreb dacă te-ar interesa să mergi la Shimla pentru un proiect scurt. E o ofertă bună și ai scăpa de căldura de aici. Ca să fiu sincer, Shimla e locul ideal acum. Nu vei fi nevoită să locuiești nici cu indienii. Este o înregistrare vizuală a felului în care se distrează britanicii. Știi tu... petreceri de vară, piese de teatru cu amatori, clubul, lucruri de genul acesta.

Chiar dacă se gândise să-l roage pe Clifford să încheie proiectul actual ceva mai devreme, inima Elizei se frânse acum, când venise momentul.

– O să-ți ducem dorul, se plânse Dottie. Dar Shimla este minunată. Sunt invidioasă.

Eliza se simți și mai vinovată când își aminti cât de singură părea Dottie. Pentru că nu scoase niciun cuvânt, Clifford se îmbufnă.

– Un simplu mulțumesc ar fi suficient, Eliza. Nu ai mai fi atât de singură și, în locul tău, nu aș rata ocazia.

Tot nu știa ce să spună. Ar fi fost un mod de a scăpa din situația ei neplăcută, dar nu l-ar mai vedea pe Jay și profunzimea sentimentului o zgudui. Era simplu să se gândească la plecare în treacăt, dar mult mai greu să se confrunte cu o posibilitate concretă.

– Eliza?

– Scuză-mă, chibzuiam.

– N-aș fi crezut că sunt prea multe de chibzuit. E o ocazie incredibilă.

– Dar nu mi-am terminat anul aici.

El ridică din umeri.

– Ai intenționat vreodată să mă ții un an aici, Clifford?

– Normal. Doar că a apărut oferta asta între timp.

– Atunci te superi rău dacă m-aș mai gândi? Aparatul meu încă nu s-a întors de la Delhi și nu aș vrea să ratez ceva crucial pentru arhivă.

– Sunt sigur că nu se va întâmpla, dar ține minte că vor un răspuns până la sfârșitul săptămânii. În caz contrar, vor căuta pe altcineva. Te poți întoarce aici în septembrie.

– Îți voi da un răspuns. Îmi pare rău că sunt atât de dificilă.

– Nu ești deloc dificilă. Înțeleg.

Însă era cât se poate de limpede din expresia lui îndurerată că nu înțelegea. Eliza își păstră gândurile pentru ea și nu avea de gând să-l lămurească, dar continuă să cântărească lucrurile, ignorându-l. Când preparatele somptuoase umplură masa, știu deja că-și pierduse pofta de mâncare și, jucându-se cu tacâmul, speră ca nu cumva Clifford să se aștepte ca ea să se așeze lângă el într-un cort.

– Apropo, rosti el și tuși ușor, există câteva probleme cu fondurile pentru proiectul de irigații.

– Dar parcă ziceai că s-au strâns banii.

El clătină din cap.

– Am sperat, Eliza, dar n-am promis niciodată.

– Dar Jay trebuie să termine prima etapă până în iulie, când vin ploile. Altfel toată munca depusă va fi zadarnică. Ploile vor distruge malurile, dacă suporții nu sunt finalizați.

– Îmi pare rău. M-am străduit cât am putut.

– Așadar nu există niciun ban.

El ridică din umeri.

– Clifford, dar asta e îngrozitor. Ar însemna atât de mult pentru oamenii din sat.

– Pentru oamenii din sat sau pentru tine, Eliza?

O privi intens și Elizei i se păru aproape imposibil să-și ascundă sentimentele reale.

El se aplecă spre ea și îi vorbi în șoaptă.

– Ai dat de bucluc, Eliza? Te-ai înamorat de un tip ca el? Ar fi tare neobișnuit!

Eliza se chirci la auzul tonului disprețuitor.

– Firește că nu, rosti ea și se retrase, afișând o expresie afectată.

– Bun. Fiindcă el nu-ți va face nicio favoare, știi... Iar oferta mea încă rămâne în picioare.

– Shimla sau...

– Amândouă, draga mea. Amândouă. Vei descoperi că nu renunț atât de ușor, adăugă el pe un ton ferm. Dar, dacă mă faci fericit, și eu te voi face fericită, dacă pricepi aluzia. Și nu se știe niciodată...

Se opri, parcă dus pe gânduri.

– Poate fondurile pentru proiectul de irigații vor apărea din senin la urma urmei.

20

Când Eliza sosi la castel, aproape că se înserase, iar ea era foarte furioasă. Firește că pricepuse aluziile lui Cliford și o enervase îngrozitor, dar, curând, uită tot când observă agitația din jurul ei. Lăsă gândurile neplăcute, cel puțin pentru moment, și-i privi pe oamenii care se înghesuiau pretutindeni, umblând încoace și-ncolo prin curți cu expresii serioase. Nimeni n-o băgă în seamă. Tocmai se pregătea să intre în camera ei ca să cugete la propunerea cu Shimla, când o zări pe Indi stând sub una dintre arcadele cu coloane. Fata îi făcu semn și Eliza se duse la ea.

– Ce se întâmplă? întrebă ea.

– Anish e bolnav.

– Ceva serios?

– Cred că da. E cu medicii și cu astrologii acum.

– Ai idee despre ce e vorba?

Fata clătină din cap, dar Eliza sesiză clar tulburarea Indirei.

– Dar o să fie bine, nu?

Indi clătină din cap iar, nesigură.

– Nimeni nu știe. Problema e că, dacă se întâmplă ceva cu Anish, Jay va trebui să preia totul, iar Chatur se va da peste cap ca să-l împiedice.

– Dar de ce?

– Jay e un om modern. Chatur e exact opusul lui și nu acceptă alte puncte de vedere. Îl poate manipula pe Anish chiar și în ultima clipă. Dar pe Jay nu va reuși să-l influențeze în niciun fel. Probabil Chatur își făcea griji în privința lui Anish de ceva timp și ne-a ascuns asta.

Eliza își lăsă privirea să lunece într-o parte și se simți ușor tulburată de spusele lui Indi. Dar poate era din cauza discursului otrăvitor al lui Laxmi, menit să o supere, așa că se hotărî să stea departe de toată lumea restul serii și să-și vadă de treburile ei în camera obscură.

Cât lucră, nu izbuti să-și domolească tumultul gândurilor. Încercase să satisfacă așteptările tuturor, mai întâi ca fiică, apoi ca soție, dar eșuase în ambele cazuri. Se străduise din răsputeri să-l iubească pe Oliver: gătise pentru el, ținuse micul lor apartament curat ca lacrima și răspunsese avansurilor lui, chiar dacă, de cele mai multe ori, totul se sfârșea foarte frustrant pentru amândoi. Era singurul bărbat cu care Eliza făcuse dragoste și, la început, lipsită de experiență în arta amorului, dăduse vina pe ea însăși. Din fericire, avea un aliat important: cărțile. Era o cititoare avidă și mare parte din copilărie și-o petrecuse cu nasul în cărți, așa că, treptat, după ce citise despre sex și se îmbujorase în diferite grade, își dăduse seama că Oliver nu e deloc un iubit tandru și nicio persoană atentă. El se aștepta ca ea să-și desfacă picioarele ori de câte ori avea el chef și, fără prea multe gesturi de afecțiune din partea lui, să-l primească imediat. Iar dacă se împotrivea, cu atât mai rău. Urâse sexul. Simplu ca bună ziua. Și se luptase să nu-l urască și pe el. Într-una dintre aceste ocazii, mânios, îi spusese că e rece și asexuată. Drept răspuns, ea își aruncase verigheta pe fereastră și îl anunțase că vrea o carieră. A doua zi, încercase să se împace cu el, aranjase masa din sufragerie cu flori, se îmbrăcase cu cea mai drăguță rochie și se parfumase ușor după ureche. Nimic nu funcționase și vorbele i se revărsaseră printre buze. Urma să devină fotografă, indiferent de părerea lui. El ieșise trântind ușa și atunci îl văzuse pentru ultima dată în viață. Și, deși acum își dădea seama că nu-l iubise niciodată, o întrista modul absurd în care murise.

Încetul cu încetul, se calmă. Tăcerea septică din camera obscură îi dădu spațiu și timp să cugete. O liniști totodată, ca și cum sfârâitul ritmat al substanțelor chimice îi netezea ridurile din minte. Dar, cu excepția fotografiei, trebuia să recunoască faptul că nu avea nimic de oferit unui bărbat. La ce bun să știe cum să surprindă eul real al unei persoane? La ce bun talentul ei de a-i relaxa pe oameni, astfel încât fotografia să fie plină de naturalețe? Fusese o soție neajutorată înainte și sigur nu avea niciun chef să se mărite din nou dacă asta însemna să-și irosească viața îngrijindu-se de cineva care ar trebui să fie în stare să se îngrijească singur. Jay precis își va lua o soție supusă și n-ar putea să fie niciodată interesat de ea. El era destinat unui alt tip de viață, atât de diferit. Nu împărtășiseră decât un sărut în definitiv și oricum el probabil pierduse șirul femeilor pe care le sărutase. Eliza se lăsase fermecată de el, nimic mai mult, și încercă să se convingă că nu mai conta.

Însă Clifford o dezamăgise. Îi promisese s-o ajute în obținerea fondurilor pentru proiectul cu irigații și acum Jay avea să rămână cu buza umflată. Laxmi deja amanetase o parte dintre bijuteriile familiei pentru a-l plăti pe inginer și pentru a împrumuta mașinăriile ca să înceapă construcția. Ar fi fost un dezastru ca totul să se oprească acum. Se bazaseră pe Clifford și, deși ea nu putea să-i facă pe plac, parcă totuși el sugerase că va obține unele fonduri în cazul în care ea îi dădea ce-și dorea.

Când Jay veni în camera ei târziu, noaptea, ea deschise ușa și, după ce verifică holul în sus și-n jos, îi permise să intre. El flutură agitat un ziar.

– Ai văzut asta?

Trânti ziarul pe masă.

– Winston Churchill al tău l-a numit pe Gandhi „un fachir pe jumătate îmbrăcat".

Eliza îl privi nedumerită.

– Gandhi s-a dus pe jos până la casa viceregelui, purtând doar un acoperământ de șold. Iar britanicilor nu le-a plăcut deloc.

Jay vorbise furios, dar acum se opri.

– Mi se pare chiar amuzant dacă te gândești. Ce păcat că n-ai fost acolo să faci o fotografie! Te-ai fi îmbogățit.

– Înțeleg.

Jay se încruntă și se scărpină în cap.

– S-a întâmplat ceva? Îmi pare rău, dar asta e prima ocazie când am putut să vin să te văd.

– Cum se simte fratele tău? întrebă ea, cu gâtul uscat.

Se chinui să-și găsească drumul prin labirintul de emoții contradictorii. Tânjea să savureze fiecare moment cu el, deși știa prea bine că nu se cuvine. Până și propria voce i se părea că sună ciudat. Familiaritatea dintre ei dispăruse și acum era mai rău și decât dacă noaptea în care el îi împărtășise lumea lui secretă nu ar fi avut loc niciodată.

Jay se strâmbă și Elizei îi veni greu să priceapă la ce se gândea el sau ce simțea.

– E bine. Sau o să fie bine. Indigestie, cel mai probabil.

– Dar Indi părea foarte îngrijorată.

– Serios?

Jay se opri și traversă camera să se așeze într-un fotoliu, iar ea își dori să prindă mai mult curaj. Și totuși... Frica de respingere, de a nu spune prea mult, de a fi rănită... Mai bine să țină garda sus.

– Nu am venit să vorbesc despre Indi sau despre fratele meu.

Eliza se uită la mâinile lui și își imagină cum îi atinseseră ceafa când el o sărutase.

– Atunci despre ce?

Se strădui să-și ascundă vulnerabilitatea din voce, dar se temu că el o auzise oricum.

– Mă tot gândesc la ce s-a întâmplat în noaptea de Holi.

– Și eu, spuse ea, rușinată de lipsa ei de jenă, dar bucuroasă că el adusese vorba.

Jay oftă.

– Spune-mi despre tine.

Eliza tresări surprinsă.

– Ce anume?

– Există ceva care te reține, nu-i așa? Am ghicit imediat. Nu aparții acestui loc, dar mă întreb dacă există vreun loc al tău.

Îi vorbise cu blândețe, ca atunci când Eliza îi povestise cum murise tatăl ei. Se trânti pe canapea, se aplecă în față și își fixă ochii asupra picioarelor.

– Uneori trebuie să riști în viață.

Ea se uită la el, apoi își feri privirea.

– Mi-am asumat un risc venind aici.

– Mă refeream la inima ta. Eliza, uită-te la mine.

Ea clătină din cap.

– Clifford mi-a oferit o altă slujbă.

– E bine, nu?

– E în Shimla. Trebuie să-i dau un răspuns până la sfârșitul săptămânii.

Nu îndrăzni să-i privească chipul, să-i vadă sentimentele, dar, când vorbi, vocea lui Jay rămase neutră.

– Când ar trebui să pleci?

– Imediat.

Eliza auzi cum Jay își ține răsuflarea.

– Eliza, nu știu care sunt așteptările tale.

Ea îl privi.

– Liniștește-te! Nu am niciuna.

– E important să înțelegi că viața ta se află în mâinile tale.

– Și cum rămâne cu destinul?

– Tu singură îți faci destinul.

– Chiar crezi asta?

– Da. Știi că noi credem în karma aici. Ce faci acum îți afectează viitorul, fie în viața asta, fie în următoarea.

– Așadar, dacă sunt fată cuminte, m-aș putea reincarna într-o prințesă indiană. O persoană cu care ar putea fi un prinț. Asta vrei să spui?

– Bineînțeles că nu.

Jay îi zâmbi larg.

– Nu ți-ar plăcea oricum. Să fii o soție indiană.

Eliza nu zâmbi și își dori mult să-i arunce o privire mânioasă. Dar, indiferent de cuvintele rostite de ei acum, nimic nu mai conta. Va rămâne întotdeauna o văduvă cu un trecut dubios, iar el, chipeșul și inaccesibilul prinț Jayant Singh Rathore. Un bărbat adorat de nenumărate femei. Nu va reuși niciodată să treacă de suprafața palatului, a Indiei, a lui. Deasupra sprâncenelor i se prelinseră câteva picături de sudoare pe care le șterse cu degetele. Își simțea și ceafa la fel de fierbinte.

– Eliza, ce s-a întâmplat? Spune-mi.

Ea trase aer în piept.

– De fapt, chiar am ceva să-ți mărturisesc. Clifford a dat greș în strângerea de fonduri pentru proiectul tău cu apa.

Se îmbărbătă, sperând nebunește ca el să o implore să refuze oferta de a pleca la Shimla și încercă să nu cedeze sub privirea lui.

Tăcerea însă continuă și aerul parcă se răci brusc.

– De ce te uiți la mine așa? întrebă ea într-un târziu, încă sperând, deși inima ei știa deja răspunsul.

Simți că se prăbușește când el sări în picioare.

– Ca să-mi amintesc totul din ființa ta după ce vei pleca, răspunse el.

Se luptă cu sine însăși să nu cadă pradă sentimentului năucitor de dezamăgire, în mod ciudat temperat de ceva ce aproape că semăna cu senzația de ușurare. Asta era. Totul se terminase înainte să înceapă.

Jay se apropie de ușă.

– Iartă-mă, dar trebuie să chibzuiesc la ce urmează să fac. Nu-ți bate capul pentru mine. Acum, că mingea e la mine în teren, nu mă voi opri. Trebuie să termin înainte de venirea ploilor, dar încă am câteva luni la dispoziție. Mulțumesc pentru ajutor. Noapte bună!

Făcu o plecăciune și ieși din încăpere.

21

Eliza dormi foarte prost și se trezi din cauza golului din stomac. Un lucru devenise limpede. Nu putea să plece chiar așa. Tânjea să-l vadă pe Jay, trebuia să discute cu el din nou, deși cât din toate astea erau reale și cât reprezenta atracția față de o iubire interzisă nu putea ști cu siguranță. Se spălă și se îmbrăcă iute, apoi, cu inima bătând să-i spargă pieptul și palmele transpirate, plecă să-l găsească. Ciocăni repetat la ușa apartamentului său și, fiindcă nimeni nu deschise, nu-i mai rămase decât un loc unde să încerce: în biroul lui.

Parcurse cu pași mari coridorul principal, simțind tot mai intens că face o greșeală, dar când se apropie de birou, văzu că ușa fusese lăsată întredeschisă. Nu mai avea cum să dea înapoi acum! Își adună tot curajul și o împinse, așteptându-se să dea cu ochii de Jay. Înăuntru, Dev, tresărind surprins, se ridică grăbit de la biroul lui Jay, unde bătuse ceva la mașină. Eliza analiză scena în minte și presupuse că bărbatul îl aștepta pe Jay, deși în aer plutea ceva care o bulversă ușor.

– Cum ai intrat? întrebă ea.

– Ușa era deschisă. Jay mă lasă să-i folosesc mașina de scris uneori.

– Când ai sosit? îl chestionă ea, deși observă că Dev pare sincer tulburat, de parcă fusese surprins călcând strâmb.

– Noaptea trecută, răspunse el, zâmbind și recăpătându-și siguranța.

Îndoi foile pe care le scosese din mașină.

– Unde e Jay?

– Cine știe? A plecat cu motocicleta în zori.

– Serios? Oare unde?

Dev ridică din umeri.

– Nu mi-a zis. Mai face așa uneori, de obicei când îl frământă ceva. Sau dacă e supărat. Poate s-a dus să vadă cum merge proiectul cu irigațiile.

– Atunci plec și eu la treburile mele, spuse Eliza și păși spre ușă. Am multe de făcut.

– Bagajele? Jay mi-a spus că pleci.

Eliza se opri. Dorea ca plecarea ei să nu devină nici subiect de bârfă, dar nici o informație reală.

– Încă nu am stabilit nimic.

– Ascultă, am și eu motocicletă. Am venit cu ea. E o călătorie mai zbuciumată decât cu cea a lui Jay și nu am nici ataș, dar, dacă vrei, poți merge cu mine la palatul lui Jay. Să vedem dacă e acolo. Și mai faci și niște fotografii pe drum.

– Nu sunt sigură, rosti Eliza ezitând.

Nu voia ca Jay să creadă că aleargă după el, apoi însă amintirea aromei deșertului dimineața o copleși și un impuls irațional preluă controlul ființei ei. Fără să aibă nimic de pierdut, se trezi că acceptă.

– Va trebui să iau aparatul mai greu Sanderson, plăcile și un trepied. E masiv și greu de folosit, dar ar putea fi alegerea cea mai bună. Crezi că au loc pe motocicletă?

– Le prindem bine cu sfoară.

Două ore mai târziu, sub un cer sclipitor, Eliza se ținea bine, în timp ce Dev conducea mult prea rapid de-a lungul rutelor prăfuite din deșert și sărea peste smocurile de iarbă și printre copacii ghimpoși. După un kilometru sau doi, își trecu eșarfa peste cap, acoperindu-și gura și sperând să evite norii de nisip și de praf. Motocicleta era mai mică decât a lui Jay și mai zgomotoasă și, până când ajunseră la palat, soarele atinsese zenitul și i se zdruncinaseră toate oasele. Clădirea părea somnolentă, tăcută și pustie. Încercă să-și aranjeze părul ciufulit, convinsă că arată ca naiba. Încă o dată îi trecu prin minte că toate astea nu reprezentau o idee prea bună. Se minună de bubuitul înfundat al inimii, pentru ea un semn clar de neliniște. Voise să vină și nu regreta impulsul, dar ce-o să creadă Jay văzând-o apărând pe neașteptate?

– Nu e nicio problemă că am venit aici fără să cerem voie mai întâi? întrebă ea, chinuindu-se să nu sune jalnic.

Dev izbucni în râs.

– Fii serioasă! Haide mai întâi să vedem cum progresează lucrul.

– N-ar trebui să-l găsim pe Jay mai întâi? Să-l anunțăm?

– Dacă Jay e aici, își va da seama curând că am sosit.

Ocoliră până în locul unde Eliza și Jay stătuseră cu multe luni înainte și aproape că se așteptă să-l zărească acolo. Cu greu știa cum să facă față situației. Oare chiar se logodise sau se pregătea? Ameți, ușor îngrețoșată de ideea că-l lăsase să o sărute, ba chiar îl încurajase.

Îl urmă pe Dev prin grădinile sălbatice și printr-o mică livadă, ajungând în sfârșit în locul unde se muncea de zor. Un șanț imens fusese parțial săpat, deși restul rămăsese neterminat. Eliza se uită la pământul tare ca piatra și se sperie de enormitatea proiectului. Încă mai aveau suprafețe uriașe de săpat și, curând, vor intra în criză de timp. Zări și lucrările de construcții din apropiere: probabil unul dintre zidurile care urmau să împiedice scurgerile. Șanțul era gol, desigur, dar, având în vedere ploile rare din anii anteriori, Jay neapărat trebuia să finalizeze primul lac.

– Va trebui să înainteze, dacă malurile întărite vor fi gata, spuse Dev. Ai fost aici în timpul musonului?

– În copilărie. Abia îmi amintesc.

– E minunat. Când cerurile se deschid, hohotele de râs și bucuria devin sălbatice. Sfârșitul căldurii sufocante.

– Și apă.

Eliza arătă cu mâna spre lacul săpat.

– Jay speră să oprească râul cu un baraj și să construiască o îndiguire masivă, cu trepte de marmură până jos, la apă. Știu că, după ce va face asta, un alt lac mare e plănuit, de un kilometru lățime și un kilometru lungime.

– Dar nu lucrează nimeni acum? întrebă Dev.

Eliza clătină din cap și, cu inima grea, se uită la excavatoarele cu aburi abandonate. Se strădui să nu arate cât de mult o durea gândul la dezamăgirea amară a lui Jay.

– A apărut o problemă cu fondurile, rosti ea, după ce-și controlă tulburarea.

– O amânare minoră?

– Nu știu. Să ne mai plimbăm?

Merseră în jurul zonei excavate și Dev căzu pe gânduri. Eliza nu se supără. Ba chiar se cufundă în gânduri la rândul ei, întrebându-se cum trebuie să se fi simțit Jay văzând lucrările abandonate în felul acesta. Își dorea din suflet să-l aline, dar simți un gol în stomac când își imagină cum ar fi să dea ochii cu el la vreo cotitură.

– Fondurile britanice s-au terminat? întrebă Dev într-un târziu.

Ea încuviință din cap.

Dev se opri din mers.

– Și cine a organizat totul?

– Clifford Salter.

Dev pufni, apoi privi spre puțul gol. Eliza intui că, poate din respect, el îi ascunde ce se întâmplă în sufletul lui. Brusc, adevărul o izbi cu putere.

– Nu mă placi, nu-i așa?

– Pe bună dreptate aș zice, nu?

Eliza își arcui sprâncenele.

El ridică din umeri și continuară să meargă.

– Adevărul e că nu am nimic împotriva ta, personal, dar britanicii nu mai sunt bine-veniți aici. În cei doisprezece ani care au trecut de la Amritsar, resentimentele s-au tot strâns. Lumea e agitată pretutindeni.

– Știu că a fost îngrozitor ce s-a întâmplat la Amritsar.

Dev aproape că gemu.

– Îngrozitor? Doar atât?

– Ce-aș mai putea spune?

– Britanicii au tras în mii de indieni în timpul unei demonstrații pașnice împotriva unei legi nedrepte care decreta că mai mult de cinci indieni nu au voie să se strângă la un loc. Când a avut loc mitingul de protest, trupele britanice au deschis focul. Au lăsat în urma lor 379 de morți și 1 500 de răniți. Au fost ținte umane, prinse într-un parc înconjurat de ziduri. Cred că a fost mai mult decât îngrozitor.

Eliza încercă să-și imagineze scena oribilă și i se făcu rău la gândul pierderii atâtor vieți omenești.

– Și toate astea, drept răzbunare pentru uciderea a trei europeni și pentru molestarea unei britanice. Le-au ordonat indienilor să se târască pe jos până pe strada unde a fost atacată englezoaica.

Eliza își ridică privirea și văzu cât de mult se înfierbântase bărbatul.

– Umilirea nu duce niciodată la ceva bun.

Dev râse amar.

– Pe deasupra, britanicii urăsc gândul că mâinile noastre negre ar putea atinge lasciv carnea unei femei albe. Pentru ei e o monstruozitate.

– Înțeleg motivul mâniei tale, chiar înțeleg, spuse ea, dar se gândi la sărutul lui Jay.

– Cum ai putea înțelege?

Eliza nu știa ce să mai spună și pricepu că reacția ei se dovedise lipsită de vehemență. Dar nu voise să fie văzută ca o reprezentantă a dominației britanice și simțise că trebuie să dea un răspuns oarecare.

– Pe vremuri, britanicii alegeau cele mai drăguțe fete din sate și le transformau în târfele lor. Mai târziu, fetele erau aruncate în stradă. Familiile nu le puteau lua înapoi după ce fuseseră pângărite. Ce impact crezi că a avut asta asupra oamenilor? Așa că da, oamenii sunt ranchiunoși.

– Îmi pare rău.

– Și consideri că ajută?

Eliza clătină din cap.

– Cred că mama Indirei a fost una dintre acele femei luate de britanici și apoi aruncată în stradă când a rămas însărcinată.

– Bănuiești că tatăl lui Indi a fost britanic? Asta crede toată lumea?

Dev ridică din umeri.

– E mai albă la față și nu știm nimic despre ea. Bunica lui Indi n-a vorbit niciodată despre originea nepoatei. Asta face rușinea.

Începură să meargă pe marginea săpăturilor din nou și Eliza se bucură. Voia să-l vadă pe Jay, dar, în același timp, nu dorea să audă adevărul despre logodna lui. Până acum nu zăriseră niciun semn că ar fi aici, iar în cap încă îi răsunau cuvintele lui Laxmi.

– E posibil ca mama ei să fi fost folosită și abuzată. M-aș căsători chiar eu cu Indi, dar mama ar face zece crize de isterie numai la acest gând.

– Și tatăl tău?

– S-a dus de mult.

– Îmi pare rău.

Dev o privi fix și pe chipul lui alunecă o umbră.

– Și mie. Relația Indiei cu britanicii a trecut prin multe faze. Însă acum a venit vremea să ne cerem drepturile din naștere.

– Crezi în asta?

– Da. La fel și mulți britanici. Chiar în 1920, Montagu a spus că nu poți rămâne într-o țară care nu te vrea.

– Și ce faci ca să ne grăbești retragerea?

– Nu mai sunt activ în prezent. Am încercat să-l conving pe Anish să aprobe un marș de protest, dar a refuzat. În fine, nu ți-a spus Jay? Numai gura e de mine.

– Nu asta am auzit.

– Adică?

– Doar zvonuri. Știi și tu...

– Nu m-ar mira dacă britanicii au aranjat toate astea, rânji el și arătând în direcția lacului, dinadins.

– Dar de ce?

– Jay a făcut deja datorii?

Eliza își mușcă buza, dar nu răspunse.

– Asta l-ar putea discredita pe Jay și ar putea provoca tulburări la palat. Nu e niciun secret că vor să scape de Anish și, dacă Jay e discreditat, vor exista suficiente motive să nu se urce pe tron.

Eliza se gândi la ce-i spusese Clifford. Britanicii nu voiau să-l detroneze pe Anish, așa că era posibil ca necazurile financiare ale lui Jay și tulburările de la castel să lucreze în favoarea lor.

– Și-acum ce facem? întrebă ea, gesticulând cu palmele întoarse în sus.

– Tu să-mi spui.

Jay nu se afla la palat, după cum se dovedise și după ce se întoarseră la castelul principal din Juraipore, Eliza hotărî să se strecoare până la pasajul tainic de pe coridorul cel mai jos. Știa că Jay se mai ducea și el acolo din când în când, dar era jenant pentru el să fie văzut în măruntaiele palatului. Se mai dusese și ea de câteva ori singură, însă încăperea rămăsese de fiecare dată tăcută. Până astăzi, când sigur se întâmpla ceva. Auzi un oftat adânc, apoi o respirație îngreunată. Și vocea unui bărbat. Poate Jay venise acasă?

– Nu pari fericită astăzi. Te-ai plictisit de mine?

Urmă murmurul unui glas feminin, apoi sunetul unui obiect trântit pe jos. Bărbatul înjură, iar femeia chicoti. Eliza recunoscu râsul.

– Ușa e încuiată și am lăsat cheia în ea. Nimeni nu va ști.

– Nu aici. Ți-am zis, nu aici.

– Nu vrei să-ți închipui că sunt prințul tău adorat Jay? Am crezut că te va excita să fii aici.

Eliza își dădu seama că bărbatul e Chatur și putea să jure că se află alături de Indira.

Puse la loc tabloul pe perete și alergă spre apartamentele lui Jay, sperând ca el să fi ajuns acasă. Dar castelul era uriaș și, chiar folosind pasajul secret, putea coti oricând greșit. Îi luă aproape zece minute și, când ajunse, nu găsi pe nimeni. Năvăli spre biroul lui, fără să se gândească nici măcar o clipă dacă graba ei chiar era necesară. Nu i se păruse că Indi s-ar afla în pericol, dar Eliza nu-și putea imagina că o femeie ar alege să fie singură cu un bărbat nemilos precum Chatur. Ușa biroului era încuiată, așa că bătu cu putere, lovindu-se la mână.

– Cine e acolo? strigă ea.

Niciun răspuns. Așteptă cinci minute și, când îl zări pe Jay venind pe coridor, clipi rapid, simțind cum i se pune un nod în gât.

– Am crezut că pleci, spuse el.

Ea clătină din cap.

– Nu plec nicăieri.

Apoi își duse degetul la buze și se retrase câțiva pași departe de ușă.

– Am auzit-o pe Indira cu Chatur, șopti ea. El încerca să facă sex cu ea, cred. Sau nu știu... De încercat tot încerca...

– Împotriva voinței ei?

– Nu mi s-a părut că se străduia prea tare să-l oprească. Cred că ea voia să meargă în altă parte.

– Probabil că nu voia să fie auziți aici.

Jay se apropie de ușă și răsuci cheia în încuietoare. Deschise ușa și amândoi văzură că încăperea era goală. Jay intră, urmat imediat de Eliza, care acum începu să se întrebe dacă nu-și închipuise întregul episod. Jay se uită cercetător în jur.

Când vorbi, își coborî glasul la nivelul unei șoapte.

– Totul pare la locul lui.

După ce mai făcu câțiva pași, se lăsă pe vine în spatele biroului, apoi ridică o bucată de sticlă spartă.

– Ceasul meu avea fața din sticlă. Lipsește, văd.

Eliza vorbi și ea în șoaptă.

– Mi s-a părut mie că aud ceva spărgându-se.

– Dumnezeule! În ce s-a mai băgat fata asta? Hai mai bine pe coridor, spuse el și deschise ușa.

Odată ieșiți, Jay se uită în toate direcțiile și continuă să vorbească încet.

– Ce-ai de gând să faci? întrebă ea.

– Să-l informez pe Chatur că știu ce se petrece. Și că ar trebui să se potolească.

– Nu poți scăpa de el?

– Aș vrea eu, dar numai Anish poate face asta.

– Și de ce nu-i povestești?

– Nu mă va crede și Indi ar putea da de necaz. Găsesc eu ceva.

– Ești foarte protector cu ea.

– Cu excepția bunicii ei, nu mai are pe nimeni pe lume.

– Asta e tot?

– Indira mi-e foarte dragă, deși nu în felul pe care-l crezi tu. Mă învinovățesc pentru asta. M-am obișnuit să mă gândesc la ea ca la o soră. Am încercat să mă distanțez puțin de ea, dar nu vreau s-o rănesc.

Conștientă că se înroșise la față, Eliza întoarse capul.

– Mai ales acum, când ești pe punctul de a te logodi, izbuti ea să rostească, în ciuda faptului că se lăsase copleșită de emoții confuze: teamă, dezamăgire, stânjeneală și, cea mai rea dintre toate, dorință.

Jay își lăsă capul pe spate și hohoti.

– Tu, draga mea prietenă, ai vorbit cu mama. Hai să plecăm de-aici.

Se duseră în camera ei, unde el se așeză pe o canapea mică.

– Așază-te lângă mine, Eliza. Jur că nu sunt logodit și nici nu-mi doresc! Acum spune-mi că nu ne părăsești. Că nu *mă* părăsești.

Inima îi tresări ușurată și zâmbi.

– Rămân.

Chiar dacă știa că nu poate avea nimic permanent cu Jay, cel puțin lui îi păsa de plecarea ei. Se așeză lângă el, trăgând adânc aer în piept. Prințul îi luă mâna, i-o răsuci ușor și începu să-i traseze linii cu degetul în palmă.

– Îmi citești viitorul? întrebă ea.

– Încă nu, răspunse el. Dar cine știe? Curând...

Mintea Elizei se umplu de un zumzăit ciudat și ridică mâna cealaltă ca să-i mângâie părul de la tâmple. Privindu-i ochii frumoși de chihlimbar, se minună de intensitatea lor. El îi apucă mâna și o duse ușor la buze, sărutându-i vârfurile degetelor. Îi plăcea la nebunie când o atingea, deși nu o mai mângâiase niciodată în felul acesta. Cu cât venea mai aproape de ea, cu atât mai vii deveneau dragostea, speranța și dorința. Mintea ei se goli treptat de orice temeri.

22

Mai târziu Eliza răspunse solicitării lui Anish de a se prezenta în camera lui de zi, un loc atât de împodobit, încât cu greu știai unde să-ți odihnești privirea. Anish stătea pe o pernă uriașă, cu picioarele larg desfăcute din cauza burdihanului tot mai mare, în vreme ce Jay se așezase pe un scaun, în partea cealaltă. Pe podea se îngrămădeau multe perne satinate, aranjate în jurul unei mese mari, joase. Eliza aruncă o privire spre micuțul *punkawallah* care trăgea de o frânghie groasă ca să pună în mișcare un evantai imens, făcut din pânză întinsă peste un cadru de lemn. Plutea înainte și înapoi, atârnat de tavan, chiar deasupra lui Anish. Adieri ușoare ajungeau până la Eliza, care se simțea tot mai prost.

– Nu mai sta în picioare, copilă! Așază-te.

Se uită în jur și alese un scaun cu spătar tare. Se așeză pe el țeapănă și cu mâinile încrucișate în poală.

– Vă simțiți mai bine acum? întrebă ea. Îmi amintesc că ați fost bolnav imediat după Holi.

El încuviință din cap.

– Totul începuse mai devreme, de fapt. Dar, de Holi, Chatur a venit la mine cu o sticlă cu nu știu ce substanțe chimice, pe care o descoperise ascunsă undeva. Tu ești singura persoană care are acces la așa ceva.

– Despre ce substanțe vorbim?

– Pirogalol, cred. Cam așa scria pe etichetă. Mă întreb dacă nu cumva e otrăvitor.

Eliza simți cum i se scurge sângele în picioare. Cristalele de pirogalol erau extrem de periculoase și ar fi putut cauza efecte degenerative pe termen lung asupra sistemului nervos. Otrava putea să fie ingerată sau să pătrundă în corp chiar și prin piele, de aceea ținea sticlele încuiate în camera obscură. Deși Indi lucrase și ea acolo, fusese întotdeauna supravegheată și nu avea propria cheie, așa că nu putea fi vorba de ea. Apoi, cu un sentiment de groază, Eliza își aminti ziua când se întorsese și găsise ușa de la camera obscură descuiată. Se gândise atunci că lăsase accidental lacătul desfăcut, dar exista și posibilitatea ca altcineva să dețină o cheie.

După ce le mărturisi celor doi frați incidentul, Jay se ridică în picioare și își desfăcu brațele în lateral.

– Poftim, problemă rezolvată! Anish voia numai să știe cum a ieșit pirogalolul din camera obscură și dacă l-ai dat cuiva.

– Nu. Firește că nu l-am dat nimănui. Dar de ce l-ar fura cineva?

– Mai e nevoie să întrebi?

– Dar cine ar îndrăzni să-l rănească pe maharajah?

Anish izbucni în râs. Un sunet scurt, ascuțit, melancolic.

– Îmi e teamă în permanență pentru viața mea. Suntem noi în secolul XX, dar vechile obiceiuri mor greu. Am un șir întreg de strămoși otrăviți. Dacă n-aș ști că fratele meu nu-și dorește tronul, pe el l-aș bănui.

Jay își dădu ochii peste cap.

– Unde e sticla acum?

– Am aruncat-o.

– Era plină?

– Ochi.

Eliza răsuflă ușurată.

– Ei bine, sper că vă simțiți mai bine acum!

– Mai bine, deși ceva tot nu e în regulă. Rămâne strict între noi, dar îl voi ruga pe domnul Salter să-mi recomande un doctor de piept bun. Nu vreau să-și facă griji aiurea cei din castel.

Eliza se ridică în picioare.

– Există un doctor care locuiește chiar lângă Clifford Salter. Îl cunoaște.

– Într-adevăr. Acum, în caz că altcineva are cheie, adăugă Anish, numără-ți sticlele și asigură-te că schimbi lacătul. Astăzi. Jay te va ajuta.

Când ea și Jay părăsiră apartamentele lui Anish și porniră pe coridor, Jay se opri și o privi fix în ochi. Eliza îi zâmbi.

– Știai că m-am dus cu Dev să vedem proiectul?

– Da.

Îi luă mâna într-a lui.

– Nici nu-ți pot spune cât de bucuros sunt că rămâi.

Cum îi atingea sufletul bărbatul acesta! O făcea să se simtă reală, de parcă, în sfârșit, găsise un loc care să i se potrivească. Se gândi, dar nu recunoscu cu glas tare că se săturase să tot fugă: de școală, de mama ei – căsătorindu-se cu Oliver la doar 17 ani – și, ca să fie sinceră, din nou de mama ei, venind la Rajputana. Îi răsăriră în minte trăsăturile palide ale Annei.

– La ce te gândești? întrebă Jay.

Ea clătină din cap.

– La nimic.

– Atunci spune-mi mai multe despre otrava asta. Ești în siguranță când o folosești?

– Pirogalolul poate cauza convulsii și crize gastrointestinale oribile pe termen lung. Poate chiar să ucidă.

– Și pe termen scurt?

– Îți irită pielea și ochii. Întotdeauna port mănuși, altfel mi s-ar înnegri degetele. Și port și mască de față. Mă îngrozește gândul că s-ar fi putut întâmpla ceva.

– Arată-mi degetele!

Își ridică mâna și își mișcă jucăuș degetele.

Jay zâmbi.

– Nu știu cine l-a luat, dar hai să găsim un lacăt nou în depozitele castelului.

– Ai avut ceva succes? întrebă ea, într-un efort de a alunga îngrijorarea provocată de pirogalol, și îi zâmbi.

– Te referi la finanțatori? Încă nu.

– Aș putea discuta din nou cu Clifford, deși nu cred că are sens.

– Nu vreau să te duci la el și să cerșești.

Eliza oftă.

– Posibil să fie singura noastră soluție.

– Am unu sau două contacte. Oameni cu care am fost la școală în Anglia. Încerc cu ei. Timpul nu e de partea mea, dar, ascultă, când voi avea șansa să rezolv ceva, de ce nu vii la palat cu mine?

Jay îi zâmbi călduros.

– Să stai câteva zile. Când vom pune proiectul din nou pe picioare și temperaturile vor crește, va fi mai răcoare acolo. Haide! Și vei face și fotografii. Și vom avea și ocazia să vorbim cum trebuie.

– Mi-ar plăcea.

– Și aș putea avea nevoie și de o mână administrativă, dacă nu te deranjează.

– Desigur, dar voiam să te întreb dacă ai discutat cu Indi despre Chatur.

– A recunoscut că Chatur i-a cerut să obțină informații pentru el.

– Și cum rămâne cu celălalt aspect?

– Mi-a aruncat o privire jignită și a refuzat să vorbească despre asta, dar m-am întâlnit cu Chatur.

Se opri preț de o secundă.

– Știi, am senzația că el a furat, de fapt, pirogalolul, sau unul dintre oamenii lui. Mă îndoiesc că l-a găsit ascuns undeva.

– Dar de ce să i-l dea lui Anish?

– Ca să-ți pună bețe-n roate.

Când Eliza se duse la rezidența lui Clifford câteva zile mai târziu, îl găsi stând în partea umbroasă a grădinii, sub verandă. Bărbatul se ridică în picioare, dar o întâmpină cu mai multă răceală decât de obicei.

– Ce pot face pentru tine? întrebă el, sorbind dintr-un gin cu tonic. Vrei și tu unul? adăugă el, văzându-i privirea.

– O apă cu limetă pentru mine, te rog.

– Cu sare sau cu zahăr?

– Îmi place cu amândouă, de fapt. Clifford, n-o să-ți răpesc prea mult timp.

– Ar fi fost prea frumos să vii să mă vezi fără să vrei ceva.

Eliza cugetă rapid.

– Tocmai că încercam să te ajut să obții informații despre Anish.

Clifford se învioră puțin.

– Nu se simte bine.

– Știam că a avut o criză mică după Holi. Indigestie, nu?

– Nu numai. Are o problemă cu pieptul. O să-ți ceară să îi recomanzi un doctor bun occidental. Vrea să țină problema departe de ochii de la castel, cred.

– Foarte interesant! O să-l rog pe Julian Hopkins să-mi dea o recomandare. Dacă reușesc să infiltrez unul dintre oamenii noștri acolo, ne va ajuta foarte mult. Mulțumesc. Informează-mă dacă mai auzi și altceva.

Eliza zâmbi.

– Mă bucur că ți-am putut fi de folos, dar ai dreptate, mai e ceva.

– Fondurile pentru irigații?

Ea încuviință din cap.

– Ei bine, se întâmplă să fi găsit o sursă nouă. Deși succesul depinde tot de tine.

– De mine?

– Aș vrea să iei în calcul din nou propunerea mea de căsătorie. Îmi ești foarte dragă, Eliza.

Tânăra își cercetă unghiile, dorindu-și să fie în altă parte, dar Clifford continuă să se uite fix la ea, așteptând un răspuns. Se întrebă dacă n-ar fi fost mai bine să se arate interesată cât de cât.

– Și dacă sunt de acord, acest investitor potențial...

– Sigur va intra în cărți. Numai că el nu vrea doar dovezi detaliate ale felului în care investiția va fi recuperată, ci și ale modului în care va face bani.

– Atunci sunt de acord să mă mai gândesc. Dar atâta tot.

Clifford sări în picioare și întinse mâinile spre ea. Ea se ridică și își lăsă mâinile într-ale lui, apoi el o sărută.

23

Aprilie
Shubharambh Bagh

Jay și Eliza se mutaseră la palatul lui acum. Jay lucrase necontenit de când ajunseseră, instalat la biroul lui uriaș, de la șapte dimineața până noaptea târziu. Diverse dosare și scrisori zăceau răspândite în jurul lui. Parcursese planurile pentru irigații de nenumărate ori. A doua etapă se afla în faza de schițare, împreună cu planurile pentru îndiguirea râului, dar nu venise încă niciun permis care să-i permită să meargă mai departe. Părea că britanicii se eschivează.

Oamenii îl vizitau adesea: de la petiționari în zdrențe, din sate, până la englezi scrobiți sau negustori indieni bogați din alte state sau din India Britanică. Îi trata pe toți cu aceleași maniere elegante, fără efort, și pe Eliza o impresionă hotărârea lui neașteptată. Îl îndrăgi și mai tare. Fiindcă nu voia să-l deranjeze, se mulțumi să-l ajute cu hârțogăraia și, uneori, îl surprindea privind-o cu ochi scânteietori, care spuneau foarte multe, chiar dacă niciun cuvânt nu era rostit. Apoi își pleca fruntea sfios. Când ea îi dădea hârtiile și mâna lui se atingea accidental de a ei, un fior o trecea pe șira spinării. Își dorea la nebunie ca el să o sărute din nou și ar fi putut jura că și el tânjea după același lucru, mai ales când o prindea holbându-se la el și îi oferea unul dintre zâmbetele lui ademenitoare. Fiecare zi care trecea devenise o tortură și se temea că el regretă ce se întâmplase între ei. Subjugată de dorință, plăcerea aproape insuportabilă de a fi în preajma lui și de a aștepta mai mult o tortura.

Într-o seară, când se mai răcorise și clopotele templelor începură să bată, se plimbară spre locul construcțiilor. O înconjură cu brațul pe după umeri trăgând-o mai aproape de el și priviră puțul. Simți că acesta e momentul. O întoarse cu fața spre el și o sărută blând.

– Mi-am dorit să fac asta din nou, spuse el, dându-se un pas în spate și punându-și o mână în dreptul inimii. Sunt atât de fericit că ești aic! Sper să am mai mult timp acum.

– E în regulă.

– Nu, nu e. Meriți mai mult.

O îmbrățișă strâns și își trecu degetele prin părul ei.

– Îmi pare rău că am fost atât de distras. Uneori, simt că totul se află în mâinile zeilor.

– Nu te rogi, nu-i așa? întrebă ea, ducându-i mâna la buze.

Îi sărută vârful degetelor, apoi îi lăsă mâna să cadă.

– Las rugăciunile pe seama femeilor. Forța societății noastre s-a tras întotdeauna din curajul și încăpățânarea noastră.

– Și credința ta? Karma, de pildă?

Se mai plimbară puțin, braț la braț.

– Karma joacă un rol central în viață pentru orice ființă. Nu credem că ne naștem o singură dată, ci că suntem aici de o veșnicie. Lordul Krishna spune în cărțile sacre că nu există un timp în care nu am fost aici și că nu va exista niciodată un timp în care voi înceta să nu mai fiu.

– Cred că înțeleg.

– Dar karma are un trecut și un viitor. Putem influența ce se întâmplă. Și acum e timpul să schimbăm lucrurile în India, spuse el.

– Îi ajuți să se schimbe.

– Nu mă refer doar la îmbunătățirea vieții multor țărani. Mă refeream și la britanici. Până și în palatele noastre și în *haveli* suntem separați de europenii care ne sunt oaspeți. Ei iau cele mai bune scaune și cele mai apreciate locuri la masă, în timp ce noi suntem așezați pe laterale. E un joc al superiorității. Ai idee cum ne simțim noi?

Se opri din mers și privirea lui pătrunzătoare o tulbură. Și, deși voia să-l sărute din nou, intui energia crescândă din el și simți clar că el are nevoie să se confeseze.

– Trebuie să fie foarte umilitor, rosti ea într-un târziu.

– Suntem niște marionete în mâinile reprezentanților guvernului. Suntem doar o părticică a teatrului care se numește Imperiul Britanic. Britanicii ne-au acceptat cererea de a căpăta statut de dominion în 1929, dar asta nu a făcut decât să ridice problema spinoasă a drepturilor egale pentru hinduși și musulmani, așa că nu am progresat deloc.

– Ce ar trebui să se întâmple?

– Avem nevoie de libertate neinfluențată de diferențele religioase. Iar britanicii trebuie să se retragă irevocabil și definitiv și să ne lase să fim judecați potrivit faptelor noastre.

Eliza nu se mișcă.

– Înțeleg. Serios.

O privi cu ochi triști.

– Chiar înțelegi? Urăsc să fiu nevoit să apelez ca un sărântoc la oameni precum Clifford Salter. Știu că britanicii deja mai lasă din putere, dar nu e suficient. Vrem să vedem ziua când indienii își conduc singuri poporul eliberat.

– Se va întâmpla, Jay, fiindcă trebuie. Până și eu văd asta acum.

El o mângâie pe obraz.

– Mă bucur că înțelegi. Obișnuiam să particip la Camera Prinților, sperând să-mi aduc contribuția, ba chiar să-mi asum un rol de conducere la întâlnirile din Delhi. Din 1920 suntem reprezentați de Cameră.

– Și de ce te-ai retras?

– Am fost deziluzionat. Nu există egalitate între noi și britanici. Indiferent de acțiunile noastre, ni se interzice să facem publice întâlnirile și suntem amenințați cu diverse consecințe. Cei din Camera Prinților au mâinile legate.

Jay o invitase să stea numai câteva zile și nu voia să profite de bunăvoința lui, așa că, puțin mai târziu, chiar când lumina pălea și cerul se colorase în roz, îl întrebă dacă venise momentul ca ea să plece.

Jay o privi surprins.

– Vrei să pleci?

Eliza își feri privirea, apoi clătină din cap, iar vorbele i se opriră în gât.

– Rămâi. Mai vreau să-ți spun ceva. I-ai văzut pe bărbații care vin și pleacă?

– Da.

– Am împrumutat bani de la comercianți și am extins proiectul.

Ea izbucni în râs.

– Iar eu mă gândeam că ești în căutarea unor modalități prin care să reduci costurile.

– La început, da, dar acum am fost încurajat de Bikaner. S-a angajat să construiască nouă sisteme de irigații, dar și liniile de cale ferată și spitalele. Voi angaja cât de mulți localnici. Unii dintre ei vor începe chiar mâine la săpat. Alții vor lucra la construcția zidurilor, apoi vor săpa canalele de irigații până în sate.

Eliza răspunse la entuziasmul lui molipsitor cu un asemenea sentiment de speranță, încât se temu să nu-i plesnească inima.

– Bikaner a construit și canalul Ganga. Duce apa din Punjab. Însă noi suntem prea departe de Punjab aici. Totuși, avem un râu mic nu departe de pământul meu. Nu mai avem nevoie decât de permis să-l îndiguim.

– Ai discutat detaliile cu investitorul de care mi-a zis Clifford?

– Da. Cred că vom crea 50 de noi sate în următorii cinci ani, iar munca lor nu numai că va restitui împrumutul, dar va asigura și un venit stabil.

Eliza dădu din cap mulțumită, deși nu-i mărturisise lui Jay și condițiile din spatele acestei realizări.

– Ei bine, spuse ea, în mai puțin de patru luni, vin ploile.

– Da.

– Mă întreb ce mai face Indi.

– S-a dus în satul ei acum.

Eliza tresări surprinsă.

– Pentru totdeauna?

– Nu. Bunica ei este foarte bolnavă. Indi s-a dus s-o îngrijească. *Thakur*-ul o va proteja și întotdeauna va avea un loc la castel.

– Ca să ce? Să fie prada unui bărbat precum Chatur? Are nevoie de viața ei, de un soț, de o familie.

– Uite cine vorbea...

– Ce vrei să spui cu asta?

– Ai lăsat-o pe mama ta singură. Doar tu ai recunoscut.

– N-am putut s-o ajut. Am încercat. Dacă aș fi rămas, mi-ar fi distrus viața. E alcoolică.

Jay se uită fix în pământ o clipă, apoi își ridică ochii spre ea.

– Noi considerăm că e datoria copiilor să își îngrijească părinții.

Ea înlemni.

– Orice-ar fi?

Prințul încuviință din cap.

– Te deranjează?

Eliza căzu pe gânduri și nu răspunse. El habar n-avea cum e Anna Fraser sau cum e să-ți urmărești mama în plin proces distructiv.

– Am încercat și am dat greș, spuse ea într-un final.

Jay își întinse spre ea ambele mâini.

– Nu te judec.

– Dar așa pare.

Furioasă și supărată, refuză să-i atingă mâinile.

– Eliza, haide! Nu spun decât că noi suntem diferiți.

Ea se răsuci pe călcâie și se îndepărtă. Un minut mai târziu, el o prinse din urmă și o înconjură cu brațele.

– Eliza, Eliza...

O întoarse cu fața la el și își lipi buzele de gâtul ei. Eliza se înfioră, excitată de mâna lui care îi dezmierda umărul. Respiră precipitat și își depărtă buzele. Sărutul acesta părea scris dintotdeauna în destinul lor. Se întoarseră la palat, mână în mână. Eliza alungă îndoielile ce o măcinau. Jay îi pusese la dispoziție propriile camere și, când ajunseră la *dari khana*, unde un covor imens și multe perne acopereau podeaua, el îi ceru să rămână în picioare cât o dezbracă. Îi sărută pielea de pe interiorul brațelor și buricul. Se mișca incredibil de încet și, cu toate că ea își dorea cu disperare să se întindă pe perne lângă el, înțelese ce făcea.

Când în sfârșit rămase goală în fața lui, Jay îi sărută sânii. Apoi o îndepărtă ușor de el.

– Cum te simți?

– Nebună. Nesigură. Îngrozită.

– Bun, spuse el.

Apoi o întinse pe patul de perne. Lumina din cameră dispăruse și întunericul îi învăluia. Dorind să-i vadă chipul, Eliza se gândi că trebuia să fi aprins lampa. Dar acum el era deasupra ei și trupurile lor se mișcau ritmic. Uită imediat de lampă. Jay o țintui un moment cât îi cercetă fața cu vârfurile degetelor.

– Încă îți văd ochii frumoși, chiar și prin întuneric, îi zise el.

Când alunecă în ea, Eliza gemu. Apoi făcură dragoste într-un fel despre care ea nu știuse că e posibil: sentimentul de contopire atât de puternic, încât aproape că o lăsă fără suflare. Încercă să vorbească, dar nu reuși. Când terminară, zăcură pe pat, amândoi asudați și cu picioarele împletite. Ea pierduse orice putere de a mai raționa. Îl dorea pe bărbatul acesta și punct. Mai mult decât dorise vreodată ceva sau pe cineva. Îl voia cu fiecare părticică a ei și nu avea de gând să-i dea drumul.

– Frumoasa mea englezoaică! rosti el, mângâindu-i bărbia. Tot nesigură ești?

Ea izbucni în râs.

– Chiar vrei să știi?

– Să aprind lampa?

– Încă nu. Vreau să te simt lângă mine.

Jay chibzui un moment, apoi vorbi.

– Ești curajoasă, iubito. Nu sunt sigur că te pot egala.

– Nu fi caraghios! Normal că poți. Nu sunt curajoasă deloc.

Înainte să adoarmă, rămase complet nemișcată, ascultându-i respirația și bucurându-se de tăcerea deșertului.

Când se trezi, văzu că el nu plecase. Inima i se umplu de plăcere privindu-l cum doarme. Îi admiră genele lungi și pielea arămie splendidă și se minună că arată la fel. Totul la ea și la el arăta la fel și totuși amândoi se schimbaseră.

Îi atinse fața ușor, ca să nu-l trezească, doar ca să-i simtă finețea. Se trase mai aproape și îi sărută lobul urechii. El se foi. Cu unghia, trasă o linie imaginară pe gâtul lui, apoi coborî spre pântec. Jay gemu. Mâna ei coborî și mai mult și îl simți întărindu-se. Nu făcuse niciodată asta cu Oliver, dar acum voia, așa că-și mișcă mâna. Jay gemu și mai tare, iar ei îi plăcu senzația. Că îi putea face asta. Poate că era ceva în cele șaisprezece arte de a fi femeie, la urma urmei, se gândi ea cu un zâmbet galeș.

Brusc, el o trase deasupra lui.

– Ce-ai de gând să-mi faci? o întrebă.

– Nu e evident?

– Cine-ar fi crezut că, în spatele rezervei tale englezești, se ascunde o obrăznicătură nesătulă?

– Și cine-ar fi crezut că tu nu ești nici ofițer, nici gentleman?

Zilele lor la palat se schimbară după aceea. Zi după zi, munciră și făcură dragoste. Mâncară și făcură dragoste. Se plimbară și făcură dragoste. Uneori, își petreceau ziua doar făcând dragoste. Cât rămaseră la palat, restul lumii încetă să existe. Doar proiectul și Jay. Eliza nu mai cunoscuse niciodată asemenea bucurie. Se trezea fericită și adormea cu un zâmbet pe față. De ce nu-i pomenise nimeni niciodată că așa ceva era posibil? Gândul acesta o făcu să se întrebe cum fusese relația părinților ei. Sigur, dacă trăiai asta măcar o dată, te îndrăgosteai pentru totdeauna.

Când nu vorbeau despre apă sau despre trecutul lor, citeau și discutau despre cărți. El îi mărturisi că nu se apucase niciodată de ruși și Eliza îi sfătui să citească neapărat *Război și pace* și *Scene de vânătoare* a lui Turgheniev. Îi spusese că-i iubește pe Thomas Hardy și pe Henry James, dar că nu se înțelesese prea bine cu Dickens. Poetul lui preferat era John Donne, pe care și ea îl admira, dar preferata ei rămânea Emily Dickinson, de care el nu auzise. O întrebă dacă încercase Tagore și, când ea clătină din cap, el se oferi să-i împrumute una dintre cărțile lui. Amândurora le plăceau filmele. Discutară și despre mâncare și despre locurile favorite. El se dădea în vânt după piețele londoneze. Avea un prieten care locuia în piața Orme. Ea izbucni în râs și îi spuse că niciodată nu se bucurase de prieteni atât de sus-puși. El o necăji, refuzând să-i povestească aventurile lui sexuale din adolescență, iar ea îl asigură că oricum nu e interesată.

Nu-și declarară nici măcar o singură dată iubirea.

Totuși, Eliza știa că legătura dintre ei mergea dincolo de sex, cărți sau filme. Pentru prima dată în viața ei, credea într-adevăr că există un lucru precum legătura dintre suflete, că există oameni pe care îi cunoști cu sufletul. Pe unii îi știai de o oră sau două, pe alții, de o viață întreagă. Recunoștea că India o schimba. Înainte, nu se gândise niciodată la suflet. Relațiile fuseseră pentru ea un lucru complicat, pe care mai bine îl evita. În niciun caz nu acest proces triumfător, în care descifrai altă ființă umană, în timp ce, la rândul său, ea te descifra pe tine. Spațiul dintre ei era prezent, dar se dizolvă ușor, ca și cum ar fi trăit fără ziduri și bariere, iar Eliza nu mai știu unde se termina el și unde începea ea. Cu cât se apropiară mai mult, cu atât se intensifică gândul că, fără ochii lui frumoși, care nu se dezlipeau de ai ei când făceau dragoste, ființa ei s-ar fi spart în două.

Într-o seară, când se simți suficient de sigură ca să-l lase pe Jay în cotloanele cele mai ascunse ale sufletului ei, durerea provocată de moartea tatălui ei o încolți atât de rău, încât i se ridică în gât un nod de panică. Toate încercările ei de a-l controla dădură greș și pricepu că singurul lucru care îi mai rămăsese era să lase sentimentul să o înghită. Fie va supraviețui, fie se va îneca. Cu fiecare izbucnire emoțională, panica ei creștea, zdrobindu-i pieptul și lăsând-o fără răsuflare. Nu simți decât că i se prăbușește mintea. Suferința îndelungă o istovise și, acum, în sfârșit, ea răspunse nevoilor mai adânci. Jay o ținu în brațe și o legănă cât plânse. Parcă nu mai plânsese niciodată pentru tatăl ei. Prezența lui Jay o ajutase să-și ușureze sufletul împovărat.

După ce îi șterse lacrimile cu degetele, o îndepărtă ușor de el și o privi.

– Singurul lucru care poate vindeca o asemenea durere este să lași lacrimile să curgă, să nu le mai ascunzi. Trebuie să fii răvășit de iubire ca să știi asta cu adevărat.

– Iar noi suntem răvășiți? întrebă ea.

Jay zâmbi.

– Încă nu.

– Dar tu știi ce înseamnă să fii răvășit?

Bărbatul clătină din cap.

– Poate vom învăța împreună.

Pentru ca Jay să-i convingă pe săteni că de proiect vor beneficia oamenii simpli, merseră călare prin sate și, deși la început oamenii se arătară neîncrezători, după câteva vizite începură să le zâmbească larg ori de câte ori îi vedeau. Seceta severă îi lăsase fără recolte doi ani și vitele muriseră. Cum supraviețuiseră în asemenea condiții, Eliza habar n-avea, dar apoi auzise că Jay le dăduse mici împrumuturi. Nu se putu abține să nu-și închipuie ce conducător grozav ar fi. Nu ar zăcea acasă îndopându-se cu dulciuri. Era sănătos și puternic și, cu cât îl cunoștea mai bine, cu atât accepta ideea că se îndrăgostise cu adevărat de el. Alese să uite de avertizarea lui Laxmi. Câta vreme Anish trăia, nu se va gândi la viitor.

Porneau la drum însoțiți doar de un servitor credincios și campau în corturi mici, ridicate lângă un foc. Într-una dintre călătoriile de întoarcere, se dădură jos de pe cai și Jay plecă să strângă lemne pentru foc. În spatele corturilor se găseau niște copaci pitici pe ale căror ramuri țopăiau mici păsări, iar la orizont se zăreau nisipurile deșertului. Când Jay se întoarse cu vreascurile la subsuoară, îi urmări chipul concentrat cât aprinse focul și zâmbi fără oprire. Până când focul prinse viață, deja se înserase, dar întunericul nu cuprinsese pe deplin pământul. Flăcările îi luminau fața, iar ea nu se mai sătura să se uite la el.

– Ce s-a întâmplat?

– Sunt curioasă de tatăl *tău*. Știu atât de puține despre el!

– Era un uriaș. Un reformist, spre deosebire de bunicul care aproape a pierdut regatul. Aș vrea să fiu ca tata și, cu ajutorul tău, cred că voi reuși.

– Cu ajutorul meu?

– Facem o echipă bună, nu crezi?

– Sper, răspunse ea zâmbind.

– În vreme ce bunicul din partea tatei... Britanicii l-au acuzat de conducere proastă și a căpătat reputația unui om corupt și crud.

– Dar ce-a făcut?

– Una dintre soțiile lui s-a sinucis în cel mai oribil fel, dar adevărul e că el a omorât-o. Dacă el nu ar fi murit subit, britanicii l-ar fi dat jos de pe tron și ar fi pierdut regatul. Din fericire, tata a fost un bărbat onorabil și a devenit un conducător dedicat reformelor. A servit în armata britanică și a reușit să treacă peste diferența dintre cele două culturi cu ușurință și cu grație. Mi-l amintesc, când eram mic, îmbrăcat în brocart și mătase, cu o pană lungă înfiptă în turban.

– Arăți ca el?

– Puțin. Avea escorte magnifice oriunde se ducea și, când primeam vizitatori nobili, soseau în trăsuri de argint.

– Nu era atât de libertin ca tine?

– Timpurile s-au schimbat și el nu a fost educat în Anglia.

– Te plac cel mai mult când ești în sălbăticie.

– Dar, ca și mine, iubea sportul și a dus regatul pe cele mai înalte culmi căsătorindu-se cu mama. Ea venea dintr-o familie regală importantă. Așa s-a procedat dintotdeauna. Căsătoria are legătură cu unirea a două familii, nu a doi indivizi. Întreaga reputație a familiei e în joc.

Se opri și privi fix focul, pierdut în gânduri.

Deși îi confirmase că nicio logodnă nu avusese loc, asta nu însemna că nu se va întâmpla în viitor și gândul nu-i dădu pace Elizei.

– Pot să te întreb ceva?

– Te ascult.

– Cum rămâne cu căsătoria ta aranjată?

Jay se întoarse s-o privească și tristețea din ochii lui o răni profund.

– Totul e atât de nou între noi. Hai să nu ne gândim la asta acum.

Deși Eliza se bucura că nu e nevoită să discute, nu-și putu împiedica gândurile.

– Mai povestește-mi despre mama ta, spuse el.

Ea oftă.

– Mama are probleme cu băutura de ani întregi. Cred că moartea tatei a distrus-o. A fost o femeie mândră, dar niciodată puternică și nu aveam niciun ban. A trebuit să se bazeze pe mila lui James Langton. Cu toate că îi spunea unchi, nu eram rude. Îl cunoscuse cu mult timp înainte să se mărite cu tata și, când ne-am întors în Anglia, a devenit amantul mamei.

– A fost dificil pentru tine, nu?

– Nu o aveam decât pe ea. Nicio altă rudă sau măcar rude care să dorească să ne vadă. Mi-am iubit tatăl, dar relația mea cu mama a fost dintotdeauna problematică. Mi-a trimis o scrisoare după ce am ajuns aici, mărturisindu-mi niște lucruri oribile despre tata, acuzându-l că ne-a ruinat cu jocurile lui de noroc și că a întreținut o amantă mulți ani.

– Poate că e un avantaj să poți avea mai mult de o soție.

Jay se opri ca să-i cerceteze reacția.

– N-ar mai fi nevoie de amante atunci.

Eliza știa că el glumește sau că glumește pe jumătate, dar tot nu-și putu opri replica furioasă.

– Cu excepția faptului că invers nu funcționează. Nimeni nu se gândește că poate și nouă ne-ar plăcea să avem mai mult de un soț.

Jay afișă o expresie gravă și vorbi pe un ton voit afectat.

– Un lucru foarte șocant din partea dumneavoastră, doamnă. Ce femeie cuviincioasă dorește să fie cu doi bărbați când are deja unul? Un bărbat, mai multe femei. Așa e corect.

Deși voia să pară deranjată, zâmbi.

– Taci, prostuțule!

– Îi spui unui raja să tacă? Exista o singură pedeapsă pentru asta. Vino aici.

– Și dacă refuz?

– Te voi ține legată de pat multe luni.

– Mai întâi trebuie să mă prinzi.

Eliza sări în picioare și alergă în bezna de dincolo de foc. Se ascunse în spatele unui copac ghimpat, pândindu-l pe Jay, și aproape că nu respiră. Îl auzi mișcându-se în jur, dar nu văzu nimic. Licărul stelelor argintii de deasupra era singura lumină.

Din depărtare, răzbătu urletul unui șacal, apoi Eliza simți ceva urcându-i-se pe picior și țipă.

Neștiind exact unde e, Jay nu se putea ghida decât după vocea ei.

– Ești bine? N-ar trebui să fugi în noapte așa. Sunt tot felul de creaturi aici.

– Cred că am fost mușcată, dar nu m-a durut.

– Ai țipat.

– Surprinsă, atâta tot.

– Sigur nu te-a durut?

– Serios, a fost doar o înțepătură, poate o furnică.

Jay o îmbrățișă.

– Ești sigură că nu a fost un șarpe?

– N-am idee. E întuneric beznă.

– Mușcătura de șarpe doare. Cred că ar trebui să strângem și să mergem înapoi, să nu riscăm.

– E prea întuneric. Serios, o să fiu bine. Vreau doar să mă culc.

Se întoarseră iute, dar numai după o oră Eliza se trezi cu crampe la stomac. Se așeză pe pat și se chirci, încercând să nu-l trezească pe Jay și ascultând liniștea care, înfricoșător, nu era deloc o liniște. Tot restul nopții zăcu tremurând în patul improvizat, apropiindu-se de Jay doar atât cât să nu-l deranjeze. Îi veni să vomite și își dori să se mute, dar, prea nervoasă ca să părăsească cortul, rămase acolo până în zori. Când Jay se trezi în sfârșit, o privi și se schimbă la față.

– Spune-mi cum te simți.

– Mi-e rău. Și mă doare stomacul. Poate e de la ceva ce am mâncat?

Dar Jay o privi atât de serios, încât o apucă spaima.

– Vreau să văd mușcătura aia din nou.

Încercase s-o găsească folosind lumina unei lămpi cu ulei noaptea trecută și păruse foarte ușurat când nu descoperise nimic.

– Serios?

Ea îi arătă locul de pe gleznă.

– Nu cred că e o mușcătură de șarpe. Însă zona din jurul mușcăturii s-a înroșit și s-a umflat puțin.

– Ce părere ai?

El dădu din cap.

– Nu sunt sigur. Ai și alte simptome?

– Mă doare în capul pieptului.

– Te doare când respiri?

– Puțin.

Jay ridică pânza de la intrarea cortului și-l strigă pe servitor, apoi vorbi în șoaptă și mult prea rapid ca Eliza să înțeleagă.

– Ce i-ai zis? îl întrebă ea când se întoarse.

– L-am trimis s-o aducă pe bunica Indirei. Va dura o oră sau două, dar nu avem altă soluție mai bună. O să plece cu motocicleta mea. Mai rapidă decât cămila lui.

– Crezi că e ceva serios?

Eliza încercă să zâmbească, dar fără rezultat.

El îi ţinu mâinile într-ale lui, frecându-i-le întruna ca să i le încălzească, dar nu scoase o vorbă.

– Am crezut că *daadee ma* a lui Indi e bolnavă.

– Trebuie să sperăm că se simte destul de bine ca să vină.

– Cum o ducem înapoi acasă? Cum ajungem noi acasă?

– Nu vreau să te mişc şi în niciun caz nu te duc pe spatele unei cămile sau cu motocicleta. Nu vreau să-ţi faci griji şi nu vreau să te încălzeşti mai mult decât trebuie, dar deocamdată e prea devreme şi afară e răcoare. Va trebui să bei lichide. Reuşeşti să înghiţi nişte apă?

Eliza încercă să-şi ridice capul, dar se prăbuşi pe pernă imediat.

– Mă doare tot corpul.

El îi înconjură umerii cu braţul.

– Sprijină-te de mine şi bea puţină apă.

Cu cealaltă mână îi lipi cana de buze.

– Mă simt ameţită, rosti ea şi alunecă din nou pe pat, dar, brusc, o apucă agitaţia.

– Stai liniştită! spuse el şi o ţinu strâns în braţe.

Era conştientă că rămase alături de ea mai tot timpul, cu excepţia câtorva momente când ieşi să verifice dacă se zăreşte bunica lui Indi. Cu toate că se simţea atât de rău, tot se minună de faptul că se aflau împreună aici, aşa. Cât de ciudat! Şi totuşi cât de firesc.

– Nu mi-ai spus dacă e ceva serios.

– Nu sunt doctor, dar sigur nu e. Aşa că relaxează-te şi odihneşte-te, zâmbi el.

Eliza încercă să se salte în capul oaselor.

– Se învârte totul cu mine.

– De la tot ginul băut noaptea trecută.

– N-am...

Atunci cortul se răsuci cu susul în jos. Eliza căzu într-un tunel întunecat cu o viteză enormă şi se agăţă de el când se prăbuşi în faţă. Nu mai văzu nimic.

Când își reveni, Jay stătea lângă ea pe pat. La început, conștientiză doar palma lui care îi mângâia încet părul, apoi îi auzi respirația calmă, ritmată. În clipa aceea dulce uită că se îmbolnăvise, dar, când se ridică, vomă. El sări imediat, smulse pătura, o făcu ghem și o aruncă în afara cortului. Apoi, de sub pat, Jay scoase o piele de animal.

– Asta e tot ce am. Până când zilele se mai încălzesc puțin. Cum te simți?

– Habar n-am. Dacă o să vomit din nou?

– Să sperăm că nu. Dar trebuie să bei. Nu vreau să te deshidratezi.

Îi atinse fruntea și ceafa.

– Transpiri foarte tare.

– Mă doare capul.

– Să sperăm că ea ajunge curând aici.

– Dar ce poate face ea?

– Știe tot ce e de știut despre deșert și despre ce ne poate face.

– O să fie în stare să mă înzdrăvenească?

– Nu te îngrijora. Totul va fi bine. Acum stai liniștită.

Deși îi vorbise pe un ton calm, Eliza îi zări îngrijorarea din ochi. Expiră ușor și nu se mai mișcă.

Cu greu reuși să își dea seama de trecerea timpului. Minutele i se părură ore, iar orele trecură cât ai clipi.

Uneori el o întreba cum se mai simte și alteori ea îl întreba la ce se gândește. Dar niciunul dintre ei nu rosti adevărul. El spunea că totul va fi bine, dar ochii îl trădau. Ea zicea că se simte mai bine chiar și când nu era adevărat. Când deveni complet lucidă, își dădu seama că nu vorbiseră despre ce se va întâmpla după venirea ploilor.

În timp ce ea murmură întruna ceva despre ploi, Jay deveni tot mai îngrijorat, mergând agitat în jurul cortului atunci când nu stătea lângă ea, dar, în sfârșit auzi sunetul unei motociclete și voci ridicate. Curând, bătrâna apăru, sprijinindu-se într-un baston. Înainte de toate, se uită la mușcătură și se încruntă.

– Două pete roșii mici, rosti ea clar pentru ca Eliza să înțeleagă. Păianjenul văduva-neagră.

Jay se relaxă vizibil, răsuflând ușurat.

– Așa am crezut și eu.

– Ai făcut bine că ai ținut-o nemișcată. Veninul nu trebuia să i se împrăștie și mai mult în sânge.

– Așadar nu pot s-o mut de-aici?

– Nu astăzi. Dar trebuie s-o răcorești întruna. Numai copiii foarte mici și bătrânii mor din așa ceva.

– Dar a avut o reacție foarte severă.

– Da, la fel ca tine, băiete. Numai că atunci când erai mic, ți-am dat un leac cu ierburi. Un leac pe care nu-l am aici. Nu e plăcut, dar va supraviețui.

El dădu din cap.

– Fă-i aer, pune-i cârpe umede reci pe piele, la ceafă, pe piept și pe față și adaugă puțină sare în apa pe care o bea.

– Ce ciudat să i se întâmple și ei la fel, spuse Jay când o conduse pe bătrână afară din cort.

– O iubești pe femeia asta? o auzi Eliza întrebând, dar fără să audă și răspunsul lui.

Câteva minute mai târziu, Jay se întoarse zâmbind larg.

– Dacă stai liniștită azi și o să fii mai bine, plecăm de dimineață.

– Cum se simțea?

– A slăbit și e mult mai fragilă.

– Mă simt îngrozitor că a bătut atâta cale pentru mine.

– Nu-ți face griji. A fost fericită să vină. Acum bea. Trebuie să evităm epuizarea provocată de căldură.

Eliza încuviință. Simțea deja căldura intensificându-se și știa că temperaturile pot atinge niveluri insuportabile.

– Parcă am un topor înfipt în cap. Probabil că arăt îngrozitor.

– Biata mea englezoaică! Toporul nu ajută, dar tu n-ai putea arăta niciodată îngrozitor.

– N-ai crezut asta când ne-am cunoscut.

Ea nu avea energie ca să râdă, dar el zâmbi.

– Ascultă! Chiar înainte de venirea ploilor, te duc la Udaipore să vezi sosirea musonului. Gândește-te la ploaia care cade. Gândește-te la răcoare! O să te ajute.

– De ce li se spune văduva-neagră?

– Fiindcă sunt negre și își mănâncă soții.

Eliza zâmbi, în pofida durerii.

Două zile mai târziu, întorși la palatul lui Jay, rămaseră față în față, în picioare, în dormitorul ei, fără să vorbească. Apoi ea îi descheie încet nasturii de la cămașă, iar el închise ochii. Cine controla lucrurile? Cine conducea? Cine impunea ritmul? Eliza crezuse că voia ca el să facă toate astea, dar cumva lucrurile se echilibraseră și îi plăcea senzația de putere din vârful degetelor.

– Ești sigură că te simți suficient de bine? o întrebă el.

Eliza izbucni în râs.

– Ce e așa de amuzant? se interesă el deschizând ochii.

– Mă simt destul de bine.

Momentele trecură, pierzându-se unul într-altul, sau cel puțin așa i se păru. Intrau amândoi într-o lume nouă, una care nu aparținea niciunuia, ci una creată de amândoi și în care nu mai încăpea nimic altceva. O lume care, odată creată, nu se mai putea pierde niciodată. O lume care va exista și după ce ei vor dispărea. O stârni să-și dorească să caute înlăuntrul lui până găsea lucrul care-l făcea pe Jay să fie el însuși.

Mai târziu, când făcură dragoste, cu brațele și picioarele încolăcite, el își coborî degetele pe șira spinării ei.

– Uită-te la mine! spuse el. Deschide ochii!

Ea se supuse, apoi zâmbi și-l ținu de mână.

– De ce zâmbești? o întrebă el.

– Nu știu. Sunt fericită, bănuiesc.

– Mor să te văd zâmbind și să te aud râzând.

– *Tu* mă faci să râd, spuse ea.

– Nu știu dacă e un lucru bun.

– E bun. E atât de bun...

El o sărută și o privi direct în ochi. Îi trecu degetele prin păr, se înfioră și o trase mai aproape de el. Uneori, Eliza se îngrijora în privința viitorului, dar apoi, față în față cu el, nu-i mai păsa de nimic. Se răsuci ușor în brațele lui, cu gura lipită de obrazul lui.

– Mulțumesc, șopti ea.

– Pentru ce?

– Pentru că ești tu. Pentru că ești aici. Pentru...

Se opri.

– Pentru?

– Pentru ceva ce n-am așteptat niciodată să simt.

Se întinse lasciv.

– Aș vrea ca totul să dureze o veșnicie. Să rămânem așa cum suntem.

El nu răspunse, dar o mângâie pe interiorul coapsei.

– Deși bănuiesc că ni s-ar face foame, adăugă ea.

– Eu sunt deja lihnit. Tu nu?

– Ba da, dar nici prin cap nu-mi trece să mă mișc. Mâncarea pare o chestie mult prea primitivă după toate astea.

– Primitiv e ceva foarte bun, femeie.

– Dar nu atât de bun ca iubirea.

Jay se strâmbă.

– Să mă gândesc. Mâncare? Sau iubire?

Ea îi dădu un cot între coaste.

– Au! spuse el râzând.

O trase lângă el și o îmbrățișă.

Elizei îi plăcea când o ținea așa, îi plăcea când zâmbea, când râdea și chiar și când se încrunta. Oare chiar nimic din ființa lui nu-i displăcea?

– Mă vrei? spuse ea, adunându-și curajul. Cu adevărat?

– N-am fost destul de limpede că da?

PARTEA A TREIA

„Nu de lumină avem nevoie, ci de foc; nu de ploaia blândă, ci de tunete. Avem nevoie de furtună, de vârtejuri și de cutremur."

FREDERICK DOUGLASS

24

Fără alte efecte secundare de pe urma mușcăturii de păianjen și plină de iubire față de Jay, Eliza se întoarse curând la castelul din Juraipore. Dottie auzise că nu se simțise bine și, în cele din urmă, își luă inima în dinți să o viziteze la castel. Intră în apartamentul Elizei, cu un buchet mare de flori în mână.

– Trebuie să-ți spun că arăți extraordinar! Mă așteptam să te găsesc palidă și epuizată.

Eliza zâmbi și se sprijini de spătarul canapelei, simțindu-se în al nouălea cer.

Dottie o fixă cu privirea.

– Oh, Iisuse! Clifford ți-a cerut mâna?

– Clifford?

Dottie așeză florile pe o măsuță.

– Ai înfățișarea unei femei care tocmai a spus da.

– Nu.

– Atunci despre ce e vorba?

Își coborî vocea.

– Sau ar trebui să spun mai bine despre „cine“?

Urmă o pauză scurtă, apoi își duse mâna la gură.

– Doar n-ai făcut-o, nu?

Eliza nu răspunse.

– Te-ai îndrăgostit de unul dintre ei. Asta e, nu?

Eliza zâmbi neajutorată și încuviință.

– E vorba de Jay.

Dottie se ridică în picioare și se holbă la ea cu mâinile în șold.

– M-ai lăsat cu gura căscată e puțin spus.

– Nu te poți bucura puțin pentru mine?

Dottie se apropie de fereastră și se uită afară înainte de a se întoarce spre Eliza.

– Se va termina în lacrimi, draga mea. Lucrurile de genul ăsta cam așa se sfârșesc de obicei. Deși îmi închipui că trebuie să fie foarte romantic.

Rostise ultima propoziție pe un ton melancolic.

– Ai putea vorbi cu Clifford ca să mai îndulcești lovitura? o întrebă Eliza.

– Nu, draga mea, chiar nu pot. Sfatul meu e să pui punct înainte de a merge mai departe.

– Nu cred că pot.

– Nu vrei, mai degrabă. Nu te condamn, sincer. Trebuie să fie irezistibil de excitant, dar nu se va căsători niciodată cu tine. Își va lua de nevastă una de-un neam cu el.

– Nu sunt sigură.

– Eu da și te va lăsa și cu reputația pătată.

– Dar am fost deja măritată. Nu mai sunt virgină de mult timp.

Dottie traversă încăperea ca să se așeze lângă Eliza pe canapea și îi luă mâna într-a ei.

– Oamenii iartă un soț mort, dar nu iartă o femeie care a fost părăsită, mai ales dacă bărbatul în cauză e unul de-al lor.

Eliza oftă. Nu asta voise să audă.

– Sincer, draga mea. Pune capăt relației. Cât de curând.

Jay îi dăduse Elizei cheia de la biroul lui, astfel încât să-l poată folosi ori de câte ori dorea, fie să fotografieze oamenii, fie să aranjeze diverse documente cât el era plecat. Se gândi că ar putea face portrete individuale ale membrilor familiei și ale altor persoane, deși cele mai bune fotografii ale ei fuseseră făcute în oraș sau în deșert. Sălbăticia avea ceva aparte care îi scotea în evidență pe oameni atât de bine.

Indi se întorsese de la bunica ei și Eliza răsuflă ușurată când auzi că goana cu motocicleta prin deșert nu o lăsase pe femeie și mai fragilă decât înainte.

– Trebuie să fii fericită, spuse Eliza, în timp ce-și aranjă aparatul pe trepiedul din birou, gata să o fotografieze pe Indi.

Rolleiflexul tot nu se întorsese.

– Nu mi-a plăcut deloc să o văd pe bunica stingându-se așa, spuse Indi. Ca să fiu sinceră, nu cred că se simte mai bine. Se arată curajoasă, dar abia dacă mai mănâncă.

– N-ai mai vrut să rămâi?

– Ea a insistat să mă întorc aici... Așadar? întrebă Indi, după o pauză scurtă. Ai fost plecată o veșnicie.

Eliza se gândi la Jay și la conversația ei cu Dottie și reuși să-și păstreze calmul.

– L-am ajutat pe Jay cu proiectul irigațiilor. Unele hârtii încă trebuie semnate de noul investitor înainte ca fondurile să fie eliberate. Se poate întâmpla oricând și după aceea lucrările trebuie să prindă viteză.

– Mi-ar plăcea să văd progresul.

– Sunt sigură că Jay te-ar lua cu el. Acum vrei să te așezi pe birou?

– Pe birou?

– Mă interesează o postură relaxată.

Indi se sprijini de marginea biroului.

– Dar dacă m-aș preface că citesc o carte?

– O idee excelentă!

Indi ridică o carte deschisă pe birou și se prefăcu de minune că e absorbită de lectură.

– Acum uită-te la mine și zâmbește!

Indi se supuse și Eliza rămase uimită pentru a nu știu câta oară de frumusețea fetei. O parte din ea voia să deschidă subiectul relației dintre Indi și Chatur, dar cum Jay se ocupase deja, hotărî că e mai bine să nu tulbure apele.

– Vrei să-mi faci una și stând în picioare? întrebă Indi.

– Poate încă una cu cartea în mână mai întâi.

– *He bhagavana*[1], spuse Indi dând pagina, de ce citește Jay despre substanțele chimice toxice?

– Habar n-am, spuse Eliza și schimbă subiectul. Știai că bunica ta a venit să mă ajute când m-a mușcat un păianjen?

– Mi-a povestit. A fost o chestie ciudată. Mi-a vorbit mult despre tine. Și nu pricep ce atâta tevatură, oamenii rareori mor din cauza mușcăturii unei văduve-negre.

– Cred că am avut o reacție extremă. Jay s-a purtat admirabil.

Eliza nu-și putu împiedica un zâmbet la amintirea atenției și a blândeții lui cât fusese bolnavă.

– Nu mai spune, rosti Indi cu o răceală care totuși nu i se citea și în privire.

– Indi, eu...

– Nu-ți face griji, se vede în ochii tăi. Și în ai lui, la fel. Aveți grijă. Dacă eu văd, și alții vor vedea.

– Îmi pare rău. Am fost prieteni buni la început.

– Să nu-ți pară. Mi-a trecut. Dar nu m-aș îndrăgosti de el. Nu ești prima, Eliza, nici pe departe. Iar lui Laxmi nu-i va plăcea deloc.

– Nu știe, spuse Eliza, pe cât de calm îi permise inima care dădea să-i spargă pieptul.

Își aminti picioarele lui împletite cu ale ei, atât de întunecate, contrastând puternic cu albul cearșafurilor.

Indi se strâmbă, apoi clătină din cap.

– Poate părea foarte amabilă, dar, când vine vorba de fiii ei iubiți, nu are milă. Dacă greșești, nu-ți va permite să continui. Ai face bine să fii atentă la orice pas.

---

[1] „Doamne, Dumnezeule!" – în hindi în orig. (n. tr.).

Eliza își cercetă unghiile, dar nu răspunse pentru moment. Când vorbi, avea glasul gâtuit.

– Vrei să spui că nu sunt prima englezoaică?

– Normal. Dar probabil că ți-a povestit deja despre ele. Nu asta fac iubiții? Își spun lucruri unul altuia. Și oricum nu mai ești virgină, așa că nu contează. De obicei, Jay le preferă pe cele măritate. Se termină repede.

Eliza înghiți nodul din gât. Câte fuseseră înaintea ei?

– De-aia citea Jay despre substanțele chimice toxice? întrebă Indi.

– Nu cred că înțeleg la ce te referi.

– Ca să o otrăvească pe Laxmi.

Își dădu capul pe spate și izbucni în râs, dar Eliza se îngrozi. Jay probabil că se interesase de pirogalol.

În acel moment, Jay intră în cameră. Eliza îi zări anxietatea din ochi când descoperi expresia de pe chipul ei.

– Este o glumă, Eliza, doar o glumă, o liniști Indi.

– S-a întâmplat ceva? întrebă el, uitându-se când la una, când la alta.

Eliza clătină din cap.

– O glumă pe care nu am înțeles-o.

Jay se încruntă.

– Atât?

– Relaxează-te! interveni Indi. Dumnezeule, ești atât de încordat! Ai făcut ceva interzis, Jay?

– Indira știe despre noi, rosti Eliza, hotărând că e mai bine să spună lucrurilor pe nume.

El ridică din umeri.

– Oricum s-ar fi aflat. Eliza, unde vrei să stau? întrebă el, întorcându-i spatele lui Indi.

– La birou. E OK?

– O idee bună, întări Indi. Prințul la biroul lui. Britanicii se vor da în vânt după fotografia asta.

Jay hohoti, dar Eliza știa exact ce se petrece în mintea lui. Chiar înainte de a pleca de la palat, îl găsise plimbându-se agitat prin birou.

O rugase să vină să-l ajute cu niște documente care zăceau pretutindeni prin cameră, dar când făcuse câțiva pași spre el, el o ridicase și o așezase pe birou. Apoi o sărutase pe gât.

– Am crezut că ai nevoie de mine, șoptise ea, privind hârtiile.

– Am nevoie de tine. Mai mult decât îți imaginezi.

Ea chicotise și Jay îi descheiase bluza, apoi îi ridicase fusta.

– Mă bucur că nu porți pantaloni, spusese el.

Îl ajutase să o scape de lenjerie, apoi el își dăduse jos pantalonii. Se aplecase și îi sărutase pântecul. Cu capul pe spate, cu privirea fixată în tavan, își golise mintea și se lăsase pradă senzațiilor provocate de limba lui ce-i încălzea pielea și de mâinile care-i mângâiau sânii. Când devenise prea greu să mai reziste, îl cuprinsese cu brațele de gât și îl trăsese spre ea. Hârtiile se împrăștiaseră zburând, iar ei nimeriseră pe podea, făcând dragoste. După ce totul se terminase, erau atât de asudați, încât fuseseră nevoiți să se ducă în camera ei ca să îl șteargă. Apoi el făcuse la fel pentru ea, ba chiar mai mult. Îi spălase părul, masându-i ușor scalpul. Masaj indian special, spusese el. O pusese să se așeze pe un taburet și îi masase o veșnicie capul, gâtul și umerii până când ea simțise că i se lichefiază mușchii. După aceea o purtase în pat, unde se iubiseră din nou, numai că de data asta atât de încet, încât trăise senzația că-și părăsește corpul.

Se afla în plin proces de descoperire a lucrurilor care îi plăceau. Geamătul lui când îl atingea, cât de mult îl excitau mișcările ei când o pătrundea, iar Jay părea că știe exact ce-și dorea ea, chiar înainte de a ști ea însăși. În ultimele zile petrecute la palat nu se putuseră abține mai deloc. Trăiseră într-o lume a lor, departe de orice i-ar fi putut răni și totul era cât se poate de frumos. Apusurile splendide, zorii zilei desăvârșiți. Vântul purta aroma de frangipani și de iasomie, iar soarele strălucea vesel. Dragostea ei pentru Jay, pentru viață și pentru exuberantul palat se lărgise până când atinsese infinitul.

– Ce se întâmplă cu noi? întrebase ea.

El răspunsese că e rezultatul groazei lui de a o pierde după ce fusese mușcată de păianjen. Trebuise să o facă a lui cu adevărat.

– Și tu al meu, adăugase ea. *Hamesha.*

– Pentru totdeauna, repetase el.

Acum, stând în cameră alături de Indi și de Jay, Eliza tresări puternic. Știa că se îmbujorase din pricina amintirilor și se întrebă dacă se va mai uita la un birou și altfel de aici înainte.

Jay băgase de seamă roșeața din obrajii ei și îi făcu cu ochiul, dar Indi văzuse și ea.

– Pentru Dumnezeu, dacă vreți să păstrați secretul, potoliți-vă cu privirile astea dulci!

Eliza nu-și dăduse seama de aceste priviri, dar așa se întâmpla când erai îndrăgostit. Nebunia dulce și strălucitoare te făcea complet neajutorat. Persoana îndrăgită te obseda atât de tare, încât orice altceva devenea invizibil. Cu toate că Eliza știa că e o nebunie, nu voia să-i pună capăt. Niciodată. Stabili totuși să fie mai discretă, deși undeva în mintea ei nu putea să jure că nu își dorea ca relația lor să nu mai fie secretă. Dacă îi explicau lui Laxmi că se iubesc sincer, de ce să nu îi înțeleagă? Apoi îi veni în minte remarca lui Indi de mai devreme despre aventurile amoroase ale lui Jay. Oare chiar era genul care să se îndrăgostească la o simplă fluturare din gene și apoi să se plictisească? Imediat ce-și puse această întrebare, se uită la el și îi văzu dragostea strălucind în ochi. Nu. Nu era genul acela de bărbat.

25

A doua zi, Eliza rămase surprinsă când o slujitoare veni să o anunțe că, în sala *durbarului,* o aștepta Clifford care ceruse să o vadă, dornic să discute cu ea.

Era abia zece dimineața, dar deja cald peste măsură. Eliza se îmbrăcă într-o rochie de vară făcută de ea: de un verde-aprins, cu buline albe, cu corsaj strâmt care durase o veșnicie să iasă perfect, cu mâneci scurte și guler alb scrobit. Porni spre sala *durbarului*, unde îl găsi pe Clifford plimbându-se cu spatele la ea, în lungul încăperii. Eliza îl privi preț de o secundă sau două. Cât de înțepeniți i se părură umerii lui înguști! Își imagină corpul lui gol și alb și nu se putu abține să nu îl compare cu trupul lui Jay, a cărui piele, în lumina lămpii, strălucea precum cuprul ars. Își închipui că-l atinge așa cum îi place lui și că se mișcă amândoi în același ritm, creat parcă anume pentru ei doi.

I se făcu milă de Clifford, dar, când el se întoarse spre ea, Eliza aproape că se chirci văzându-i triumful din ochi.

– Așadar, Eliza, te-ai hotărât să nu te duci la Shimla.

– Da, știai deja. Încă am lucruri de făcut aici.

– Lucruri, Eliza?

Chiar dacă își dădu seama că el încearcă să o stânjenească, refuză să-și plece privirea și se uită fix în ochii lui.

– Așadar?

Ea inspiră adânc.

– Clifford, sunt ocupată. Ai ceva să-mi zici?

– Da. Aparatul tău a venit înapoi.

Îi întinse Elizei o cutie.

– Mulțumesc, Clifford. Altceva?

– Da. Sigur că da. Fotografiile pe hârtie vor fi și ele gata curând.

Bărbatul tot nu dădu semn că pleacă.

– Și?

– Hai să ne plimbăm prin curte.

Afară era deja o căldură înăbușitoare și Eliza începu să transpire.

– Nu ți-e cald în costumul tău de lână? întrebă ea.

– Nu-ți face griji pentru mine, fetițo. Sunt obișnuit cu căldura.

Merseră până la un copac-flacără și se așezară confortabil pe o bancă de sub el. Păsările dormeau acum și nu se auzea decât sunetul apei curgând într-o fântână mică și un *mali* care se mișca încet, îngrijindu-se de straturile de flori de la capătul curții.

– Probabil că te întrebi de ce am venit.

Eliza se uită la cerul nesfârșit și albastru și își dori ca el să plece. Voia să fie singură cu gândurile ei despre Jay. Îi plăcea să retrăiască fiecare moment împărtășit. Se înfiora de fiecare dată când rememora clipele petrecute împreună. Devenise dependentă de asemenea momente. Prea pasionale ca să le povestească altcuiva, deși știa că, foarte curând, vor fi nevoiți să spună oamenilor despre relația lor. Și prin *oameni*, desigur, se referea la Laxmi. Se cufundase adânc în gânduri când Clifford vorbi din nou și, pentru o secundă, crezu că nu auzise bine.

– Poți să repeți?

– Jayant Singh va fi probabil arestat.

Se răsuci spre el, gândindu-se că e o glumă. Dar bărbatul nu zâmbea.

– De ce?

Clifford își țuguie buzele.

– E bănuit de insurecție.

– Nu fi caraghios! E tot atât de britanic ca mine și ca tine.

– Dar nu în aspectele care contează.

Se bătu cu pumnul în piept.

– Inima lui e indiană sută la sută. Oricine este prins că distribuie ziare care promovează răzvrătirea poate fi încarcerat pe o perioadă nedeterminată. Oricine. Fără drept de apel. Iar în cazul unui membru al unei familii regale, activismul de acest soi îi anulează dreptul de a mai conduce vreodată.

– Dar n-ar face așa ceva, spuse ea, simțind fierbințeala din spatele pleoapelor și rugându-se să nu plângă.

– Și de unde știi tu asta?

– Pur și simplu știu. E un om bun și onest.

– Iar tu ai petrecut prea mult timp cu el.

Eliza încremeni.

– Nu e treaba ta.

– Mama lui știe?

Își feri privirea, știind că ochii ei îi vor mărturisi adevărul.

– După cum bănuiam. Nu va fi foarte încântată.

– Clifford, te rog să nu spui nimic. Îți cer ca prieten.

El îi zâmbi mieros.

– Mai vedem.

Eliza ura cuvintele astea. La fel și *Lasă-mă să mă mai gândesc* sau *Voi mai analiza situația*. Fraze nepăsătoare folosite de mama ei ca să o facă să se simtă lipsită de importanță, iar lucrurile pe care le ceruse, mărunte sau chiar fără niciun rost. Se ridică în picioare.

– Știi ceva, Clifford... Chiar nu-mi pasă. Fă cum știi mai bine.

El își ridică privirea spre galeria care înconjura curtea, ascunsă în spatele paravanelor *jali*.

– Nu se știe niciodată cine privește. Personal, nu-mi pot imagina de ce ar vrea cineva să rămână într-un asemenea loc. Nu le da celor care pândesc motive de bârfă. Calmează-te și așază-te. Nu de asta sunt aici.

Deci o adusese aici fiindcă știa foarte bine că vor fi sub ochii *zenanei* și că ea nu va dori să se dea în spectacol.

– Acum zâmbește și poartă-te ca o fată cuminte, continuă el, bătând ușurel cu palma pe bancă.

Eliza inspiră adânc și se așeză, deși nu voia decât să-i tragă o palmă peste mutra lui îngâmfată.

– Ce-a făcut Jay? Spune-mi mai exact.

– Încă nu-ți pot spune.

– Nu ai nicio dovadă, nu? Da, e clar, niciun fel de dovadă.

– Eliza, te asigur că am tot ce trebuie ca să-ți arunc prințul în spatele gratiilor pentru multă vreme.

Deși căldura depășise orice închipuire, o trecu un fior pe șira spinării. Sigur blufa. Sigur. O copleși disperarea, care părea să crească minut de minut. Mai întâi, toate lucrurile pe care i le spusese Indi despre aventurile amoroase ale lui Jay, iar acum asta. Dar tot nu-l credea pe Clifford.

– De ce minți, Clifford? Nu îmi va păsa mai mult de tine.

– Trebuie să mă duci în biroul lui Jay când el nu e acolo. Poți face asta? Există vreo modalitate să nu fim văzuți?

– De ce?

– Trebuie să verific ceva.

Ea își îngustă privirea.

– Vrei să te ajut să dovedești că nu e loial britanicilor?

– Poți să privești și așa problema. Pe de altă parte, ar putea dovedi și contrariul.

Eliza pufni.

– Și că toate astea sunt doar niște acuzații inventate.

– Exact.

– Cine l-a acuzat?

– Nu-ți pot spune.

– Foarte bine. Presupun că nu prea am de ales. Deși nu văd de ce e necesară toată această purtare ridicolă.

– Ai cheia?

Ea încuviință.

– Probabil că are mare încredere în tine.

Merseră încet prin coridorul lung, cu pereți groși, deși Elizei aerul mai rece nu-i aduse nicio ușurare. Descuie ușa de la camera lui Jay și intrară amândoi. Clifford nu se uită la nimic, ci se duse direct la birou, se așeză și trase mașina de scris mai aproape.

– Unde ține hârtia?

– În al doilea sertar de jos. De ce?

El nu răspunse, deschise sertarul și scoase o foaie pe care o vârî în mașină, rulând-o încet la capăt. Sunetul o irită pe Eliza, care avu senzația că bărbatul trage de timp aiurea. El bătu câteva propoziții, rulă hârtia înapoi și o scoase din mașină.

– Cred că e suficient, spuse el, ridicându-se în picioare și băgând foaia în buzunar.

– Ce ai scris?

– Poți să te uiți. Nu e nimic important, te asigur.

El îi întinse foaia, iar ea citi niște prostii fără logică despre Kent, grădina Angliei.

– Ești din Kent?

– Da.

– Și ce treabă are Kent cu Jay?

– Kent? Nimic. Acum trebuie să plec.

Eliza rămase nedumerită.

– Dar ai spus că vrei să te uiți prin biroul lui.

– Am văzut tot ce aveam nevoie. Mulțumesc.

– Și n-ai de gând să-mi explici?

– Altă dată.

Îi făcu un semn vesel cu mâna și o lăsă nedumerită. Oare înrăutățise lucrurile pentru Jay sau le îmbunătățise?

De parcă nu ar fi fost suficient, a doua zi maharajahul o chemă în camerele lui exterioare. Când sosi, bărbatul deja se instalase pe o *gaddi* mică, cu Priya la dreapta. În picioare, cu fața la el, stăteau Jay și Laxmi. Postura războinică a lui Jay – brațele încrucișate, picioarele larg depărtate – îi sugeră că o așteaptă necazuri. În plus, Chatur se afla și el acolo, așezat pe un scaun cu spătar înalt, lipit de perete.

– Mulțumesc că ai venit, spuse Anish, făcându-i semn să se apropie, dar fără să-i indice că poate lua loc.

Priya nu se uită la ea, iar Jay o salută ușor din cap. Laxmi se întoarse, dar Eliza observase deja că mama lui Jay avea ochii înroșiți. Ce Dumnezeu se petrecea aici?

– Și tu singur ai luat decizia? întrebă Anish.

– Da. Este strict decizia mea, răspunse Jay.

– Și tu, mamă?

– Eu...

– Mama n-are nicio treabă, interveni Jay.

Laxmi clătină din cap și rămase tăcută.

– Și cum ai reușit să faci rost de cheie dacă mama ta nu te-a ajutat? sări Priya, scuipând cuvintele pe un ton disprețuitor și rostind apăsat *mama ta*.

Jay se uită în pământ înainte de a răspunde, apoi își ridică fruntea și întâlni privirea furioasă a lui Anish.

– Știam unde ține cheile de la seiful cu bijuterii.

– Și banii strânși cu bijuteriile familiei? Moștenirea *mea*, ca să evităm dulcegăriile. Nu a ta.

Priya scoase un sunet ascuțit de nemulțumire, dar Anish ridică mâna, de parcă ar fi vrut s-o reducă la tăcere. Dacă privirile ar fi putut ucide, atunci expresia femeii l-ar fi omorât pe Anish pe loc.

Umerii lui Laxmi căzură și mai mult.

– Eu am venit cu sugestia. Nu e vina lui Jayant.

Priya se ridică brusc în picioare.

– Mai spune o dată!

Laxmi se îndreptă de spate și se holbă la nora ei.

– Eu i-am dat cheia. A fost ideea mea să amanetăm bijuteriile. Irigarea pământurilor noastre e vitală dacă vrem ca oamenii să supraviețuiască altei secete. Tu, Anish, nu făceai nimic. Tatălui tău i-ar fi rușine cu tine. Nu-ți dai seama că britanicii te vor acuza de conducere proastă dacă nu acționezi? Și apoi vom pierde totul oricum.

– Mamă! rosti Anish șocat.

– Mamă, repetă Jay, dar mai degrabă cu tristețe. Nu te pot lăsa să-ți asumi întreaga vină.

Priya se așeză.

– Trimite-o de aici. Fă-o, Anish!

Laxmi rămase fermă pe poziții.

– Te-am avertizat în privința asta, Anish. Nu te-ai străduit să reformezi sistemul de taxare a pământurilor și nici nu ai fost de acord să avem un aranjament mai cinstit pentru administrarea lor. Oamenii se vor ridica împotriva noastră dacă nu facem nimic să-i ajutăm. Știi doar că Adunarea Populară a Statelor există doar ca să-i submineze pe prinți.

Anish își privi mâinile și se jucă nervos cu inelele. Câte două pe fiecare deget. Priya îl privi mânioasă cu o expresie neînchipuit de acră și Eliza îl compătimi pe Anish. Era slab și soția lui îl disprețuia pentru asta. În plus, era și incredibil de efeminat și Priya nu dădea senzația unei femei satisfăcute.

– Vrei ca țăranii să se întoarcă împotriva britanicilor și nu a noastră? întrebă Laxmi.

– Prostii, mamă! Te agiți pentru nimicuri. Și firește că nu ești de vină pentru furtul bijuteriilor. E responsabilitatea lui Jay, nu a noastră.

Priya pufni, suficient de tare ca să fie auzită, apoi vorbi:

– Și când va fi plătită ipoteca asta pe care o tot pomeniți?

– A trebuit să prelungim termenul când investitorii britanici s-au retras, dar au apărut alții între timp și hârtiile vor fi semnate peste câteva zile, confirmă Jay.

– Și cât de mult datorezi?

Jay înghiți în sec.

– Mii, frate, mii.

Anish murmură ceva nedeslușit. Se făcu roșu la față și apoi, apucându-se de piept, se strâmbă de parcă ar fi fost chinuit de dureri. Laxmi făcu un pas în față, dar Priya o opri răstindu-se la ea răutăcioasă.

– S-a mai întâmplat și înainte. Îi trece. Doctorul ăla britanic trimis de Rezident e un neputincios. Domnul Hopkins ăsta al tău i-a zis soțului meu să slăbească și să facă mai multe exerciții. Noi voiam medicamente.

– Nu te agita, fiul meu! îl sfătui Laxmi, dând tristă din cap.

Între timp, Anish căpătă o culoare normală și începu să-și revină. Eliza își dădu seama că Salter presupusese că Anish ar sprijini arestarea lui Jay pentru furtul bijuteriilor. Probabil că despre asta era vorba. În niciun caz despre ziare revoluționare și Eliza se temu că Anish va depune plângere. Dar nu pricepu de ce Clifford insistase să folosească mașina de scris a lui Jay ca să bată un paragraf despre Kent. Și dacă era vorba despre bijuterii, de unde și până unde lipsa de loialitate față de coroană?

Anish arătă spre Jay.

– Te declar responsabil numai pe tine. Ce știe o femeie despre asemenea chestiuni? Dacă ipoteca e plătită până la sfârșitul săptămânii, atunci voi trece cu vederea, dar, dacă nu, îți iau pământurile în schimbul bijuteriilor pierdute. Ne-am înțeles?

Eliza își ținu răsuflarea și Jay dădu scurt din cap, apoi vorbi.

– De ce-ai adus-o pe Eliza aici?

– Fiindcă ea e la baza tuturor necazurilor, răspunse Priya.

Anish o ignoră.

– Fiindcă aveam nevoie de ea ca martor la documentele pe care le voi întocmi ca să explic ce se întâmplă în caz că ipoteca nu e plătită la timp. Chatur va semna și el.

Eliza se simțise extrem de rău în timpul întregii discuții, însă acum rămase ca trăsnită. Documentele pentru împrumuturi trebuiau semnate la timp pentru rezolvarea situației bijuteriilor și după aceea totul va fi bine. Se uită spre Jay întrebându-l din ochi dacă să semneze sau nu. El își dădu acordul discret și își feri privirea.

Chatur îi zâmbi Elizei, dar pe ea o trecu un fior pe șira spinării.

26

Eliza se uita pe fereastră sperând să vadă sosirea curierului cu fotografiile de la Delhi. Aerul era deja fierbinte, dar ei îi plăcea să admire maimuțele sărind dintr-un copac în altul, iar imaginea acoperișurilor plate ale orașului poleit încă îi lua răsuflarea, la fel ca la început. Casele cubice, apropiate de zidurile cetății, aproape albe la culoare acum, sclipeau sub valul de căldură, iar pe cerul argintiu, stoluri de papagali verzi se înălțau și coborau ritmic.

Zări un convoi de mașini urcând pe dealul șerpuitor. Când prima mașină claxonă și se opri, Clifford și un alt bărbat coborâră din ea, îmbrăcați amândoi în costume închise, cu aspect protocolar. Parcă și a doua mașină din care se dădură jos doi ofițeri ai armatei britanice, amândoi ștergându-și fruntea cu batistele. Din a treia mașină nu coborî nimeni. Eliza mai privi puțin până când bărbații dispărură din raza ei vizuală intrând în castel, dar apoi, nedumerită, se repezi pe scara principală, aproape împiedicându-se la ultimele trei trepte.

Nu era nimeni în sala mare și nici în prima curte. De fapt, castelul părea neobișnuit de tăcut. Se așeză într-unul dintre leagănele uriașe, adulmecând iasomia puternic parfumată, și își ținu urechile ciulite. Mirosurile de la bucătărie pluteau deja în aer: ghimbir, nucșoară și coriandru. Fără nicio dorință să părăsească Rajputana, se obișnuise cu mirosul condimentat al aerului și cu mireasma intensă a florilor.

Ea și Jay nu discutaseră despre viitor dincolo de finalizarea primei etape a proiectului și se părea că asta se va întâmpla imediat ce documentele urmau să fie semnate. Jay îi promisese că, odată finalizată prima etapă, o va duce la Udaipore, cel mai bun loc să vadă cerul cum devine violet și cum apar norii înainte să se reverse apele. Imaginându-și aceste lucruri, închise ochii și îi deschise mai târziu exact când Jay apăru între doi ofițeri, îndreptându-se spre ieșire. Se întoarse spre ea și își mișcă buzele pentru a-i transmite *nu te îngrijora*. Încremeni. Cum să nu se îngrijoreze? Jay mergea cu spatele drept și bărbia ridicată, cu o atitudine regală, în vreme ce ofițerii îl țineau de coate. O imagine tulburătoare... Iar Elizei îi deveni limpede că Jay tocmai fusese arestat. Se răsuci pe călcâie și o zări pe Laxmi, care stătea debusolată lângă o Priya triumfătoare. Eliza alergă spre Laxmi.

– Nu putem face nimic?

– Ba da, să ne punem credința în zei.

Eliza se holbă la ea.

– Dar e o nebunie! Trebuie să facem ceva. Voi discuta cu Clifford Salter. Sunt sigură că ne va ajuta.

– Domnul Salter al tău e cel care mi-a arestat fiul.

– Dar Anish a spus că va aștepta până vor fi semnate documentele. Jay urma să se ducă la Delhi mâine pentru asta. Cum să facă asta dacă e în arest? De ce n-a așteptat Anish?

Laxmi își mușcă buzele.

– Nu are nimic de-a face cu bijuteriile. Fiul meu a fost acuzat de încercare de sabotaj. Cică ar fi scris manifeste incendiare împotriva britanicilor, incitând la revoltă, tot împotriva britanicilor.

– Dar e un caraghioslâc! Normal că Jay nu a făcut așa ceva. Și ce anume a sabotat?

– Propriul proiect de irigații.

Eliza aproape că izbucni în râs.

– Sunt niște acuzații prostești. E cât se poate de limpede. O să-l ajut.

Făcu un pas în lateral, intenționând să fugă după soldați și după Jay. Priya se strâmbă, dar Laxmi o apucă de mânecă.

– Nu te da în spectacol și nu ne face de râs!

Eliza se înfurie la culme.

– De asta vă pasă acum? N-aveți de gând să reacționați?

– Nu așa. Dacă alergi după ei, cazi exact în mâinile lor. Poartă-te cu demnitate și câștigi timp să chibzuiești. Mai ai multe de învățat. Acum vino cu mine!

Eliza o lăsă pe Priya și o urmă pe Laxmi. Când sosiră în *zenana*, Laxmi îi făcu semne s-o însoțească în salonul de zi. Lucru neobișnuit, Laxmi nu se așeză, ci sună din clopoțel, după care începu să se agite, mergând cu pași mari de colo până colo. Eliza avea un milion de întrebări, dar, din respect față de Laxmi, își ținu gura. Era o situație ieșită din comun ca un membru al familiei regale să fie arestat și mama lui Jay probabil că se simțea incredibil de îngrijorată. Fie asta, fie înspăimântată. Sau amândouă. Așa că așteptă ca femeia să vorbească prima. După zece minute, sosi ceaiul și Laxmi se așeză, în sfârșit.

– Am crezut că vei avea o influență pozitivă asupra fiului meu și acum uite și tu ce s-a întâmplat!

Eliza rămase uluită.

– Dați vina pe mine pentru asta?

– Îți amintești ce-am spus despre domnul Salter, că ar fi un soț numai bun pentru tine?

– Nu s-a pus niciodată problema de așa ceva.

Laxmi îi ignoră vorbele și își continuă șirul gândurilor.

– Totodată, îți mai amintești când ți-am zis că am găsit partenera de căsătorie perfectă pentru fiul meu?

Eliza căscă ochii mari.

– Chiar vreți să discutăm despre căsătorii când Jay a fost târât de aici ca un hoț oarecare?

– Nu a fost târât. Hai să ne rezumăm la fapte.

Și încă o dată Eliza primi lecția despre viitoarea căsătorie a lui Jay și cum aveau să meargă lucrurile pentru el dacă se căsătorea sub rangul său.

– Chiar nu vă pasă de fericirea lui Jay? o întrebă ea după ce Laxmi terminase.

Femeia zâmbi.

– Dragostea romantică trece la fel de repede ca viața unei libelule. Doar asemănările pot garanta o căsnicie solidă. Prea multe diferențe o vor distruge.

– Dar nu sunt atât de diferită de Jay.

– Destul de diferită. Fiul meu crede că te iubește...

– A spus el asta?

Laxmi nu răspunse.

– După cum ziceam, indiferent de ce crede el că simte acum, totul e rezultatul poftei trupești, nu al iubirii.

– Cum puteți spune așa ceva?

– Fiindcă am trăit-o și eu pe propria piele.

Eliza își ținu răsuflarea, apoi expiră ușor.

– Am putea să nu vorbim despre asta acum, vă rog? Ce putem face pentru Jay?

– Cele două au legătură între ele, draga mea. Domnul Salter are dovada, mi-e teamă. Mi-a arătat un pamflet bătut la mașina de scris a lui Jay. Litera „J" iese în relief, fiindcă mașina nu funcționează cum trebuie.

– N-ar face niciodată așa ceva. Dacă a folosit-o altcineva?

– Nu mai contează. Au un caz împotriva fiului meu și răul e făcut.

– Dar nu e drept! rosti Eliza aproape în lacrimi.

– Lumea asta rareori e dreaptă, draga mea. Dar sunt încântată să văd că ai credință în fiul meu. Am o idee cum să ieșim din necaz. Dacă îți spun ce vreau să faci, îmi promiți că te vei ține de cuvânt?

– Firește. Aș face orice ca să-l ajut pe Jay să fie eliberat.

– Nu-ți va plăcea.

Toate gândurile din lume se repeziră asupra ei, dar încuviință.

– Nu-mi pasă. Spuneți-mi!

– Va trebui să te miști rapid, fiindcă Priya e hotărâtă să-l convingă pe Anish să te alunge de la castel. Priya și Chatur sunt amândoi la fel de hotărâți în genul lor limitat. Niciunul nu te-a vrut aici de la început și amândoi consideră că ai o influență proastă asupra lui Jayant. Trebuie să recunosc că înclin și eu să cred că au dreptate.

Urmă o scurtă pauză și Eliza analiză tot ce auzise.

– Ei bine, ideea mea presupune ca tu să vorbești cu domnul Salter din nou... și poate nu numai să vorbești.

Eliza se holbă la Laxmi cât femeia îi explică ideea ei. După ce aceasta termină, rămase fără grai. Doar nu era asta singura posibilitate, nu?

Zguduită de ideea lui Laxmi, plecă oripilată și se duse în camera ei să chibzuiască, petrecându-și restul zilei cu ochii pe fereastra dormitorului, întrebându-se cum de se ajunsese aici. Își aminti fiecare moment petrecut cu Jay. Fusese convinsă că el îi răspunsese cu aceeași iubire. Tandrețea și pasiunea lui se deosebeau de tot ce trăise ea vreodată. Nu voia decât să-și petreacă restul vieții lângă el, iar la asta chiar nu se așteptase. Munca ei însemna și viața ei. Dar ea și Jay se simțeau atât de bine împreună, fără să fie deranjați de tăcere și totuși cu o tensiune între ei care ațâța. Uneori, se trezea atât de încordată, încât aproape că voia să-l sfâșie când făceau dragoste. O astfel de pasiune venea din nevoia copleșitoare de a pătrunde unul în sufletul celuilalt în singurul mod pe care-l știau. Încercau cumva să devină aceeași ființă. Alteori, se iubeau dulce și blând, iar Eliza învăță să-și relaxeze corpul în feluri noi și lascive. Acum stătea pe pat și știa că nu pofta trupească îl conducea. Îi spusese chiar el asta. Destinul se afla la mijloc.

Apoi, din senin, își aminti că-i mărturisise dorința lui de a-și vedea țara eliberată, o Indie în care poporul să fie la conducere. Oare chiar era responsabil pentru pamfletele ofensatoare?

Cufundată în gânduri, auzi un ciocănit la ușă și tresări, întreruptă din cugetările ei pline de îndoieli. Se simți tentată să nu răspundă, dar, crezând că ar putea primi vești despre Jay, îmbrăcă iute un halat și deschise.

– Indi? rosti ea când o văzu pe fată. Arăți îngrozitor. S-a întâmplat ceva cu Jay?

Indi clătină din cap. Avea ochii roșii de plâns.

– Nu. E vorba de bunica mea. E bolnavă din nou și trebuie să plec. Are nevoie de mine...

– Îmi pare așa de rău să aud asta!

– Nu de aceea am venit. Ci să-ți aduc ceva, o lămuri dându-i un plic.

După plecarea ei, Eliza cercetă timbrul. Englezesc, dar scrisul de pe plic nu-i aparținea mamei ei. Deschise plicul și găsi o singură foaie de hârtie înăuntru.

Își dădu seama imediat că e de la James Langton.

Draga mea Eliza,

N-am considerat niciodată rațional gestul tău de a-ți părăsi mama exact când avea nevoie de tine mai mult. De când ești plecată la capătul celălalt al lumii (dintr-un moft, aș îndrăzni să adaug), și eu am fost departe de casă mai multe luni cu afaceri importante.

Când m-am întors acasă, am aflat că mama ta suferise un atac cerebral, iar acum se află la Spitalul General, unde primește îngrijiri. Doctorii cred că nu e primul.

Eliza, îmi pare rău că trebuie să-ți spun asta, dar semnele deja existau. Vorbele ei nedeslușite nu erau cauzate neapărat de gin, după cum ai afirmat tu. După moartea timpurie a soțului tău, chiar ar fi trebuit să rămâi acasă să ai grijă de Anna. Eu am făcut tot ce mi-a stat în putință. Trebuie să vii imediat acasă, fie ca să o îngrijești – dacă supraviețuiește –, fie ca să te ocupi de aranjamentele funerare.

Eu sunt pe punctul de a mă recăsători și nu mai pot continua să duc și povara mamei tale.

Cu sinceritate,
Al tău, James Langton

Durerea sfâșietoare din piept o lăsă pe Eliza aproape fără răsuflare. Mai întâi sentimentul de vinovăție pentru moartea tatălui ei, a lui Oliver și acum, asta. Se dovedise o fiică îngrozitoare, abandonându-și mama în cel mai prost moment posibil și se simți dărâmată complet. Biata ei mamă probabil că se speriase teribil. Normal că trebuia să se întoarcă să aibă grijă de Anna în ultimele ei zile. Nu mai avea de ales, dar își aminti totuși cât de mult încercase s-o convingă pe Anna să mai reducă băutura. Îi ascunsese sticlele, o supraveghease, rămăsese trează nopți întregi, pândind clipele în care mama ei pleca în căutarea alcoolului. Nimic nu ajutase. Anna Fraser se încăpățânase să continue pe calea autodistrugerii. Și cum să găsească puterea de a renunța la gin când nu mai avea nimic care să-l înlocuiască? Eliza văzuse felul în care mama ei folosea alcoolul ca să-și alunge singurătatea și demonii interiori ce-i bântuiseră viața. În momentele ei cele mai întunecate, Eliza știa că alcoolismul mamei ei era o boală a minții, a trupului și a emoțiilor. Nu exista niciun tratament medical care să o ajute. Nicio organizație. Mama ei fusese lăsată să se înece în propria dependență, în timp ce restul lumii o privea de sus și îi spunea că-i lipsește coloana vertebrală. Și Eliza o considerase slabă, o alcoolică incurabilă, imposibil de adus pe calea cea bună. Poate tatăl ei nu fusese tocmai nevinovat. Poate Anna nu mințise și nu moartea lui declanșase căderea Annei, ci infidelitatea lui. Și acele *mai multe*. Orice-ar fi însemnat ele.

Se duse la șifonier și-l deschise, adulmecând mirosul de naftalină. Atinse rochia de mătase dăruită de Clifford. Atât de frumoasă! Perfectă. Citi scrisoarea din nou și își dădu seama că trăise într-un paradis fals. Jay îi veni în minte și dădu din cap. Deși sfâșiată între datoria de a-l ajuta pe bărbatul iubit și datoria față de biata ei mamă, care murea singură și neiubită de nimeni, înțelese imediat spre cine se va îndrepta loialitatea ei. Cu o ultimă privire aruncată lumii de afară, Eliza începu să plângă.

27

Eliza abia reușise să doarmă și, dimineață, hotărârea ei deveni tot mai puternică. În definitiv, mai putea face un ultim lucru pentru Jay înainte de a pleca în Anglia. Cu inima îngreunată, se va duce să ducă la bun sfârșit tot ce o rugase Laxmi. Mai întâi se îmbrăcă într-o rochie europeană clasică - cu talia marcată și un guler micuț -, apoi își prinse părul. Își puse cei mai buni pantofi cu toc, se rujă puțin, își dădu cu fard în obraji și se parfumă cu ultimele picături de Chanel No. 5 după ureche, făcându-și curaj.

Ceruse o mașină și în timp ce aștepta la porțile castelului se gândi la perioada ei aici, din clipa în care sosise, emoționată și nesigură în privința viitorului, până în momentul oribil în care Jay fusese arestat. Lunile scurse îi oferiseră suișuri și coborâșuri, dar, mai mult decât orice, își aminti bucuria resimțită și pe care nu o crezuse posibilă. Și totuși, iat-o aici și nimic nu se schimbase cu adevărat.

Mașina sosi și, mai curând decât și-ar fi dorit, coborî la intrarea în Rezidență. Înainte de a ciocăni la ușă, se întoarse să privească orașul. Aici era o zonă elegantă, cu *haveli* șic, unde locuiau comercianții bogați, și câteva clădiri britanice ce se ridicau semețe, înconjurate de grădini luxuriante, cu parfumuri florale amețitoare. Inspiră adânc. Dacă ciocănea destul de încet, majordomul nu va auzi și ea nu va fi nevoită să treacă prin toate astea. Voia să dea timpul înapoi: să trăiască din nou zilele petrecute alături de Jay la palatul lui – cele mai frumoase zile din viața ei –, dar nu mai avea cum. Nu fusese niciodată o realitate, oricât de mult s-ar fi târguit și ar fi implorat soarta să nu-i mai fie potrivnică. Era destinul ei, la urma urmei, trebuia să facă asta. Nu bătu cu palma ușurel, ci ciocăni tare cu degetele. Ce sens avea să mai amâne inevitabilul?

După ce majordomul o conduse la umbrarul de sub veranda din spatele casei, se aranjă cu grijă și, țeapănă ca o scândură, reuși să-și controleze emoțiile. Privi păsările care loveau cu ciocurile pietrișul de pe alee și se uită la peticele de albastru ce se întrezăreau printre ramurile copacilor. Locul era un paradis al florilor și Eliza se întrebă cum de reușise Clifford să folosească apa pentru a le menține proaspete. Vântul abia adia și deja se încălzise afară. Se întrebă dacă ar putea să se ridice și să intre în casă. Măcar acolo găsea un ventilator, dacă altceva nu.

Majordomul apăru cu o carafă plină cu apă, limetă și cuburi de gheață. Pe tava de argint zări și două pahare de cristal.

– Stăpânul vine și el imediat, spuse el și Eliza își plecă fruntea ușor.

Auzi pași și se întoarse ca să-l vadă pe Clifford, care apăru roșu la față.

– A naibii căldură! spuse el, așezându-se în fața ei. Bem asta și mergem înăuntru, dacă nu te superi.

– Sigur.

Nu vorbiră câteva minute și Eliza se bucură de senzația dată de paharul rece lipit de palma ei fierbinte. Ar fi vrut să și-l treacă peste frunte, fiindcă deja simțea începutul unei dureri de cap, dar se abținu. Nu era vorba doar de căldură. Gâtul și umerii îi deveniseră rigizi din pricina încordării. Oare putea să facă asta? Fiecare celulă din corpul ei îi striga să plece, dar ea rămase pe loc, calmă, sperând să nu arate nimic din tulburarea ei lăuntrică.

– Mergem înăuntru? întrebă el, întinzându-i mâna.

Ea încuviință și-l lăsă s-o conducă în camera de zi, unde îl așteptase altă dată.

El îi făcu semn să se așeze, așa că Eliza se lăsă pe un fotoliu voluminos, cu perne imense, care aproape o înghiți. O greșeală, calculă ea rapid, așa că se trase pe marginea lui. Era vital să rămână cu spatele drept și stăpână pe sine.

– Vara va fi un iad, nu? spuse ea.

– Eu ți-am oferit Shimla, dar tu n-ai vrut, răspunse el sec.

– Știu.

Se lăsă o tăcere enervantă și Eliza se gândi cum să-și înceapă discursul. Într-un târziu, hotărî să spună lucrurilor pe nume.

– Clifford!

Înghiți iute în sec, înainte de a continua. Asta era. Nu mai putea da înapoi.

– Aș vrea să-ți accept cealaltă ofertă, dacă mai e valabilă.

El se încruntă.

– Ce vreau să zic e...

– Cred că știu ce vrei să zici.

– Așadar?

Bărbatul păru complet surprins și, preț de o clipă, Eliza crezu că ajunsese prea târziu. Se uită la el, sperând să primească un răspuns, dar nu reuși să-i descifreze expresia de pe chip.

– Clifford, accept cererea ta în căsătorie. Dacă încă mă vrei.

El continuă să o privească fără să vorbească, dar apoi zâmbi.

– Știam eu că te vei da pe brazdă, fata mea.

În sinea ei, Eliza se strâmbă la auzul expresiei, dar se strădui să nu arate cât de mult îi displăcea.

El se ridică în picioare și traversă camera spre locul în care ea stătea țeapănă, încordată și tristă. Dar Clifford nu observă nimic din toate astea sau cel puțin așa dădu impresia.

Îi întinse o mână și îi permise s-o ridice în picioare.

– M-ai făcut un bărbat foarte fericit. Nu te voi dezamăgi.

Ea își plecă fruntea pentru o clipă, apoi îi întâlni privirea. Simți cum se sufocă. Putea oare să scoată sunete normale sau va vorbi pițigăiat? Cu o expresie nedumerită, el își lăsă capul într-o parte de parcă ar fi bănuit că mai exista ceva, dar fără să fie sigur sută la sută.

– E vorba de mama ta? O putem aduce aici dacă vrei. Și oricum nu va mai trece mult și voi fi transferat înapoi la Londra. Cum vrei tu. Dorința ta e poruncă pentru mine. Dă-i drumul, spuse el, zâmbind fericit de parcă nimic pe lume nu i-ar fi putut strica bucuria. M-ai făcut cel mai fericit om din lume.

Se aplecă să o sărute, dar ea clătină din cap și se trase un pas în spate, copleșită de vinovăție. Încercă să-și dreagă glasul înainte de a vorbi.

– Mi-e teamă că am o condiție.

Urmă o pauză scurtă și Eliza auzi țipătul unei păsări în grădină. *Probabil o ooloo*, gândi ea. Un nume perfect pentru o bufniță. Ce ciudat cum se strecoară asemenea lucruri în minte, într-un moment ca acesta. Se scutură și își luă inima în dinți.

– Mă mărit cu tine, spuse ea, dar vreau să-l eliberezi pe Jay, fără nicio consecință asupra reputației lui și fără repercusiuni. Toate acuzațiile împotriva lui trebuie anulate și am nevoie de asigurarea ta că nu va fi arestat din nou.

– Sunt încântat că ai hotărât să nu-ți strici viața pentru un indian. Dar Eliza, faci lucrurile foarte dificile pentru mine.

Ea înghiți în sec.

– Îmi pare rău.

Clifford clătină din cap.

– Am nevoie de timp să mă gândesc.

– Nu ai timp. Trebuie eliberat astăzi. Trebuie să semneze acordurile cu investitorii din Delhi. Dacă ratează momentul, pierde tot. Proiectul cu irigațiile va da greș.

– Înseamnă mult pentru tine, nu?

– Da, el înseamnă mult pentru mine, dar tot atât de mult îmi pasă și de proiect. Vrea să facă lucruri bune, Clifford, sigur vezi asta. Fratele lui n-a întreprins nimic pentru oamenii lui și când l-am cunoscut pe Jay, viața lui părea că n-are direcție. Acum are un țel și e unul bun. Știi foarte bine că nu și-ar sabota niciodată proiectul. N-ar avea sens.

– Și pamfletele?

Eliza cugetă un moment și nu se putu abține să nu-l bănuiască pe Chatur că e capul tuturor răutăților.

– Cred că i s-a înscenat totul, zise ea. Dacă aș fi în locul tău, l-aș lua la întrebări pe Chatur.

– Bagi mâna-n foc pentru Jay?

– Da.

– Și ești dispusă să te măriți cu mine doar ca să-l eliberezi.

Clifford tăcu o vreme, apoi se uită direct în ochii ei.

– Eliza, am o întrebare.

Ea încuviință din cap.

– Crezi că ai putea să mă iubești vreodată?

Îi zări tristețea amarnică din ochi când se uită la el, dar cu amintirea lui Jay imprimată în întreaga ei ființă, nu putu să răspundă afirmativ.

– Îți promit că o să încerc.

– Poate va trebui să mă mulțumesc doar cu atât. O să discut cu el din nou, dar consideră-l pe prințul Jayant un om liber. Înțelegi că va trebui să nu vorbești niciodată despre micul nostru aranjament? Mi-ar distruge reputația. Înțelegi?

– Firește.

– Vorbesc serios, Eliza. Nici măcar lui Jay nu-i poți spune.

Ea încuviință.

Clifford plecă în biroul lui să dea un telefon și, după ce făcu aranjamentele necesare, se întoarse.

– Așadar, spuse Clifford, ce-ai zice de o mică excursie până la Shimla, doar noi doi? Putem pleca poimâine, ca să ai timp să te pregătești.

– Clifford, mă duc în Anglia. Imediat ce termin cu împachetatul.

El se încruntă.

– Dumnezeule! Cu tot ce se petrece, am uitat să-ți zic. Mama e grav bolnavă, e internată. Nu am încotro, trebuie să mă duc la ea. Nu are pe nimeni.

Clifford păru dezamăgit, dar încuviință.

– Desigur.

– Sper să ridic și ultimele fotografii cât sunt în Delhi.

– Unele sunt deja pe drum, cred, dar poți verifica atunci când ajungi acolo. Mai am câteva și dintre plăcile mai timpurii. Te voi ajuta cu aranjamentele și dă-mi voie să mă ocup de biletul de clasa întâi pe *Viceregele Indiei*. Este cea mai rapidă navă. Du-te la Delhi imediat. Biletele îți vor fi livrate la hotel și de aici pleci cu trenul.

El se opri un moment.

– Cunoști Imperialul?

– Da, dar n-am stat niciodată acolo.

– Mă voi ocupa eu de plata cazării. Nu trebuie decât să aștepți biletele să sosească. Va dura doar câteva zile. Voi trimite o telegramă companiei de transport.

– Nu pot accepta toate astea.

– Insist. Când te întorci, sunt sigur că Julian Hopkins și Dottie te vor invita să stai la ei până la nuntă. Ai idee cât trebuie să rămâi în Europa?

– Atât cât va fi necesar, presupun.

– Am ceva pentru tine, spuse el și deschise sertarul unui birou din mahon, plasat în partea opusă ușii.

Luă o cutie acoperită cu catifea și se apropie de Eliza.

– Sper că ți se potrivește.

Ea săltă capacul și scoase un inel de aur încrustat cu diamante și rubine.

– A fost al mamei. Îți place?

Ea încuviință și-l lăsă să-i strecoare inelul pe deget, ignorând lacrimile care se adunau în spatele pleoapelor.

– O să dau un anunț și în *The Times*, adăugă el. Timp de câteva zile nu am disponibilă nicio mașină. Trenul e OK pentru tine?

Ea dădu din cap din nou, iar el nu băgă de seamă că Eliza nu-și dorea decât să se prăbușească încovrigată pe jos și apoi să moară.

28

Mai

Clifford era un bărbat decent, chiar dacă îi lipsea oarecum sensibilitatea. Nu-i observase disperarea de pe chip atunci când hotărâse să se mărite cu el. Sau poate observase, dar nu fusese dispus să o recunoască. Avea propria viziune asupra vieții, definită de o atitudine rigidă în privința tuturor aspectelor legate de India. Eliza decise să găsească o cale prin care să suporte totul, dar dacă, de fiecare dată când el avea s-o atingă, ea va muri câte puțin? Se strădui să se consoleze singură, de parcă și-ar fi putut impune sentimente reale. Dacă nu era prea târziu, vor avea copii: ar deveni mamă și le-ar asigura copiilor o viață îndestulată. Asta trebuia să însemne ceva, nu? Și își va continua cariera de fotograf.

Însă sufletul ei striga după pasiunea și bucuria pe care le trăise alături de Jay. Parcă întrezărise paradisul prin ușa deschisă a unei închisori, pentru ca mai apoi aceasta să i se închidă în nas. Poate că euforia nu ar fi rezistat la infinit, dar acum nu mai avea cum să afle. În timp ce-și împacheta lucrurile pentru Anglia, în piept i se instală un sentiment apăsător. Își dori să fie în stare să ascundă bine amintirea mâinilor lui frământându-i carnea, a buzelor lui dezmierdându-i gura, a glasului lui și a fluturilor din stomac. Imposibil. Nu va izbuti niciodată să-și îngroape sentimentele. Și nici nu va uita aroma lemnului de santal și a limetelor. Sau chihlimbarul ochilor lui. Ce naivitate să-și închipuie că un viitor cu Jay reprezenta o posibilitate!

Se mai liniști știind că nu o dezamăgise pe Laxmi și că Jay va avea cel puțin șansa de a-și termina proiectul. Cufundată în gânduri, auzi un ciocănit ușor la ușă, după care intră Laxmi cu eșarfa ei lungă plutind lejer pe lângă ea. Era a doua oară când venea în apartamentul Elizei.

Femeia îi întinse mâinile.

– Îți voi rămâne veșnic îndatorată pentru ce ai făcut astăzi!

Eliza își înghiți nodul din gât și dădu scurt din cap, temându-se să nu-și arate singurătatea îngrozitoare care o măcina. Nu se îndreptă spre mâinile întinse ale femeii și fixă cu îndărătnicie podeaua.

– Știu cât de greu trebuie să îți fie, adăugă Laxmi.

Eliza își ridică privirea.

– Habar nu aveți.

– Ba cred că da. Ai făcut un lucru lipsit complet de egoism. Mi-ai eliberat fiul când nimeni altcineva nu ar fi avut puterea să o facă.

– Nu am avut de ales.

– Poate. Dar nu toată lumea ar fi procedat ca tine. Ai arătat că ești o femeie merituoasă. Dacă lucrurile ar fi stat diferit, aș fi fost mândră să te numesc nora mea. Fiica mea.

Elizei i se umplură ochii de lacrimi și tristețea îi frânse glasul când încercă să răspundă.

– Uneori, viața ne pune în fața unor decizii imposibile. Știu că ții mult la fiul meu și el la tine, continuă Laxmi, dar sper că înțelegi că am o datorie ca mamă.

– Vă mulțumesc pentru tot sprijinul oferit cât am stat aici, spuse Eliza, încă sufocată de durere.

O admira pe Laxmi foarte mult, chiar dacă ea era cea care stătea între Eliza și Jay.

– Îmi pare rău că nu s-a terminat totul într-o notă mai fericită pentru tine.

– Plec în Anglia. Mama e foarte bolnavă.

– Gândurile mele te vor însoți și îți doresc o călătorie sigură. Sper ca într-o zi să-mi înțelegi poziția.

Eliza nu răspunse.

– Vino aici, draga mea!

Eliza se apropie de ea și Laxmi o îmbrățișă. Chiar când crezu că terminase cu plânsul, lacrimile începură să curgă din nou.

Călătoria până la Delhi începu după-amiaza și avea să țină toată noaptea. În tren, căldura era aproape insuportabilă, iar vagonul gemea de localnici. Puterea rajahilor britanici asupra acestor femei și bărbați o speria pe Eliza și nu voia să fie implicată. Totuși, măritându-se cu Clifford, urma să fie una de-a lor și va trebui să-și țină gura. Devenea tot mai conștientă de faptul că britanicii ar fi trebuit să părăsească India. Singura ei speranță era ca mișcarea naționalistă să câștige controlul fără prea multă vărsare de sânge. Ca mulți alții, intuia că se va întâmpla la un moment dat, fiindcă, la cum mergeau lucrurile, nu exista altă perspectivă.

Rochia i se umezise din pricina transpirației și trebuia să-și șteargă fruntea în permanență. Își scoase inelul de logodnă, fiindcă risca să i se umfle degetele. Cel puțin așa își spuse în sinea ei. Își dădu seama că singura speranță de a suporta mersul incredibil de lent al trenului și condițiile mizerabile era să se gândească la fotografiile frumoase pe care le făcuse. Nimeni nu-i putea lua asta.

Imaginile părură să apară din neant și îi umplură mintea. Mai întâi, cele din tabăra simplă unde stătuse cu Jay: bărbații înfășurați în pături dimineața, așezați turcește lângă focul modest. Bălțile unde băiețandri își îngrijeau bivolii. Lacul în zori și apoi, în amurg. Chipurile bărbaților rajputani și ale cămilelor lor. Culorile ca de nestemate ale castelului. Luminile de basm din timpul nopții. Felul în care lumina se juca pe suprafața apei din fântânile curții. Papagalii și libelulele. Concubinele periindu-și părul. Femeile cu postura lor dreaptă, cu demnitatea și hainele lor în culori vii, sclipitoare. Bazarurile. Copiii. Cerul albastru fără sfârșit. Fotografiile familiei regale și ale lui Indi, care privea lumea cu ochi atotștiutori.

Apoi se gândi la ploile care urmau să vină și se simți nefericită că nu va vedea cerul precum goldanele și musonul cu tunetele și torenții lui. Își dorise să fie la Udaipore, orașul lacurilor, înconjurat de dealurile Aravalli, în cetatea din vârf de unde urma să privească spectacolul. Nu crezuse nicio clipă că va părăsi India înainte de venirea ploilor și totuși iată unde se afla. Pe punctul de a pleca. Tâmplele îi zvâcniră de durere. Nu reuși să ignore scrâșnetul roților de tren pe șine, atât de enervant, încât sunetul lor, *țaca-țaca, țaca-țaca, țaca-țacul,* păru să iasă chiar din capul ei. Își acoperi gura cu palma, temându-se că vaierul din lăuntrul ei va țâșni în lume necontrolat. Aceste momente întunecate și goale o luau pe Eliza de lângă bărbatul pe care-l iubea și o forța să se mărite cu un bărbat pe care nu-l voia. Țăcănitul roților de tren parcă își băteau joc întruna de visurile ce se destrămau. *Bărbatul pe care îl iubea, țaca-țaca... se mărita cu un bărbat pe care nu-l voia, țaca-țaca.*

Gândurile îi alunecară spre mama ei care zăcea singură în spital, față în față cu moartea, fără nimeni care s-o iubească. Să treci prin viață și să nu ai nici măcar o persoană lângă tine era o soartă demnă de milă. Oricât de neglijentă fusese ca mamă, Anna merita mai mult. Și, deși inima i se strângea tot mai mult, îndurerată, cu trecerea orelor, Eliza hotărî că va face pentru Anna tot ce-i stătea în putere. Va dovedi că e o fiică responsabilă, recunoscătoare că are, în sfârșit, șansa de a îndrepta lucrurile.

Când ajunse la Delhi, vremea era îngrozitoare și un fel de negură fierbinte și lipicioasă plutea deasupra orașului. Camera de la hotelul Imperial se dovedi confortabilă. Deschise ușa de la baie și văzu o vană pe patru picioare, așezată pe podeaua din plăci de gresie albe și negre, alături de un spălător obișnuit, un lavabou și o oglindă imensă pe un perete. Lăsă perdelele grele de la dormitor trase ca să poată vedea cerul așezată în pat, sperând să prindă câteva ore de somn înaintea următoarei etape a călătoriei ei. Nu știa dacă se va întâmpla peste câteva zile sau mai devreme. Spera ca a doua zi să aibă șansa de a ridica mai multe còpii ale fotografiilor ei de la tipar ca să le ia cu ea să i le arate Annei și poate vreunui ziar local. Acum nu se mai gândea decât cum să găsească o modalitate de a-și relaxa puțin mintea epuizată și să dea o șansă corpului să-și revină de pe urma durerii de cap care o chinuise încă de la plecarea din Juraipore.

Deși ventilatorul din cameră funcționa, doar plimba de colo colo aerul fierbinte, în loc să aducă vreo adiere răcoroasă. După o vreme, trase perdelele să blocheze lumina și, încă tensionată din cauza călătoriei, se strecură în patul cu lenjerie satinată bleu. Dar se tot foia, încercând să găsească o poziție comodă și gândurile nu-i dădură pace.

Nu o aștepta nimic bun în viitor, dar abia acum, când urma să plece din India, își dădu seama pe deplin că ajunsese să se simtă aici ca acasă, exact ca în vremea copilăriei. Cel puțin când se va întoarce să fie cu Clifford va sta tot în India, fiindcă Anglia nu avea să-i mai meargă la inimă niciodată ca țara asta sălbatică, vie.

Își puse inelul de logodnă la loc, apoi îl răsuci ca să arate ca o verighetă. Simbolul posesiei. Nu-și putu alunga senzația că a devenit proprietatea cuiva, așa că îl scoase din nou. Îi veni în minte discuția cu Anna pe subiectul votului pentru femei.

Pe un ton ridicat și cu o privire dezgustată, mama ei se împotrivise radical.

– Femeile nu au de ce să voteze, spusese ea. Pentru asta există soți. Ce știm noi despre politică?

– Mamă, n-am putea să ne informăm singure, să facem propriile alegeri?

– Eliza, tu ai nevoie de un soț, nu de un vot. Și, așa cum am zis de multe ori, nu poți să ai și o carieră, și să fii și soție în același timp. Femeile nu pot avea totul.

Eliza renunțase după aceea. Nimic n-o convingea pe mama ei și, la scurt timp, dăduse peste Oliver într-o librărie. Iar căsătoria devenise o cale spre libertate.

După o oră de disecat trecutul, Eliza se ridică în picioare din nou, se spălă și se schimbă în haine curate. Dacă nu se putea odihni, atunci trebuia să se miște.

Hotelul ceru un șofer și o mașină și, imediat ce ieși, observă că se ridicase ceața, ceea ce însemna că putea vedea partea nouă a orașului înainte să se însereze. În primul rând se va opri să privească splendoarea arhitecturală a noului centru britanic pentru guvernare. Fusese terminat în februarie și era prima ei șansă să-l admire.

Nu se așteptase să sosească la un bulevard impozant ce ducea spre un șir de domuri și turnuri roșii, roz, crem și alb strălucitor. Pe măsură ce mașina se deplasă, trecând pe sub arcada înaltă, Eliza rămase impresionată de peluzele imense mărginite de copaci de-o parte și de alta a bulevardului căruia i se spunea Șoseaua Regelui, dar și de o rețea de canale strălucitoare ce păreau să urmărească ruta. Șoferul îi povestise că avea aproape un kilometru, poate chiar doi, nu era sigur, dar știa că la capătul ei se găsesc stâlpi negri de iluminat. Toate clădirile din depărtare se dovediră splendide, dar, parcă pogorât din Italia renascentistă, palatul viceregelui îi luă răsuflarea. Scăldată în lumina soarelui, lucrătura din piatră sclipea orbitor. Judecând după întreaga splendoare, părea că britanicii sunt convinși că vor conduce India mulți ani de-aici înainte.

Acesta era rezultatul marșului triumfal din Delhi, în 1922, ce sărbătorise transferul de putere dintr-un oraș în altul. Ziua oribilă în care bomba fusese aruncată împotriva viceregelui și ziua în care David Fraser murise. Eliza privi fântânile strălucitoare când soarele la apus transformă cerul într-un voal roz-aprins și își dori să se poată bucura de noul oraș cu adevărat. Însă prea multe tragedii personale îi pătau frumusețea. Când se lăsă seara, îi ceru șoferului să-i arate bulevardele ce se deschideau din punctul central, mărginite de bungalow-uri spațioase și de grădini pline cu flori. Mai târziu, în drum spre hotel, cerul deveni precum catifeaua neagră, iar orașul explodă într-o minunăție de lumini strălucitoare, o reflexie sclipitoare a văzduhului.

În după-amiaza următoare, după un drum la imprimerie pe care o găsi închisă, tocmai se pregătea să intre în Imperial când, dintr-un impuls inexplicabil, se răsuci cu spatele. O fracțiune de secundă mai târziu, auzi un zgomot puternic, ca bubuitura unui tun. Căscă gura la vederea unei sfere uriașe de fum, ce erupea de la fereastra joasă a unei clădiri de vizavi. Explozia păru fără ecou, dar imediat urmă sunetul de sticlă spartă și de cărămizi care se prăbușiră pe pământ. Îngrozită, urmări flăcările care se strecurau de-a lungul cadrelor de lemn ale ferestrelor de la primul etaj. În câteva minute, sticla dispăru și limbile portocalii și galbene țâșniră lacome, absorbind aerul. Prin praful și fumul înăbușitor, nu văzu exact locul afectat, dar părea că explodase ceva chiar în interiorul clădirii unde se găseau fotografiile ei imprimate. Vâlvătăile sfâșiau acum restul clădirii, vizibile la toate ferestrele de la ambele etaje. Și mai multe geamuri se sparseră cu un șuierat, apoi resturile umplură aerul înainte de a cădea în stradă. Fumul negru se înălța în coloane groase și se strecura printre tarabele acoperite cu cenușă.

Păși spre clădire, sperând că nimeni nu fusese rănit sau mai rău, dar apoi își aminti că găsise clădirea încuiată. Nu zări pe nimeni la pământ mort sau rănit, cel puțin nu pe partea aceasta de stradă. Cu excepția unor oameni care tușeau și scuipau, singurul sunet care se mai auzea era trosnetul focului. Puțin mai târziu, o mulțime de creaturi negre ca iadul se îngrămădiră pe partea cu hotelul. Unii aveau tăieturi pe brațe și pe față din cauza cioburilor care zburaseră prin aer. Eliza căută să vadă dacă mai existau și alții care ar putea avea nevoie de ajutorul ei, dar fumul gros o împiedică. Mijlocul străzii se limpezise și abia atunci îl zări, stând în picioare singur, plin de praf albastru-cenușiu. O luă la fugă și atunci o văzu și el.

29

Jay îi zâmbi ușor, dar în clipa următoare se prăbuși chiar în fața ei. Cu inima bătând să-i spargă pieptul, se repezi ca o nebună și îngenunche pe pietrișul negru de lângă el, mângâindu-i fața și implorându-l să deschidă ochii. Degeaba. Frica îi cuprinse pieptul ca o gheară. Începu să vorbească, repetându-i întruna că ajutorul era pe drum, încurajându-l să reziste, fiindcă ea nu se va mișca de acolo și nu va permite să i se întâmple nimic.

Un angajat al hotelului ieși să o îndemne să intre în clădire să nu cumva să mai cadă bucăți de tencuială sau alte lucruri, dar ea refuză.

– Ajutorul va ajunge cât de curând, spuse bărbatul, dându-se în spate pentru a se feri de pericole.

Ea și Jay erau singuri pe stradă, dar oamenii din spatele lor, de pe treptele Imperialului, își regăsiseră vocea și strigau fie șocați sau ușurați că scăpaseră teferi, fie entuziasmați fiindcă își puteau relata poveștile. Se detașă de zarva lor, concentrându-se asupra lui Jay.

Încă respira și se mai liniști puțin, mai ales că nu părea să aibă nicio rană deschisă. Se întrebă dacă vreun obiect îl lovise în cap. Nu-și dezlipi privirea de pe chipul lui și pândi cu sufletul la gură orice mișcare. Auzi sirenele și un bărbat împinse mulțimea într-o parte a străzii. Când un bărbat în halat alb apăru, Jay deschise ochii, părând că-și recapătă cunoștința.

– Am semnat hârtiile, spuse el, încercând să-și ridice capul. Am reușit.

Eliza îl privi și nu-și putu reține un zâmbet.

– Aproape că ai fost omorât și primul lucru pe care mi-l zici este că ai semnat hârtiile?

Jay se chinui să zâmbească din nou, dar ameți rapid și se pierdu din nou. Eliza își stăpânise lacrimile până acum, dar, brusc, începu să hohotească.

– Încă respiră? întrebă doctorul, lăsându-se în genunchi lângă ea.

– Respirația nu i s-a oprit nicio clipă, spuse ea, agățându-se de orice rază de speranță. Ce se întâmplă cu el? Va fi bine, nu-i așa?

– Nu pot garanta încă.

Ascultă pieptul lui Jay, apoi privi în sus spre ea.

– Respiră destul de greu și inima îi bate foarte tare. Îl cunoașteți pe acest bărbat?

– Este Jayant Singh Rathore, un raja din Juraipore.

– Și dumneavoastră?

– O prietenă, spuse ea, deși ar fi vrut să rostească *Eu sunt cea care îl iubește.*

– Ei bine, trebuie să-l internăm.

– Pot să vin și eu? Vă rog!

– E destul de neobișnuit, pentru că nu faceți parte din familie, dar dacă îl cunoașteți...

La spital, Eliza nu se clinti de lângă patul lui Jay. Tot restul zilei și pe parcursul nopții stătu pe un scaun de lemn cu spătar tare, singură, încercând din răsputeri să nu plângă în fața nimănui. *Trebuie să trăiești*, șopti ea și timpul se concentră în acea clipă unică. *Trebuie să trăiești. Nu poți muri.* Gândul că un astfel de bărbat minunat și puternic fusese lovit în felul acesta i se părea insuportabil. Se agăță de ideea că Jay era tânăr și sănătos. Trebuia să poată ieși dintr-o asemenea situație. Dar orele nu aduseră niciun semn de îmbunătățire. Eliza așteptă să îi vadă obrajii cenușii schimbându-și culoarea sau sângele întorcându-se în buzele lui livide. Urmări cea mai slabă, mai fină tresărire a pleoapelor. Însă tot nimic. Jay arăta în continuare palid și parcă în pragul morții.

Eliza se gândi și la Clifford. Apoi la mama ei, tot bolnavă în spital. Până atunci, Anna îi dispăruse complet din minte. Orice s-ar întâmpla, trebuia să plece.

A doua zi, rugă o asistentă să-i trimită o telegramă lui Laxmi, iar doctorul o sili să se înapoieze la hotel. Trebuia să mănânce și să doarmă. Încercă să le facă pe amândouă. Dar mâncarea îi provocă greață, iar, din somn, se trezi fierbinte și asudată, cu mintea tulbure, măcinată de anxietate. Abia atunci își dădu seama că fotografiile ei probabil că fuseseră distruse de explozie la un loc cu plăcile.

După ce se strădui inutil câteva ore să se odihnească, se spălă, își schimbă hainele și coborî în foaierul hotelului să întrebe dacă îi sosiseră biletele, rugându-se să audă că nu. Însă recepționera îi înmână un plic, iar ea îl deschise. Biletele de tren erau pentru seara aceea. Peste ouă ore. Urcă în goană scările, împachetă și un șofer o duse înapoi la spital. Trebuia să-l vadă pe Jay înainte să plece. Trebuia să știe că va fi bine.

Când ajunse, doctorul o luă deoparte. O conduse într-un cabinet și îi făcu semn să se așeze.

– Și-a recăpătat cunoștința.

Eliza trase adânc aer în piept și ochii i se umplură de lacrimi.

– A suferit răni interne, dar am speranță că își va reveni.

Eliza își acoperi gura cu mâna ca să-și ascundă tremurul buzelor.

– E foarte slăbit, dar a cerut să discute cu dumneavoastră. Vă rog să nu-l obosiți. Deși i-am explicat în puține cuvinte ce s-a întâmplat, deocamdată nu-și amintește nimic despre incendiu. Vă rog să nu-i spuneți nimic care să-l supere.

Ea încuviință din cap, cu inima plină de speranță, dar și de spaimă.

– Vă las să mergeți la el câteva minute, apoi vin să vă iau. E într-o stare delicată, înțelegeți, nu?

Eliza încuviință și își șterse iute lacrimile stupide. Jay trăia! Jay va supraviețui. Numai asta conta. Voia să alerge la patul lui, dar inspiră adânc de mai multe ori, cu capul perfect drept. I se puse un nod în gât, dar își impuse să rămână calmă, precum Laxmi.

Când ajunse în salon, îl găsi pe Jay ținându-și ochii închiși și, preț de o secundă îngrozitoare, se temu că doctorul se înșelase și că nu își va reveni deloc, dar probabil că el o auzi când trase scaunul, fiindcă deschise ochii. Pielea căpătase o nuanță mai sănătoasă. La fel, și buzele. Eliza se uită tot timpul numai în ochii lui, căutând semne că o recunoaște.

– Eliza.

Înghiți în sec și privirea i se încețoșă. Jay vorbise aproape în șoaptă și îi venea să-l cuprindă în brațe și să-l țină strâns până când devenea puternic din nou.

– Nu vorbi dacă te obosește, îl rugă ea.

– Nu știu cum s-a întâmplat și de ce, dar Clifford Salter mi-a aranjat brusc eliberarea.

Eliza se întinse spre el. Jay îi prinse mâna, i-o ridică la buze și o sărută. Se lăsă o tăcere lungă, timp în care el închise ochii și nu-i dădu drumul.

– Nimic nu mai contează acum, rosti ea.

Jay deschise ochii și îi zâmbi cu căldură.

– O să plecăm departe. Doar eu și cu tine. O să ridicăm o tabără în deșert înainte de venirea ploilor și apoi mergem la Udaipore.

Ea clipi rapid.

– Mama e bolnavă. Mă duc în Anglia.

– Atunci, când te întorci, da?

Ea încuviință, știind că nu-i putea spune că, atunci când se va întoarce, se va mărita cu Clifford și nici nu-i va putea explica de ce. Slavă Domnului că nu-și pusese inelul de logodnă la loc pe deget. Își aminti că acum nu avea voie să spună nimic care să-l supere.

– Te iubesc, Eliza, rosti el încet. *Main tumhe pyar karta hu aur karta rahunga.*

– Și eu te iubesc. Pentru totdeauna. Din toată inima.

Rămaseră așa, ținându-se de mână. El, foarte slăbit și ea încercând să pară curajoasă. *Cel puțin Jay era în viață*, se gândi ea. *Viu.*

Auzi o tuse și se răsuci. Doctorul apăruse în ușă și bătu ușor cu degetul în ceasul de la mână.

– Timpul s-a scurs, mi-e teamă. E foarte slăbit.

Eliza încuviință și se ridică în picioare, apoi se aplecă peste Jay și-l sărută blând pe buze.

– La revedere, Jay!

El nu vorbi, dar întinse mâna și îi mângâie părul cu vârful degetelor.

Afară, pe stradă, devastată de tot ce se întâmplase și simțindu-se nenorocită, Eliza se strecură pe o alee, unde se prăbuși la pământ. Se simțea pustiită. Corpul parcă i se topise și curgea acum spre capătul lumii. Totul se năruise: speranța unei expoziții în octombrie și fotografiile și plăcile care pieriseră pesemne în incendiu, anulând astfel întregul proiect. Dar cel mai grav, dragostea ei pentru Jay. Nu-i va putea spune niciodată adevărul. Își îngropă fața în palme și, copleșită de senzația că nu se va trezi niciodată din acest coșmar, lăsă hohotele de plâns să se dezlănțuie ca un potop.

PARTEA A PATRA

„Doar cei răvășiți de iubire cunosc iubirea..."

RUMI, *Mathnavi*, 109

30

Gloucestershire, Anglia

Eliza privi cerul de deasupra dealului acoperit cu copaci din spatele casei mamei ei. O clădire pătrățoasă, înconjurată de un zid de piatră crăpat, situată la coțul unei străduțe înguste. Piatra ei Cotswold strălucea untoasă în lumina amurgului. Urmări cu privirea aleea mărginită de fagi care ducea mai jos, în vale, până la casa lui James Langton. Era o priveliște proaspătă, de un verde-aprins, deși Brook Park, o construcție lugubră, cu turnulețe, văzuse și zile mai bune. Eliza zări vârful turnului cu ceas ce se ridica peste vechile grajduri, dar imaginea casei era blocată de brazi întunecați. Se mai uită o dată la cer, își ridică valiza, găsi cheia de rezervă sub o piatră de lângă tufișul de hortensii și descuie ușa cojită din spate.

Înăuntru domnea tăcerea.

Intră în bucătărie, unde vasele se ridicau morman, tigăile cu crustă groasă zăceau pe mașina de gătit, iar coșul de gunoi dădea pe-afară. Oare mama ei se afla aici sau tot la spital? Verifică livingul și găsi și aici același dezastru. Oare Anna lăsase totul așa când plecase la spital? Se apucă de curățenie, intenționând să ia un taxi până la spital puțin mai târziu, dar apoi auzi o voce slabă strigând.

– Bună ziua! E cineva acolo?

Părea că mama ei se afla sus. Fără să știe în ce stare o va găsi pe Anna, Eliza urcă scările cu precauție și merse în vârful picioarelor pe palier până în dormitorul mamei ei. Ușa era întredeschisă. Eliza o împinse și păși în încăperea întunecată și rece.

O văzu pe mama ei întinsă în pat, îmbrăcată până la gât, dar extrem de palidă.

– Ieri am venit de la spital, șopti Anna.

Eliza se apropie de ea și îi luă mâna stângă în mâinile ei.

– Ce-au spus doctorii?

– Știi și tu... Tot felul.

Eliza îi mângâie încetișor dosul palmei și, observând cât de tare îi tremură, îi vorbi cu blândețe.

– Mamă, nu știu. Trebuie să-mi spui.

– Sunt atât de obosită, iubito, atât de obosită. Sună-l pe doctor. Îți povestește el. Vorbim mai târziu.

Vocea Annei părea lipsită de greutate exact ca întreaga ei ființă. Închise ochii și Eliza îi lăsă mâna pe pat încet. Avea senzația că mama ei e prinsă cumva în acest trup fragil și nu poate ajunge la ea.

Deschise o fereastră, coborî la parter și găsi numărul doctorului de familie într-o mică agendă de pe măsuța din hol. Se întrebă dacă Anna știa ce se petrece de fapt, dar imediat sună la cabinet. După ce convorbirea se termină, se așeză direct pe podea cu capul prins în palme. Internarea Annei scosese la iveală un cancer incurabil și doctorii nu mai puteau face nimic acum. Atacul cerebral fusese minor. Cancerul o omora încetul cu încetul. Doctorul de familie spera ca Eliza să rămână alături de mama ei. Inițial, voiseră să o țină în spital, dar Anna insistase să meargă acasă. Nu mai avea mult.

A doua zi, în timp ce mama ei dormea, Eliza își înecă supărarea plimbându-se. Se gândi mult la Anna, apoi la Jay și se rugă ca el să-și revină complet de pe urma rănilor. Ar fi fost prea mult să-i piardă pe amândoi.

Merse pe alee, trecând pe lângă gardul viu al cărui lăstăriș fusese tuns ca să încurajeze creșterea la bază și observând că denivelările și gropile, parte a peisajului din Cotswold, deveniseră tot mai evidente, sclipind în nenumărate tonuri de verde. Pe malurile mai înalte, deasupra marginilor cu iarbă, oile pășteau pe pajiști mici, iar deasupra ei, cerul, cu amestecul lui de albastru, cenușiu și alb, sclipea în lumina razelor soarelui. Continuă să meargă spre pădure, până în vârful dealului din spatele casei mari, unde copacii groși se înșirau la orizont într-o manieră sumbră, militară. După ce trecu printre ei, coborî pe cealaltă parte, prin crângurile pline cu clopoței, unde, în copilărie, obișnuia să se rostogolească în marea albastră de sub coroanele verzi și luminoase și unde, mai târziu, se simțea mirosul de usturoi sălbatic plutind în aer.

Când obosi, iar tălpile și picioarele începură să o doară din pricina efortului, se așeză pe un buștean și încercă să-și imagineze un viitor alături de Clifford. Încă voia să facă multe lucruri cu fotografia. Să le ofere un glas celor fără voce. Asta era. Într-o dispoziție mai bună, se lumină la față și își aminti cum aparatul ei de fotografiat o făcea să uite orice. Se hotărî să meargă în vale, de partea cealaltă a dealului Cleeve, și să facă niște fotografii acolo sau să urmeze drumul întunecat mărginit de copaci până la Winchcombe sau poate chiar să urce până la Belas Knap, cu vechea telecabină pe care o iubea încă din copilărie.

În timpul zilei, plimbările îi linișteau creierul. În timpul zilei, prezentul părea acceptabil.

Când sosi și luna iunie, Eliza răsuflă ușurată că Anna se oprise din băut și se simțea suficient de bine ca să stea în grădină. Într-o zi, când ieșiră în curte, purtând amândouă doar un cardigan subțire, o întrebă pe Anna despre perioada petrecută în spital.

Mama ei râse slab.

– A fost chiar bine.

Vorbise blând, de parcă tocmai îi descria o vizită scurtă la Weston-super-Mare.

Eliza se hotărâse să o descoasă și îi atinse mâneca, de parcă ar fi vrut să-i spună: *Hai, mamă, vorbește-mi.*

– Te-au dezintoxicat, nu-i așa?

– Presupun că da. Nu m-am mai atins de băutură de când ai venit acasă.

Ce bine-ar fi fost ca asta să se fi întâmplat mai devreme! se gândi Eliza în tăcerea care se lăsă. Acum, că mama ei părea mai vioaie și conștientă de realitate, exista totuși o șansă, cât de mică.

– Mă bucur că ești mai bine, spuse Eliza. Foarte mult.

– Am fost foarte singură.

– Acum sunt aici.

Nu mai vorbiră, dar Eliza se uită la mama ei fragilă și se întristă.

Totuși, își îngriji mama cu mare atenție și Anna ajunse să îndrăgească momentele în care depăna amintiri împreună cu fiica ei.

– Îți amintești zilele minunate din Delhi, la începuturi? spuse Anna într-o după-amiază târzie, când umbrele deveneau tot mai alungite.

Eliza cugetă puțin. Își aminti maimuțele care se cățărau pe zidurile grădinii, apoi săreau dintr-un copac în altul și, uneori, veneau chiar la bucătărie să fure mâncare. Le iubise mult.

– Și grădina? continuă Anna.

– Și florile splendide?

– Da, și ele.

Eliza își privi mama și văzu lacrimi în ochii ei.

– A fost bine, mamă. India a fost bună cu noi. Îți amintești magazinele din Chandni Chowk?

Femeia zâmbi.

– Unde se vindeau de toate.

– Da. Ulei de șarpe, cum obișnuia tata să zică.

– Da, așa obișnuia.

Așa treceau zilele, dar, noaptea, pierderea lui Jay îi tulbura somnul. Până și reprizele agitate de somn îi erau întrerupte de vise cu explozia.

Îl vedea acoperit din cap până-n picioare cu praf negru, uneori mort, alteori viu. Compunea scrisori atunci. Era tot ce putea să facă fără să-și trezească mama și îi scrise multe, multe scrisori lui Jay, pe care dimineața le rupea în bucățele și le îndesa în soba veche cu lemne. Când mama ei se plânsese de miros, nu spusese decât atât: „E doar o sobă, mamă, o sobă care îmbătrânește." Trebuia să întreprindă ceva să scape de suferință, să găsească o cale prin care să-și alunge gândurile, dar întrebările continuau să i se învârtă în cap. Ce se va întâmpla cu adevărat când se va mărita cu Clifford? Dacă nu va reuși să-și ascundă sila?

Apăsarea din pieptul Elizei nu ceda.

Însă dealurile rotunde și văile din Gloucestershire erau încântătoare ca întotdeauna în această perioadă a anului, cu tufișuri înflorite și copaci proaspeți și verzi. Cerul albastru o liniștea pe Eliza. La fel, aerul ușor umed și soarele blând, atât de diferite de dogoarea și de aerul fierbinte al Rajputanei. Când mama ei dormea, își spunea întruna că e spre binele ei și că, oricât va dura, va rămâne alături de Anna.

Zilele treceau monotone, iar cuvintele lui Jay continuau să i se învârtă în minte. *Te iubesc, Eliza.* Încercă să se convingă că îl va uita. Va face fotografii frumoase și asta o va vindeca. Va fi în siguranță în spatele obiectivului. Va privi o lume care nu-i va întoarce privirea. Se hotărî, așa cum procedase și în copilărie, ca durerea să rămână reținută, neatinsă, controlată și, cu toate că poate nu va mai trăi niciodată momente de fericire adevărată, amintirile nu i le lua nimeni.

Anna nu mâncă mai nimic, dar, când Eliza îi sugeră să o însoțească la plimbare, încuviință ușor din cap și îi pomeni de un picnic. Plecară de acasă pe poarta din spatele micii grădini care ducea la o alee pietruită șerpuind printr-una dintre livezile lui James Langton. În copilărie, una dintre activitățile preferate ale Elizei fusese cățăratul în merii noduroși, unde stătea pe ramuri ronțăind fructele furate. Îi dădea un fel de plăcere secretă, care se terminase rapid când James o găsise acolo și îi poruncise să coboare imediat. Bărbatului nu-i plăceau deloc copiii care se cățărau în merii lui prețioși. Cu inima bătându-i puternic, coborâse mult prea repede și, deși o făcuse de nenumărate ori înainte, căzuse. Nu-și rupsese nimic, dar își luxase glezna și primise drept pedeapsă o serie de mustrări despre fetele rele care se cațără în copaci.

Acum, după câteva sute de metri, cotiră amândouă, ieșind din livadă și Eliza întinse o pătură veche pe iarbă unde să se așeze Anna. Săltă capacul micului coș de picnic.

– Când l-ai cumpărat? întrebă ea.

– Îl am de mulți ani.

– Dar nu l-am folosit niciodată.

– Ba da, o dată.

– Ei bine, cel puțin îl folosim acum.

Eliza își ascunse tulburarea provocată de gândul că asta putea fi ultima oară.

Apoi își aminti celălalt picnic. Cel cu James Langton. Își ridică privirea spre cer, unde câteva păsări zburau leneș dintr-un copac în altul. Întreaga lume parcă încremenise și Eliza își scoase cardiganul.

– E cald, nu-i așa?

Fruntea mamei ei era plecată.

– Mamă?

Anna își ridică privirea.

– Îmi pare rău.

– Pentru ce, mamă?

Anna își flutură mâna.

– Nu știu. Pentru picnicurile pe care nu le-am organizat. Pentru tot.

– Am supraviețuit, nu?

Anna zâmbi, ca și cum și-ar fi adus aminte ceva pe care dorea să-l împărtășească și cu fiica ei.

– Du-te și cațără-te într-un copac. Haide!

Se uită la ea încântată.

– Uite, acolo. Cațără-te în ăla!

Încântată de veselia neașteptată a mamei ei, Eliza se ridică în picioare.

– Vorbești serios?

Anna încuviință.

– Nu sunt sigură dacă mai știu cum, spuse Eliza, cântărind riscul de a cădea.

– Niciodată n-am știut cum de ajungeai acasă cu genunchii juliți.

– Până când m-ai prins cocoțată în pom.

– Exact. Așa.

Eliza reuși să se agațe cu ușurință și în doar câteva clipe ajunse pe ramura ei preferată. O testă să vadă dacă e suficient de puternică pentru a-i susținea greutatea de adult și hotărî că da. Apoi se mișcă puțin de-a lungul ei și se așeză cu picioarele atârnând.

Râsul mamei ei se insinuă până sus.

– Obișnuiam să cânt când eram aici sus, spuse Eliza.

– Ce anume?

– Cântece copilărești.

Începu să îngâne *Aș vrea să fiu pe malul mării* și, după o vreme, i se alătură și Anna. Cântară amândouă cât le ținea gura până când izbucniră în hohote de râs, ceea ce-i provocară Annei dureri.

Eliza se dădu jos.

– Ești bine?

Anna încuviință.

– Ce s-a întâmplat cu el?

– Cu James?

Se lăsă o tăcere bruscă.

Anna o privi pe Eliza de parcă ar fi chibzuit până unde să meargă cu mărturisirea.

– A plecat cu noua lui soție.

– Hai să nu stricăm o zi încântătoare gândindu-ne la el. Să mâncăm.

Mama ei bătu din palme.

– Sper că avem bere cu ghimbir. Îmi place mult.

– N-am știut.

– Nu știi multe. Multe, foarte multe.

Eliza se bucură că în următoarele două zile relația cu mama ei continuă în același spirit. Anna părea mai fericită ca niciodată. Cuvintele i se revărsau de pe buze necontenit, ca apa eliberată dintr-o țeavă blocată. Apoi veni poștașul. Anna nu primea multă corespondență. De fapt, nu se mai livrase nimic de la sosirea Elizei și aceasta observă imediat timbrul indian când poștașul îi dădu plicul. Se întrebase dacă îi va scrie Clifford și trăise cu spaima că va primi vești de la el. Câtă vreme nu-l vedea, putea să nu se gândească la el. Nici nu spera să primească ceva de la Jay.

Auzi vocea ascuțită a Annei.

– A venit ceva pentru mine?

Plicul era pentru Anna, așa că Eliza i-l întinse imediat ce mama ei apăru în micul hol. Preț de o secundă, se gândise să-l deschidă ea prima și după aceea să pretindă că n-a observat că nu îi e adresat.

Anna luă plicul și se duse în dormitor, lăsând-o pe Eliza perplexă. Nu recunoscuse scrisul, dar sigur scrisoarea trebuie să fi fost de la Clifford. Cine mai știa adresa mamei ei și de ce să-i scrie Annei și nu ei?

Când văzu că Anna nu se mai întoarse, presupuse că se așezase să tragă un pui de somn, așa că Eliza se apucă să curețe vechiul pod, locul în care se depozitau tot felul de lucruri nefolositoare. N-o deranjau praful și lemnul de santal, deși mirosul niciodată nu păruse atât de intens. Se așteptase ca aromele din copilărie să fie mai puternice, așa cum și culorile păreau mai vii pe vremuri, și totuși, în ciuda acestor lucruri, îi amintiră de zilele singuratice de vară, când alerga pe scări sus ca să se ascundă sub un cearșaf aruncat peste mobile, în timp ce mama ei se ducea afară ca să bea. Mai târziu, se sălta în vârful picioarelor ca să se uite prin fereastra mică. Câmpul din fața casei părea atât de lat, cu țăranii ce-și frecau cu palme bătătorite cefele amorțite de la atâta aplecat.

Îi privi și acum – lucrând pe micile parcele dreptunghiulare –, apoi puse deoparte câteva suluri de tapet și mută niște cutii. În spate, lipit de perete, se afla un cufăr demodat din piele. Avea două închizători metalice și două curele din pânză legate chiar pe mijloc. Eliza se lăsă pe vine, desfăcu cataramele, răsuci cheia și capacul se dovedi mai ușor decât sugera aspectul lui.

Nu știa la ce să se aștepte. Poate doar ca vechiul cufăr să fie plin. Surprinsă, descoperi o sticluță cu ulei din lemn de santal, sursa parfumului din încăpere. În interior, descoperi și o valiză. O scoase, apoi duse sticluța la nas și adulmecă. Aroma, care-i aminti de pielea lui, se împrăștie în jur, de parcă el ar fi fost acolo. Puse iute sticluța la loc. Hotărâse să-și vadă de viață, să treacă peste pierderea lui Jay, să învețe cum să trăiască din nou și cu asta basta, dar sentimentele nu erau atât de simplu de șters. Cel puțin, atâta vreme cât rămânea cu mama ei, nu trebuia să înfrunte realitatea căsătoriei iminente. Deși se străduise din răsputeri să nu se gândească la Jay, când își dădu seama că micul obiect din India așteptase în cufăr ani la rând, îi trecu prin minte încă o dată că o mână ascunsă o ducea înapoi în India. Sigur pentru un motiv anume. Doar nu se întâmpla totul pentru nimic.

O etichetă de bagaj lipită pe fața valizei arăta desenul încețoșat al unei clădiri grandioase și un nume: *Hotelul Imperial, Delhi*. În interior, un obiect dreptunghiular fusese înfășurat în hârtie albă și legat cu sfoară. Eliza o desfăcu, rupse hârtia și scoase la iveală o fotografie înrămată. Doi adulți și un copil mic. Hârtia se decolorase și era pătată. Întoarse fotografia și citi numele unui studio fotografic din Delhi.

Mai târziu, se duse în camera Annei ca să o întrebe cine sunt oamenii din poză. Inima îi tresări când deschise ușa. Dormitorul duhnea a gin. Eliza se apropie de Anna. Îi îndepărtă părul negru și subțire de pe fruntea asudată – atât de diferit de părul ei bogat –, copleșită de o tristețe insuportabilă. N-o mai judecă, ci i se făcu doar milă de ea. Se uită în jur să vadă ce se întâmplase cu scrisoarea, gândindu-se că din cauza ei se supărase Anna și o zări în coș, ruptă în două. Alătură bucățile și citi anunțul lui Clifford despre logodna lor. Sperase să exise vreo veste despre explozia din Delhi. Clifford nu i-ar fi povestit Annei ce se întâmplase cu Jay, dar ar fi putut menționa dacă fotografiile și plăcile Elizei se aflau în siguranță sau nu.

După-amiaza continuă să se târască până când umbrele se alungiră afară. Tocmai se gândea să gătească ceva pentru cină, când auzi o respirație hârâită.

– Pleci.

Era o afirmație, nu o întrebare, rostită cu un glas răgușit.

– Încă nu, mamă. Cel puțin nu pentru...

Mama ei o întrerupse.

– Întotdeauna pleci. Asta faci tu.

– Iar tu bei. De ce? De ce acum? Am crezut că erai mai fericită.

Așteptă o replică, dar mama ei se mulțumi să pufnească și își feri iute privirea.

– Mamă?

– Nu am mai fost fericită de când aveai cinci ani.

– Dar nu e vina mea! se repezi Eliza, temându-se că toate vechile acuzații începeau din nou.

– Ai citit scrisoarea?

Eliza încuviință.

– Ți-aș fi spus oricum despre nuntă.

Anna își țuguie buzele înainte să răspundă.

– Și totuși, a trebuit să aflu de la Clifford.

– Îmi pare rău. Serios!

Întinse o mână spre Anna și, când mama ei i-o refuză, o lăsă să cadă pe lângă corp.

Anna tuși slab, apoi începu să vorbească.

– Aveai numai cinci ani când am aflat despre tatăl tău.

– Despre jocurile de noroc?

– Despre târfa lui.

– Ai spus că sunt mai multe de aflat. În scrisoarea ta. La ce te refereai, mamă?

Anna clătină din cap și închise ochii. Părea că adormise. Se lăsase întunericul, se răcorise bine, așa că Eliza găsi o pătură pentru ea, apoi coborî scările.

Două zile mai târziu, Anna tot nu-și revenise suficient ca să iasă din dormitor. Eliza o îngriji cu atenție, învârtindu-se zi și noapte pe lângă ea, lăsând deschise ușile de la camerele lor, în caz că ar fi avut nevoie de ea. Într-o noapte o auzi strigând. Își trase un halat pe ea și se repezi în dormitorul Annei.

Aprinse veioza de pe noptieră și o văzu pe Anna scuturând din cap. O mișcare ușoară, tristă.

– Am un cont la poșta din Cheltenham. O sumă infimă, dar va fi a ta.

– Nu-ți bate capul cu asta, mamă!

Eliza înghiți în sec când o văzu pe Anna deschizând ochii, bălmăjind altceva și apoi închizând ochii din nou. Continuă să bolborosească vorbe imposibil de deslușit. Își aminti brusc toate momentele neplăcute în care mama ei băuse. Inspiră adânc. De data asta era altfel. În cameră domnea o tăcere oribilă, tulburată din când în când de hârâitul greoi al Annei. Brusc, femeia gemu, se încruntă și își lovi palmele.

– Vrei să-ți aduc ceva?

Anna zâmbi strâmb și vorbi în șoaptă, aproape imperceptibil. Eliza încercă s-o liniștească, dar mama ei continuă să o privească fix până i se umplură ochii de lacrimi.

– Am greșit cu ceva.

– Te rog, nu te mai agita! Ce mai contează acum?

– Contează.

Se opri, suspinând.

Neînțelegând despre ce e vorba, Eliza habar n-avea ce să spună.

Anna își șterse lacrimile și o bătu ușurel pe mână, apoi tuși și nu mai izbuti să vorbească preț de câteva secunde. Când deschise gura, i se întunecă privirea și expresia de pe chip i se schimbă radical. Eliza tresări când observă o urmă a mâniei de pe vremuri, dar totul se termină cât ai clipi și, în loc, nu mai rămaseră decât niște ochi pustiiți și o piele subțire ca hârtia. Devenea tot mai greu să și-o amintească și altfel.

Mama ei o apucă de mână, chinuindu-se să zâmbească, dar ochii umezi i se înroșiseră.

– Te rog! E prea târziu pentru mine, dar dacă tu...

Urmă o pauză scurtă și Eliza se strădui să priceapă semnificația vorbelor.

Anna tuși din nou și Eliza îi lipi de buze un pahar cu apă. Anna sorbi puțin, apoi icni ușor. Nu un suspin, ci mai degrabă scâncetul unui animal înfricoșat. Vorbi din nou.

– Trebuie să îndrepți lucrurile.

– Nu înțeleg.

Anna trase adânc aer în piept, izbuti să nu tușească din nou, apoi rosti cu glasul frânt.

– Vreau să-ți găsești sora.

Eliza rămase efectiv cu gura căscată. Sora ei? Dar ea nu avea nicio soră. Dintotdeauna, fuseseră doar ele două. Doar nu vorbea serios? O privi pe Anna, care acum adormise și abia mai respira. O mai supraveghe câteva minute, după care coborî la parter.

Mai târziu, Eliza veni cu sticluța de ulei parfumat să înmiresmeze camera, dar mirosul de boală stăruia în aer. Iar când mama ei adulmecă uleiul, începu să plângă amarnic, așa că Eliza îl duse afară unde nu putea să deranjeze pe nimeni.

Încercă să o întrebe despre sora de care pomenise, dar Anna părea să fi uitat cu totul, iar Elizei nu-i mai rămase decât să-și privească mama cum se uită la ea de parcă nu ar fi știut cine e. Apoi, din senin, Anna șopti:

– Soră vitregă. Am găsit-o odată în casă, obrăznicătura murdară...

După aceea căzu iarăși într-o stare de prostrație. Eliza rămase lângă ea ținând-o de mână, simțind cum viața mamei ei se scurge încetul cu încetul.

Apoi, fără niciun fel de avertisment, în timp ce Eliza ieșise să facă un ceai, inima Annei se opri. Avea doar 60 de ani. Eliza își înăbuși un suspin și o ținu de mână. Gâtuită, îi cântă unul dintre cântecele ei preferate din copilărie. Când termină, plânse așa cum nu mai plânsese niciodată în viața ei. Prea târziu... Iar acum nu mai exista nicio cale de întoarcere.

31

India, iulie

Înarmată doar cu mica fotografie pe care o găsise, Eliza se întoarse în India. Fusese plecată puțin peste două luni, dar ei i se păruse o viață întreagă. Casa nu-i aparținuse Annei, așa că, imediat ce moartea ei se înregistrase oficial și mica înmormântare tristă se terminase, Eliza nu mai avusese niciun motiv să rămână.

Se cază la Imperial, în Delhi, și încercă să dea de studioul unde fusese făcută fotografia. Din păcate, acesta se închisese de mult și Eliza se întrebă dacă avea să descopere vreodată ce se petrecuse. Mama ei fie delirase pur și simplu, fie spusese adevărul despre sora ei vitregă. Singurul lucru care aproape o convinsese era bărbatul din fotografie care aducea cu tatăl ei, deși nu arăta așa cum și-l amintea ea.

După Calcutta și Delhi, călători mai departe la Juraipore, unde Clifford o aștepta la gară. Îl întrebă despre explozia din Delhi și află că Jay își revenise de pe urma rănilor. Se simți recunoscătoare pentru veștile bune și îi mulțumi pentru amabilitate. Căldura șocantă o înfierbântase și se înroși și mai tare. Îi părea rău pentru el. Își promisese că își va da toată silința să-l iubească, dar acum înțelese că va fi imposibil. Înainte să o lase la Julian și Dottie, Clifford o asigură că plăcile și fotografiile ei nu dispăruseră în explozie. Cu excepția unui singur set, deja îi fuseseră trimise lui în Juraipore. Eliza răsuflă extrem de ușurată, dar când el o sărută, încercă să găsească o cale prin care să-și alunge gândurile la intimitățile lor viitoare. Cu mirosurile Rajputanei învăluind-o fără nicio opreliște și invadându-i nările, izbuti mai degrabă să-și amuțească durerea provocată de moartea Annei. Era tot ce știa să facă și totuși nu putu să împiedice apariția unui sentiment adânc de neajutorare.

În casa doctorului, primele două zile o ținură ocupată cu un mic cocktail, un ceai dansant și o seară dedicată jocului de bridge. După aceea, fiindcă era atât de cald, nu ieșiră deloc și Eliza îi convinse pe ceilalți că se descurcă bine, când pentru ea chiar și cele mai mărunte aspecte ale traiului zilnic reprezentau o povară. Nu trecu mult și aproape că uită mirosul aerului umed englezesc și se dărui aerului uscat al deșertului.

Într-o dimineață, cuprinsă parcă de febră, se trezi cu o imagine terifiantă în minte. Se văzuse ca într-o minge de foc, înconjurată de un cerc auriu de flăcări. Începu să suspine și soția doctorului o auzi.

Dottie era foarte mămoasă, deși nu avea copii. Își sufoca soțul cu grija ei, iar acum făcea același lucru cu Eliza. În ciuda intențiilor ei, bune de altfel, Eliza își dorea să-și poată acoperi urechile cu palmele și să urle la ea să plece și să o lase în pace. O atitudine nedreaptă față de Dottie, care întotdeauna se dovedise bunătatea întruchipată, dar Eliza voia să se cufunde în propria suferință și să nu primească alinare din partea nimănui. Deși Dottie se strădui din răsputeri s-o convingă să se îmbrace și să coboare, Eliza se întoarse cu fața la perete, mânia înăbușită consumând-o încetul cu încetul.

Puțin mai târziu, auzi pași grei pe palier și un ciocănit ușor la ușă. Își dori atât de mult să fie Jay, încât, pentru o clipă nebună, chiar speră că el era și se ridică iute din pat. Când Clifford intră, se așeză la loc și refuză să se uite la el.

– Haide, iubito, spuse el. Sunt fericit că ești acasă, dar purtarea ta de acum mă irită.

Ea nu răspunse. Nu-și mișcă niciun mușchi.

– Viceregele va trece pe aici săptămâna viitoare. Am nevoie de tine să fii în cea mai bună formă.

Se întoarse cu fața la el și deschise ochii.

– Nu sunt un nenorocit de cal, Clifford.

Zări exasperarea din ochii lui, dar puțin îi păsa. Se întrebă dacă el știa ceva de sora ei, dar când deschise subiectul el o privi cu ochi goi și spuse că Anna probabil delirase. Eliza nu mai avea pe cine să întrebe, așa că hotărî s-o lase baltă.

Îi suportă săruturile umede și, din fericire, el nu-i ceru mai mult, dar, când se gândi la ce avea să urmeze, i se făcu rău. Ori de câte ori el îi cerea să stabilească data nunții, ea găsea o scuză. Prea curând după moartea mamei ei. Prea cald. Prea târziu în cursul anului.

Când nu simțea durerea sfâșietoare provocată de lipsa lui Jay, se gândea la mama ei, pe care viața o torturase până în ultima clipă. Insuportabil de trist. Apoi se întreba dacă Anna strălucise vreodată luminată din interior. Fusese vreodată fericită? Dacă da, David Fraser îi răpise lumina, iar ea fusese atât de fermecată de tatăl ei, încât nu o băgase niciodată în seamă pe mama ei?

O soră vitregă?

Cuvintele îi răsăreau adesea în minte, tulburând-o. Zilele trecură una după alta. Într-o dimineață, Eliza intră în baie, se sprijini de chiuvetă și se privi în oglindă. Își cercetă pielea cenușie și părul slinos și văzu că schimbările nu reprezentau nicidecum o îmbunătățire. Se îmbăie îndelung și starea de spirit i se îmbunătăți.

Dormitorul avea perdelele grele trase și Dottie le lăsase așa după ce Eliza se plânsese că lumina îi rănește ochii. Gazda ei intră cărând o cutie.

– Eliza, spuse ea. E pentru tine, dar mai întâi voi desface perdelele. E închis aici și ai nevoie de aer proaspăt și de lumină.

Eliza privi spre punctul luminos pe unde se strecurau razele soarelui. Îi înțepară ochii ca un pumnal, forțând-o să se răsucească într-o parte.

– Nu-mi pasă, o informă Dottie. Întoarce-te cu spatele dacă trebuie, dar eu aerisesc camera.

Eliza auzi sunetul perdelelor trase și zări lumina invadând încăperea. Dottie se apropie de ea.

– Te-ai spălat pe cap.

– Da.

– E un început.

Dottie îi mângâie mâna.

– Hai să deschidem cutia.

Luară loc pe sofaua de două persoane așezată lângă fereastră, special ca să poți admira grădina.

– E de la Clifford, o lămuri femeia cu un ton neutru.

Eliza deschise cutia și înăuntru găsi o casetă din piele. Surprinsă, scoase din ea un Leica nou modelul C, Schraubgewinde, alături de un obiectiv și un telemetru ce putea fi atașat deasupra aparatului.

– Ce drăguț din partea lui! exclamă Dottie. Ai fi putut nimeri mai rău decât cu Clifford.

Eliza simți un licăr de entuziasm. Un aparat nou însemna mult.

– Trebuie să fi costat o avere. Nu-mi vine să cred!

– Știu că nu e dragostea vieții tale, continuă Dottie, dar sigur asta dovedește cât de mult îi pasă de tine.

– De unde știi că nu e dragostea vieții mele?

– Draga mea, mi-ai povestit doar, nu-ți amintești? În fine, se vede în ochii tăi. Întotdeauna în ochi. Am trecu și eu prin asta, în felul meu.

Uimită de o asemenea confesiune, Eliza se holbă la prietena ei.

– Nu te uita la mine așa, spuse Dottie. Era un tip oarecare din armata britanică, un londonez, o partidă complet nepotrivită... dar l-am iubit.

– Nu te judec. Cum aș putea?

– Nu le-am povestit multora despre asta, așa că am încredere că n-o să arunci cu vorbele în stânga și-n dreapta, dar am rămas însărcinată cu el. Rușinea o distrugea pe mama, așa că am căzut de acord să mă mărit cu Julian.

– Și copilul? întrebă Eliza, cu glas nesigur.

– Am avortat.

– Îmi pare atât de rău!

Se lăsă tăcerea pentru o clipă.

– Și nu ai mai făcut altul?

– Nu e nevoie să-mi arăți milă. Multă vreme am fost moartă pe dinăuntru, dar eu și Julian am ajuns să fim fericiți și îl iubesc din toată inima.

– Ar fi o impertinență din partea mea să te întreb de ce n-ai mai avut copii?

– Mi-e teamă că Julian nu poate.

– Știai atunci când te-ai măritat cu el?

Dottie clătină din cap și ochii i se umplură de lacrimi. Eliza îi înconjură umerii cu brațul.

– Când am fost în Anglia, mama a bolborosit ceva despre o soră vitregă.

– Serios? Ai idee cine e?

– Nici vorbă. Nici măcar nu știu dacă e adevărat.

– Ei bine, spuse Dottie, lasă-mă să fiu sora ta.

Stăteau așa înlăcrimate, când Clifford intră în cameră.

– Dumnezeule, Dottie, sper că nu ai luat boala plânsului de la Eliza! se stropși el.

Eliza încercă să scoată un hohot de râs, în timp ce Dottie își șterse lacrimile cu palmele.

– Nu fi caraghios, Clifford! spuse Eliza. Dottie n-are nimic.

– Așadar? Îți place aparatul?

Eliza se ridică în picioare și se apropie de el.

– La nebunie! Modelul perfect pentru mine. Mulțumesc.

Clifford, foarte încântat, o ciupi de obraz.

Aparatul se dovedi exact lucrul de care avea nevoie Eliza. Imediat se apucă să fotografieze frumoasa grădină a lui Dottie, casa, pe Dottie și apoi îl imploră pe Clifford să-i dea un servitor să o însoțească în oraș ca să exploreze zonele vechi. Acolo surprinse chipuri, flori, mâncare, aproape tot ce întâlni. Crezu că o zărește pe Indi, dar când persoana se întoarse, observă că nu e ea. Totuși, deveni și mai hotărâtă să se întoarcă la castel să-și ia echipamentul.

Într-o după-amiază, rătăci de colo până colo fără țintă, apoi se așeză liniștită în grădina lui Dottie, scăldată de razele soarelui, întrebându-se cum să prezinte subiectul vizitei ei la castel ca să aranjeze recuperarea bagajelor. Când Clifford apăru, venind spre ea cu pași mari și cu un zâmbet larg pe față, își dădu seama că ar fi trebuit să se așeze într-un fotoliu din răchită.

Bărbatul luă loc lângă ea pe bancă, dar nu vorbi. Eliza îl privi câteva momente, ținându-și mâinile în poală și reușind să se îndepărteze de el puțin.

– Ce e? întrebă ea E limpede că mori de nerăbdare să-mi povestești.

– Într-adevăr, zise el.

Eliza șovăi sub privirea lui directă.

– Ideea e, draga mea, că ți-am luat-o înainte și am stabilit data.

– Ah! rosti ea, uitându-se în pământ și netezindu-și cutele fustei.

Când încercă să mai găsească și altceva de spus, mintea ei se goli complet.

– Nu pari foarte fericită. Am crezut că vei fi încântată.

Eliza clipi des ca să alunge fierbințeala lacrimilor ce se formau și respiră adânc și rar. Clifford știa foarte bine că ea voia o amânare și, chiar dacă n-ar fi știut, tot rămase neplăcut surprinsă să constate că avea obrazul mai gros decât bănuise. Își aminti cum, odată, chiar îl considerase un bărbat sensibil. Cât de rău se înșelase!

El încă aștepta un răspuns, așa că Eliza își ridică privirea, dar nu spre el. Imaginea lui Jay întipărită în mintea ei o făcea să sufere. Atracția dintre ei nu putea fi explicată rațional. Jay nu numai că era chipeș și inteligent, dar dădea dovadă și de sensibilitate. Ca să nu mai pomenească de felul în care se purta cu ea, de parcă vorbele ei ar fi reprezentat subiecte de maxim interes.

– Când? întrebă ea într-un târziu.

– Octombrie. Se mai răcorește până atunci. Nu va mai fi căldura asta blestemată.

– Unde?

– Aici, în Juraipore.

Nu aici! Nu chiar sub nasul lui Jay! Se sili să-și ascundă oroarea și, dându-și seama că-și frământa mâinile în poală, se liniști brusc.

– Atât de curând?

– Nu întinerim și dacă vrem să auzim tropăitul unor piciorușe... ei bine, cu cât începem mai repede să exersăm, cu atât mai bine.

Clifford se înroși, iar ea pretinse că nu observă, închizând ochii. Era iulie. Asta însemna că nu mai avea decât trei luni la dispoziție. Imaginea lui Jay deveni mai intensă.

– Speram să pot fotografia ceva mai mult timp. Înainte de a avea copii, mă refer, rosti ea calm, de parcă ar fi fost cel mai simplu lucru de sugerat.

– Eliza, ai 30 de ani. Realist vorbind, nu mai putem amâna. Așa că nu, nu cred.

Eliza deschise ochii brusc.

– Dar mă gândeam să fac fotografii în toată lumea. La Paris sau în Londra măcar.

El se întinse și îi apucă mâna.

– Nu mă asculți. Am zis nu. Vei fi soție și mamă, una eminamente capabilă. Te asigur că nu-ți vei mai vedea capul de treburi.

O bătu ușurel pe mână și îi dădu drumul.

– Mai bine păstrezi fotografia ca pe un hobby, dacă facem copii.

Eliza se ridică în picioare și, simțindu-se rece ca oțelul în interior, îl privi direct în ochi.

– Dacă e să mă mărit cu tine, Clifford, trebuie să lămurim un lucru. Nimeni nu-mi va porunci niciodată ce să fac și ce să nu fac. Iar mâine mă duc la castel să-mi recuperez lucrurile. Am încredere că-mi vei da o mașină. Sau poate preferi să mă duc într-o căruță trasă de cămilă? În definitiv, așa am și sosit.

Eliza se îndepărtă câțiva pași și îl auzi venind după ea, dar, când se întoarse să se uite, văzu că el pornise în direcția opusă, ieșind din grădină.

Când Chatur o primi în capătul rampei lungi ce ducea la poarta principală, toate cuvintele pe care le repetase îi zburară din minte. Făcu un pas spre ea și îi flutură câteva foi de hârtie fotografică înnegrite, de genul celor folosite pentru fotografiile imprimate.

Ea se încruntă.

– Ce e asta? De ce sunt negre?

Chatur își ridică degetele murdare de funingine și îi dădu hârtiile.

Eliza le adulmecă.

– De ce au fost arse?

El afișă o expresie suferindă.

– Sunt dezolat. A avut loc un incendiu.

Eliza simți într-adevăr mirosul de foc, dar intui că la mijloc e și altceva. O păcăleală.

– Nu te cred, spuse ea. Unde?

– Camera obscură a luat foc. La fel, și camera dumneavoastră.

– Adică tot echipamentul meu și hainele mele au ars?

Vocea i se gâtuise, de parcă primise un pumn în stomac.

– Au ars de tot, clătină el din cap. Mare păcat!

Eliza își îngustă privirea, plecându-și capul într-o parte ca să-i arate că se îndoiește de vorbele lui, apoi își șterse sudoarea de pe frunte când tulburarea ce-i curprinse sufletul se înrăutăți.

– Când s-a întâmplat asta? întrebă ea.

Încă o dată Chatur îi aruncă o privire tristă.

– Noaptea trecută. Iar dumneavoastră tocmai ce ați sosit. Atât de aproape și totuși atât de departe. Păcat!

Nu avea nimic de câștigat dacă se certa cu el, dar ceva din ochii lui îi întăriră hotărârea. Incapabilă să se gândească la o replică adecvată, strânse din dinți. Își ridică privirea spre castel, se întoarse cu spatele la Chatur și se urcă în mașină fără să-și ia la revedere.

Când ajunse acasă la Dottie, hotărârea ei se risipi. Părea că, de fiecare dată când ieșea din oceanul de disperare, ceva o împingea la loc. Închise ochii, imaginându-și adâncurile unei fântâni. În Rajputana, fântânile umede și întunecate fuseseră folosite atât de sinucigași, cât și de criminali și probabil că și în prezent lucrurile stăteau la fel. O imagine suficient de impresionantă ca să o smulgă din momentul de panică. Totuși, se simțea zdrobită. Fără echipamentul ei și fără haine, nu-i mai rămăseseră decât niște resturi de la Oliver, sumele lunare pe care le strânsese, și micul fond de economii pe care mama ei i-l lăsase la poșta din Cheltenham. Cu greu se putea numi o avere.

Se simți atât de furioasă și de frustrată, încât înjură și începu să se învârtă prin dormitor. Doborâtă de căldură și neștiind ce să facă pentru a se calma, zăcu pe pat cu fața în jos și lovi perna cu pumnii, dorindu-și să fie Chatur cel care încasează loviturile.

Probabil că Dottie o auzise, fiindcă intră în dormitor și se lăsă pe vine lângă pat. Se întoarse să se uite la ea și Dottie îi zâmbi încurajator, întrebând-o ce era cu tot zgomotul acela. Eliza îi aruncă o privire furioasă.

– Nenorociții ăia mi-au distrus tot echipamentul.

– Cine?

– Chatur și toți ceilalți de la castel. Au ars totul. N-am crezut inițial, dar este exact genul de lucruri pe care le fac ei. Mă rog, Chatur. Nu înțeleg cum de au știut că mă duc azi acolo.

– Draga mea, probabil Clifford i-a sunat să-i anunțe de sosirea ta. Știi și tu... încerca să ajute. În orice caz, poți cumpăra alt echipament, nu?

Eliza clătină din cap și adăugă:

– Mi-am pierdut și hainele în incendiu. Acum nu mai am decât câteva lucruri.

Arătă spre șifonier.

Dottie zâmbi șiret.

– Nu e cazul să disperi. Ridică-te și hai cu mine!

Eliza o urmă, nedumerită. Cele două femei părăsiră dormitorul și merseră până la o mică încăpere din capătul casei.

– Ce-i aici? întrebă Eliza, privind în jur.

– Hainele pe care le vezi sunt prea mici pentru mine. M-am îngrășat puțin în ultimul an. Păcat, fiindcă una sau două sunt încântătoare. Probează oricâte dorești și ia-ți tot ce ți se potrivește.

– Ești sigură?

– Puțin probabil să mai slăbesc. Cele mai multe nu sunt vechi, așa că nu le vei considera demodate.

– Avem cam aceeași înălțime, nu? întrebă Eliza.

– Poate sunt mai înaltă cu câțiva centimetri, dar le putem modifica dacă este necesar.

O oră mai târziu, transpirată toată, Eliza se declară mulțumită, fiindcă alesese trei bluze, două fuste și două rochii. Din păcate, Dottie nu avea pantaloni, dar tot ce-i lipsea putea găsi în bazarurile inundate de soare. Dottie îi promise că îi va da o slujitoare indiană s-o însoțească pentru a cumpăra haine indiene de la bazar. Slujitoarea va pretinde că lucrurile sunt pentru ea ca vânzătorii să nu mărească prețul.

Și exact asta făcură. După două ore în jungla fierbinte, insuportabilă, a bazarului, Eliza reuși să găsească tot ce-și dorea. Deși străzile miroseau a pește și a canalizare, se bucură de mica excursie și, când se întoarse la Dottie, spre sfârșitul zilei, cerul sclipi în nuanțe de roz-aprins chiar înainte ca soarele să dispară definitiv.

32

Eliza și Dottie rearanjau cu mare grijă biblioteca atunci când se auzi un ciocănit la ușa din față. Deși era încă devreme, un ventilator mic mișca aerul și ridica norișori de praf ce dansau în razele soarelui. Chiar și la ora aceea, căldura se vădea insuportabilă și Dottie îi explicase că, înainte de venirea ploilor, fără nicio altă modalitate de răcorire, toată lumea devenea arțăgoasă.

– Mă duc eu, spuse Dottie, ștergându-și mâinile de șorțul pe care îl vârî apoi sub o pernă.

Eliza ridică din sprâncene nedumerită.

Dottie zâmbi.

– Ei bine, nu se știe niciodată.

În vreme ce Dottie era pe hol, Eliza privi pe fereastră la arborele-zeilor uriaș din grădină. Își dorea nespus să stea la umbra lui și, cu toate că știa că nici măcar umbra lui nu ar fi răcorit-o deloc, aerul se uscase mult prea rău și o deshidratase îngrozitor.

Câteva minute mai târziu, Dottie se întoarse cu un plic alb, mic în mână.

– Pentru tine, rosti ea. De la castel.

Eliza îl luă și se holbă la el, cuprinsă brusc de presimțiri tulburătoare.

– N-ai de gând să-l deschizi? o întrebă prietena ei cu o privire cercetătoare.

– Eu... da, desigur. Doar că...

– Ce?

– Mă port ca o caraghioasă.

Deschise plicul și scoase o foaie de hârtie. După primele rânduri, picioarele începură să îi tremure puternic. Se așeză brusc și citi totul încă o dată, dar tot nu-și reveni din șoc.

– Vești proaste? se interesă Dottie curioasă.

– Nu sunt sigură.

– Haide, povestește-mi!

Eliza șovăi, neștiind dacă ar trebui să-i dezvăluie ce scrie pe bilet. După o clipă, vorbi. Nu avea nimic de câștigat dacă mințea.

– Jay vrea să mă vadă. E undeva, într-o tabără...

Dottie se albi la față și se așeză lângă ea.

– Crezi că e o idee bună?

Eliza clătină din cap.

– Ce spune de fapt?

Îi întinse hârtia lui Dottie, care citi și apoi își ridică privirea.

– Ce îngâmfare! E convins că vei lăsa totul baltă și te vei duce la el.

Eliza încuviință.

– Nu mă pot duce.

– Nu.

Se așternu tăcerea. Dottie vorbi prima. O privi pe Eliza și zâmbi strâmb:

– Dar nici nu poți să nu te duci, nu?

Eliza își plecă fruntea, prea copleșită de emoții ca să gândească.

– Așadar? o presă Dottie. Din ce zice el aici...

Lovi biletul cu unghia, apoi i-l înapoie Elizei.

– Nu mai ai decât o oră la dispoziție înainte ca mașina să vină să te ia.

– Nu pot. Clifford ar fi extrem de furios.

– Da.

– O să mă urăști. Toată lumea o să mă urască.

– N-aș face niciodată asta. Ești prima mea prietenă adevărată din Rajputana. Am așteptat cu nerăbdare să locuiești lângă mine, dar te înțeleg, serios... Te-am văzut cu Clifford. Am observat cum te ferești de atingerea lui, chiar dacă te-ai străduit să ascunzi.

Eliza se rușină, dar până și vocea lui îi zgâria urechile. Își mușcă interiorul obrazului înainte de a răspunde.

– Dacă mă duc, și Jay nu mă vrea?

– E un risc. Ar trebui să te duci, dar, dacă te hotărăști că vrei să te întorci, atunci trebuie s-o termini cu Jay. Definitiv. Nu sunt rea, dar chiar trebuie să iei o hotărâre și să o respecți.

Eliza se ridică în picioare în același timp cu Dottie și cele două femei se îmbrățișară.

– Ai fost foarte bună cu mine, Dottie.

Femeia zâmbi larg.

– Voi fi întotdeauna aici. Și, între timp, îi voi spune lui Clifford că ai nevoie de o pauză și ai plecat cu o prietenă de-a mea.

Când soarele ajunse la zenit, Eliza plecă spre Jay. Habar nu avea ce se va întâmpla, dar să nu se ducă ar fi însemnat să întoarcă spatele propriei persoane. În timpul călătoriei, imaginea lui îi răsări în minte și o tulbură, speranțele nereușind să întreacă spaima că nu-l va găsi acolo.

Coborî geamul și un cerșetor îi zâmbi, așa că îi aruncă niște rupii, crezând că e o întâmplare norocoasă. Surâse în sinea ei. Devenea deja una de-a lor, cum ar spune britanicii? Dacă da, nici că-i păsa. Se simțea liberă și sângele îi cânta prin vene. O băștinașă minunată, strălucitoare, asta va fi, șopti ea și cuvintele i se învârtiră prin minte până când ameți de-a binelea.

Starea de agitație continuă și când trecură pe lângă un șir de cămile care ieșeau dintr-un sat. Mai departe, observă câțiva fermieri și adolescenți ce-și mânau bivolii. Șoferul ei o duse prin sate cu colibe din chirpici și acoperișuri din stuf și abia atunci îndoiala începu să i se strecoare în suflet. Eliza plesni un țânțar care îi tot zbura bezmetic pe lângă obraji. Fruntea îi deveni fierbinte. Mult prea fierbinte. Ce naiba avea în cap? Jay pocnise din degete, iar ea venise fuguța. O altă voce își găsi loc acum în mintea ei. Mama ei care o certa, spunându-i să nu fie proastă. Dar asta nu era o simplă lovitură peste degete, ci ceva mult, mult mai rău, care mergea în profunzimea ființei ei, care o ducea înapoi în zilele neplăcute când mamele trebuiau tratate cu precauție, iar tații nu mai veneau niciodată acasă.

Astăzi, ființa ei era un loc al umbrelor, dar când o pală de vânt fierbinte îi aduse în ochi un val de praf și de insecte, Eliza reveni cu picioarele pe pământ. Își dorea lumina soarelui și mai mult decât orice altceva, voia să stea dreaptă alături de Jay în fața lumii.

Voia să fie ca femeia pe care o întâlnise la Paris, al cărei țel era să fie fotograf și, deși Eliza pricepuse că într-o zi ar fi putut să se căsătorească, nu considera că realizase suficiente lucruri. Nu știa cum și când, dar trebuia să-și recupereze echipamentul de la castel ca să vadă cât de distrus era. Și, indiferent de ceea ce urma să se întâmple cu Jay, poate chiar va putea să organizeze o expoziție la hotelul Imperial, chiar dacă va fi nevoită să îi reducă dimensiunile și să se descurce singură.

Căldura, apăsătoare și neiertătoare, o epuiză, dar continuă să zâmbească. Primul semn că se apropiau de destinația lor apăru sub forma unui fum cețos ce atârna nemișcat pe cerul de un albastru orbitor. Îndepărtă cu mâna mai multe muște enervante, apoi simți mirosul de cărbune ars și aroma dulce, ademenitoare a cărnii fripte.

Când tabăra se contură în zare, apărură și primele semne că devenea conștientă cu adevărat de situație: un ritm nebun al inimii și palme transpirate. Deșertul o orbi cu frumusețea lui, dar un cort extraordinar cu dungi roșii și argintii, înconjurat de zeci de torțe aprinse îi atrase atenția. Îl ridicase special pentru ea sau așa plănuise să arate oricum? Era ea centrul scenariului sau nu?

Se uită în jur să vadă dacă-l zărește pe Jay, dar nu observă decât un stol de păsări avântându-se spre cer. Pentru Eliza, urmă un moment de dezamăgire zdrobitoare. Poate încă nu sosise, se gândi ea, când șoferul o ajută să coboare și îi cără valiza în direcția cortului.

– Așteaptă! strigă ea. O duc eu înăuntru.

– Camera dumneavoastră e pe partea dreaptă, spuse bărbatul.

Tresări surprinsă. Habar nu avea că un cort putea conține mai multe camere, dar acesta era atât de mare... Pânza de la intrare fusese ridicată și prinsă. Dădu la o parte perdelele ușoare de muselină și se trezi într-un mic vestibul. Ce bizar, un cort cu hol! Trase într-o parte o altă perdea mai grea din dreapta și pătrunse în camera care-i aparținea.

Întregul interior era plin de șiruri de perdele din mătase rubinie, strânse mănunchi în vârful cortului, mai degrabă în stilul corturilor demodate de circ. Însă patul o impresionă cel mai tare. Cadrul era pictat în auriu, iar lenjeria și pernele aveau culoarea argintie. Petale de trandafir fuseseră împrăștiate pe pat și în jurul lui, pe podeaua cu covoare chilim splendide, țesute manual, cum nu mai văzuse vreodată. Exista chiar și un șezlong, o masă mică și o toaletă.

Se așeză pe pat uluită, dar și ușor nedumerită. În aer plutea un parfum plăcut și, când adulmecă, își dădu seama că vine de la două opaițe puse în două colțuri. Un amestec de trandafir și de portocale dulci. Totul părea incredibil. Se gândi la picnicul simplu de care se bucurase alături de mama ei și își dori ca Anna să fi putut vedea asta. Totuși, așa cum stătea pe marginea patului, se cutremură tulburată. De ce o adusese Jay aici? Poate biletul nici nu venise de la el?

Auzi un foșnet ușor și își ridică privirea. Jay, cu o expresie gravă, stătea tăcut chiar acolo, în camera ei. Imaginea mâinilor lui plimbându-se într-o mișcare continuă, fluidă pe corpul ei îi trecu prin minte și simți un fior pe șira spinării. Dar el părea atât de îndepărtat... Precum soarele în mijlocul iernii englezești. Eliza clipi ca să-și oprească lacrimile. La ce se gândea? De ce nu-i vorbea?

– Ți-ai revenit după explozie? întrebă ea nervoasă.

El ridică din sprâncene.

– Adică... am auzit că ești bine. Ce-a fost? O bombă?

Acum Jay se încruntă.

– Așadar, ne aflăm aici ca să discutăm despre bombe? Poate ar trebui să trecem la vreme. Ce părere ai?

Eliza își mușcă buzele, incapabilă să priceapă sensul sarcasmului său. Înghiți în sec și îi întâlni privirea. Existaseră momente când și-ar fi dat viața să-i vadă ochii chihlimbarii, cu gene lungi și negre. Acum nu putu decât să se chircească.

– Eliza, de ce ai stat departe de mine? A trebuit să aflu unde ești de la cumnata mea.

– Priya ți-a spus?

– Nu ratează nicio șansă să-și afișeze superioritatea sau să arate că are acces la informații confidențiale. Eliza, am încercat să te contactez.

– Îmi pare rău.

– Lasă-mă cu părerile de rău. Spune-mi de ce.

Ea oftă din toți rărunchii și își dori să-i poată spună despre înțelegerea ei cu Clifford. Să-i spună scurt... *Am făcut-o pentru că te iubesc. Am făcut-o pentru tine.*

Încă era prea cald și își șterse sudoarea de pe frunte.

– Mă mărit cu Clifford în octombrie, rosti ea, dar nu suportă să se uite în ochii lui.

Jay păși spre ea și Eliza simți mirosul de lemn de santal al pielii lui. Îi stârni amintiri dureroase, dar, când Jay răspunse, din vocea lui răzbătu furia.

– Asta e tot ce am însemnat eu pentru tine, tot ce am însemnat unul pentru altul? La naiba, Eliza! Cum ai putut?

Eliza ura ideea de a pierde aceste momente prețioase și totuși, păstrând tăcerea, chinuindu-se, deveni conștientă că exact asta făcea.

– Foarte bine, spuse el. Voi reveni mâine și atunci o să aranjez să te poți întoarce la logodnicul tău.

Aproape că aruncă vorbele asupra ei.

– Ai o servitoare aici care te va ajuta.

Apoi Jay plecă.

Eliza se lăsă pe pat și observă că tavanul cortului era acoperit cu stele argintii. Se rostogoli pe burtă și lăsă lacrimile să curgă. Ce se întâmpla cu ea? Venise tocmai până aici pentru că îl iubea, iar acum îl refuzase pur și simplu. Adevărul era că, dacă nu rupea logodna cu Clifford, nu se putea numi o femeie liberă. Deși încă nu îi lega niciun act oficial, nu putea să fie atât de nechibzuită sau de insensibilă. Dar dacă Jay plecase pentru totdeauna? Ideea îi aduse lacrimi în ochi.

Încercă să-și spună că fusese norocoasă că îl cunoscuse. Făcuse parte din viața ei, chiar dacă pentru o scurtă perioadă, și va găsi o cale să prețuiască acest lucru, păstrându-i amintirea într-un colț ascuns și sigur al minții ei. Și ce dacă nu puteau să fie împreună pentru totdeauna? Aflase ce e dragostea, spre deosebire de mulți alții. Totuși, după ce se gândi, se întrebă cât de bine îl cunoștea. Cât din ce știa ea era el cel real și cât de mult doar închipuirea ei? Poate nici nu conta. Fiindcă, atâta vreme cât își amintea vocea lui gravă, o părticică din el îi va aparține întotdeauna. Era singurul bărbat pe care îl iubise, cu excepția tatălui ei și încă simțea dragoste față de David Fraser, indiferent de faptele lui. Nu va uita niciodată iubirea sălbatică și imperfectă a lui Jay și nici bătăile iuți ale inimii lui, atunci când se apropia de ea. Nu va mai vorbi despre asta, nu se va mai apăra și va învăța să trăiască fără el.

Când veni servitoarea, Eliza văzu că e vorba de Kiri.

– Doamnă...

Femeia o salută cu palmele unite ca de obicei.

– Kiri, mă bucur să te văd! spuse ea, înăbușindu-și un suspin.

Kiri se apropie și îngenunche pe podea lângă pat.

– Dați-mi mâinile, memsahib.

– Ah, te rog, nu-mi spune așa!

– Și cum să vă zic atunci?

– Eliza?

Femeia zâmbi nervoasă.

– Nu pot. Doamnă e în regulă?

Eliza zâmbi în ciuda suferinței.

– E foarte bine și așa.

– Dați-mi voie să vă îmbăiez și să vă spăl pe cap. O să vă simțiți mult mai bine.

– Unde?

Kiri se ridică și arătă spre perdelele care înconjurau încăperea.

– Avem o baie. Veniți.

Eliza o urmă pe Kiri într-o baie spațioasă, cu o cadă din metal șlefuit, un closet din lut și covor pe jos. Pe o măsuță se afla un teanc de perne pufoase, alături de câteva prosoape.

– Vă voi face frumoasă.

– Nu sunt sigură că asta mă va ajuta acum, dar mă simt epuizată și poate o baie va ajuta.

– Doamnă, e îngrozitor la castel de când ați plecat. Prințul s-a purtat, cum se zice oare, ca un urs cu două capete.

Emoționată și rușinată, Eliza totuși întrebă:

– Ce crezi că simte pentru mine?

Femeia izbucni în râs.

– Nu știți?

Eliza clătină din cap.

– Când cineva vă pomenește numele, iese din cameră. Dacă mama lui vorbește de căsătoria cu o prințesă din depărtări, urlă la ea. Nu e nevoie decât să vă uitați la fața lui, doamnă. Acolo se vede.

Când Kiri începu să o săpunească blând și să-i ungă pielea cu ulei, Eliza închise ochii. Apoi, după ce îi curăță părul de praful deșertului, Kiri îi aduse un halat de mătase frumos, albastru-verzui, care se asorta cu ochii Elizei și o pereche de papuci brodați.

Femeia îi arătă un loc din partea opusă a camerei.

– Pe acolo trebuie să intru, Kiri?

– Da, doamnă, eu nu vă pot urma, rosti ea plecându-și privirea.

Eliza făcu un pas. Ar fi trebuit să se gândească la asta, dar abia atunci își dădu seama că Jay nu plecase și că o aștepta de partea cealaltă a perdelei. Se opri, se uită la Kiri din nou, dar femeia nu-și ridică fruntea.

Eliza trase perdeaua într-o parte și, călcând cu grijă, intră. Când ajunse în partea lui de cort – acoperit cu material albastru precum cerneala și cu fire ruginii –, nu-l zări pe Jay. Se uită la covoarele de un albastru mai deschis și atunci îi văzu picioarele. Stătea lângă un dulap de haine înalt, în spatele unor perdele de catifea. Când ochii i se obișnuiră cu penumbra – numai câteva lumânări și opaițe cu ulei luminau încăperea –, îl văzu făcând un pas înainte.

– S-a înserat acum, spuse el. Pot aprinde lămpile dacă vrei.

Ea clătină din cap.

– Văd și așa.

Tăcerea se prelungi cât se priviră fix unul pe altul. Apoi el traversă încăperea și Eliza îl lăsă să o conducă la un pat plin cu perne.

– Doar o să stăm împreună. E în regulă așa? întrebă el cu glas gâtuit.

Își aranjară amândoi pernele ca să stea confortabil pe patul jos, fără să vorbească. În ciuda demnității lui, Eliza îi simțea tristețea dulce din suflet, care nu făcea altceva decât să i-o sporească pe-a ei.

Imediat ce se așezară cu fața în sus, el îi căută mâna.

– N-ai plecat? întrebă ea.

Tăcere.

– Jay?

El oftă adânc și se întoarse spre ea.

– Uită-te la mine, Eliza!

Ea își schimbă poziția, astfel încât să-și poată răsuci capul și să-l privească direct. Suferința din ochii lui aproape că o doborî și se chinui să-și stăpânească lacrimile.

Continuară să se uite unul la altul și Jay zâmbi.

– Spune-mi adevărul, iubito. Pentru Dumnezeu, de ce?

– Clifford.

El rămase mut, dar intensitatea privirii lui îi dezlegă limba. Își dădu seama că îi este imposibil să-l mintă pe Jay și că, acum, când era cu el, regăsise un loc în care putea fi sinceră cu ea însăși.

– Mi-a promis că te eliberează din închisoare cu imunitate totală pentru faptele tale din viitor.

– Dacă îți dădeai consimțământul să te măriți cu el?

Ea încuviință.

– În apărarea lui, ideea i-a aparținut mamei tale. Te rog să nu fii supărat pe ea, adăugă Eliza când îl văzu încordat. A sugerat asta ca să te protejeze, Jay.

– Foarte bine. Dacă tu crezi că asta s-a întâmplat, să vorbim despre altceva. M-am întâlnit cu Devdan. A recunoscut că a fost abordat de Chatur care l-a rugat să-l ajute să-mi însceneze treaba cu pamfletele.

– Dar de ce-ar fi de acord Devdan cu așa ceva?

– Există motive.

– Precum?

– Eliza, chiar nu-ți pot spune.

Ea ridică din umeri.

– Și nu te simți trădat?

– Cred că Dev a fost pus într-o poziție dificilă.

Jay zâmbi trist.

– Deși a existat și o recompensă căreia nu i-a putut rezista. Chatur i-a promis o mașină de scris și o licență.

– Dumnezeule!

– Chatur a fost în spatele tărășeniei. De luni întregi încearcă să mă scoată din peisaj, așa că l-a manipulat pe Dev.

Eliza simți că i se face rău.

– Știam că Chatur e un ticălos. Dar cum rămâne cu Dev?

– Nu știu. Sincer. Până acum a fost un prieten bun. Am discutat.

– Cum de poți fi atât de orb? E în stare de orice.

– Tatăl lui era așa, nu Dev.

– Ce făcea tatăl lui?

Jay clătină din cap.

– Tot ce-ți pot spune e că, indiferent de faptele tatălui său, bine n-a fost.

– Și ce se va întâmpla cu Chatur?

– Anish analizează opțiunile.

– Asta e tot? întrebă ea uluită.

– Deocamdată. Acum vreau să te odihnești, să mănânci și să dormi. Sper că gândurile ți se vor limpezi.

Însă Eliza încă avea ceva pe suflet.

– Știi că nu putem dormi împreună câtă vreme sunt logodită.

El își lipi un deget de buzele ei.

– Nu vorbi. Să stăm așa pur și simplu până când va veni vremea să mâncăm.

Timp de două zile, arșița se dovedi devastatoare. În tot acest timp, vorbiră întruna până când deveni prea cald ca să mai facă și asta. Stăteau alături, dar fără să se atingă, Jay, pe spate, cu mâinile sub cap, iar ea, ghemuită lângă el. Orele se contopiră, pline cu sentimente fără formă, pentru care nu existau cuvinte.

– Ce se petrece aici? întrebă ea, când tăcuseră prea mult timp.

Jay o privi lung.

– Tu și eu. Ar trebui să fie mai mult?

– E atât de diferit. Nu știu.

– Vrei să anulăm totul?

– Nici asta nu știu.

Apoi Jay îi povesti că proiectul cu sistemul de irigații se apropia de final și că îl lăsase în mâinile netrebnicului de Dev. Eliza nu credea în aparenta îndreptare a lui Dev, dar, când îl întrebă pe Jay, el o asigură că Dev n-ar face nimic să dăuneze proiectului. Îi mai spuse că explozia din Delhi fusese cauzată de o veche lampă de ulei lăsată aprinsă. Niște substanțe chimice prost depozitate luaseră foc, așa că nici vorbă de atac terorist. Eliza se bucură. Ar fi însemnat prea mult pentru ea să fie martora a două explozii, amândouă în Delhi, ultima, un ecou șocant al celei dintâi.

Au dormit separat, fiecare în partea lui de cort, dar, în a doua noapte, când îl auzi mișcându-se agitat, se dovedi o adevărată agonie pentru ea să continue noaptea singură. În nemișcarea fierbinte a nopții, hotărârea ei se întări și se luptă cu dorința arzătoare. La miezul nopții, ieși să se uite la stele și văzu încă focul aprins, strălucind ca un far în întunericul deșertului. Știa că, în felul acesta, sunt ținute la distanță animalele sălbatice. Când auzi scrâșnetul nisipului sub picioarele cuiva, se întoarse iute în cort.

În a treia dimineață, se așeză cu picioarele încrucișate lângă foc, simțindu-se epuizată și așteptând cafeaua. Jay ieși și el, doar în halat. Pielea îi strălucea în sclipirea flăcărilor și avea părul încă umed, dar îi observă ochii încercănați de oboseală. *Nici el nu dormise*, se gândi ea.

Când se lăsă pe vine alături, halatul i se desfăcu în partea de sus și Eliza aproape că se întinse să-i atingă pieptul. Voia să-i simtă bătăile inimii unindu-se cu ale ei, voia să simtă din nou cum răsuflările lor se împletesc, ca pe vremuri... În schimb, îl întrebă cât din echipamentul ei fusese distrus de foc la castel.

El o privi nedumerit.

– Chatur mi-a spus că un incendiu a distrus camera obscură și dormitorul meu.

– N-am auzit de niciun incendiu. Mi s-ar fi povestit.

– Așadar, m-a păcălit! pufni Eliza.

– Stilul lui Chatur.

– Ei bine... începu ea cu inima strânsă.

Își stăpâni sentimentele și continuă să vorbească.

– Am hotărât să-i scriu lui Clifford.

Niciunul nu mai pomenise de logodna ei de când îi mărturisise lui Jay adevărul, dar realitatea nu îi părăsise nicio clipă. O umbră întunecată, pe care nu o puteau ignora complet.

– Și? insistă el.

Eliza văzu cum ochii lui se luminează de speranță. *Și el e vulnerabil*, se gândi ea, *în ciuda forței și a masculinității lui.*

– Despre logodnă. O voi rupe. Am prin cine să-i trimit scrisoarea?

– Am doar un om. Va pleca azi.

Eliza nu rezistă la reacția lui de fericire și îi zâmbi.

– Lasă-mă singură o oră și totul va fi gata.

După plecarea lui, începu să scrie și o senzație extraordinară de speranță îi umplu inima. Musonul se apropia. Îl simțea în aer și în sânge. Slavă Domnului! Nu credea că mai suportă mult timp căldura și ploile aveau să-i aducă o ușurare binecuvântată.

Jay intră în cort fix după oră, însoțit de un bărbat.

– E gata?

Eliza încuviință din cap.

– Poftim!

– O va duce omul acesta, spuse Jay. Și o va informa pe prietena ta Dottie că ești în siguranță.

Zâmbi larg când el o luă de mână.

– Acum trebuie să ne grăbim. Tabăra trebuie ridicată înainte de sosirea ploilor, iar noi, eu și englezoaica mea încântătoare, ne îndreptăm spre Udaipore.

33

Udaipore

Arșița grea se dovedise nemiloasă, dar, acum, în drum spre Udaipore, era limpede că ploile se apropiau și că furtuna își strângea puterile. Cerul se întunecase și, pentru prima dată de la sosirea ei în India, în noiembrie, observă cum văzduhul se umple brusc de mișcări sălbatice când o masă de nori negri se învolburară amenințător. Era splendid. Ceva nou. Diferit. Își dori să fi avut aparatul cu ea să surprindă imaginea norilor luminați ciudat ce alunecau peste dealurile Aravalli. La primul semn că urma un tunet violent, Eliza își simți sângele cum îi aleargă mai repede prin vene. Mergea în spatele lui Jay pe motocicletă chiar în direcția ploilor.

– Dacă începe să plouă înainte să ajungem acolo? strigă ea.

– Ne udăm!

Ea izbucni în râs și, nebună de fericire că stă atât de aproape de el, îi inspiră parfumul de lemn de santal și de limetă. Atât de multe se întâmplaseră înainte de venirea ploilor și iată cum un nou capitol se deschidea în fața ei, așa cum cerul se pregătea să se desfacă.

Când se apropiară de Udaipore, nerăbdarea Elizei crescu. Murea să vadă orașul romantic al lacurilor, înconjurat de dealurile Aravalli, întinzându-se în toate direcțiile. Curând vor ajunge acolo. Pale de vânt fierbinte măturau iarba și, deși voia să bată din palme și să sară în sus de bucurie ca un copil, trebui să se țină strâns de Jay. Într-un târziu, zăriră o cetate în vârful unui deal, cum erau amplasate de obicei asemenea construcții. Jay opri, se dădu jos și o ajută și pe ea. Își ridică privirea spre arcadele, turnurile și domurile cetății.

– Este singurul loc adevărat de unde merită să vezi musonul, spuse Jay.

Eliza își coborî privirea și cu greu își ascunse uimirea când zări un palat care parcă plutea pe suprafața limpede a lacului, o imagine de un romantism încântător.

– Chiar ai fost în palatul de pe lac? întrebă ea, ca și cum clădirea n-ar fi fost reală și solidă și nimeni n-ar fi putut pătrunde în ea.

El își arcui sprâncenele de parcă ar fi vrut să spună *Normal, doar nu te așteptai la altceva.*

După ce admiră panorama incredibilă a orașului și a împrejurimilor, micile lor bagaje fură duse înăuntru, iar el o însoți până la un pavilion acoperit cu arcade și coloane uriașe, în spatele căruia se ridica palatul.

– Ne vom uita de aici, spuse el în momentul în care căzură primele picături de ploaie.

– Așa începe? întrebă Eliza și întinse mâinile să prindă stropii firavi.

– Posibil.

Norii amenințători căpătaseră acum o nuanță purpurie extraordinară. Brusc, fulgerele umplură cerul. Eliza tresări și întinse mâna spre el.

– Minunat, nu? întrebă el.

– Nu-mi vine să cred că un astfel de loc există.

El izbucni în râs și îi strânse mâna. Eliza se lipi cu spatele de el și îi simți bătăile inimii.

– Locul e înconjurat de păduri, de lacuri și de dealuri. Când se opresc ploile, o să-ți arăt străduțele și aleile vechiului oraș.

– Palatul de pe lac arată de parcă ar fi coborât dintr-o poveste.

– Este palatul regal de vară.

– Putem înota? După ce trece ploaia.

– Dacă nu te deranjează crocodilii, sigur.

La început, picară doar câțiva stropi de ploaie. Apoi auziră un tunet atât de fioros, încât părea că lumea se cutremură de spaimă. Abia atunci cerurile se dezlănțuiră. Aversele se repeziră peste orașul de sub ei, lovind cu putere lacul. Pretutindeni, pământul uscat începu să elibereze aroma reavănă, incredibil de dulce. Eliza îl auzi pe Jay vorbind, dar nu reuși să înțeleagă sensul cuvintelor din cauza tumultului.

Rămaseră așa, privind, încă o oră. Ploaia continuă să cadă de parcă furtuna voia să consume toată apa din lume, iar fulgerele nu încetară nicio clipă. Curând, aerul deveni alb, iar perdeaua umedă atât de groasă, încât orașul, lacul și palatul nu se mai vedeau deloc. Abia când tunetele încetară, Jay o întoarse cu fața spre el. Se lăsase seara și din cauza perdelei de ploaie, abia reuși să-i vadă chipul, însă ochii lui străluceau puternic.

– Ești pregătită? întrebă el. Ăsta a fost doar începutul.

– Da. Să mergem.

Când o conduse înapoi în palat, Eliza întrebă unde e proprietarul și dacă îl deranja prezența lor.

– E un prieten vechi. Nu te îngrijora, totul e aranjat.

– Știai că o să vin?

– Am sperat.

Când ajunseră în camera lor, îi întâmpină un pat imens cu baldachin și cu perdelele prinse în laterale.

– Vrei să le dau drumul? întrebă el.

Eliza clătină din cap și se apropie de ferestrele largi.

– Să tragem și perdelele de aici, spuse ea.

– Și să deschidem și ferestrele ca să putem auzi...

Eliza izbucni în râs.

– Ești un romantic, Jayant Singh Rathore.

– E un lucru rău?

Alergă spre el și îi cuprinse gâtul cu brațele. Jay o trase spre el și o împinse spre pat. Când o așeză cu spatele pe perne, îi ridică fusta și îi dădu jos dresurile, plimbându-și degetele pe coapsele ei.

– Mătase? întrebă el.

– Singura mea pereche. Dottie mi i-a dat.

Nu reușea deloc să-și stăpânească râsul, ca și cum întreaga bucurie din ființa ei fusese suprimată atât de mult timp, încât acum nu mai avea altă soluție decât să explodeze, să o copleșească și să o facă să tremure. Jay începu și el să râdă, dar nu trecu mult și hohotele ei vesele se amestecară cu hohote de plâns. El îi șterse lacrimile. După ce se potoli, Jay o dezbrăcă și se uită îndelung la ea.

– Atât de albă, rosti el, precum porțelanul!

Plină de senzațiile intense ale nopții, Eliza se bucură de sentimentul de ușurare. Nu pricepu exact despre ce e vorba, dar era minunat și nu se asemăna cu nimic din ce mai trăise vreodată.

– E rândul meu să te dezbrac, spuse ea.

– Vreau să te ating primul.

Închise ochii cât degetele lui se mișcară pe pielea ei cu blândețe, începând cu degetele de la picioare și terminând cu pleoapele. Senzația se dovedi atât de intensă, încât se pierdu cu firea. Jay avea ceva etern, precum pământul din care venea și, când era cu el așa, se simțea atrasă în lumea lui, de parcă ar fi aparținut acestui spațiu, în care timpul nu exista.

După ce îl dezbrăcă, făcură dragoste. Încet și pentru multă vreme. Eliza habar n-avea cât trecuse. Afară, un tunet zgudui cerul, ținând isonul inimii ei ce bătea violent. Când se termină, se întinse alături de Jay, amândoi cu trupurile acoperite de sudoare. Se întrebă dacă e cazul să spună ceva, dar dragostea ei pentru el era atât de intensă, încât nu îndrăzni să vorbească de frică să nu distrugă momentul amețitor.

Aveau să facă dragoste de mai multe ori. Furtuna continuă să urle furioasă, iar vântul împinse ploaia spre marginea ferestrelor. Înnebunită de dorință, cu gustul lui încă pe buze, Eliza trase concluzia că acestea sunt cele mai frumoase și mai excitante clipe ale vieții ei. Gemetele lor nu puteau fi auzite afară, acoperite de muson, dar nu i-ar fi păsat dacă urechea lumii le-ar fi surprins. Se gândi la oamenii din orașul de dedesubt, care probabil zâmbeau uşuraţi şi încântaţi că ploile veniseră în sfârşit şi se întrebă câţi copii vor fi zămisliţi în noaptea aceea.

A doua zi, în perioada mai lungă dintre averse, Jay o duse în vechiul oraş. O ului cât de mult se ridicase nivelul apei când se plimbară pe ţărmul estic al lacului Pichola, înconjurat de palate, temple, *ghaturile* bazinelor, dar şi de purpuriile dealuri Aravalli.

Râuleţele care se scurgeau prin şanţurile înguste şi străzile ce duceau spre lac străluceau în lumina soarelui de dimineaţă. Jay îi explică apoi că oraşului i se spunea Veneţia Orientală şi că lacurile lui liniştite erau înconjurate adesea de grădini splendide.

– E magnific în anotimpul musonului şi cele cinci lacuri se umplu de apă. După cum vezi, şi palatele par că strălucesc.

– Cred că e cel mai romantic loc din India.

El izbucni în râs şi o prinse de mână.

– Atunci suntem în locul potrivit.

– Nu e nicio problemă să ne plimbăm aşa în public?

– Îţi pasă de ce cred oamenii?

– Voiam să spun că e diferit aici. Nu ai voie, nu?

– Nu cred că îi pasă cuiva. Când vin ploile, un fel de sălbăticie se naşte în oameni. Îţi intră în sânge şi constrângerile obişnuite zboară pe fereastră.

– Mă bucur că e mai răcoare acum.

Jay făcu un gest larg cu mâna dreaptă.

– Priveşte. Oraşul a fost fondat de regele rajput Maharana Udai Singh al II-lea în 1559.

– E grozav, dar asta a fost tot? întrebă ea. Ploaia s-a terminat?

El păru surprins.

– Sper din inimă să nu. Avem nevoie de mai multă. Deocamdată e suficient cât să reîmprospăteze dealurile şi să le înverzească, dar trebuie să umplem noul lac de acasă.

– Dumnezeule, aproape că am uitat!

Jay avea dreptate. Ploile începură să cadă din nou și în a doua seară observă cât de mult se înveselise el. Cum de nu-și dăduse seama cât îl îngrijorase posibilitatea ca ploile să nu mai vină deloc? Obișnuită cu aversele constante din Anglia, uitase cu ușurință că, aici, ele puteau face diferența dintre viață și moarte.

Petrecură încă o noapte frumoasă, vorbind pe întuneric, așa cum fac îndrăgostiții în etapa de explorare a relației lor. Se purtau altfel decât atunci când se aflaseră împreună la palatul lui. De data asta, vorbiră mult mai deschis decât înainte. El îi povesti cum plânsese cu capul în pernă cât fusese la școală în Anglia, cât de tare urâse mâncarea fadă englezească și snobismul britanic îngrozitor. Cât de triști fuseseră toți când Laxmi își pierduse fetița, sora lor.

– Cred că de aceea am îndrăgit-o toți pe Indi. Deși n-ar putea niciodată să ia locul surorii mele. A fost greu pentru Laxmi. Copilul e o parte din tine. Cum să te descurci cu partea pe care ai pierdut-o?

– Nu știu dacă mama a simțit ceva de genul acesta, spuse ea.

Eliza îi mărturisi că nu crezuse niciodată că mama ei a iubit-o. Că nu se bucurase de niciun moment intim cu Oliver și că era îngrozită să meargă la culcare seara. Imediat ce Oliver adormea, obișnuia să se ducă în living, unde stătea trează mai toată noaptea și apoi dormea în timpul zilei cât era el plecat. Plânse și îi spuse că nu știuse cât de diferit poate fi totul. Cu sunetul constant al ploii pe fundal, Eliza adormi.

Dimineața devreme se treziră din cauza unui ciocănit puternic la ușa dormitorului.

Jay se dădu jos din pat, se înfășură într-un halat și, când deschise ușa, Eliza își trase cearșaful peste cap. Nu fusese niciodată mai fericită, dar una era ca servitorii să știe de relația lor și alta era să o vadă dezbrăcată în patul lui Jay. Auzi ușa închizându-se și pașii lui Jay. Rămase surprinsă că el nu se întoarce în pat, așa că lăsă cearșaful jos și îl văzu stând în picioare la fereastră și uitându-se afară tăcut.

– Ce s-a întâmplat? întrebă ea simțind un gol în stomac.

Din glasul ei răzbătea anxietatea.

Jay se întoarse și îi întinse o foaie de hârtie.

– Uite, rosti el sec. Citește.

Eliza coborî din pat și se apropie de el. Citi hârtia, fără să înțeleagă cum le-ar putea asta afecta relația.

– Îmi pare rău, spuse ea.

– Trebuie să plec.

Jay o privi atât de trist, încât o trecu un fior pe șira spinării.

– Acum? Trebuie să pleci acum?

– Să ne așezăm.

– Nu, spune-mi!

– După cum ai citit și tu, Anish e mort și nu am altă opțiune decât să plec. Înțelegi?

– Desigur, răspunse Eliza, deși știa că vorbește ca un copil îmbufnat.

– S-ar putea să fiu nevoit să urc pe tron imediat.

– Dar te vei întoarce?

El clătină din cap.

– Nu sunt sigur că voi putea. Cel puțin nu imediat.

– Și eu ce fac?

– Găsim noi o soluție.

Puse un portofel pe noptieră.

– În caz că ai nevoie de bani.

– Poftim? Ce soluție? întrebă ea, ignorând banii.

– Eliza, nu știu încă. Dar sigur e că mă așteaptă un cal afară și că trebuie să plec.

– Doar n-ai de gând să călărești pe vremea asta?

– E mai sigur decât pe motocicletă.

– Mai sigur?

Eliza se așeză pe scaunul de lângă fereastră, uluită că așa ceva i se întâmplă ei.

– Ți-ai pierdut fratele, iar mama ta și Priya trebuie să fie distruse. Înțeleg că au nevoie de tine.

– Nu e doar atât, continuă el. Dacă nu fac asta, britanicii ne vor lua regatul. De mult visează să scape de Anish și e o șansă bună pentru ei.

Jay începu să se îmbrace rapid, iar ea îl privi cuprinsă de angoasă, știind că el are dreptate și că nu mai era nimic de făcut.

– Și noi?

– Hai să vedem cum se așază lucrurile. O să trimit o mașină să te ducă la palatul meu imediat ce vremea se îmbunătățește. E mai bine să stai acolo cât apele sunt încă tulburi.

– Și apoi o să vii și tu?

– Pentru o vreme, probabil că voi fi nevoit să rămân la castelul din Juraipore, cel puțin la început.

– Și voi merge și eu acolo?

Jay închise ochii o clipă și nu vorbi.

– Jay?

Se apropie de ea și îi strânse mâna cu putere, dar ea îl împinse cât colo.

– Vrei să spui că nu vom putea locui niciodată împreună. Te vei căsători cu nu știu ce prințesă, nu-i așa?

Din nou el nu răspunse.

Eliza se holbă la el, îngrozită de cum decurgeau lucrurile și dorindu-și să audă câteva cuvinte de încurajare. În ciuda milei pe care o simțea pentru pierderea lui, un acces de furie o cutremură până în adâncul sufletului.

Fiindcă el nu zicea nimic, Eliza se întoarse și fugi din cameră și din cetate, dar mai ales de Jay. În ploaia orbitoare, urcă până în vârful dealului, cu lacrimile brăzdându-i obrajii. Nu-i păsa că nici măcar nu vedea pământul în fața ei. Pierdută în întunericul furtunii violente, își întoarse furia împotriva ei. Ce cretină naivă fusese să se lase sedusă de romantismul locului.

Când se întoarse, udă până la piele și complet debusolată, constată că Jay plecase. Exact asta își dorise: n-ar fi suportat să dea cu ochii de el iar. Dar acum, că el nu mai era, își simți inima sfâșiată în două. Murdară și debusolată, știa că nu va găsi nicio cale de alinare, nimic care să-i potolească durerea din inimă. Cea mai frumoasă perioadă din viața ei se transformase în cea mai urâtă. I se păruse firesc să-l iubească pe Jay și totul dusese la asta. Copilăria ei solitară influențase tot ce urmase, dar Jay reușise să-i intre în suflet. Cum să accepte că se terminase? Stând singură în dormitorul lor, se întristă tot mai tare și orice speranță pieri. Ce să facă ea cu dragostea care îi cuprinsese întreaga ființă? Unde să se ducă? Se gândi la ce îi spusese el odată... Trebuie să fii răvășit de dragoste, ca să o cunoști cu adevărat. Dar vorbele lui nu o consolară deloc. Își frământă mâinile disperată.

Refuză să mănânce toată ziua și, când lumina se topi afară, se uită pe fereastră la cerul în tonuri purpurii și negre. Poate într-o zi își va aminti aceste nopți din Udaipore și nu va mai suferi așa de tare. Poate într-o zi va reuși, în sfârșit, să uite bătaia inimii lui când stăteau goi lipiți unul de altul. Îi atinsese trupul, dar, mai mult decât atât, îi atinsese sufletul, iar acum nimic nu mai părea normal. Praful deșertului dispăruse și pământul se înmuiase de la ploaie. O durea că trăise zilele musonului alături de el și apoi îl pierduse.

34

În prima zi petrecută la palatul lui Jay, Eliza își scoase lucrurile din valiza mică, apoi cercetă camera. Se simțea incredibil de tristă și foarte prost tratată. Fusese foarte încântată să nu dea cu ochii de Dev la sosirea ei cu o seară înainte, mai ales după călătoria lungă, în timpul căreia se văzuseră nevoiți să oprească de nenumărate ori din cauza ploii intermitente. Dealurile albastre Aravalli deveniseră și mai verzi decât înainte și panorama de la fereastra ei strălucea cu o viață nouă. Câteva momente se bucurase să privească zorii opalescenți și răsăritul soarelui peste pământul lui Jay, dar acum avea inima grea.

Își aminti sosirea ei la castelul din Juraipore în noiembrie. Încăperea cu tavanul înalt și frumos, unde îl văzuse prima dată pe Jay cu șoimul lui și crezuse că e un intrus. Camerele unde Laxmi o primise cu voie bună. Bijuteriile, pumnalele și vasele de cristal, neprețuite, ce sclipeau în vitrinele mamei lui Jay. Băile din marmură, unde concubinele îi spălaseră părul. Tunelul prin care se strecurase alături de Jay, în drum spre sărbătoarea Holi din oraș. Se tot gândi până când ameți, imaginile și sentimentele ciocnindu-se unele de altele, și atunci se opri. Să meargă mai departe ar fi durut-o peste măsură.

După ce se îmbrăcă și luă micul dejun – Jay păstra personal aici chiar și când era plecat –, își trase ghetele și se plimbă prin grădină și livadă, spre lacul nou amenajat. Parfumul pământului încă reavăn o ameți și aerul i se păru nemaipomenit de dulce. Ploaia parcă schimbase totul. Florile sălbatice, frunzele copacilor, aroma proaspătă a solului păreau că îi cerșesc atenția. Însă vederea întinderii nesfârșite de apă ce strălucea în lumina dimineții o lăsă fără suflare. Lacul argintiu se umpluse exact așa cum sperase Jay, barajul și digurile rezistaseră, iar Eliza văzu că stăvilarele se aflau la locul lor. Când se deschideau, apa curgea de-a lungul unor canale construite special pe tot pământul lui Jay și la marginea mai multor sate. Era un succes fenomenal și Eliza se mai înveseli puțin știind că jucase și ea un rol în toate acestea. Jay intenționa să mai excaveze pentru încă un lac și avea planuri și pentru altele și totul începuse cu remarca ei când o adusese aici prima dată.

Își aminti ziua aceea, ca întotdeauna, îngrozită de soarta bietei femei arse, dar și cu melancolie, fiindcă atunci începuse atracția față de Jay. Cufundată în gânduri, privi apa, ascultând behăiturile unei turme de capre aflate departe. Nu auzi pașii apropiindu-se din spatele ei, dar persoana tuși, așa că Eliza se întoarse.

– Iată-te aici! spuse ea și gemu în sinea ei.

Dev nu răspunse imediat, de parcă și-ar fi analizat posibilele replici.

– Vei găsi tot ce cauți aici, dacă te lași dusă de val, rosti el într-un târziu, surprinzând-o pe Eliza.

– Nu caut nimic.

– Toți căutăm ceva. Te-am văzut sosind azi-noapte. Am crezut că e mai bine să te las în pace.

Eliza rămase nemișcată și, privindu-l fix, îi cercetă fața. Dev avea ceva diferit. Își pierduse strălucirea și părea tulburat și obosit. Eliza spera ca el să nu-i trădeze încrederea lui Jay, dar tot îi venea greu să îi ierte participarea la complotul împotriva lui Jay.

– Am crezut..., începu el, apoi tăcu.

– Ai crezut?

– Te măriți cu domnul Salter, nu?

Simți cum i se face pielea de găină când auzi numele lui Clifford și răspunse politicos.

– Nu sunt sigură că e treaba ta.

Dev clătină din cap.

– Ar fi fost mai bine dacă nu te-ai mai fi întors niciodată aici.

– În India...

El încuviință și Eliza se uită în ochii lui. Observă ostilitatea cu greu ascunsă din ei, deși putea să jure că mai apăruse ceva ce nu fusese acolo înainte. Decise să încerce să vadă partea bună a lui Dev, de dragul lui Jay, și, deși el nu-i ușură deloc munca, trebui să recunoască în sinea ei că o măcina curiozitatea.

– Ai grijă de proprietate pentru Jay?

– Pedeapsa mea. Bănuiesc că ți-a povestit.

Ea încuviință, dar nu vorbi.

– Eu și Jay suntem prieteni de mult timp. Am greșit, dar el m-a iertat.

Eliza privi în pământ și clătină din cap.

– Nu înțeleg cum ai putut face așa ceva, mai ales când el a fost atât de bun cu tine.

– E complicat.

Nu mai adăugă nimic și, când Eliza își ridică ochii spre el după răspunsul lui evaziv, el îi întoarse spatele și plecă.

Se duse și ea în camera ei ca să-și împacheteze lucrurile. Nu mai voia să rămână doar cu Dev drept companie, așa că se așeză pe pat ca să chibzuiască. Un lucru era cât se poate de clar și de dureros. Trebuia să-și pecetluiască inima și să își umple timpul, dar, cu toate că nu mai rămăsese nimic aici pentru ea, îi venea greu să plece, mai ales că aroma de lemn de santal încă stăruia în cameră. Totuși, se ridică în picioare într-un târziu și se apucă să-și strângă hainele într-o grămăjoară la marginea patului.

Se uită la ziua călduroasă și strălucitoare, dar, închisă în sinea ei, nu putu să-i admire frumusețea. Oricât de greu ar fi fost, știa că doar ea singură trebuia să-și hotărască soarta, nu Clifford, nu mama ei și, cu siguranță, nu Jay. Dădu să-și închidă valiza, dar oare de ce lucrurile care încăpuseră atât de bine când părăsise casa lui Dottie nu se mai potriveau acum? Scoate totul și o luă de la capăt, apoi, după ce termină, vârî înăuntru și portofelul lăsat de Jay. Instinctul o sfătui să-i arunce conținutul în prima fântână întâlnită, dar rațiunea interveni ferm. Nu voia să depindă de Jay, dar era posibil să aibă nevoie de bani.

Tocmai când trăgea fermoarul valizei, Dev deschise ușa. Arăta diferit din nou, poate puțin mai vulnerabil și cu certitudine mai sfios decât înainte.

– Am putea să stăm de vorbă? întrebă el.

Eliza se încruntă.

– Nu prea avem ce să discutăm, nu? zise ea, nedorind să-și petreacă timpul cu el.

Deși nu-i plăcuse deloc disprețul lui față de britanici când se cunoscuseră, îl înțelegea. Numai că nu era momentul pentru o discuție în contradictoriu despre plecarea coloniștilor. În orice caz, acum parcă era de acord cu el.

El ridică mâna.

– Mi-e teamă că avem.

– Da?

– Hai să luăm niște cafea și să mergem pe terasă.

Eliza șovăi un moment. Prinsă într-un vârtej de emoții, nu o atrăgea deloc să stea la cafea cu Dev, dar totuși acceptă invitația. Nu identifică precis ce se vedea în ochii lui, așa cum stătea în picioare, dar, când alungă o muscă bâzâitoare ce se învârtea în jurul ei bezmetică, se întrebă dacă nu cumva aceasta e vină.

Ajunseră pe terasă și, după ce un servitor le aduse cafeaua, Eliza observă ceva schimbat la Dev. Părea mai mic și puțin pierdut.

– Nu m-ai plăcut niciodată, declară ea.

– Nu e vorba de tine. Eu...

Dev se opri.

– Atunci ce e?

Bărbatul își plecă fruntea o clipă și, când își ridică privirea spre ea, Eliza băgă de seama cât de obosit arăta.

– Nu știu cum să-ți spun toate astea, rosti el pe un ton nefericit.

Ea zâmbi.

– Am constatat că lucrurile dificile trebuie spuse direct, indiferent de natura lor.

El își lăsă capul într-o parte și Eliza se întrebă ce putea fi atât de greu.

– Probabil că ți-am spus că tata a murit, spuse el. Ei bine...

El se opri.

– Ai spus că nu mai e cu voi, îl corectă ea. Că sunteți numai tu și mama ta.

– A făcut ceva și ani la rând nu am putut accepta. Apoi ai intrat tu în peisaj și, nevoit să stau față în față cu tine, mi-am amintit tot.

– Nu pricep o iotă. Știu doar ce mi-a spus Jay, că tatăl tău a avut niște necazuri.

Dev clătină din cap, apoi privi spre grădina bogată.

– A fugit. N-am știut niciodată unde. Nici acum nu știm.

– Dar ce-are de-a face asta cu mine?

Se lăsă o tăcere lungă, în timpul căreia Eliza se foi nervoasă și Dev se holbă mohorât la degetele sale.

– Așadar? insistă ea într-un târziu.

Tot nimic. Eliza dădu să se ridice în picioare.

– Nu, așteaptă! o opri el.

Eliza îl privi nervoasă.

– Pentru Dumnezeu, vorbește odată!

– Unde te duci? întrebă el, arătând spre valiza ei.

– Poate la Juraipore, să fac niște fotografii orașului roz. Trebuie oricum să mă întorc să-mi recuperez cât se poate din echipament.

El continuă să se holbeze la ea, de parcă nu ar fi auzit niciun cuvânt, apoi vorbi din nou.

– Tata a pus bomba care ți-a omorât tatăl.

Eliza se prăbuși pe scaun.

– Repetă ce-ai spus.

– Tata ți-a omorât tatăl. Îmi pare rău, Eliza!

Vorbise pe un ton neutru și Eliza se chinui să priceapă semnificația cuvintelor.

– Ești sigur?

Era cea mai stranie conversație pe care o purtase vreodată și, când inima i-o luă la galop haotic, își apăsă pieptul cu mâna. Ce se petrecea? Ce voia să spună? Mintea ei alergă în toate direcțiile, încât nici nu mai știa ce să gândească sau să simtă. Deșertul se învârtea în jurul ei și, deși nu avea mintea limpede, senzația de frig care-o cuprinsese îi spunea că se confrunta cu adevărul.

Totuși...

– Nu poate fi real, rosti ea.

El încuviință și o privi atât de trist, încât Eliza aproape că se întinse să-l liniștească, dar se opri la timp. De ce spunea toate prostiile astea? Ca s-o supere și mai tare? Și ea ce-ar fi trebuit să răspundă? *Tata ți-a omorât tatăl.* Tata. Tatăl tău. Cuvintele îi răsunară ca un ecou în minte.

În cele din urmă, își recăpătă vocea.

– De când știi?

– Că el a aruncat bomba? Acum câțiva ani am aflat, deși mi s-a spus să nu vorbesc niciodată despre asta.

– De când știi cine sunt?

– De când mi-a povestit Jay ce s-a întâmplat cu tatăl tău.

Clătină din cap.

– În copilărie, am simțit nevoia să dau vina pe cineva pentru absența tatei, așa că l-am învinovățit pe omul ucis de el. Mi-am zis că n-ar fi trebuit să-i stea în cale. M-am convins că nu e vina lui. O nebunie, știu, dar pe vremea aia a fost singurul mod de a suporta ideea dispariției tatei.

– Și când am venit aici?

– Toată argumentația pe care o construisem s-a dărâmat brusc. Tata a fost un criminal și tatăl tău a murit.

Rămaseră tăcuți câteva minute bune, timp în care Eliza cugetă. După atâta vreme...

– N-ai mai primit nicio veste de la el? întrebă ea.

– Nu, nimic.

– De unde știi că el a făcut-o? Ai vreo dovadă? Poate că au fost doar zvonuri sau o conjunctură anume.

– Unul dintre ceilalți conspiratori a informat-o pe mama, ca să știe de ce a trebuit tata să fugă. Ea mi-a explicat puțin la început, dar mi-a zis că plecase fiindcă britanicii voiau să-l spânzure. Abia mai târziu mi-a spus și de ce.

Dev se așeză, arătând atât de tulburat, încât Eliza se văzu nevoită să încerce să îl liniștească, deși părea ceva complet eronat.

– Ascultă, Dev, tu nu ești tatăl tău.

– Nu știu. Am aflat tot adevărul când aveam 13 sau 14 ani și uneori simt că trebuie să continui ce a început el. Apoi, când Chatur mi-a cerut ajutorul, am știut că fac o greșeală, dar eram sigur că nu va funcționa și că lui Jay nu i se va întâmpla nimic.

– Dar a fost arestat.

– Atunci mi-am dat seama ce idiot fusesem și l-am informat pe Chatur că voi da pe față implicarea lui dacă nu îl convinge pe Clifford să-l elibereze pe Jay.

– Și implicarea ta ar fi ieșit și ea la lumină?

– Da. Însă lucrurile nu se termină aici. Chatur știa, Eliza. Atât el, cât și Clifford știau de tata și Chatur m-a amenințat că îți spune dacă nu-l ajut. M-am simțit rușinat. Nu voiam să mai știe și alții, dar mă temeam și pentru tata. De aceea l-am ajutat pe Chatur.

– Și s-a dus la Clifford? Și a recunoscut că tu erai în spatele pamfletelor, și nu Jay? Că totul fusese o greșeală?

– Da. Și i-a explicat că nu intenționasem niciodată să le distribui și că le scrisesem doar ca să mă prostesc.

– Dar Clifford nu te-a arestat.

– Nu. Jay a aranjat să vin aici.

– Și de ce-mi spui toate astea?

– Fiindcă vei pleca și s-ar putea să nu mai am șansa asta. Am considerat că trebuie să știi. Mi-am luat o greutate de pe umeri.

– Știi că am văzut ce s-a întâmplat?

El încuviință:

– Îmi pare rău.

Într-un fel ciudat, știa că trebuie să se apropie de el și să-i strângă mâna, iar el o recompensă cu un zâmbet plin de sinceritate. Totuși, Eliza nu se putu împiedica să nu considere că ar fi trebuit să afle de la Clifford. Îl va suna cu siguranță când se va întoarce la Juraipore. Clifford îi ascunsese adevărul despre cine se găsea în spatele atacului de la Delhi și nu avea de gând să-l ierte.

35

Șoferul și mașina pe care Jay o trimisese în Udaipore să o ducă la palatul lui se aflau încă la dispoziția ei și, așa cum stătea pe terasă, după plecarea lui Dev, se hotărî să mai stea o zi. Confesiunea lui Dev îi limpezise gândurile și, privind peisajul scăldat în razele soarelui ce parcă tremura sub valul de căldură, îi păru rău pentru cât suferise el în copilărie. Se bucură că îi spusese și că în sfârșit toate misterele din jurul morții tatălui ei fuseseră lămurite. Dimineața căpătă o calitate ciudată, ireală și, în pofida ploilor, rămase sufocantă.

Intră în palat, trecu printr-un coridor cu paravane de marmură dantelate, își lăsă jos geanta și se întoarse în camera mare cu ferestre uriașe, unde lumina care intra de deasupra dădea impresia că tavanul e de fapt cerul. Atât de multe se întâmplaseră de când Jay îi arătase acest loc și trebui să admită că îi venea greu să plece. Pereții aurii străluceau și își imagină cu ușurință vremurile grandioase de altădată, când aici fusese locul de refugiu al familiei regale. Dar Eliza știa că Jay nu are fonduri să restaureze palatul și că investise tot în proiectul cu irigațiile. Tocmai se pregătea să scoată geanta care conținea noul Leic dăruit de Clifford, când îl văzu pe Jay în pragul ușii.

– Nu credeam că vei ajunge aici atât de repede, spuse ea. Puteam să jur că vei sta mai mult la castelul din Juraipore.

– Ei bine, sunt aici, replică el. Mă bucur să te văd! Am reușit să strâng tot echipamentul de la castel și va sosi după-amiază.

Eliza nu mai scoase niciun cuvânt și se mulțumi să privească într-un punct deasupra lui. Cum de vorbea de parcă lucrurile erau în regulă între ei? Totul încremenise și parcă până și aerul părăsise încăperea, lăsând în urmă doar căldura.

– Eliza?

– Mulțumesc, răspunse ea rece. Așadar, incendiul a fost o invenție.

El încuviință, apoi făcu câțiva pași spre ea. Deși și-ar fi dorit să se ferească, Eliza nu se mișcă.

– Cum ai călătorit? îl întrebă.

Sprâncenele lui se arcuiră.

– Chiar trebuie să ne purtăm în stil britanic? Nu avem alte lucruri mai importante de discutat?

– Păi, tu să-mi spui.

– Aha!

Se priviră fix până când ea sparse tăcerea.

– Și? Ești maharajah acum?

Jay încuviință.

– Înțeleg. Foarte bine. Tocmai voiam să-mi iau bagajul. Dacă ai putea aranja să mi-l trimiți, ți-aș fi recunoscătoare.

Nu reuși să-și ascundă nemulțumirea din glas și se întoarse cu spatele la el. Imediat îi auzi pașii apropiindu-se.

– Eliza!

Se întinse să-i apuce mâna, dar ea se răsuci să se uite la el și se feri.

– Am avut încredere în tine, Jay. Nu m-am încrezut în nimeni niciodată, dar în tine, da.

– Dar poți avea încredere în mine.

Ea îi ignoră expresia lacomă din ochi, în timp ce continuă să vorbească.

– Știai că e posibil să preiau tronul dacă se întâmplă ceva cu Anish.

– Da, știam. Ce prostie din partea mea să cred că s-a schimbat ceva! Acum, dacă nu te superi, trebuie să plec.

– Eliza. Aici e diferit. Știi doar. Dorințele personale nu sunt pe primul plan. Datoria da.

– Nu te îngrijora. Această *dorință personală* îți va ușura viața.

– Ascultă-mă. Mai e ceva.

– Ce-ar mai putea fi, Jay? Totul e cât se poate de limpede.

Jay aproape că se strâmbă și dădu din cap.

– Rămâi aici. Trăiește aici. Nu vreau să pleci. Voi veni cât de des pot.

Sufletul Elizei împietri și strânse din dinți.

– Nu voi fi concubina ta.

– Dar nu îți cer asta.

– Și-atunci ce îmi ceri mai precis? Știi foarte bine că va trebui să te căsătorești cu o indiancă pentru a avea moștenitori legitimi.

Vorbele ei sunară amar, dar nu-i mai păsă.

Nu urmă nicio replică.

– Crezi că voi trăi aici tot restul vieții mele, continuă ea, așteptându-te să vii când și când?

Jay o privi îndelung înainte de a răspunde.

– Cred că vei avea un loc frumos în care să trăiești, un proiect pe care să îl administrezi dacă vrei și o carieră de fotograf de asemenea.

Veni rândul ei să dea din cap.

– De ce nu mi-ai povestit despre tatăl lui Dev?

– Pentru că te-ar fi supărat prea mult.

– M-ar fi întors împotriva lui Dev mai degrabă.

– Poate puțin și asta. Uite, ce-ar fi să renovez palatul doar pentru tine? Gândește-te, Eliza, totul ar putea fi al tău.

Făcu un gest larg cu mâna.

– Chiar crezi că mă poți cumpăra?

– Pentru Dumnezeu, Eliza! Doar știi că n-am vrut să se întâmple așa. Și n-am de gând să te pierd.

Eliza pufni.

– Jay, m-ai pierdut deja. Ne-am pierdut unul pe altul.

Se opri și amândoi păstrară tăcerea. Deși voia să fie furioasă și să-l atace, corectitudinea ei o împiedică.

– N-o să te uit niciodată, Jay, te voi iubi mereu, dar n-a fost să fie. Dacă e să fim cinstiți, întotdeauna am știut asta.

Eliza îi întinse mâna. El i-o luă, o trase aproape de el și o ținu în brațe pentru ultima dată. Când se depărtară, lacrimile îi încețoșau privirea. Văzu că și Jay are ochii umezi și, deși se simți tentată să se înmoaie, refuză cu încăpățânare. Nimic bun nu ar fi ieșit dacă rămânea. Ar fi putut funcționa la început, dar, cu timpul, ar fi devenit imposibil. Trebuia să înceapă de undeva și să își vadă de viață. Cu cât își controla mai mult emoțiile, cu atât mai puternică devenea.

– Ești o persoană minunată, Eliza. Te rog să nu uiți!

Ea își feri privirea ca să nu-i mai vadă suferința de pe chip.

– Îi voi trimite vorbă lui Laxmi și o să te informeze ea unde să-mi expediezi echipamentul.

– Și unde ai de gând să te duci?

– Trebuie să-l văd pe Clifford mai întâi, apoi plec la Jaipore și, ei bine, mă voi ocupa de expoziție dacă reușesc să strâng suficiente fotografii. Va fi mai curând decât am preconizat inițial. Apoi voi pleca în Anglia, probabil. Încă nu știu.

– Mai ai portofelul pe care ți l-am lăsat la Udaipore?

Ea încuviință.

– Nu am vrut să-i iau, dar o să am nevoie de bani pentru montaj și rame.

– Dacă vreodată ai nevoie de ceva, absolut orice, e suficient să-mi spui.

Eliza îi zâmbi printre lacrimi, apoi se răsuci pe călcâie și plecă. Nu se mai simțise niciodată atât de tristă, dar nu avea niciun rost să mai amâne momentul.

36

Când ajunse acasă la Dottie, Eliza rămase surprinsă să vadă cufere și valize îngrămădite în grădina din față și toate perdelele trase. Prietena ei, aplecată și numărând valizele, arăta debusolată. Părul îi scăpase din agrafele cu care și-l prinsese și avea obrajii roșii. Când dădu cu ochii de Eliza, se îndreptă de spate și reuși să zâmbească.

– Ce se întâmplă? întrebă Eliza.

Dottie oftă adânc și își îndepărtă câteva șuvițe de pe frunte.

– Suntem transferați.

Eliza o privi nedumerită.

– Dar de ce atât de curând? Nu ești de mult aici. Am crezut că vei rămâne destulă vreme.

– Umblă vorba că Anish a murit din cauza tratamentului pe care i l-a recomandat soțul meu.

– Dar e ridicol! pufni Eliza. A murit pentru că era prea gras și de-a dreptul leneș.

Dottie ridică din umeri.

– În fine, ne îndreptăm spre Sud. Până nu demult, vorbele unui doctor erau lege. Acum se pare că suntem dați la o parte din orice prostie. Dar suficient despre mine. Tu ce faci?

Eliza trase adânc aer în piept înainte să vorbească. Repetase cuvintele, dar acum nu mai păru atât de simplu.

– S-a terminat cu Jay.

Urmări reacția lui Dottie, care păru un amestec de milă și de ușurare.

– Și Clifford? o întrebă ea tristă. A fost pierdut fără tine.

Eliza clătină din cap.

– Nu mă întorc la Clifford, dar trebuie să discut cu el. Știi cumva dacă e acasă?

Aruncă o privire spre vila lui Clifford.

– L-am văzut parcând mașina mai devreme, dar eram puțin amețită.

Dottie îi arătă valizele împrăștiate peste tot.

– Am pierdut câteva obiecte de valoare când ne-am mutat aici și nu vreau să se mai întâmple.

– Atunci mai bine să nu te rețin, dar aș putea să-ți dau o mână de ajutor, dacă vrei.

– Nu-ți bate capul cu mine. Totul e sub control.

Dottie făcu un pas în lateral și privi spre casă.

– Ce păcat, totuși! E cel mai frumos loc în care am trăit vreodată. O să-mi fie dor de el și de tine.

Îi întinse mâinile și cele două femei se îmbrățișară.

– Aș vrea să mai pot sta, spuse Dottie după ce se desprinseră din îmbrățișare. E greu să fii soție. Chiar când prinzi și tu rădăcini, cariera soțului le smulge din pământ. Bărbaților nu le pasă. Ei au munca și clubul lor. Și presupun că ajută dacă ai copii, dar pentru mine...

– Ah, Dottie, aș vrea să-ți pot fi de folos.

Prietena ei clătină din cap.

– Orice s-ar întâmpla, Eliza, să nu renunți la munca ta.

Eliza încuviință.

– Mulțumesc pentru tot. Ținem legătura, da?

Dottie zâmbi.

– Clifford îți va da noua noastră adresă. Ai grijă și mult noroc! Mă bucur că te-am cunoscut! Îmi promiți că vei continua cu fotografia?

– Sigur.

După ce Dottie intră din nou în casă, Eliza se îndreptă spre poarta din grădină, o intrare laterală pe proprietatea lui Clifford. Nu voia să ciocăne la ușa din față. Mai degrabă dorea să-l surprindă, sperând să aibă un avantaj în ceea ce se anunța a fi un schimb de cuvinte complicat. Își ridică privirea spre cerul senin, punându-și mâna streașină la ochi. În copilărie, observarea norilor fusese un joc drag pentru ea și tatăl ei. Astăzi, nu zări niciun nor.

Deschise poarta care scârțâi puternic. Clifford se afla în grădină și o auzise. Se ridică în picioare, cu o stropitoare în mână, și încremeni.

– Bună, Clifford! spuse ea, conștientă de tensiunea dintre ei.

Bărbatul păru să-și vină în fire și făcu câțiva pași spre ea.

– Nu mă așteptam să te văd.

Ea observă că se îmbujorase și că roșeața i se întindea încet pe gât.

– Păi, nici n-aveai cum.

El îi zâmbi strâmb.

– Te-ai întors?

– Pentru totdeauna? Nu.

– Și-atunci?

– Am putea sta la umbră? E foarte cald aici, în soare.

Clifford îi arătă o bancă sub un ficus.

– Acolo îți convine?

Eliza încuviință și el chemă un majordom să le aducă *lassi* dulce cu gheață, apoi se așezară.

După ce-și găsi o poziție confortabilă, Eliza privi spre grădină. Ploile recente o împrospătaseră și bătea o adiere plăcută. Iarba strălucea mai puternic decât înainte și copacii păreau mai verzi. Până și florile se desfăcuseră semețe. *Uimitor ce diferență aducea apa aici*, se gândi ea. Însă nu venise să vorbească despre apă. Voia răspunsuri și, oricât de tulburată se simțea, nimic nu o va opri.

– Așadar? începu Clifford, răsucindu-se ca să se poată uita direct la ea. Ce-a fost cu plecarea ta bruscă? Și da, știu și cu cine ai fost. N-am crezut nicio clipă povestea cusută cu ață albă pe care mi-a servit-o Dottie.

– Îmi pare rău!

– Așa ar trebui. Și cu Jayant Singh, dintre toți oamenii din lume!

Eliza nu replică.

– Eliza, probabil că ai băgat de seamă că bărbații ăștia indieni sunt niște efeminați, cu bijuteriile și hainele lor lucioase.

Eliza se arici, sătulă de aroganța și prejudecățile britanicilor, și nu-și putu ascunde iritarea.

– Dacă ai de gând să te măriți cu un indian, vei fi disprețuită de ambele comunități. Căsătoria între persoane de rase diferite e condamnată și de-o parte, și de alta, ca să știi. Eu o consider o trădare a principiilor imperiale.

– Nu sunt pregătită să discut asta cu tine. Am propria părere despre Anglia și India și nu voi spune decât că eu văd lucrurile diferit. Asta nu e țara noastră, Clifford, e a lor și au tot dreptul să facă lucrurile așa cum cred ei de cuviință. În ceea ce-l privește pe Jay, asta rămâne între mine și el.

– Deci așa simți. Trebuie să recunosc că sunt dezamăgit.

– Tot ce se poate. Dar vreau să îți pun câteva întrebări și aș fi recunoscătoare dacă mi-ai răspunde sincer.

Clifford rămase debusolat.

– Și eu care credeam că sunt cel îndreptățit să pună întrebări. În definitiv, tu ești cea care a fugit și a rupt logodna printr-o scrisoare. Nici măcar n-ai avut decența să mă anunți între patru ochi.

Nu fără rușine, Eliza acceptă frustrarea lui ca pe un lucru îndreptățit, dar nu avea de gând să se lase influențată.

– Îmi pare rău, dar nu planificasem să se întâmple așa, spuse ea, privindu-l fix în ochi.

El pufni.

– Și care era planul? Să ai o aventură cu prințul și apoi să te întorci târâș la bunul și bătrânul Clifford? Aveam o părere mai bună despre tine.

– Nu a existat niciun plan, rosti ea trist.

Se lăsară câteva momente de tăcere, după care tot Clifford vorbi.

– Îmi vine foarte greu să te iert că ai convins-o pe Dottie să mintă pentru tine.

Eliza nu-i mărturisi că fusese ideea lui Dottie.

– Hai să nu ne certăm, zise ea atunci. Am alte lucruri mai importante pe cap. Și, pentru că tot ai pomenit de minciuni, de ce m-ai mințit pe față în legătură cu arestarea lui Jay?

Clifford îi aruncă o privire nesigură, dar nu deschise gura.

– Știai că Jay urma să fie eliberat când am venit la tine. Chatur discutase cu tine și îți spusese că fusese o greșeală și că vinovatul era Dev. Nu cred că Chatur și-a recunoscut complicitatea, dar nu l-ai arestat pe Dev, nu? De ce nu, Clifford?

Când Eliza se uită la el, văzu cum bărbatul îi cercetează chipul, de parcă ar fi căutat indicii care să-i spună cât de multe știa. Se ținu tare și-l lăsă să fiarbă în suc propriu.

După un moment, ea dădu din cap.

– Da, știu adevărul. În plus, cred că știu și de ce ai permis ca toate astea să se întâmple.

– Și anume?

– Știai că voi veni alergând la tine imediat ce îl arestai pe Jay, nu?

Clifford clătină scurt din cap.

– Nu s-a întâmplat chiar așa.

– Termină cu minciunile, Clifford! Te-ai bazat pe faptul că voi accepta să mă mărit cu tine ca să îi asigur eliberarea lui Jay.

– Și totuși, n-a trebuit să te conving. Tu ai fost cea care te-ai oferit.

Ea se holbă la el.

– Ca o proastă!

Clifford își încleștă maxilarele și își feri privirea.

– Știai și că, dacă Jay urma să fie găsit vinovat, îl va împiedica să mai poată conduce vreodată. Însă pesemne că ai ghicit că o asemenea conspirație nu va rezista.

– Recunosc că am mirosit ceva putred la mijloc încă de la început. În plus, chiar înainte să-mi spună Chatur despre Dev, a venit fata cu sufletul la gură să-mi mărturisească adevărul și să mă implore să-l eliberez pe Jay...

Eliza se încruntă.

– Fata? Ce fată?

Clifford se ridică în picioare, făcu câțiva pași, apoi se răsuci și se uită la ea, incapabil să vorbească, de parcă răsucea în minte pe toate părțile o problemă majoră.

– Ce fată, Clifford?

– Indira, firește.

– Indi? Doar nu a fost și ea implicată!

– Nu. Dev s-a dat de gol față de ea că pune ceva la cale cu Chatur. Ea nu l-ar fi rănit niciodată pe Jay, deși pe tine ar fi vrut să te facă să suferi. Sora ta.

Adierea încetă și totul încremeni în grădină. Eliza își auzea bătăile inimii, dar gura i se uscase și nu reuși să-și găsească vorbele. Ce naiba îndruga Clifford?

– Indira e sora ta vitregă, spuse el, rostind cuvintele încet, de parcă o credea retardată. E bastarda tatălui tău.

Eliza se ridică, dar picioarele îi tremurau atât de rău, încât se văzu nevoită să se sprijine de bancă.

– Inventezi, replică ea, doar ca să mă provoci!

Însă avea vocea plată și ceva îi spunea că ăsta e adevărul. Se gândi la fotografia pe care o găsise în podul mamei ei și, acoperindu-și gura cu mâna, își dori ca totul să fie o glumă proastă. Clifford clătină din cap.

– Îmi pare rău. E adevărul gol-goluț.

Îi veni să urle, dar nu voia să-i dea lui Clifford satisfacția să vadă că avusese succes. Într-un fel, nu-l învinovățea, fiindcă îl rănise și acum venise rândul lui s-o rănească. Se chinui să rămână demnă. Așa cum Jay fusese alături de ea în fiecare respirație, își dădu seama că Indi trăise același lucru. Se întrebă cum de putuse să fie atât de oarbă.

– Te simți bine? o întrebă Clifford amabil, deși nimic nu o mai putea împăca acum.

Se întoarse spre el și îi vorbi mânioasă.

– De ce nu mi-ai zis înainte?

– N-am vrut să suferi. Serios. Mie chiar mi-a păsat de tine.

– Dar nu sunt făcută din sticlă.

– E un copil bastard. Cu greu ați fi devenit prietene, ca să nu mai vorbim de surori.

Eliza se așeză din nou.

– Întotdeauna mi-am dorit o soră. Toată viața.

Își aminti cum mama ei spusese că alungase copilul *murdar*. Mama ei o alungase pe Indi, tatăl ei fusese un necredincios. Acesta era adevărul. Toate acuzațiile aduse de mama ei reprezentau adevărul. Eliza îl ignorase pe Clifford cât se gândise la asta, dar, acum, amintindu-și de vorbele lui Dev, i se făcu pielea de găină.

– Indi nu e singurul secret pe care l-ai ținut departe de mine, nu-i așa, Clifford? întrebă ea pe un ton rece ca gheața.

– Nu știu la ce te referi.

Clifford replicase pe un ton defensiv, iar acum ridică o foarfecă de grădină de pe iarbă și se apucă să taie un tufiș din apropiere.

Explozia nouă de mânie o zgudui.

– Pentru Dumnezeu, nu poți să fii și tu cinstit măcar o dată? Știai că tatăl lui Dev a aruncat bomba care mi-a ucis tatăl. De-aia a acceptat Dev să-l ajute pe Chatur. Era speriat că adevărul se va răspândi. Se temea pentru tatăl lui.

Clifford se opri un moment, apoi vocea îi deveni serioasă.

– Nu am vrut decât să te protejez, Eliza. La ce bun să știi? Nu am reușit niciodată să-l prindem.

Vorbise calm, de parcă repetase cuvintele.

– Cât despre Indi, nu era hotărârea ta.

– I-am promis mamei tale.

– Şi totuşi, ai aranjat să vin aici, ştiind de prezenţa Indirei. De ce?

Pe moment, Clifford nu răspunse şi părea nervos.

– Nu credeam că vei afla vreodată.

– Cine mai ştie? Indi, evident, dar cine altcineva? Râd cu toţii pe la spatele meu?

Clifford vorbi cu privirea plecată şi încruntat.

– Nu aş permite niciodată aşa ceva. Nu ştie nimeni, Eliza. Îţi jur! Indi a aflat recent. Chiar înainte să moară, bunica ei i-a mărturisit adevărul.

Eliza nu mai adăugă nimic. Se uită în sus spre cerul întunecat, apoi se aplecă în faţă, cu capul prins în palme. Prea multe de analizat. Nu ştia ce să simtă faţă de Indi şi habar nu avea cum să se poarte de aici înainte. Sufletul i se închise şi, dorindu-şi să se protejeze împotriva unor sentimente atât de nefamiliare, lăsă zidul din jurul ei să crească şi mai înalt. Îşi ridică privirea. Grădina i se păruse atât de drăguţă, de luminoasă, de răcoroasă. Acum, se transformase într-un loc al umbrelor instabile.

Îl văzu pe Clifford cum o urmăreşte atent. Faţa lui se schimbase şi atitudinea scorţoasă se mai îmblânzise.

– Eu chiar am venit aici ca să fac fotografii pentru arhivă sau am reprezentat doar o parte din conspiraţia de a spiona familia regală?

– Pentru arhivă, desigur. Am toate fotografiile tale finale. Tot ce alegi, le trimit să fie înrămate, apoi îţi vor fi livrate unde doreşti. Ţi se pare în regulă? Iar dacă vrei să completezi proiectul, totul va fi arhivat.

– Mulţumesc.

– Fotografiile vor fi la Dottie. Nu-mi imaginez că vrei să stai aici.

– Trebuie să-ţi înapoiez aparatul Leica.

– Nu. A fost un cadou. Eu n-am ce să fac cu el.

– Eşti generos. Mulţumesc. Ţi-l voi plăti într-o bună zi.

El întinse mâna spre ea.

– Eliza...

Ea clătină din cap.

– Nu te apropia!

Dacă mai scotea un singur cuvânt, știa că va izbucni în plâns, așa că se ridică în picioare și ieși încet din grădină.

La Dottie acasă, valizele erau încărcate pentru a fi duse la gară. Dottie își pusese pălăria și se apropie în goană, strigând.

– Tocmai plecăm, ai luat adresa de la Clifford?

Eliza dădu din cap și, apropiindu-se, Dottie observă că e ceva în neregulă.

– Dumnezeule! exclamă ea. Ce s-a întâmplat? Arăți de parcă ai fi văzut o fantomă.

Eliza n-ar fi putut vorbi nici dacă ar fi vrut. Venise în India, în Rajputana, plină de speranțe, dar sub nicio formă nu-și imaginase că și-ar putea descoperi o soră aici.

– Ia cheile astea, îi spuse Dottie. Două dormitoare sunt încă aranjate. N-a fost mobila noastră. Stai cât vrei. Chiria e plătită până la sfârșitul lunii viitoare.

Eliza încuviință.

– Mulțumesc. Încă trebuie să îmi aleg fotografiile, asta voi face cât sunt aici.

– Doar o secundă, să-ți scriu adresa nouă.

Dottie se repezi înăuntru și se întoarse cu o foaie îndoită.

– Nu știu ce s-a întâmplat de arăți așa, dar, dacă ai nevoie de o prietenă, scrie-mi. Vizitează-mă. Oricând...

Eliza își înghiți nodul din gât și își dori ca prietena ei să nu plece. În același timp, își dădu seama că era posibil să nu poată vorbi niciodată despre asta.

Dottie întinse mâinile spre ea și se îmbrățișară câteva momente, apoi se depărtară una de alta. Dottie se urcă în mașina care o aștepta și plecă. Eliza urmări cum mașina dispare în zare. Fusese îngrozitor de liniște cât Dottie se aflase acolo, dar acum zgomotele din Juraipore o asaltară. Țipete de copii, țărani care-și vindeau produsele, orășenii ce-și vedeau de treburile zilnice. Își acoperi urechile cu mâinile și fugi în casă.

37

Eliza petrecu o noapte agitată la Dottie acasă, prin visele ei perindându-se de la focuri sălbatice din deșert, în care era prinsă, până la dulciurile pe care tatăl ei le ascundea în buzunare. Numai că, atunci când își ridica privirea spre el, tatăl ei se transforma în Chatur. Se spune că ne înfruntăm problemele în vise, dar Eliza avea prea multe ca să fie vreodată rezolvate. Se trezise totuși cu hotărârea clară de a vorbi cu Indi, în ciuda felului în care se simțea.

După ce își ridică fotografiile pentru înrămat, plecă la castel și se minună din nou la vederea fortificațiilor uriașe ce se înălțau din stâncă sub cerul galben ca lămâia. Parapeții păreau că se întind pe kilometri întregi. Un servitor în livrea o conduse pe coridoarele cu pereți poleiți, strălucind palid precum cojile de ouă. Nu știa dacă o va găsi pe Indi aici sau dacă plecase la ea în sat. Traversară o curte înflorită cu o fântână centrală ce sclipea în lumina soarelui, înconjurată de o verandă din marmură. Merseră apoi într-o parte a castelului pe care nu o știa. Aici, aerul mirosea mai puțin a iasomie și mai mult a nucșoară și a condimente. Bărbatul îi confirmă că e vorba de grădina cu ierburi și legume și că se găseau în zona din spatele bucătăriilor.

– Pe aici, zise el, când ieșiră din curte și o conduse spre scările aproape ascunse.

Urcară până în vârf, unde trecură printr-o serie nesfârşită de curţi legate între ele, înconjurate de ziduri înalte, cu arcade pe fiecare parte. Când ajunseră la o clădire mică, în formă de turn, el deschise o uşă spre o altă scară ce şerpuia abrupt.

– Pe aici? întrebă Eliza, uşor neliniştită.

Bărbatul încuviinţă şi porni în sus. Acolo trase de sfoara unui clopoţel ataşat la o uşă de un albastru-deschis. Eliza habar nu avea la ce să se aştepte, dar auzi clinchetul unei brăţări de picior şi răsuflă uşurată când o zări pe Indi.

– Astea sunt camerele tale? întrebă Eliza surprinsă.

– Camera mea.

– De ce aici?

– Vino cu mine şi vei vedea!

Eliza o urmă pe Indira în ceea ce părea a fi o încăpere octogonală, cu o latură lipită de clădirea principală. Murea de cald şi răsuflă uşurată când simţi o adiere proaspătă intrând prin cele cinci ferestre înalte şi înguste. Nu semăna deloc cu coridoarele întunecate şi sumbre ale *zenanei*, care era împărţită în apartamente, pentru Laxmi, Priya şi concubine. Aici era un loc fermecător, luminos şi proaspăt. Hipnotizată, Eliza simţi că pluteşte în nori.

– Era un turn de veghe, spuse Indira. Vino să vezi panorama.

Eliza se apropie de o fereastră şi admiră imaginea magnifică a oraşului ce se întindea dedesubt, până spre câmpiile din depărtare.

– E o cameră mică, dar îmi place aici, sus. După ce au pus geamuri la ferestre, a devenit singurul loc în care voiam cu adevărat să fiu.

Nu exista altă mobilă, cu excepţia unui *charpoy* colorat, plin cu perne, un preş pe podea, un cufăr şi câteva perne pătrăţoase pe jos.

Indira îi făcu semn să se aşeze, dar Eliza rămase locului, nedorind să plece de la fereastră, de unde putea admira priveliştea. Ascultă clinchetul clopoţeilor de la gâtul caprelor şi foşnetul frunzelor, în timp ce parfumul ameţitor de trandafiri şi de iasomie plutea spre ea. Văzu câteva pete colorate, strălucitoare și își dădu seama că erau eșarfe, fluturând pe sârmele de uscat rufe.

Se desprinse cu greu de la fereastră, se întoarse cu fața spre Indira și o privi îndelung, înainte să se așeze pe o pernă.

– Înțeleg de ce îți place aici, spuse ea.

Dar de fapt dorea să o întrebe cum de îndrăznește să fie copilul tatălui ei? Știa că o astfel de atitudine arogantă nu avea cum să ajute și totuși nu se simțea în stare să-și dezvăluie sentimentele amestecate.

Indira nu vorbi nici ea, împăturind și despăturind întruna o eșarfă lungă cu care își acoperea adesea capul. Astăzi, purta o bluză și o fustă simple și sandale. Își lăsase părul liber, pe spate. *Arată de parcă aparține turnului*, se gândi Eliza, *o domniță așteptând să fie eliberată*. În multe feluri, chiar asta era. Se simți cuprinsă de milă. Fata aceasta delicată, cu mâini și picioare micuțe, nu se bucurase de cel mai bun start în viață. Bunica ei se străduise din răsputeri să suplinească absența părinților, dar fusese suficient vreodată?

În acel moment, Indi sparse tăcerea.

– Să înțeleg că știi, nu? Se vede în ochii tăi.

Pesemne că Indi sesizase că atitudinea i se îmblânzise, se gândi Eliza. Poate observase o deschidere din partea ei, pe care ea nu dorise sau nu izbutise să o găsească. Își înfipse unghiile în palme.

– Nu pot vorbi despre asta.

Mai rămaseră tăcute câteva minute, timp în care Eliza continuă să asculte sunetele de afară ce răzbăteau ocazional până la ele.

– Povestește-mi despre copilăria ta, rosti Eliza într-un târziu.

– Dacă te referi la tata...

Eliza tresări vizibil.

– Îmi pare rău.

– Nu. Continuă!

– Nu mi-l amintesc.

– Și mama ta?

– Ultima oară am văzut-o când aveam aproape trei ani. Cred că era dansatoare, dar bunica nu mi-a vorbit niciodată de ea. Mi-a zis că dezonorase familia. Am avut noroc că bunica m-a acceptat.

Un alt moment de tăcere liniștitor. Se părea că niciuna dintre ele nu găsea conversația ușor de condus și, deși trebuia să fie aici, Eliza își dori să se afle la kilometri distanță. Oriunde, numai aici nu, unde trebuia să se confrunte cu adevărul.

– Așadar, spuse Eliza, vei rămâne aici?

– Nu mă întorc în sat.

– Jay te va lăsa să rămâi?

Gata, îi rostise numele fără nicio urmă de emoție. Pe un ton neutru.

– Cred că da.

Eliza ridică din umeri, mila resimțită cu puțin timp înainte transformându-se în ranchiună.

– Vreau să te întreb ceva, continuă Eliza, schimbând subiectul. Sticla furată de pirogalol. N-ai... Adică sper că nu ai avut nimic de-a face cu moartea lui Anish, nu?

Ochii lui Indi se măriră câteva secunde, apoi izbucni în râs.

– Vrei să afli dacă l-am omorât pe Anish pentru ca Jay să devină maharajah și, astfel, tu și Jay să terminați?

Reacția virulentă a lui Indi o făcu pe Eliza să se rușineze puțin că îi trecuse așa ceva prin cap.

Indi clătină din cap și ochii i se umplură de lacrimi.

– Nu sunt o ucigașă, Eliza. Am eu multe defecte, dar nu ăsta. Dar recunosc că eu ți-am spart obiectivul.

Eliza gemu.

– M-ai rănit.

– Îmi pare rău. Am crezut că asta te va determina să pleci.

– Dar eu credeam că suntem prietene.

– Iartă-mă. Nu știam cine ești pe vremea aia, adăugă Indi cu privirea în pământ.

– Așadar, părea în regulă să rănești pe cineva care nu era...

Se opri, fiindcă nu reuși să spună cuvântul.

– Dar tu ai furat pirogalolul?

– Chatur mi-a cerut.

– Dar de ce?

– Ca să-ți provoace necazuri. Să pară că ești un risc pentru noi toți.

– Așadar, Chatur a făcut asta.

Indi încuviință.

– Am puțină putere aici, știi și tu. Aveam nevoie de Chatur. Îmi pare rău că nu i-am zis lui Jay. Și acum Priya a pus ochii pe el...

Eliza înlemni.

– Priya?

– E obișnuită să aibă putere la Curte și e ceva firesc ca o maharani să se mărite cu fratele soțului mort.

– Dumnezeule! N-am știut. Dar el o disprețuiește.

– Tot nu pricepi? În ciuda puterii, pentru noi, căsătoria nu are nimic de-a face cu iubirea, cum îi spuneți voi... aici totul se reduce la datorie și la familie. Căsătoriile noastre sunt aranjate.

Eliza oftă. Avea să înțeleagă vreodată India?

– Și cu dragostea cum rămâne? întrebă ea.

– Oamenii ajung să se iubească în timp. În felul acesta rezistă.

– Dar cine poate aranja o căsătorie pentru tine?

Indi dădu din cap.

– Îmi place Dev, dar nu am niciun fel de zestre. Doar casa bunicii. Ai văzut-o. E doar o cocioabă de lut. Nu valorează nimic. Sunt singură pe lume și probabil că așa voi fi întotdeauna.

Eliza încuviință și, brusc, își dădu seama cât de important trebuie să fi fost pentru Indi să-și creeze un aliat din Chatur. Fără niciun statut sau putere, nu prea avea opțiuni. Dar Eliza hotărî că trebuie să-i spună ceva despre relația ei cu Jay. Fusese mai mult decât o simplă dragoste romantică. Știa asta, Jay, la fel, și voia ca și Indi să afle.

– Îl iubesc pe Jay, spuse ea. Întotdeauna îl voi iubi.

– Și el pe tine, sunt sigură.

– Dar Priya? Simplul gând mă face să vomit.

– Nu pot spune decât că Jay ne-a surprins întotdeauna. Are propriile sale opinii despre viață și nu va face decât ceea ce va considera că e corect.

– Indiferent de ce ar însemna asta?

Indira încuviință și Eliza se întrebă cum să continue conversația și cum să o ajute pe fată. Atunci, îi veni o idee.

– Te-ai implica vreodată în mișcarea de independență? Totul se va schimba pentru oamenii simpli. Acum văd că guvernarea locală e singura cale spre viitor. Sper să poată fi obținută pe cale pașnică.

– Ei bine, din punctul acesta de vedere, Dev e foarte convingător. M-a făcut să cred că lumea, așa cum o știm noi, se apropie de final. Poate nu astăzi, poate nu mâine. Dar cândva, da.

Eliza zâmbi.

– Presupun că nu te referi la sfârșitul lumii. Vrei să zici India Britanică, nu?

– Da, normal, dar Dev crede că și statele princiare vor dispărea. Desigur că prinții se luptă să-și păstreze puterea. Și cine îi poate învinovăți?

– Jay va fi un conducător corect cât va rezista regatul.

Se lăsă o tăcere scurtă și Eliza simți ce va urma.

– Povestește-mi despre el... povestește-mi despre tata, te rog, Eliza.

Eliza inspiră adânc, apoi oftă. Îi plăcuse mereu să-și amintească de el, dar, acum, sentimentele ei de iubire se amestecau cu mânie și ranchiună și cu greu știa de unde să înceapă. Îi veni în minte o zi când el o dusese să vadă cum se înjunghie porcii și urâse lucrul ăsta. Atâta sânge! Mai bine o ducea la o partidă de vânătoare. Așteptaseră pe o platformă înaltă, dar, când viceregele împușcase un elefant frumos, ea plânsese mult, spre rușinea tatălui ei.

– L-am iubit pe tata, reuși să bălmăjească.

– Și mama ta?

– Infidelitatea lui i-a ruinat viața.

– Probabil că mă urăști.

Eliza se uită la Indi. Atât de singură!

– Când mi-a spus Clifford, aproape că mi-am ieșit din minți.

Încercată de amintirea palidă a tatălui ei, Eliza se opri, întrebându-se dacă totul fusese real. Oare era prea mică atunci să înțeleagă semnificația imaginii tatălui ei ținând mâna unei indience?

– Ești furioasă pe mine? întrebă Indi.

Dar Eliza se cufundase în propriile gânduri și nu răspunse.

– Ești furioasă pe mine? repetă Indi.

Eliza oftă.

– Da, pe tine, pe tata, pe Clifford că mi-a spus. Cea mai rea e furia îndreptată împotriva mamei, fiindcă i-a permis tatei să o distrugă.

Se opri preț de o secundă.

– Mama a avut o problemă cu băutura.

– Îmi pare rău.

– Și am dat vina pe ea pentru tot. Am crezut că tata e perfect. Ce proastă am fost!

Se ridică în picioare, fiindcă suferea prea mult.

– Cred că ar trebui să plec acum.

– Atât de repede? De ce nu mergem pe acoperiș să ne uităm la oraș?

– Ca să mă împingi? întrebă Eliza zâmbind.

Indi privi în gol, apoi izbucni în râs și se ridică în picioare.

– Nu se știe niciodată. Haide. Sus e locul în care văd dincolo de probleme. Iar acum, înainte de apus, e cel mai frumos.

Indi luă mâna Elizei și o conduse pe o scurtătură. Urcară câteva trepte și ieșiră pe o ușă, apoi chiar i se păru că ajunsese în vârful lumii. Indi își întinse brațele în laterale și se răsuci, râzând și sărind.

– Haide, Eliza, și tu! strigă ea, fără să se oprească.

Eliza șovăi, dar nu rezistă tentației și cele două femei se învârtiră ca nebunele. Era palpitant și, pe măsură ce gândurile se dizolvară în aer, Eliza se simți liberă. Se răsuci tot mai iute, imaginile peisajului derulându-se cu rapiditate și înțelese că, aici, deasupra orașului, totul putea fi iertat și că fata asta care avea atât de puține era de-un sânge cu ea.

Auzi clinchetul clopoțeilor și se împiedică. Se prăbuși brusc la pământ. *Exact ca în viață*, gândi ea. *Viața te ridică și te aruncă apoi.* O urmări pe Indira învârtindu-se în continuare și sărind. Observă un vultur avântându-se spre cerul albastru, senin. Se înfierbântase și asudase, dar briza îi uscă pielea și în acel moment, în ciuda tuturor celor întâmplate, simți că, într-o bună zi, va fi fericită din nou.

Când Indi se opri, fără să cadă, Eliza se ridică în picioare și se apropie de ea. Întinse brațele și își îmbrățișă sora. Când se desprinseră din îmbrățișare, Eliza se uită în ochii verzi și strălucitori ai Indirei.

– Nu ești singură, spuse ea. Mă ai pe mine, *bahan*, întotdeauna și nu vei mai fi niciodată singură. Îți promit!

38

Jaipore

Bulevardele largi ce treceau prin porțile arcuite ale orașului Jaipore erau pline cu soldați și șiruri de cămile împodobite cu mătase, pompoane și panglici. Eliza trecu pe sub o arcadă, apoi pe sub alta, cea de-a doua de un roz-aprins și pictată cu modele complexe din flori albe. Își amintise de orașul roz din copilăria ei și se pregătise să fie dezamăgită, dar Jaipore se ridică la înălțimea așteptărilor. Vilele *haveli*, palatele și balcoanele străluceau toate în nuanțe de roz.

Sosise în mijlocul festivalului hindus Teej și avu noroc să găsească o cameră liberă dincolo de arcadele tipice ale unui hotel *haveli* drăguț, chiar în inima orașului. Ce ironie să nimerească la sărbătoarea Teej, parte a unei serii de trei festivaluri din perioada musonului, când femeile se rugau la zeița Parvati și la Shiva să le binecuvânteze cu fericire în căsnicie. În principal, un festival pentru femei, Teej era dedicat iubirii soției și devotamentului față de soțul ei: ceva ce era puțin probabil ca Eliza să cunoască vreodată. *Iubirea* mai putea fi înțeleasă, dar avea câteva probleme cu noțiunea de *devotament*.

Văzuse micile insecte roșii ieșind din pământ în timpul ploilor, dar nu își dăduse seama că festivalurile primiseră numele de Teej de la aceste insecte. Însă managerul hotelului, un bărbat mic cu ochi negri, pătrunzători și un aer de sărbătoare, îi explicase totul. Așa aflase că, în vreme ce în nordul Indiei, Teej slăvea sosirea musonului, în Rajputana, proclama și ușurarea după căldura arzătoare a verii și că anul acesta ploaia venise mai târziu și de aceea festivalul se ținea și el mai târziu decât de obicei. Bărbatul se dovedi plin de informații, nu-i tăcu gura mai deloc până când pe Eliza o luă cu amețeală, dar el continuă să spună că, deși a ține post era esențial pentru Teej, festivalul aducea multă veselie. Femeile cântau și dansau. Eliza hotărî să meargă să vadă cu ochii ei, însoțită de aparatul Leica.

Imediat ce ieși din *haveli*, întâlni un oraș plin de oameni exuberanți. Privi leagănele atârnate de copacii înalți și împodobiți cu ghirlande din gălbenele. Tot i se părea ciudat că leagănele erau pentru femei și nu pentru copii, dar o simplă privire spre chipurile femeilor de toate vârstele îi confirmă încântarea lor. Le observă mâinile decorate cu tatuaje complicate din henna și trupurile acoperite de bijuterii. *Fie sperau să-și găsească perechea* – se gândi ea –, *fie se rugau pentru sănătatea partenerului.* Nicio femeie nu își dorea să se îmbrace în alb pentru tot restul vieții.

Eliza descoperi că un bâlci se ridicase la scurtă distanță de *haveli*, așa că își pregăti aparatul Leica, gata să surprindă roata mare și șirurile de standuri unde se vindeau păpuși și ornamente din textile. Părea că toată lumea din oraș se strânsese aici, adulții strigându-se cu glas tare și râzând, în timp ce copiii își croiau drum prin mulțime, creând haos oriunde se duceau. Eliza întrebă oamenii dacă îi permit să îi fotografieze și cei mai mulți încuviințară zâmbind, fericiți să fie surprinși în cele mai bune haine ale lor. Amuzant era că, de fiecare dată când Eliza îi fotografia, deveneau brusc serioși. Își îndreptă aparatul spre elefanții decorați și pictați, aliniați de-a lungul bulevardelor late, cu palanchinele lor drapate în mătase. Observă și figurinele micuțe ale lui Shiva și Parvati, așezate pe bucăți de catifea, pe care oamenii se înghesuiau să le cumpere. *Ce minunat trebuie să fie,* gândi ea, într-un moment de singurătate, *să faci parte dintr-o comunitate cu aceeași credință religioasă!*

Eliza renunțase la Dumnezeu în ziua în care bomba zburase prin aer, răpindu-i tatăl pentru totdeauna.

Pe măsură ce lumina deveni gălbuie, amurgul își anunță sosirea și orașul, luminat de sute și sute de opaițe mici din lut, cu fitil și ulei, părea pogorât dintr-un basm. Palatul strălucea într-un roz-aprins, iar cetățile din vârful dealului se ridicau în nuanțe violet peste Aravalli. Întreaga frumusețe o impresionă pe Eliza, dar, pentru ea, melancolia profundă conta mai mult. Recunoștea că nu va fi niciodată parte a ei. Nu se putu abține să nu se gândească la Jay și să-și amintească tot ce se petrecuse între ei. Întotdeauna va prețui zilele trăite alături de el, dar venise vremea să-și vadă de propria viață. Și, deși ceva din ea o îndemna să fugă cât mai departe, rămase să privească dansurile. Vederea atâtor femei frumoase ce se mișcau de parcă viața lor depindea de asta o binedispuse.

Se miră când una dintre ele se apropie de ea, o apucă de mână și o conduse în mijlocul mulțimii. La început, jenată și stângace, Elizei îi displăcu senzația de expunere. Nu se îmbrăcase potrivit pentru un asemenea abandon sălbatic, dar, după doar câteva minute, dădu frâu liber nebuniei.

În noaptea aceea, dormi ca un copil și a doua zi hotărî să poarte cele mai frumoase haine indiene ale ei. Își contură ochii cu *kajaal*, așa cum o învățaseră concubinele și, încă o dată, rămase uimită de felul în care ochii ei verzi se luminară. Își dădu cu puțin fard de obraz și cu ruj, apoi își prinse părul cu panglici strălucitoare.

Urma să se ducă să bea o cafea pe verandă, să privească grădina luxuriantă și să încerce să fie fericită. Apoi se va plimba prin oraș. Astăzi, se va integra, își promise în sinea ei.

Împinse ușile grele sculptate ale verandei, dar găsi locul pustiu. Fie venise prea târziu, fie prea devreme și se întrebă unde s-ar putea duce să caute pe cineva. Un majordom apăru atunci, așeză un trandafir roșu într-o vază de pe masa ei și plecă. Eliza se cufundase în gânduri, când auzi vocea unui bărbat. Încremeni preț de câteva clipe. Doar nu era el?

Se răsuci într-o parte și îl văzu stând în picioare chiar acolo, zâmbind, cu ochii precum chihlimbarul, plini de căldură.

– Jay?

El își duse degetul la buze și se apropie. Îngenunche în fața ei și scoase o cutiuță dintr-un buzunar al tunicii. O deschise și i-o întinse.

Eliza se holbă la cel mai frumos inel cu safire pe care îl văzuse vreodată, apoi își ridică privirea spre chipul lui solemn.

– După cum se vede, zise el, nu pot să trăiesc fără tine.

Eliza nu-și putu împiedica lacrimile și, fără să înțeleagă exact ce se petrece, încuviință tăcută.

– Îmi pare rău că te-am făcut să treci prin toate astea. Am crezut că procedez corect. Vreau să-ți spun că îmi pare rău și să îți cer să mă ierți dacă poți.

Eliza nu reușea să vobească. El zâmbi.

– Hai să ne iertăm unul pe altul!

– Vino! spuse el, ridicându-se în picioare și întinzându-i mâinile. Ne vom clădi credința unul în celălalt prin vremuri de restriște, dar și de lumină.

Eliza se apropie de el. Îmbrățișați, îi simți inima bătând odată cu a ei și știu că e bine, chiar dacă surpriza încă stăruia în ea. După aceea se așezară tăcuți o vreme, momentul fiind prea prețios pentru a-l tulbura cu întrebări. Razele soarelui se strecurau printre crengile copacilor și Eliza privi spre păsările zburând prin grădină și spre cele două maimuțe care se legănau atârnate de ramuri. Își dori atât de mult să păstreze această amintire! Pentru tot restul vieții ei, voia să-și amintească numai momentul de acum. Fiindcă era perfect și momentele perfecte nu apar adesea în viață. Întrebările îi alergau prin minte și curând avea să le rostească, dar, deocamdată, ținu mâna lui Jay și trăi un sentiment sublim de pace, ca și cum nimic nu ar mai fi putut merge prost vreodată. Trecură minutele și nu vorbi niciunul.

– Ai băut deja cafeaua? îndrăzni Jay în cele din urmă.

– O întrebare scurtă și la obiect, dar nu-mi mai amintesc. Mi-am pierdut și capacitatea de a gândi. În orice caz, nu mi-e sete acum.

– Atunci vrei să ne plimbăm cât este încă răcoare și liniște în oraș?

Plecară din *haveli* printr-o alee îngustă, unde doar câteva pisici se întindeau leneșe și nu catadicsiră să se dea la o parte. Apoi ieșiră pe străzile din Jaipore. Lumina dimineții dezvălui frumusețea orașului. Totul părea să sclipească, rozul clădirilor mai delicat decât cu o zi înainte.

Cele mai multe magazine încă nu deschiseseră și, când trecură pe lângă Palatul Celor patru Vânturi, Eliza puse întrebarea care-i stătea pe limbă.

– Cum, Jay? Cum de e posibil?

– Fratele meu mai mic va fi maharajah, iar Laxmi, regentă. Va avea control deplin până când el va atinge majoratul, iar eu voi fi consilierul ei.

– Și mama ta a fost de acord?

– Mama te îndrăgește, Eliza, și când a văzut cât sunt de hotărât, mi-a dat binecuvântarea. Britanicii, de asemenea. Le-am prezentat situația ca un *fait accompli*, astfel încât nu prea au avut ce să mai comenteze.

– Și cu Priya cum rămâne?

Eliza își lăsă colțurile buzelor în jos și își arcui sprâncenele, intenționând să-l necăjească.

– Credeam că va fi soția ta.

Jay se strâmbă.

– Niciodată. Priya va fi silită să dea înapoi acum, deși mă îndoiesc că Laxmi va insista ca ea să se îmbrace în alb. Va fi trimisă înapoi la familia ei.

– Îmi pare rău pentru ea.

El îi înconjură umerii cu brațul.

– Și pentru asta te iubesc și mai mult.

– Ce se întâmplă cu Chatur?

– Nu mai are nicio putere și i s-a cerut să plece de la castel. Am numit un nou *dewan*.

– Bravo!

– Acum, cea mai presantă întrebare pentru mine este unde ar trebui să ne căsătorim? Ai un loc care e special pentru tine?

– Chiar vrei să renunți să fii maharajah pentru mine? Ești sigur?

El izbucni în râs.

– Nu schimba subiectul! Unde? Poți avea o nuntă ca în basme la palatul din oraș – familia e prietenă cu noi – sau putem face o nuntă mică în Delhi. Palatul se află în inima orașului Jaipore și e minunat. Ai crede că acolo e orașul adevărat. Are de toate, de la grădini cu chiparoși și palmieri până la grajduri. Există țesători a căror singură ocupație este să țeasă haine de mătase brodate cu flori aurii, iar acestea sunt doar pentru elefanți. Maharajahul a îmblânzit maimuțele, așa că le putem folosi în procesiunea noastră de nuntă.

– Destul!

– Ai ales Delhi?

Ea încuviință.

– Palatul din oraș sună extraordinar și probabil că e visul oricărei fete, dar cred că o nuntă ca-n povești ar fi ceva trist pentru mine fără familie alături.

El se opri și se uită în ochii ei.

– Cu excepția lui Indi.

– Ți-a spus.

El încuviință.

– Ar fi trebuit să-mi dau seama. Aveți aceiași ochi.

– Aproape, deși ai mei au culoarea bălților, pe când ai ei strălucesc ca smaraldele.

– Ochii tăi sunt frumoși, tu ești frumoasă... Îți amintești când ți-am spus că tu, Indi și eu suntem conectați, dar că nu știam cum?

– Și că scria în destinul nostru să fim împreună? Despre asta e vorba?

– Cine știe? Viața are un fel amuzant de a aranja lucrurile în feluri neașteptate.

– Dar e bine, nu? Tu și eu. Noi?

El izbucni în râs.

– E extraordinar de bine. E bine și pentru Indi. Fiindcă va deveni cumnata mea, îmi pot asuma responsabilitatea zestrei ei.

– Înainte nu puteai?

– Nu așa de ușor. Suntem împiedicați de anumite tradiții, după cum știi.

Eliza era atât de fericită, încât zâmbetul nu i se mai șterse de pe chip.

– Sunt atât fericită că ai iertat-o! Îmi făceam griji pentru ce se va întâmpla cu ea.

– Și mai știu un tânăr anume a cărui mamă nu se va mai putea împotrivi acum.

– Dev?

– Întocmai.

Eliza se trezi cuprinsă de un val de angoasă.

– Mi-e teamă că într-o zi mă vei urî. Pentru că ai renunțat la șansa ta de a conduce.

– Îți faci prea multe griji. Cred că India se va schimba nu peste multă vreme și mai mult decât ne putem închipui acum. În orice caz, am destule pe cap cu proiectul de irigații.

– Da.

– Apropo, trebuie să te pun la curent cu noutățile de acolo. Am unele idei noi și, mai important, am permisiunea să îndiguiesc râul despre care am vorbit. Va conta mult în tot ce facem. Și nu uita că voi lucra și pe post de consilier pentru Laxmi. Dar destul cu astea. Ți-am spus cât de grozav arăți astăzi și că e o zi norocoasă pentru logodne?

– Ți-am zis vreodată că ai cele mai uimitoare gene pe care le-am văzut la un bărbat?

Jay își flutură genele și apoi izbucni în râs.

– Și da, știu că e sărbătoarea Teej. Va trebui să mă rog pentru un sfârșit fericit!

– Ai arăta uimitor cu mâinile pictate, spuse el, apoi se opri. Așadar, ce se întâmplă cu expoziția ta?

– Încă nu am găsit un loc.

– Ce părere ai de holul principal din palatul meu? Va trebui să reparăm podeaua, desigur, dar lumina e extraordinară și, dacă trimitem invitațiile la timp, va fi aglomerație mare.

– Serios? Mulțumesc. Mi-ar plăcea mult.

– Cu plăcere.

Se opri și zâmbi spre ea.

– Și câți copii vom face?

– Doi poate. Ori trei?

– Mă gândeam la cel puțin cinci.

Ea înghiți în sec. Să-i spună acum sau să mai aștepte puțin până când era sigură? Ezită, apoi începu să vorbească pe un ton serios.

– De fapt, că tot ai adus vorba, aș avea ceva de adăugat.

Jay o privi cu seriozitate.

– Nu trebuie să facem copii. Dacă vrei să te concentrezi pe cariera ta și nu...

– Nu, prostuțule! Stai locului și ascultă! Mi-a întârziat ciclul. Doar o săptămână deocamdată, așa că e prea curând să știm sigur, dar avem toate șansele să începem cu numărul unu.

Jay privi spre cer, se lovi cu pumnul în piept și izbucni în hohote de râs. Eliza i se alătură și ea veselă și, cu coada ochiului, îi văzu pe negustori deschizându-și magazinele și auzi clinchetul brățărilor de picior ale femeilor care treceau pe lângă ei. Localnicii zâmbiră când îi văzură că râdeau cu o asemenea bucurie.

Soarele se ridică pe cer și, pentru prima dată, Eliza trăi momentul inegalabil al perfecțiunii vieții: fiecare clipă, fiecare fragment de bucurie ce urma să fie savurată. Când tristețea avea să vină, o va întâmpina cu inima deschisă și va ști cum să supraviețuiască. Se uită în jur, la orașul exotic în tonuri de roz și știu că, în sfârșit, trecuse într-o altă etapă. Și, cu toate că își va iubi veșnic tatăl, în pofida greșelilor lui, și va simți mereu un oarecare regret pentru situația mamei ei, viitorul era cel care conta cel mai mult acum: cariera ei, dragostea pentru Jay și îngrijirea noii generații. Mama ei se înșelase. Nu exista niciun motiv pentru care o femeie să nu aibă totul și Eliza își jură că, în zilele și anii care vor urma, va dovedi acest lucru. Nu numai că își va vedea de carieră, dar va avea și o familie a ei, inclusiv sora pe care și-o dorise dintotdeauna. Își ridică privirea spre ceruri. *Bucură-te pentru mine, mamă!* șopti ea. *Bucură-te!*

Epilog

Trei luni mai târziu
Shubharambh Bagh

În octombrie, sosi și ziua expoziției Elizei. Se trezi de dimineață, lăsându-l pe Jay să doarmă și, înfășurată într-un halat, rătăci pe coridoarele palatului, casa ei acum. Eliza iubea lumina strălucitoare a dimineților și explora adesea singură locul înainte ca restul lumii să se trezească. Se ciupea adesea ca să se convingă de norocul care o adusese până aici. Ea și Jay se căsătoriseră în Delhi, iar acum se obișnuia cu ideea că va fi mamă peste câteva luni. În plus, terminase proiectul pentru arhiva lui Clifford și fusese plătită corespunzător. Deși Clifford nu recunoscuse niciodată, Eliza ajunsese să creadă că, în pofida intențiilor lui onorabile, ulterior, el acționase și din alte motive când o plasase la castel, și anume să nu scape din ochi familia regală și să raporteze tot ce vedea cât îi fotografia.

Când ajunse în sala mare de recepție, cu ferestrele ei înalte și podeaua proaspăt reparată, privi cele 75 de fotografii pe care le agățase în ultimele două săptămâni. Jay își suflecase mânecile și, lucrând împreună, îi aranjaseră lucrările în cea mai bună lumină posibilă. Toate fotografiile fuseseră înrămate elegant în negru și poziționate la distanțe egale pe tot peretele. Fețele mândre ale familiei regale o priveau fix, dar, la fel, și chipurile sătenilor, ale copiilor și ale săracilor. Fiecare moment fusese surprins uneori într-o imagine ușor încețoșată, alteori într-o lumină limpede, rece, alteori, în umbre. Fiecare dintre ele era o operă de artă de sine stătătoare și Eliza se simțea mândră de rezultate. Pe peretele opus, în contrast puternic cu fotografiile alb-negru, trandafirii roșii, parfumați din cele zece vase de porțelan se ridicau semeți spre adierea blândă, iar între ei, scaunele vopsite în alb îi așteptau cuminți pe cei care doreau să se așeze și să admire. Eliza se plimbă pe lângă perete, verificând fotografiile una câte una, îndreptându-le, atingându-le suprafața, asigurându-se că totul e exact așa cum trebuia să fie, apoi urcă la etaj să-și trezească soțul.

După-amiază, Eliza îmbrăcă o rochie lungă și neagră, largă cât să-i acopere pântecul rotunjit, iar Kiri, care venise să stea cu ei, îi prinse în păr un trandafir roșu. Își trase peste umeri un șal din mătase albă, iar când intră și o văzu Jay fluieră admirativ.

– Ei bine, draga mea, ești chiar mai frumoasă decât fotografiile tale.

Ea zâmbi larg, încântată peste măsură. Jay purta o ținută rajputană tradițională, o *angharki* sau o haină neagră, răscroită adânc în față, cu cusături roșii și albe. Se îmbăiase proaspăt și avea părul încă umed. Se apropie de el și-l mângâie pe obraz.

– Și tu arăți impresionant.

Se auzi un ciocănit și el se duse să deschidă ușa.

Indi făcu câțiva pași înăuntru.

– Am aranjat trandafirii, spuse ea.

Indi fusese responsabilă cu aranjarea florilor și cu gustările de la petrecerea de deschidere. Îmbrăcase o rochie roșie, de mătase, în stil european.

– Sunteți pregătiți? Cred că tocmai am auzit prima mașină.

Eliza se uită la Jay și simți că are emoții. Dacă nu veneau oamenii? Dacă nu-i plăcea nimănui munca ei? Dacă toată lumea venea doar ca să se holbeze la mireasa englezoaică a prințului?

– Mă duc jos, spuse Jay. Mai bine să-ți faci apariția când se umple sala.

Ea încuviință mut și Jay veni să o sărute pe frunte.

– O să fie bine. Îți promit! Am trimis invitații în toate direcțiile. Haide, Indi, să mergem jos! propuse el, întorcându-se.

Jay spusese adevărul. Invitațiile fuseseră trimise la atelierele de fotografie din Delhi, Juraipore și Udaipore. *Times of India* fusese de asemenea invitat, la fel, *Hindustan Times* și *Statesman*, alături de toți nobilii și oamenii de afaceri pe care îi cunoștea Jay. Eliza insistase să-i invite și pe localnici să vadă fotografiile și să se alăture petrecerii. Până și Dev urma să vină acum, că era clar că nu avea să fie arestat de Clifford.

În dormitorul pe care îl împărțea cu Jay, Eliza se privi în oglinda înaltă. Deși îi plesnea pielea de sănătate și ochii îi străluceau, nu-și putea potoli deloc fluturii din stomac, dar cel puțin auzi mai multe mașini sosind. După o jumătate de oră în care umblase agitată prin încăpere, Eliza își ridică privirea când Kiri apăru la ușă să o anunțe că a venit momentul. Inspiră adânc de câteva ori.

– Doamnă? Sunteți pregătită?

Eliza încuviință și înghiți în sec, apoi, mergând ca o regină indiană, își făcu apariția în capul scărilor maiestuoase, care duceau în sala de recepții. Rămase acolo câteva momente, cu ochii în vârful pantofilor, înfierbântându-se și cu inima bubuindu-i în piept.

Își făcu atunci curaj, se uită în jos, la lumea strânsă și se minună să vadă că încăperea se umpluse de oameni zâmbitori, care întorseseră privirile spre ea. La primii pașii, mulțimea izbucni în urale. Clipi des ca să nu plângă și crezu că o să-i plesnească inima, fiindcă uralele continuară până când ajunse lângă Jay.

– Dă-mi voie să te prezint lui Giles Wallbank, spuse el când se apropie.

– Îmi pare bine de cunoștință! rosti un bărbat blond, întinzându-i mâna. Trebuie să vă spun că fotografiile sunt extraordinare. Ne-ar plăcea să publicăm o selecție în *Photographic Times*. V-ar conveni?

Ea îi oferi un zâmbet generos.

– Nimic nu m-ar putea face mai fericită.

– Vom discuta mai târziu și voi schița un contract cât mai repede. Acum vă las să vă savurați succesul!

După ce bărbatul se îndepărtă, Jay îi întinse mâna.

– Uită-te la reacția lor! îi șopti la ureche, arătându-i oamenii care încuviințau din cap la vederea fotografiilor și care se așezau la coadă ca să stea de vorbă cu ea.

Eliza nu avea să uite niciodată ziua aceasta. Trebuise să vină în India, nesigură pe propriile puteri și pe talentul ei de fotograf. Venise fără să știe cine e ea cu adevărat. Dar toate astea se schimbaseră. Habar nu avea ce-o așteaptă în viitor, dar, deocamdată, nimic altceva nu-i putea face viața mai împlinită. Cu excepția unui singur lucru: venirea pe lume în siguranță a copilului. Se uită în ochii lui Jay, oglinda propriului suflet, și trebui să clipească de mai multe ori.

– Ai reușit, dragostea mea! zise el. Chiar ai reușit. Sunt mândru de tine!

Nota autorului

Lista cărților care mi s-au părut utile în timpul cercetărilor pentru acest roman include următoarele titluri:

Ahmed Ali, *Twilight in Delhi*, Rupa Publications Pvt Ltd, 2007

Rustom Bharucha, *Rajastan: an oral history*, Penguin Books India, 2003

Diwan Jarmani Dass, *Maharani*, Hind Pocket Books Pvt Ltd, 2007

Sharada Dwivedi și Shalini Devi Holkar, *Almond Eyes, Lotus Feet*, HarperCollins, 2007

Henri Cartier-Bresson in India, Thames&Hudson, 1993

Caroline Keen, *Princely India and the British*, I.B.Tauris&Co.Ltd, 2012

Amrita Kumar (ed.), *Journeys through Rajashtan*, Rupa&Co., 2011

Antonio Martinelli și George Michell, *Palaces of Rajashtan*, India Book House PvtLtd, 2004

Gita Mehta, *Raj*, Minerva, 1997

Lucy Moore, *Maharanis*, Penguin Books, 2005

Hugh Purcell, *The Maharaja of Bikaner*, Rupa Publications Pvt Ltd, 2013

Sweta Srivastava Vikram, *Wet Silence: poems about Hindu widows*, Modern History Press, 1975

Mulțumiri

Cuvintele nu pot exprima cât le sunt de recunoscătoare tuturor celor de la Penguin/Viking pentru sprijinul pe care continui să-l primesc. Mulțumesc, Venetia, Anna, Rose și Isabel. Mii de mulțumiri lui Lee Motley pentru coperta incredibilă și tuturor echipelor care se ocupă de vânzări și de drepturile de autor, care muncesc atât și reușesc atât de multe. Mulțumesc agentului meu superstar, Caroline.

Nu aș fi putut scrie această carte fără ajutorul tuturor celor pe care i-am cunoscut în India, așa că, mii de mulțumiri lui Nikhil Pandit, director, TGS Tours & Travels Pvt Ltd, Jaipur, Rajasthan, pentru organizarea unei excursii senzaționale. Le sunt profund recunoscătoare lui Thakur Shatrujeet Singh Rathore, Thakurani Maya Singh, Thakur Jai Singh Rathore și Thakurani Mandvi Kumari de la Shahpura Bagh, pentru inimile lor generoase și timpul și atenția pe care mi le-au acordat. Nu a fost doar un loc extraordinar în care să stau, dar istoria locului a și inspirat romanul de față. Îi mulțumesc și lui Thakur Praduman Singh Rathore de la Chandeleo Garh, o oază retrasă, magică. Nu voi uita niciodată cinele pe acoperiș, la lumina stelelor. Le mulțumesc tuturor celor de la Pal Haveli în Jodhpur și lui Thakur Man Singh și lui Thakur Prithvi Singh, proprietarii castelelor Narain Niwas și Kanota din Jaipur. Mulțumiri șoferilor și ghizilor minunați, cu o răbdare fără margini.

Nu pot încheia fără să mulțumesc întregii mele familii pentru că m-a suportat și mai ales soțului meu și bucătarului-șef, Richard, care a fost inspirat să gătească o mâncare indiană grozavă.

Rajasthan este un ținut magic și scrierea poveștii a fost o experiență extraordinară și mai mult decât în oricare altă parte, e un loc în care sper să mă întorc într-o bună zi. Așa că, poate, mai presus de toate, mulțumirile mele merg către India și, desigur, către Rajasthan. În caz că vă puneți întrebări cu privire la scrierea anumitor cuvinte din carte, am folosit *Jaipore*, *Udaipore* și *Rajputana* așa cum se scriau ele în perioada în care se petrece acțiunea din roman. Juraipore este, firește, un loc fictiv.

CUPRINS